Les Prisonnières de Pharaon

Serge Brussolo

Les Prisonnières de Pharaon

ÉDITIONS DU MASQUE

Ikatin kân ya mâ kân...

Équivalent de notre « il était une fois... »,
employé par les conteurs berbères au début
de chaque nouvelle histoire.

1

Ce furent les miaulements des chats qui réveillèrent Anouna.

Les miaulements des chats, et l'odeur du sang.

D'instinct, dans les brumes du sommeil, elle sut qu'on attaquait la caravane à la faveur des ténèbres. Elle demeura figée sur sa natte, emmitouflée dans la couverture qui la protégeait fort mal du froid glacial de la nuit du désert. Sa première réaction fut l'incrédulité, et elle essaya de se convaincre qu'elle rêvait. Pourquoi s'en prenait-on à eux alors que les chameaux ne transportaient que des chats dans des paniers ? Une centaine de félins destinés aux prêtres zélateurs de la déesse Bastet à Boukaris ? C'était absurde. Généralement, les pillards convoitaient des marchandises autrement plus précieuses.

Elle compta ses battements de cœur en se répétant qu'elle s'égarait dans les méandres d'un cauchemar, qu'elle allait se réveiller, mais les chats hurlaient de plus belle... et l'odeur du sang devenait plus forte.

C'était stupide... Qu'est-ce que les voleurs feraient de dizaines de paniers remplis de matous furieux, prêts à arracher les yeux du premier imprudent qui commettrait l'erreur de les libérer ?

Il s'agissait d'une commande des prêtres de Bastet, consécutive à une épidémie désastreuse ayant causé l'extinction rapide des chats sacrés qui vivaient dans l'enceinte du temple. Les préposés aux rites d'adoration avaient cruellement besoin d'animaux de remplacement, car ceux-ci étaient vendus aux pèlerins qui leur tordaient le cou avant de payer une obole non négligeable pour qu'on momifie les dépouilles des bestioles sous leurs yeux. Cela fait, ils allaient les offrir en cadeau à Bastet. De l'avis d'Anouna, c'était une curieuse façon de s'attirer les bonnes grâces de la déesse chatte, mais les prêtres n'y trouvaient rien à redire ; quant à la jeune parfumeuse, elle avait depuis longtemps cessé de s'étonner des bizarreries propres aux cultes égyptiens.

Elle se redressa sur sa natte. Elle dormait entourée de femmes, jeunes ou vieilles, toutes servant la même maîtresse, la noble dame Nefer-Hôpa, exploitante en commerce funéraire à Kefer-Aris.

— Fazziza ? souffla-t-elle en secouant l'adolescente pelotonnée à ses côtés. Réveille-toi, on nous attaque ! Vite...

Anouna se leva, ne sachant que faire. La mort était là, se déplaçant d'une tente à l'autre. Les pillards avaient mis les ténèbres à profit pour se lancer à l'assaut du campement. Le *koumia* — ce terrible poignard à lame courbe — au poing, ils filaient dans l'obscurité, s'abattant sur les chameliers endormis pour leur trancher la gorge.

Les femmes se mirent à pousser des cris de terreur. L'une d'elles voulut se lancer au-dehors pour prendre la fuite ; Anouna la rattrapa par le poignet. Se mettre à courir au hasard constituait la pire des stratégies car les bandits égorgeaient sans distinction tous ceux qui avaient le malheur de croiser leur chemin. Dans l'obscurité, une silhouette n'avait pas de sexe.

— Ne sors pas, chuchota-t-elle en essayant de retenir la fille qui se débattait, en proie à la panique. Tu es folle...

Mais l'autre se dégagea pour plonger dans la nuit. D'ailleurs, avait-elle seulement compris ce qu'on lui disait ? Comme toujours, la caravane se composait de gens venus de tous les horizons : Égyptiens, hommes et femmes à peau noire montés du Soudan ou de pays plus lointains encore, Orientaux en provenance de contrées arabiques dont on connaissait à peine le nom. Tout ce monde se côtoyait, communiquant le plus souvent par signes, peinant pour se découvrir quelques mots de vocabulaire en commun.

Anouna glissa son visage dans l'entrebâillement de la tente. La lueur rougeâtre d'un bivouac à demi piétiné lui permit de deviner des ombres mouvantes, courbées, le poing fermé sur le reflet cuivré et tranchant du *koumia*. Des tueurs nocturnes qui filaient au ras du sable, sans un mot, se ruant dans les abris de toile pour planter leur lame dans la poitrine des dormeurs. D'emblée, ils avaient tué les sentinelles, guettant le moment où l'assoupissement les ferait piquer du nez. À présent, ils besognaient vite et bien, ne laissant pas le temps à l'adversaire de reprendre ses esprits.

« Ils nous observaient probablement depuis deux ou trois jours, songea Anouna. Ils savaient dans quelles tentes dormaient les seuls guerriers capables de leur opposer une réelle résistance... et ce sont ceux-là qu'ils ont assassinés en premier. »

Mais pourquoi ? *Pour des chats ?* Non, c'était impossible... La caravane ne véhiculait aucune richesse, et c'était la raison principale pour laquelle les chameliers n'avaient jamais nourri de réelle inquiétude depuis le début du voyage. Il en serait allé différemment si l'on avait transporté du vin, de la bière, des étoffes. Mais des chats... des chats !

Son nez de parfumeuse n'avait aucune peine à reconnaître l'odeur laineuse des Bédouins qui n'hésitaient pas à se couvrir de vêtements tissés à partir de poils d'animaux, ce que tout bon Égyptien considérait comme une souillure. Elle sentait l'odeur de la peur, la sueur, l'urine, les excréments que les mourants expulsaient au moment de l'agonie. C'était une tuerie confuse où l'on trouait les corps sans même entraper-cevoir le visage de son adversaire. Fuir ne servait à rien. La caravane bivouaquait au beau milieu du désert, loin de tout point d'eau, de tout village. S'enfoncer dans les sables, c'était accepter de se suicider, s'offrir en pâture aux hyènes, à la morsure du soleil.

— Ils vont nous tuer ! bredouilla une jeune fille en se grif-fant la peau du visage. Nous sommes perdues.

Serge Brussolo

— Assez ! lança Anouna, si vous poussez des cris, vous exciterez leur fureur. Déshabillez-vous, vite, et allongez-vous sur les nattes, sans rien sur le corps... Faites semblant de dormir. Fazziza, allume une lampe à huile. Vite, ils seront là dans un instant.

Les femmes se récrièrent mais Anouna savait qu'elle avait raison, mieux valait être violée qu'éventrée d'un coup de poignard. Elle avait assez d'expérience pour savoir que le spectacle d'une dizaine de corps nus, feignant le sommeil, frapperait les pillards de stupeur. Voilà ce qu'elle désirait briser : l'enchaînement des gestes qui poussaient les brigands à couper les gorges d'une tente à l'autre. La seule chose importante, c'était de survivre.

Pour donner l'exemple, elle arracha ses propres vêtements en dépit du froid et de la peur qui lui faisaient claquer des dents. La petite Fazziza l'imita. C'était une jeune femme de 14 ans, fille d'un marchand d'olives ruiné. Une jolie petite garce qui, depuis le début du voyage, n'avait cessé de couler des œillades langoureuses en direction des beaux chameliers aux mollets musclés.

L'odeur du sang devenait plus forte. La nuit se remplissait de râles, de coups sourds. La terreur jetait les caravaniers au hasard, dans une course folle qui leur faisait se prendre les pieds dans les cordes des tentes ; ils s'empêtraient dans les toiles, s'enveloppant involontairement dans leur propre linceul, et lorsque les pillards les rattrapaient, ils avaient beau jeu de transpercer ces pauvres victimes déjà habillées pour le trépas. Les chats miaulaient, rendus fous par les relents du carnage flottant dans l'air. Ils s'entredéchiraient au creux des paniers d'osier, se déchiquetant les uns les autres. Anouna pressa ses compagnes de l'imiter, les Égyptiennes et les Noires, habituées à la nudité, obéirent sans trop de difficulté, mais les Orientales, les Asiatiques étaient pudiques. Elles ne pouvaient se résoudre à s'exhiber sans voiles.

— Allonge-toi, souffla Anouna à l'adresse de Fazziza. Et s'ils te prennent, reste immobile, ne lutte pas... ça ne servirait à rien, ils se mettraient à plusieurs pour t'écarteler.

C'était la règle. Elle avait déjà vécu cela quand elle était encore jeune, à 12 ans. Les matrones des caravanes lui avaient appris qu'il valait mieux se résigner. Si une gamine avait assez de ruse pour se montrer docile, elle pouvait sauver sa peau car il était facile d'enchaîner par les sens des brigands privés de femmes depuis des semaines. Il suffisait de leur faire croire qu'on accueillait leur intrusion avec joie parce qu'on avait pareillement souffert de l'abstinence. Les hommes étaient si bêtes ! Ils ne demandaient qu'à gober de telles fadaises.

Elle grelottait alors même que la sueur couvrait tout son corps. Une angoisse la saisit : à 17 ans, était-elle encore assez jeune pour faire envie à un assassin surgi de la nuit ? Elle avait la peau sombre, les cheveux crépus, or elle savait que les hommes du désert préféraient les chairs pâles...

Et puis il y avait l'ivresse de la tuerie, l'enchaînement fou des gestes que plus rien ne peut arrêter, quand le plaisir d'enfoncer sa lame dans un corps supplante toutes les autres satisfactions. Elle savait cela, également. Un carnage, une fois lancé, ne s'arrête pas aisément. C'est une griserie dont les hommes aiment le goût.

Si l'on se débattait, si l'on hurlait, griffait, on ne faisait qu'aviver l'incendie. Mieux valait s'abandonner en hâtant le plaisir du vainqueur au moyen de quelques savants coups de reins. Un guerrier, une fois qu'il a répandu sa semence, se dégrise comme un soûlard qui vient de vomir sa bière.

Survivre, il ne fallait penser qu'à cela.

Étendue sur la natte, elle lança sa main droite en direction du pot de graisse parfumée dont elle s'enduisait d'ordinaire le visage et les mains pour échapper à la cuisson du soleil. Cette fois, elle s'en frotta le sexe afin de diminuer la douleur de la pénétration. Par les dieux, elle n'était pas assez vieille pour mourir. Elle n'avait pas envie de rendre le dernier souffle dans cette tente puante au milieu du désert. Non, elle n'avait que 17 ans. Fazziza pensait sans doute que c'était là un âge avancé, mais Anouna ne partageait pas cet avis.

Curieusement, les événements des derniers mois défilaient dans sa tête. Elle revoyait son errance dans Kefer-Aris au lendemain de la mort du pharaon Anathotep et du bandit

Netoub Ashra[1], une déambulation qui l'avait menée à la mendicité. Mourant de faim, elle avait même envisagé un moment de se prostituer sur le parvis d'un temple, comme c'était l'usage. En effet, les prêtres protégeaient les putains pourvu qu'elles acceptent de reverser une partie de leurs gains au dieu qui les « protégeait ».

Dame Nefer-Hôpa avait sauvé Anouna de la honte le jour même où celle-ci se préparait à racoler son premier client. Elle affirmait avoir entendu vanter les talents de parfumeuse de la jeune fille.

— Tu as travaillé dans une maison d'embaumement, un Per-Nefer, n'est-ce pas ? lui lança-t-elle de sa voix nasillarde. Il se pourrait bien que tu me sois utile. Viens un peu par là... Nous allons discuter de cela.

C'était une grosse femme très soignée de sa personne, vêtue de beau lin et parfumée d'essences rares. Un cône d'encens en équilibre sur la tête. Elle régnait sur la corporation de la mort à Kefer-Aris depuis le décès de son troisième époux. Prêteuse sur gage, elle acceptait les momies de parents proches en dépôt de garantie. Cette pratique n'avait rien d'exceptionnel car beaucoup de gens, faute de pouvoir offrir un tombeau digne de ce nom à leurs chers disparus, les conservaient chez eux, dans une pièce reculée de la maison, en attendant des jours meilleurs.

— Je possède plusieurs tombeaux collectifs, expliqua-t-elle à Anouna. De vieilles sépultures abandonnées que j'ai divisées en petites cellules, et dont je loue les niches aux familles en quête de mausolées.

Rien de tout cela n'avait surpris la jeune femme. Elle savait depuis longtemps que les entrepreneurs de pompes funèbres achetaient et revendaient les morts dont ils avaient la charge comme ils l'auraient fait de troupeaux de moutons. C'était là un bétail fort rémunérateur, et les familles, une fois le contrat passé, n'avaient plus leur mot à dire. L'entretien d'un mort

---

1. Voir *le Labyrinthe de Pharaon*, du même auteur dans la même collection.

assurait une rente certaine à celui qui dispensait aux momies le rituel journalier obligatoire.

— Je dois m'entourer de vrais professionnels, conclut dame Nefer-Hôpa, car mes affaires prennent de l'extension. Bientôt, je posséderai six tombes collectives ouvertes à la location. Les loyers sont modiques, mais leur contenance étant élevée, je me rattrape sur le nombre. Il me faut de plus en plus de servants du culte, et bien que tu sois étrangère, je puis me débrouiller pour te faire entrer dans la corporation, surtout si tu es aussi bonne qu'on le dit.

Voilà... tout avait commencé de cette manière, presque un an auparavant, et maintenant... *maintenant*...

La peur, de nouveau. La mort... le meurtre.

Anouna essaya de maîtriser le claquement de ses mâchoires. Il y avait longtemps qu'elle n'avait pas côtoyé le danger de si près. L'année écoulée lui avait fait baisser sa garde, elle avait fini par s'endormir dans une fausse quiétude, à la manière de ces commerçantes qui font doucement du lard en comptant leur fortune. Tout se jouerait en l'espace d'un instant. Déjà, le cliquetis des armes se rapprochait. La tente allait s'ouvrir, ou bien un poignard l'éventrerait de haut en bas. Les hommes aimaient le saccage et ne répugnaient pas devant les démonstrations de force inutiles.

Elle perçut l'odeur des assaillants. La sueur, l'excitation, la crasse... et quelque chose de plus secret, de plus violent. De plus sexuel peut-être ?

Ses compagnes gémirent de terreur et se pelotonnèrent les unes contre les autres. Anouna tendit l'oreille. Les pillards parlaient dans un dialecte qu'elle comprenait mal, mélange d'égyptien et de langue arabique. Rien d'étonnant à cela, chaque tribu avait coutume de développer son propre dialecte, tissu d'ajouts, d'emprunts et de distorsions qui, au fil des abâtardissements, finissait par s'éloigner à tel point de ses racines qu'il en devenait incompréhensible.

Brusquement les hommes furent là, couverts de sueur et de sang, respirant fort, les poings serrés sur de longues lames courbes. La barbe leur dissimulait la moitié du visage. Leurs yeux brillaient d'une lueur de folie. La vue des femmes nues, couchées dans la lumière palpitante des lampes à huile, les figea.

L'un d'eux dit quelque chose qui ressemblait à *Nahf-at-tib*, qu'Anouna traduisit par « l'odeur du parfum » ou quelque chose d'approchant.

— Est-ce que l'une d'entre vous est Anouna, la parfumeuse ? gronda celui qui commandait les hommes.

Il parlait avec un accent rocailleux qui rendait ses paroles presque incompréhensibles. La jeune femme écarquilla les yeux, surprise. Comment les pillards connaissaient-ils son nom ? Elle n'était rien qu'une petite employée, une convoyeuse sans importance... Avait-elle bien entendu ?

— Anouna ! répéta le brigand. Anouna l'embaumeuse. Est-ce qu'elle est là ?

Il avait saisi l'une des lampes à huile et la brandissait en se déplaçant entre les nattes, éclairant chacune des femmes. Son odeur chaude de sueur et de sang souleva le cœur d'Anouna lorsqu'il se pencha sur elle.

— C'est moi, dit-elle. Que me veux-tu ?

Le bandit la fixa comme s'il voulait graver les traits de son visage dans sa mémoire puis s'écarta et fit signe à ses hommes de sortir.

— Restez là ! ordonna-t-il aux jeunes femmes avant de disparaître à son tour. Si vous sortez, on vous tuera. Vous êtes désormais l'entière propriété du grand vizir Abou-Assim, ministre de Malik-Idriss-Azhouf, maître d'Al-Madina-Kamina, notre prince... Gardez bien cela à l'esprit, femelles, si vous voulez rester en vie.

Puis il plongea dans la nuit. Anouna et ses compagnes demeurèrent hébétées, incapables de prononcer un mot.

Fazziza fut la première à reprendre ses esprits.

— Ce sont les *ghuzats* d'Abou-Assim, murmura-t-elle. Pas des pillards... C'était une attaque conduite par des soldats.

Anouna se rapprocha de la jeune fille dont le corps nerveux luisait dans les tressautements des flammes.

— Tu sais de quoi ils parlaient ? demanda-t-elle. Tu connais cet... Abou-Assim ?

— Oui, souffla Fazziza, c'est le ministre de Djinn-el-Gahib, le diable caché... C'est terrible, ils vont nous emmener à Dar-es-Djinn... à la forteresse de Dakhchicha... C'est un endroit perdu au fond du désert rouge. Maintenant c'est sûr, on va nous enfermer dans un harem.

Anouna connaissait assez de dialecte arabique pour comprendre que *Dar-es-Djinn,* signifiait à peu près « la maison du diable », et *Dakhchicha* « le lieu du secret »... Elle n'eut pas le temps de s'interroger sur le caractère inquiétant de ces appellations, le mot « harem » paralysait déjà ses mécanismes de réflexion.

Il n'existait pas de harems en Égypte au sens où l'entendaient les Bédouins. Nulle part on n'avait coutume d'enfermer des femmes pour les livrer au bon plaisir d'un seul homme. Ou du moins, la chose était fort rare car la polygamie restait peu pratiquée. Le harem... la prison sexuelle à laquelle Fazziza faisait allusion était une invention des coureurs de sable, une coutume de nomades venue des déserts de l'Ouest. Anouna en avait toutefois entendu parler par les chameliers, que cette idée alléchait. C'est par eux, également, qu'elle avait appris que les maîtres de harem dépêchaient des guerriers en terre étrangère pour se procurer des femmes.

— De la chair fraîche ! ricanaient les caravaniers. Des filles que le maître ne connaît pas déjà par cœur. Des femelles rétives qu'il lui faudra dresser...

Les gémissements de ses compagnes la ramenèrent à la réalité. Certaines avaient entrepris de s'arracher les cheveux, de se griffer le visage pour manifester leur désespoir.

— Idiotes ! leur cria Fazziza. Arrêtez ça ! Si vous n'êtes plus présentables, on vous abandonnera sur place après vous avoir livrées aux soldats. Abou-Assim n'a pas l'habitude de s'encombrer de laiderons.

Un silence atterré se fit entre les parois de toile. Les jeunes femmes prirent conscience qu'elles étaient toujours nues et qu'elles grelottaient. Elles se rhabillèrent à la hâte, avec des gestes maladroits. Anouna se sentait démunie face à la situation. Elle ne connaissait pas grand-chose aux pratiques des harems, et si, plus jeune, elle avait vécu avec des chameliers, c'étaient des hommes trop pauvres, ou trop vieux, pour s'offrir le luxe de la polygamie. Ses compagnes avaient d'instinct perçu son trouble et s'étaient tournées vers Fazziza qui semblait plus au fait de ces choses. La gamine à la peau ambrée avait de la peine à cacher la jouissance secrète que lui procurait sa subite importance.

Anouna en fut irritée. Jusque-là, elle avait joué le rôle de la sœur aînée auprès de ces filles plus jeunes qu'elle. Les responsabilités dont l'avait chargée dame Nefer-Hôpa avaient consolidé cet ascendant, et personne n'avait tenté de contester son autorité au cours du voyage... À présent, tout était bouleversé, Nefer-Hôpa ne pouvait plus rien pour ses employées, et Anouna se retrouvait au même niveau que ses compagnes. Plus bas, peut-être, car elle était moins jeune, moins jolie, et plus noire de peau.

Elle tendit l'oreille. La bataille avait pris fin mais on entendait râler les blessés. Elle frissonna. Elle ne devait pas s'affoler, plutôt essayer de réfléchir à la situation.

— Seules les plus jolies auront une chance, répéta Fazziza. Cette fois, il ne s'agit pas d'aller grossir le troupeau de femelles d'un quelconque roi nègre... C'est dans un palais qu'on nous emmènera. Chez un *Malik*... un *Moulouk*... un vrai roi.

Elle égrenait les mots d'une voix haletante, partagée entre la peur et l'excitation.

« La petite garce ! songea Anouna en détaillant le profil de l'adolescente. Elle n'ignore pas qu'elle est de loin la plus jolie. Elle a déjà l'assurance d'être choisie. Elle s'amuse à semer le doute chez les autres. On dirait presque qu'elle est satisfaite de ce qui nous arrive. »

Pourquoi ne l'aurait-elle pas été, du reste ? Nourrir les chats destinés au temple de Bastet n'avait rien de très réjouissant, surtout lorsqu'on risquait de se faire éborgner à coup de griffes, chaque fois qu'on entrebâillait un panier pour apporter leur pitance aux petits félins que la claustration prolongée avait rendus fous de rage. Alors, pourquoi pas le harem ?

Anouna percevait la subtile modification qui s'était opérée dans l'univers clos de la tente depuis l'intrusion des guerriers. Toutes ces filles étaient pauvres, promises à un avenir médiocre, une vie de misère qui les condamnerait à mourir de maladie, de famine ou d'épuisement avant d'avoir atteint leur trentième année. Seuls les riches vivaient vieux. Le seul moyen d'échapper à une mort précoce, c'était de manger à sa faim, de vivre loin de la pourriture des villes encombrées d'ordures, de vermine, et surtout de ne pas donner naissance à douze ou quinze enfants dont la plupart périraient avant d'avoir atteint 3 ans.

Finalement, le harem, c'était peut-être une chance ? Une chance de sortir de l'impasse, d'accéder à une existence dont aucune des filles présentes n'aurait jamais osé rêver. Anouna se passa la main sur le visage, troublée, indécise. L'une des lampes à huile s'éteignit avec un dernier grésillement, accentuant l'atmosphère oppressante qui régnait au sein de l'abri.

Fazziza se tourna vers la parfumeuse, les paupières étrécies.

— Ils avaient l'air de te chercher, dit-elle d'une voix un peu sèche, comme si elle était soudain en droit de demander des comptes. Tu les connais ?

— Non... Je ne vois pas ce qu'ils pourraient me vouloir.

— Moi non plus. Tu n'es plus assez jeune pour le harem... et puis tu es presque noire. C'est rare qu'ils prennent des Négresses. Les sultans préfèrent généralement les peaux claires, surtout les hommes du Sud. Plus ils sont foncés, plus ils veulent des femmes blanches, préservées du soleil.

Elle eut un petit rire plein de fatuité, comme si les goûts masculins n'avaient plus de secrets pour elle. D'ailleurs, c'était peut-être le cas ? À 13, 14 ans, la plupart des filles avaient déjà connu plusieurs amants. On n'accordait pas beaucoup d'importance à la virginité en Égypte, seuls comptaient l'épanouissement des sens et le plaisir réciproque des partenaires.

Le malaise d'Anouna s'aggrava. Elle ne comprenait rien à ce qui lui arrivait. Pourquoi, en effet, les guerriers du désert s'étaient-ils enquis de son identité ? Elle baissa les yeux, fautive, car les jeunes filles la dévisageaient, méfiantes. Qu'al-

laient-elles s'imaginer ? Que dame Nefer-Hôpa et Anouna
avaient passé contrat avec les hommes des sables pour leur
livrer un troupeau de belles femelles ? *Que la parfumeuse
les avait fait tomber dans un piège ?*

À l'extérieur, les chats hurlaient toujours, et ce concert de
miaulements avait de quoi rendre fous les plus endurcis.

Anouna se redressa pour fuir les regards soupçonneux. Elle
marcha jusqu'à l'entrée de la tente dont elle écarta les pans.
L'aube se levait, rose, accentuant l'aspect rougeâtre du désert.
Les guerriers nettoyaient leurs armes gluantes en les frottant
avec du sable. Ils avaient épargné les femmes âgées ou laides,
ainsi que les enfants. Les vieilles seraient violées à la hâte,
par principe, et pour libérer les pillards d'une frustration qui
aurait pu les conduire à s'attaquer aux filles promises au
harem. La plupart des garçonnets subiraient le même sort car
il importait de faire tomber au plus vite la tension nerveuse
générée par le carnage. Tout bon chef savait cela. Les *ghuzats*
se déplaçaient rapidement, le poignard à la main, achevant
les blessés, récupérant tout ce qui pouvait l'être — vêtements, colifichets, étoffes, sandales. Anouna observa qu'ils
avaient démonté les palanquins d'osier sanglés sur le dos des
chameaux pour les transporter à l'écart.

— Que font-ils ? lui demandèrent les jeunes filles massées
peureusement au fond de la tente.

— Ils n'ont pas l'air pressés de s'en aller, murmura-t-elle.

— Bien sûr ! siffla Fazziza. Ils vont attendre l'arrivée
d'Abou-Assim. C'est lui qui procédera au choix. Il ne prendra
pas tout le monde car il lui faut économiser l'eau de la caravane. Il ne s'encombrera pas de bouches inutiles, vous
pouvez m'en croire. Seules les mieux faites s'en sortiront. Les
autres, on les livrera aux guerriers. Aucune femme normalement constituée ne peut survivre à un tel traitement. Quand
ces hommes-là en ont fini avec vous, c'est comme si on vous
avait forcées à faire l'amour avec un sabre.

Les filles gémirent, certaines se mirent à pleurer d'effroi.

— Ça suffit, intervint Anouna. Tu trouves qu'elles ne sont
pas assez terrifiées ?

— Je veux juste leur dire ce qui les attend, riposta Fazziza en se raidissant. Elles ne doivent pas se faire d'illusions. Aucune d'entre nous ne doit s'imaginer qu'il suffira d'être jeune et belle pour s'en tirer. Ce ne sera pas assez. Pas avec ces gens-là. Abou-Assim ne vient pas chercher des femmes pour des marchands d'olives ou de raisins secs. Il devra livrer son troupeau à un prince du désert, un homme au goût difficile. Un *Malik* habitué aux beaux visages, aux jolis corps.

Elle toisa ses compagnes, la bouche dure. La flamme de la lampe à huile donnait à ses traits un aspect sauvage, méchant, un peu démoniaque.

— Je parle dans votre intérêt, dit-elle froidement. Il ne faudra pas pleurnicher. Il faudra vous vendre. Vous devrez vous mettre en valeur, expliquer à Abou-Assim pourquoi il ne peut pas prendre une autre que vous. Et même cela, ça ne suffira peut-être pas...

Elle se tut et s'enferma dans une brusque bouderie, se désolidarisant du groupe. Anouna remarqua que la jeune fille ne s'était jamais adressée à elle au cours de sa péroraison, comme si elle tenait pour acquis que la parfumeuse n'avait d'ores et déjà aucune chance d'être sélectionnée par le mystérieux Abou-Assim. Celle-ci en fut bouleversée.

« Allons ! songea-t-elle en faisant un effort pour se ressaisir, je ne suis pas aussi vieille qu'elles essayent de me le faire croire. »

Mais le poison du doute était en elle. Elle se rassura en se répétant qu'elle était avant tout parfumeuse, et que les odeurs agréables avaient une importance de premier plan dans la vie des princes.

Une idée affreuse lui traversa l'esprit : et si c'était pour elle, *uniquement pour elle,* qu'on avait attaqué la caravane ? Non, par les dieux, c'était impossible ! Pourquoi aurait-on monté un tel traquenard dans le but de razzier une embaumeuse de troisième classe tombée au rang de simple convoyeuse de chats ?

Elle avait froid. Du dehors leur parvenaient les hurlements des enfants qu'on violait. Les femmes, elles, se laissaient faire en silence, pour ne pas indisposer leurs agresseurs. Elles

s'étaient résignées depuis longtemps à subir le rut des vain-
queurs et nombre d'entre elles, par le passé, avaient déjà
supporté à maintes reprises cette pénible expérience. C'était
la loi du désert. La loi des petites bandes de pillards habités
par d'obscures croyances. Ils tuaient, massacraient sans une
hésitation, mais restaient terrifiés par des superstitions qu'A-
nouna jugeait absurdes, les *jnoun,* mais aussi les ogres, les
ghoul, ou les *tannirt,* les démons femelles qui habitaient les
vents de sable et pouvaient se matérialiser au cœur des oasis,
pour tromper les voyageurs. Ces fées étaient si belles qu'on
les suivait au plus profond du désert, sans plus penser à rien
d'autre qu'à leur faire l'amour... Hélas ! Quand on essayait de
les étreindre, elles se changeaient en sable et vous coulaient
entre les mains avec un éclat de rire mauvais, alors on se
rendait compte qu'on était perdu, sans eau, loin de tout, et
qu'il n'y avait plus qu'à mourir.

Oui, les hommes qui en ce moment même achevaient les
blessés, ou prenaient leur plaisir dans le ventre des vieilles
femmes de la caravane, croyaient à ces choses. Ils n'avaient
pas de dieux ; leur vie se passait à essayer de pactiser avec
une foule de démons mineurs tenaillés par la luxure, l'ivro-
gnerie et la gourmandise, comme ils l'étaient eux-mêmes.

Des centaines de minuscules tribus hantaient les sables, des
bandes qui se faisaient et se défaisaient au hasard des
querelles. De temps à autre, Pharaon dépêchait son armée
pour tenter de nettoyer la route des caravanes, mais les
bandes, un instant désorganisées, en fuite, finissaient toujours
par se reformer. On était incapable de les dénombrer, pas
plus qu'on n'était en mesure de recenser les mille petits
princes hantant le désert. D'où venaient-ils ? Qui étaient-ils ?
On n'en savait rien. Ruinés par des complots de palais, pour-
suivis par des haines familiales, ils se réfugiaient dans ce territoire de nulle part qu'était la « terre rouge », dans cette
immensité hantée par les bêtes féroces, les fantômes, les
dieux en maraude et les monstres. C'était souvent pour cela
qu'ils étaient dangereux : abandonnés de tous, ils n'avaient
plus rien à perdre.

Anouna tenta de se rappeler le nom prononcé par le guerrier. En vain. Il avait dit Al-Madina-Kamina, qui pouvait à peu
près se traduire par « la ville cachée ». En tout cas, rien de
très rassurant. D'ailleurs, depuis le début de l'attaque, on avait
un peu trop utilisé les mots *caché, secret, démon.* La parfumeuse jugeait cela de mauvais augure.

Il n'y avait aucune illusion à se faire, dame Nefer-Hôpa
n'entreprendrait rien pour venir en aide à ses employées, elle
pleurerait sa cargaison de chats perdue, puis se lancerait dans
une nouvelle opération financière pour combler le préjudice subi ; les sables se refermeraient sur Anouna et ses
compagnes.

La jeune femme observa à la dérobée les adolescentes qui
l'entouraient. Elles avaient toutes entre 13 et 15 ans.
Certaines, comme Fazziza, Amina ou Neferît étaient belles,
d'autres, comme Nitina, Shepsout ou Kitali, ne possédaient
aucun charme, et Anouna voyait mal comment elles auraient
pu trouver place dans un harem. Les pauvres filles ne
cachaient pas leur frayeur. Fazziza et Amina se coulaient des
regards de serpent, supputant leurs chances respectives
d'être choisies. On ignorait tout des critères de sélection
d'Abou-Assim. Quels étaient les goûts de son maître, le mystérieux Djinn-el-Gahib ? Les préférences des hommes étaient
parfois surprenantes, celui-là n'aimait que les femmes grasses
et maternelles, cet autre les petites filles à peine pubères.
Certains ne voulaient être entourés que de femelles soumises
et rampantes, d'autres souhaitaient qu'on leur amenât des
filles panthères qu'ils pourraient dompter, briser et détruire.
En matière d'amour, il n'était pas toujours raisonnable d'es-
timer qu'on était forcément tirée d'affaire parce qu'on possédait un joli minois. Fazziza et ses rivales se faisaient peut-être
des illusions...

Une odeur épouvantable s'infiltra dans la tente, faite de
fumée et de viande grillée, en même temps qu'éclatait au-
dehors un concert de cris déchirants. Anouna glissa le nez
dans l'ouverture de l'abri. Indisposés par les miaulements
continuels des chats, les pillards avaient incendié les paniers
d'osier entassés à l'écart. Les félins se tordaient dans les

flammes, s'entre-déchiquetant pour essayer de sortir. Une pestilence abominable envahit le campement tandis qu'un panache de fumée grimpait vers le ciel sans nuages.

Maintenant qu'il faisait jour, on distinguait des taches brunes sur le sable imbibé de sang. Les guerriers étaient vêtus de djellabas sans couleur, brûlées par le soleil, sur quoi ils avaient drapé des *khount* indigo. Ils portaient en bandoulière de hauts boucliers de cuir. Un *razza,* turban de coton blanc, leur enveloppait la tête. Anouna remarqua des tatouages bleuâtres sur leurs joues, leur front, leurs mains. Ils étaient tous de grande taille, bien bâtis, mais l'affreuse barbe qui couvrait le bas de leur visage ne permettait pas de se rendre compte s'ils étaient beaux ou laids.

Des vautours tournaient dans le ciel, nullement effrayés par les flammes du bûcher. Ils convoitaient les cadavres qu'on avait tirés à l'écart. Tous les chameliers n'avaient pas été tués, il en restait une dizaine, parmi les plus jeunes et les mieux bâtis. Sans doute prévoyait-on d'en faire des esclaves ?

2

On les laissa tout le jour enfermées dans la tente. La chaleur devint épouvantable, et les jeunes femmes sombrèrent dans une torpeur hallucinée. Quelques-unes pleuraient de façon convulsive, d'autres semblaient absorbées dans leurs pensées, comme si elles élaboraient de confuses stratégies. Alors que le soleil était au plus haut, Keteb, une vieille femme de 40 ans, se glissa dans l'abri pour leur apporter de l'eau et du *tchicha,* brouet insipide confectionné avec de la semoule d'orge. Elle avait le visage marbré de coups et ses mains tremblaient.

— Mes jolies, murmura-t-elle, vous ne savez pas à quoi vous avez échappé. Ce sont des diables, ces hommes-là... Par les dieux, ils se sont partagés Teferoût, une matrone de cinquante et quelques années, plus laide qu'une chèvre ! Fallait-il qu'ils soient en manque ! Je n'ai jamais eu aussi peur de toute ma vie. Ils étaient comme des bêtes. Il a fallu rire avec eux et faire semblant d'en redemander, sinon ils nous auraient toutes empalées sur des lances. Pas un seul petit garçon ne leur a échappé. Ils sont là, à couver votre tente du regard, la bave à la bouche, avec des yeux de loups. Cette nuit ne leur a pas suffi. Ils veulent de la chair fraîche. Celles qui ne seront pas choisies par Abou-Assim feraient mieux de se trancher la gorge plutôt que de finir entre leurs mains...

— Tais-toi, lança Anouna, tu radotes ! Cette attente est déjà assez pénible, tu n'as pas besoin de nous démoraliser davantage.

Keteb se renfrogna. Pendant un moment, elle se contenta de remplir les écuelles, mais personne n'avait faim.

— Je sais de quoi je parle, marmonna-t-elle avec aigreur. Abou-Assim est déjà passé dans mon village il y a quelques années. C'est un homme dur, tout dévoué à son maître. On n'a jamais eu aucune nouvelle des filles qu'il a emmenées. On ne sait même pas où se cache le prince qu'il sert. On dit qu'il habite Hurm... Mais *hurm,* dans la langue des Bédouins, ça signifie « le lieu interdit ». Il a mauvaise réputation, on le dit hérétique, mêlé à toutes sortes de diableries.

Anouna dut résister à l'envie de la gifler. Les filles fixaient Keteb avec horreur, les yeux écarquillés, la bouche ouverte. À l'énoncé du mot *hurm,* Anouna avait dressé l'oreille. Dans le milieu des embaumeurs, elle avait entendu parler de cette cité fabuleuse érigée autour d'un temple hérétique dédié à un dieu condamné par les prêtres d'Amon. On disait que la colère de Râ s'était abattue sur la ville, foudroyant tous ceux qui avaient commis l'erreur d'adorer cette idole venue d'un culte lointain, incompréhensible. À la mort du grand prêtre, la ville s'était vidée en l'espace de quelques jours, abandonnée par ses habitants terrifiés.

— Hurm, grommela Keteb, vous n'étiez pas nées quand on l'a bâtie... C'était un lieu de scandale, un endroit d'abomination. Pharaon avait dépêché ses armées sur place, pour la raser, mais les soldats se sont perdus dans les sables sans réussir à la trouver... On dit que c'est une ville-mirage, qui se déplace sans cesse. Un jour là, un jour ailleurs...

Elle fit une grimace et conclut :

— Mes petites, pour rien au monde je ne voudrais être à votre place.

Et elle se retira avant de subir les foudres d'Anouna.

La journée s'écoula dans une atmosphère d'abattement et d'angoisse. On attendait Abou-Assim. Chaque fois qu'elle risqua un coup d'œil à l'extérieur, Anouna surprit les regards fiévreux des brigands fixés sur la tente. On accueillit la nuit avec soulagement. Alors qu'elle s'allongeait sur sa natte, Anouna vit Fazziza se rapprocher.

— Tu les connais ? demanda l'adolescente dans un souffle à peine audible. Je veux dire les brigands... Tu travailles avec eux, *c'est ça ?* J'ai bien réfléchi cet après-midi, et j'ai compris. Tout était arrangé depuis le départ. C'est pour ça que tu m'as choisie, parce que je suis la plus jolie. Tu travailles pour Abou-Assim, n'est-ce pas ? Va, tu peux me le dire, je ne t'en voudrai pas... De toute manière, je n'avais pas envie de passer le reste de mon existence à travailler chez les embaumeurs. Cette razzia, c'est une chance pour moi. Je tenais à te le dire. Si je suis choisie, je ne t'oublierai pas... Je ne suis pas une ingrate. Tu peux me recommander au grand vizir, tu ne prendras pas grand risque à le faire. Je suis bonne au travail du lit, les garçons avec qui j'ai couché me l'ont tous dit... Et puis je suis jeune, je peux encore apprendre.

— Tais-toi ! siffla Anouna. Tu dis des bêtises. Je ne suis pas la complice d'Abou-Assim. Ne va pas mettre dans la tête des autres filles que je vous ai fait tomber dans un piège... Je n'y suis pour rien.

Fazziza la dévisagea d'un air peu convaincu.

— Mais l'homme, murmura-t-elle. Il te connaissait. Il a prononcé ton nom, j'ai bien entendu. Si tu n'es pas avec eux, pourquoi te cherchait-il ?

Anouna ne sut que répondre, et se maudit : son silence ne ferait que conforter dans l'esprit de Fazziza l'idée d'un complot ; dès lors, les chuchotis iraient bon train. Demain, toutes les filles seraient persuadées d'avoir été livrées aux brigands par la parfumeuse à la peau sombre.

On se prépara à dormir, la tension nerveuse des dernières heures avait fait place à un terrible abattement. Dehors, les hommes chantaient autour d'un feu. Leurs voix rauques étaient belles et effrayantes.

Au cours de la nuit, Anouna fut réveillée par une bataille confuse. Elle crut d'abord que l'un des brigands s'était introduit dans l'abri pour essayer de profiter des prisonnières, mais c'étaient en fait les filles qui se battaient. L'obscurité complète ne permettait pas de distinguer ce qui se passait. Des cris de douleurs fusèrent, et Anouna reçut en plein visage un coup qui l'étourdit.

— Arrêtez ! cria-t-elle. Qu'est-ce que vous faites ?

À tâtons, elle chercha la lampe à huile et le petit nécessaire qui servait à allumer les mèches. Il lui fallut un moment avant de réussir à enflammer l'amadou. Quand la lumière tremblotante accepta de se lever à l'extrémité du bec de terre cuite, elle découvrit Neferît étendue sur le dos, le visage balafré à coups d'ongles, les joues en sang. La pauvre fille gémissait de souffrance en explorant sa figure du bout des doigts.

— Qui a fait cela ? gronda Anouna. Laquelle d'entre vous ?

Elle jeta un regard chargé de haine à Fazziza et à Amina. Son instinct lui disait que l'une des deux avait sans aucun doute décidé de se débarrasser d'une rivale éventuelle. Neferît était belle, mais les griffures, profondes, vicieuses, lui avaient boursouflé les joues. Barbouillée de sang, les chairs enflammées, elle faisait peine à voir et n'avait, certes, plus rien d'attrayant.

— Pourquoi me regardes-tu ? siffla Fazziza avec colère. Je n'y suis pour rien. Tourne-toi plutôt du côté de ces trois garces... Elles sont si laides qu'elles ont voulu se venger, par dépit. Parce qu'elles savent qu'elles n'ont aucune chance d'être choisies par le grand vizir...

Nitina, Shepsout et Kitali se récrièrent. Elles étaient innocentes, c'étaient Fazziza et Amina, ces deux prétentieuses qui...

— Assez ! hurla Anouna. Vous êtes folles, au lieu de vous serrer les coudes, vous vous faites la guerre.

Nitina, qui était grosse et toujours maussade, la défia, l'air mauvais.

— Ça t'embête que l'une de tes jolies petites protégées soit abîmée ! lança-t-elle d'un ton goguenard. Les hommes du désert seront mécontents et tu vas perdre de l'argent. Combien de beautés t'étais-tu engagée à leur livrer ? Je suis bien certaine que Shepsout, Kitali et moi n'étions pas comprises dans le lot.

— Tais-toi ! riposta la parfumeuse. Je n'ai vendu personne.

— Ne nous prends pas pour plus idiotes que nous ne sommes, grogna Nitina. Tu nous as joué un sale tour. En nous emmenant, tu nous condamnais, et tu le savais bien. Nous n'avons aucune chance d'être choisies par le grand vizir, nous amener ici était criminel. On va nous jeter en pâture aux guerriers qui nous déchireront le ventre. Mais cela, tu t'en moques... Tu auras été payée pour les autres, et c'est tout ce qui t'importe. Tu n'es qu'une chienne. Une pourvoyeuse de viande fraîche.

Une haine avivée par l'angoisse brillait dans les yeux de l'adolescente. Anouna fut tentée de se jeter sur elle pour la faire taire, mais elle sentit qu'elle ne convaincrait personne de cette manière.

Qui avait balafré Neferît ? Fazziza, Amina ou... Nitina ? Elle ne savait plus. Les trois laiderons la fixaient avec dégoût. Elle avait perdu tout ascendant sur elles. Désormais elle devrait se méfier de ce trio de gamines peu gâtées par la nature.

Qu'on puisse la soupçonner d'être à l'origine de la razzia la révoltait. Qui avait répandu ce bruit ? La vieille Keteb ? C'était bien possible. Il ne servait à rien d'essayer de se disculper, le mal était fait, désormais, pour toutes les femmes de la caravane, elle serait la complice des brigands.

— Recouchez-vous, ordonna-t-elle sans grand espoir d'être obéie. Nous ferions mieux de nous entraider au lieu de nous faire la guerre. Nos ennemis, ce sont les hommes qui sont dehors, vous semblez l'oublier trop facilement.

— C'est ta façon de voir, énonça Fazziza d'une voix calme. Mais je ne partage pas ton point de vue. Tu dis cela parce que tu n'es plus assez jeune pour faire ton chemin dans un harem. Moi, je pense au contraire que cette attaque est la grande chance de ma vie. Jusqu'à présent je lavais les cadavres au Per-Nefer de Kefer-Aris, demain je serai peut-être princesse de Dar-es-Djinn.

Nitina lui cria une injure et se jeta, les ongles en avant. Fazziza recula en se protégeant le visage.

La parfumeuse repoussa la grosse fille d'une bourrade entre les seins. Elle était forte, nerveuse, et la puissance du coup suffit à faire tenir Nitina tranquille.

Quand le silence fut revenu, elle trempa de la charpie dans une liqueur apaisante et déposa ce pansement sur le visage balafré de Neferît qui claquait des dents, en proie à une crise nerveuse.

« Nous sommes en train de devenir folles » songea Anouna.

Elle passa le reste de la nuit au chevet de la jeune fille blessée, se réveillant en sursaut dès que l'assoupissement la gagnait. Elle avait peur de Nitina. Elle savait que la grosse fille ne laisserait pas passer l'occasion de se venger.

À l'aube, les chameaux s'agitèrent et se mirent soudain à blatérer, comme s'ils devinaient l'approche de leurs congénères. La montagne interdisait de scruter l'horizon, et c'est d'un défilé que surgirent Abou-Assim et les siens. La caravane du grand vizir comptait plus d'une centaine de bêtes. Des groupes d'esclaves de tous âges et de toutes races marchaient derrière les chameaux. Son apparition fut saluée par de grands cris de guerre et de roulements ininterrompus de *tar*, ce petit tambour que les hommes du désert emportaient partout avec eux.

Cette fois, les jeunes femmes, cédant à la curiosité, se bousculèrent pour sortir de la tente. Il était rare de pouvoir contempler un convoi de cette importance. Une escorte très mobile couvrait les flancs, elle se composait de *ghuzats* puissamment armés. Les guerriers étaient enveloppés de multiples épaisseurs de toile dont les entrecroisements ne laissaient visibles que leurs yeux farouches. Un long moment s'écoula avant qu'on puisse apercevoir Abou-Assim. Anouna se l'était imaginé sous les traits d'un poussah répugnant couvert d'une barbe broussailleuse, les mains grassouillettes et chargées de bagues : la réalité se révéla différente. Abou-Assim était un grand homme maigre, presque décharné, à la peau d'un noir bleuté. Il évoquait pour Anouna ces guerriers africains du Ki-Kongo. Une barbiche grise, presque blanche, s'épanouissait à la pointe de son menton. Des mains fines, incroyablement longues, sortaient des manches de sa djellaba. Il paraissait très âgé ; ses yeux bridés lui donnaient un air hautain, énigmatique de sphinx vivant. Un *âimâma*, cet énorme turban de couleur qu'affectionnaient les grands dignitaires, ceignait son crâne. Tandis que ses serviteurs dressaient sa *kaïma* — sa tente d'apparat — il devisa à voix basse avec les soldats responsables du coup de main. Pas une fois il ne regarda en direction des femmes. Sa haute taille lui donnait l'apparence d'un mince totem d'ébène habillé de vêtements trop amples. Lorsqu'il parlait, sa bouche remuait à peine et son regard traversait ses interlocuteurs comme si leur corps n'avait aucune consistance. Il paraissait tout à la fois très fragile et impénétrable. Anouna n'avait guère rencontré ce genre de personnage que dans la caste des *ouâbou* — les « purs » — grands prêtres préposés aux cultes hermétiques.

Quelques instants plus tard, un guerrier s'avança vers la tente des femmes, ses poignards glissés dans la ceinture de toile rouge qui lui ceignait le ventre par-dessus sa djellaba. Anouna reconnut l'homme qui lui avait demandé son identité le soir du massacre.

— Toi, viens, lui dit-il sans esquisser le moindre geste de salut. Abou-Assim, notre grand vizir, veut te parler.

Anouna entendit chuchoter les jeunes filles dans son dos. L'invitation du mystérieux vieillard achevait de la compromettre aux yeux de tous. Elle eut l'impression que tous les survivants de l'attaque regardaient dans sa direction. Leurs yeux étaient autant de tisons brûlant sa peau. « Maintenant, ils seront persuadés que je les ai vendus, songea-t-elle avec dégoût. Ils vont me haïr... »

Elle ouvrit la bouche pour protester, mais sentit que ses dénégations ne serviraient à rien. La vieille Keteb la fixait avec méchanceté. Les matrones qui avaient servi de jouet aux brigands se tenaient dressées auprès d'elle, accusatrices, la bouche crispée par la haine.

— Viens, répéta le *ghuzat*, irrité. Il ne faut pas faire attendre Abou-Assim.

La mort dans l'âme, Anouna se décida à le suivre. Elle dut traverser le campement sous la désapprobation générale des prisonniers. Déjà Keteb s'agitait, se penchant vers ses compagnes de malheur pour chuchoter avec une véhémence qui ne présageait rien de bon.

L'esprit troublé, Anouna tituba vers la *kaïma* du vizir. Le chapiteau d'un blanc immaculé tressaillait dans le vent brûlant tel un cheval qui essaye de rompre son attache.

— Va, dit le guerrier, et prosterne-toi.

Il ne l'accompagnait même pas à l'intérieur de l'abri ! Cette façon d'agir accréditerait dans l'esprit de tous l'idée qu'elle faisait partie des intimes d'Abou-Assim, ceux qu'on recevait sans témoin. Elle entra dans la tente. Ses pieds nus foulèrent les tapis déroulés sur le sol. Le vieillard se tenait assis sur un haut siège d'ébène, dont la teinte rappelait celle de sa peau. Ses paupières étaient si bridées qu'on distinguait à peine ses prunelles.

La jeune femme s'agenouilla à ses pieds.

— Ainsi c'est toi Anouna, la parfumeuse, dit Abou-Assim d'une voix sourde, nullement marquée par l'âge, et qui aurait pu sortir de la bouche d'un jeune homme.

— Oui, seigneur, dit l'embaumeuse. L'intérêt que tu me portes m'est incompréhensible... et embarrassant. Je ne suis rien, je n'ai aucune espèce d'importance.

— Tu es Anouna, la meilleure parfumeuse d'Égypte, lança Abou-Assim d'un ton coupant. C'est du moins ce qui se murmure dans certains milieux. On dit que c'est grâce à ton flair exceptionnel et à ta science des parfums que tu as pu déjouer les pièges de la pyramide d'Anathotep. Est-ce vrai ?

— C'est une vieille histoire, seigneur, souffla Anouna. Et qui s'est achevée de façon lamentable.

— Je m'en moque ! fit le vieillard. Ce qui m'importe, c'est ton savoir, ta science des mélanges. Tu as été l'apprentie de Dakomon, un magicien des senteurs. J'ai besoin de toi. Je voulais te faire enlever à Kefer-Aris, mais je suis arrivé trop tard, tu étais déjà partie. C'est pour cette raison que j'ai dû me résoudre à faire attaquer la caravane.

La jeune femme tressaillit et le sang déserta son visage.

— Pour moi ? balbutia-t-elle. Tu as fait tuer tous ces gens pour moi ?

— Oui, et en ce moment même, mes hommes s'appliquent à le faire savoir aux survivants. Je veux qu'ils te haïssent. Je veux que tu sois compromise aux yeux de tous. Avant de nous mettre en marche, je donnerai des ordres pour qu'on laisse s'échapper l'un des prisonniers. De cette manière il regagnera Kefer-Aris et expliquera à tout le monde que tu as livré la caravane aux pillards du désert.

Anouna se redressa, fixant le grand vizir dans les yeux.

— Mais pourquoi ? murmura-t-elle. Que t'ai-je fait ? Pourquoi cherches-tu à me faire du mal ?

Abou-Assim sourit. Son visage longiligne, les fentes étroites de ses yeux et de sa bouche lui ôtaient toute apparence humaine. On eût dit un masque de bois ciré, un masque africain que la magie aurait doué de parole.

— Je ne te veux pas de mal, daigna-t-il expliquer. Je désire simplement couper pour toi toute possibilité de retraite. Tu vas devenir une paria, une criminelle aux yeux des tiens. Désormais, tu n'auras plus d'avenir que chez nous, entre les murs d'Al-Madina-Kamina. Si tu essayes de t'enfuir, les tiens te prendront et te tueront. Tu n'as plus le choix. Tu dois me servir ou bien te résigner à être lapidée par tes anciens amis.

— Je n'ai pas d'amis, siffla Anouna.

— Je sais cela également, dit Abou-Assim. Tu es une survivante. Et cette particularité m'intéresse. Je suis un survivant, et le maître que je sers, Malik-Idriss-Azhouf est lui aussi un survivant.

— Je ne comprends pas, soupira la jeune femme. Je n'avais jamais entendu parler de toi avant l'attaque.

— Rien d'étonnant à cela, nous ne tenons pas particulièrement à ce qu'on parle de nous. Je suis un vieil homme, il y a de cela vingt-cinq ans, j'ai sauvé mon roi d'une tuerie familiale... Ses quatre frères ont été égorgés par un oncle jaloux au cours de la même nuit. Auparavant son père et sa mère avaient péri de la même manière. C'était un complot, un coup de main que nous n'avions pas su prévoir. J'étais encore jeune alors, plein d'énergie, j'ai réussi à dérober l'enfant au dernier moment. Il n'avait que 6 ans... J'ai pris la fuite pour le mettre hors de portée des assassins qui le traquaient. Avec une poignée de fidèles, j'ai sillonné le désert en tous sens, ne restant jamais longtemps au même endroit, et cela pendant cinq ans. Idriss a grandi, vingt-cinq années se sont écoulées depuis la nuit tragique où nous avons échappé au massacre, mais nous sommes toujours en fuite, toujours traqués. Les assassins de jadis n'ont pas renoncé, la menace pèse toujours... elle est simplement devenue plus sournoise.

— Après vingt-cinq ans ? s'étonna la parfumeuse.

— Oui, confirma Abou-Assim. Il est des haines familiales qui ne s'éteignent jamais. Malik-Idriss-Azhouf est toujours en sursis. J'ai longtemps joué le rôle de la sentinelle dressée sur les remparts, mais je deviens vieux, mes forces diminuent, je ne suis plus aussi vigilant que jadis... et puis ma sollicitude agace Idriss, il ne me prend plus au sérieux, il a fini par voir en moi un vieillard peureux, cédant facilement aux alarmes. Ce en quoi il se trompe. Le danger est là, il se rapproche, je le sens. La tentative sera sournoise. Tôt ou tard un assassin se dressera que je n'aurai pas su démasquer à temps.

— Pardonne-moi, murmura Anouna. Mais quel rôle me destines-tu ? En quoi mes parfums peuvent-ils te venir en aide ?

— Les parfums sont un prétexte, se décida à avouer le vieillard. Ils me permettront de t'introduire dans l'entourage de mon maître sans éveiller les soupçons. Idriss, comme tous les hommes du désert, a une passion pour les odeurs agréables. Elles lui permettent de rêver, de s'imaginer des massifs de fleurs là où on ne trouve que la roche la plus stérile. Tu le découvriras bientôt, nous vivons dans un endroit austère, une région atroce... Les parfums sont des portes magiques qui ouvrent sur le rêve, elles permettent d'être ailleurs tout en restant où l'on est. Personne ne s'étonnera de ta présence au harem, et c'est sur cela que je compte. Mais en réalité j'attends de toi un autre genre de travail... Plus délicat. Plus dangereux. (Abou-Assim se leva.) Tu n'es pas niaise, comme le sont malheureusement la plupart des femmes, murmura-t-il. Tu as le sens du danger, tu as réussi à survivre dans des conditions très difficiles. Ce sont les raisons pour lesquelles je t'ai choisie. Tu vas protéger Malik-Idriss-Azhouf à son insu. Tu t'installeras dans le harem, tu pourras aller et venir à ta guise dans l'enceinte du palais, et tu t'ap-pliqueras à faire échouer les complots qui se trament dans le secret du sérail. Car c'est du sérail que viendra le danger, j'en ai la certitude.

— Soupçonnes-tu quelqu'un en particulier ?

— Non... mais le risque est grand. Nous menons une vie de reclus et Idriss a sans cesse besoin de visages nouveaux, de corps inconnus... Toutes les femmes que je suis contraint de lui procurer représentent une menace. L'une d'entre elles pourrait bien être un agent de l'ennemi... une tueuse infiltrée. Comment savoir ? Comment prévoir ? Je fais souvent le même cauchemar. Je vois Idriss poignardé par une femme du harem. Si j'étais à la place de nos ennemis, j'agirais ainsi, par ruse, en misant sur la gourmandise amoureuse de Malik-Idriss-Azhouf. Je choisirais une fille très belle, j'en ferais une tueuse, puis je m'arrangerais pour la mettre sur le marché des esclaves, au bon moment, de manière que ce vieil idiot d'Abou-Assim l'achète pour son maître. Cette idée me torture. Je ne cesse de me répéter que j'ai déjà introduit l'ennemi dans la place. Je n'ai plus confiance en personne, je doute du plus ancien de mes serviteurs. Voilà pourquoi j'ai besoin de toi. Désormais, ton sort est lié au nôtre.

— Tu veux que je découvre qui, parmi les femmes du harem, va assassiner ton maître ?

— Je veux que tu sois en éveil, que tu laisses parler ton instinct. Personne ne doit savoir quelle est ta vraie mission. Tu ne dépendras que de moi. Jamais Idriss ne devra savoir que tu es là pour veiller sur lui, à aucun prix. Il serait épouvantablement humilié d'avoir une femme pour garde du corps. Tu as bien compris ?

— Oui, murmura Anouna. Je suppose que je n'ai pas le choix, n'est-ce pas ?

— Non, fit Abou-Assim, plus maintenant. Ta retraite est coupée, tu ne peux plus faire marche arrière. Ta survie dépendra de celle de Malik-Idriss-Azhouf. S'il meurt, tu mourras dans les tourments les plus effroyables. J'y veillerai, et comme tous les survivants, j'ai appris à devenir impitoyable. Quand on est très menacés et peu nombreux, on n'a pas d'autre arme que la sauvagerie. Il faut faire peur. Terriblement peur. Et j'y parviens encore très bien.

3

Quand Anouna regagna la tente des femmes, personne n'osa lui poser de questions, mais toutes la dévisageaient avec une lueur particulière dans le regard. Cela allait du dégoût haineux de Nitina à la curiosité calculatrice de Fazziza.

La parfumeuse ne jugea pas utile de s'inventer une excuse. De toute manière, on ne l'aurait pas crue. Elle était abasourdie, incrédule, et affreusement mal à l'aise car elle savait maintenant que la responsabilité du massacre lui incombait.

Les choses ne s'arrangèrent pas dans les heures qui suivirent car les guerriers lui témoignèrent une déférence inhabituelle et la laissèrent se déplacer à sa guise alors même qu'ils surveillaient de près les autres captives. Anouna maudit la ruse d'Abou-Assim qui faisait d'elle une criminelle. Cependant, force lui était de reconnaître que le grand vizir avait manœuvré avec une habileté démoniaque pour la compromettre aux yeux de tous.

Un peu plus tard, Abou-Assim ordonna qu'on fasse défiler les prisonniers devant sa tente. Hommes, femmes, enfants furent mis nus par les guerriers du désert et placés en une longue colonne. Fazziza, Amina, Neferît et leurs compagnes subirent le même sort. Seule Anouna fut dispensée de cette honte, ce qui accentua sa gêne car elle aurait préféré faire partie du troupeau et se soumettre à l'évaluation comme les autres, mais quand elle fit mine de se dévêtir, un *ghuzat* l'en dissuada.

La cohorte commença à défiler devant le grand vizir, qui avait fait transporter son trône d'ébène sous un dais de lin blanc. Deux esclaves l'éventaient avec des palmes. Ses soldats l'encadraient, obéissant à ses ordres murmurés. Il triait les captifs, le visage impénétrable, désignant d'un geste rapide ceux qu'il fallait écarter d'emblée. Parfois, il posait une question, car l'apparence physique n'était pas tout, et il ne répugnait pas à emmener de bons artisans. Quand un garçon ou une fille lui convenait, il les faisait approcher et les examinait de manière approfondie, sans la moindre pudeur, scrutant leurs organes sexuels pour s'assurer qu'ils n'étaient pas contaminés. Il ne posait jamais les mains sur eux mais écartait ou retroussait les chairs les plus secrètes au moyen d'une badine d'or. Il contempla Fazziza, Amina. « *Bent saabba* — belle fille ! » murmura-t-il devant chacune des deux.

Enfin, il fit s'agenouiller la pauvre Neferît pour étudier les dégâts causés à son visage.

Malgré les compresses calmantes apposées par Anouna au cours de la nuit, les plaies striant les joues de la jeune fille n'avaient pas désenflé, et son aspect demeurait repoussant.

— Qui a fait cela ? s'enquit Abou-Assim d'une voix paternelle.

— C'est elle ! geignit Neferît en désignant la grosse Nitina d'un doigt vengeur. Elle était jalouse de moi... C'est elle !

— Bien, dit le grand vizir, aux mauvaises bêtes on rogne les griffes. Coupez-lui le bout des doigts. Seulement la première phalange, je veux qu'elle puisse continuer à travailler.

Nitina poussa un hurlement de terreur et protesta de son innocence. Personne ne l'écouta ; déjà les gardes l'entraînaient à l'écart pour exécuter la sentence. Anouna ne savait que faire. L'idée lui vint que Neferît se trompait peut-être de coupable. Elle ne put y réfléchir davantage car les gémissements de Nitina qu'on amputait à coup de sabre lui firent perdre le fil de ses pensées.

— Quant à toi, déclara Abou-Assim en se penchant sur Neferît, je t'accorde un sursis pour voir si tes plaies se referment sans laisser de cicatrices, car tu es très belle. Sans doute la plus belle de toutes. Que la parfumeuse s'occupe de toi. Ton sort est désormais entre ses mains.

La jeune fille s'abattit à ses pieds en sanglotant et les guerriers durent la saisir sous les aisselles pour lui faire débarrasser la place.

En définitive, le vizir n'écarta que les plus vieux et ceux dont la constitution lui paraissait peu susceptible de supporter un long périple à travers le désert.

— Je n'ai aucune haine envers vous, déclara-t-il en se levant. Mais mes réserves d'eau sont mesurées et il n'existe pas d'oasis sur la route que je vais emprunter. En vous laissant ici, je vous épargne les souffrances d'un voyage épuisant. Ceux qui le souhaitent pourront demander à mes hommes d'abréger leurs souffrances avant notre départ. Mieux vaut finir égorgé que mourir de soif.

Un chœur de lamentations salua ses paroles, mais les *ghuzats* frappèrent les pleurnicheurs avec des cravaches en cuir de crocodile.

— Quant à ceux que j'emmène, dit encore Abou-Assim, je veux qu'ils sachent dès maintenant que l'eau ne sera pas distribuée à tout le monde de manière équitable. Les jeunes en auront plus que les vieux, et les femmes plus que les hommes. Chacun touchera une ration équivalant à la valeur marchande de son corps... Ceux qui tomberont malades seront rationnés. Personne ne sera soigné, ceux qui ne pourront pas suivre le rythme de la marche seront abandonnés. Si certains ne se sentent pas la force d'entreprendre cette traversée, qu'ils le disent tout de suite, on les achèvera sans attendre.

Ces paroles prononcées, il regagna sa tente et se fit servir du *taï*, boisson étrange venue des terres asiatiques dont Anouna ignorait tout.

Nitina fut ramenée par les guerriers, à demi évanouie, le corps secoué de spasmes. Un peu plus tard, quand Anouna essaya d'examiner ses blessures, la grosse fille la repoussa avec un aboiement de bête, et voulut même la mordre.

— Laisse-la ! lança Neferît, elle n'a que ce qu'elle mérite. Tu ferais mieux de t'occuper de moi. Tu as entendu ce qu'a dit Abou-Assim ? Soigne mes plaies... Si tu réussis à me rendre ma beauté, je te récompenserai dès que serai devenue la première dame du harem.

Anouna s'exécuta. Toutes ces jeunes femelles étaient plus folles les unes que les autres. L'ambition les dévorait alors même qu'elles ne jouissaient d'aucun pouvoir ; qu'adviendrait-il lorsqu'elles seraient en mesure d'exercer leur volonté sur leur entourage ?

La parfumeuse sortit les baumes et les onguents dont elle ne se séparait jamais et se mit au travail sur les joues labourées de Neferît. Fazziza gardait le silence. Les autres filles pleuraient. Le grand vizir leur avait déclaré qu'il les emmenait pour servir de femmes à ses soldats qui souffraient de la solitude au milieu des sables.

— Mais nous ne serons pas des putains, pleurnichait Shepsout, on nous attribuera un mari par tirage au sort.

Cette perspective ne semblait pas la ravir outre mesure.

Anouna ne prit pas la peine de chercher à la consoler car elle était elle-même trop inquiète.

Elle n'avait pas tort car, au cours de la nuit, on essaya de l'assassiner.

Elle venait enfin de sombrer dans le sommeil quand une sensation brutale d'étouffement la saisit. Elle s'éveilla en sursaut ; quelqu'un pesait sur son corps et tentait de lui nouer un lacet autour de la gorge. La jeune femme se débattit. Il faisait trop noir dans la tente pour qu'elle puisse distinguer les traits de son agresseur. Était-ce un homme ou une femme ? Elle hurla, frappa au hasard, lançant ses mains dans les ténèbres. Son adversaire finit par perdre l'équilibre, s'affola, prit la fuite. Anouna se redressa, la gorge douloureuse et se précipita dehors, mais l'étrangleur avait déjà disparu. La parfumeuse soupira, découragée. Il pouvait s'agir de n'importe qui... Tout le monde parmi les survivants de la caravane avait à présent une raison de lui en vouloir.

« Il faudra que je reste sur mes gardes, songea-t-elle en se massant le cou, sinon je n'arriverai pas vivante à Dar-es-Djinn. »

Le lendemain, la caravane fut reformée et Abou-Assim donna le signal du départ. On abandonna les cadavres des chameliers, les carcasses carbonisées des chats du temple de Bastet, et les captifs jugés trop vieux ou trop faibles pour survivre à la traversée du désert. Aucun n'avait demandé à être achevé par les *ghuzats*. On les laissa donc au milieu des sables, sans eau, sans nourriture, offerts en pâture aux vautours dont le nombre ne cessait d'augmenter.

4

Dès le deuxième jour de marche, Anouna prit conscience de l'étrange manège qui se déroulait autour de certains chameaux supportant de hauts palanquins d'osier fermés par des rideaux. Tout d'abord, elle avait cru qu'on réservait ces montures aux plus belles esclaves, celles qu'on se devait de préserver de la morsure du soleil et des fatigues de la marche, mais, un jeune caravanier du nom d'Amar ayant laissé les pans d'étoffe écartés plus longtemps que de coutume, elle put constater que les palanquins se trouvaient remplis de jarres de terre cuite, très prudemment sanglées, et fermées par un morceau de papyrus huilé serré autour du col par une mince ficelle. Amar, avec des gestes si précautionneux qu'ils en devenaient tremblants, ouvrait les jarres une à une pour y laisser tomber quelques pincées d'une poudre tirée d'une boîte de corne. Son manège provoqua une étrange réaction, et un bruit liquide résonna à l'intérieur du vase, comme si quelque chose s'y débattait. Amar ouvrit et referma soigneusement chaque jarre pour procéder à sa curieuse distribution. Il avait peur, cela se voyait à la pâleur de son visage, à ses gestes mal assurés. Il ne cessait de regarder par-dessus son épaule pour s'assurer que le terrible Abou-Assim ne le couvait pas de ses petits yeux méchants dans l'espoir de le prendre en faute.

Anouna, intriguée, s'appliqua à l'observer. C'est ainsi qu'elle put constater qu'une demi-douzaine de chameaux supportaient des palanquins remplis de jarres. Le liquide contenu entre leurs flancs ne pouvait être ni du vin ni de la bière, car l'orifice des récipients était beaucoup trop large. Et puis il y avait ce bruit... Ce clapotis, ces coups sourds frappant la paroi de glaise cuite...

Elle fit part de son incompréhension à Fazziza qui haussa les épaules, avec cette habituelle arrogance propre aux très jeunes femmes.

— Ce sont des poissons, expliqua-t-elle. Des poissons vivants sortis du Nil. Abou-Assim les a fait pêcher spécialement pour son maître, qui les installera dans ses bassins, au cœur du palais.

— Des poissons ? s'étonna Anouna. On va leur faire traverser le désert ?

— Oui, confirma Fazziza. Là-bas, à Dar-es-Djinn, il n'y a rien, c'est un pays de mort, même les rochers ressemblent à des os desséchés. Alors le seigneur de l'oasis se donne l'illusion de vivre dans un monde clément en créant des bassins intérieurs, dans l'ombre de la forteresse. Il passe ses journées à observer les évolutions des poissons au sein des cuves qu'il a fait creuser. (Dans un souffle, elle ajouta :) Amar est responsable de la bonne santé des poissons sur sa vie. Abou-Assim l'a averti qu'on lui couperait un doigt chaque fois que l'un d'eux mourrait. Et si la cargaison tout entière crève au cours du voyage, il sera décapité. Il n'en dort plus. Il passe ses journées à inspecter les jarres de peur qu'elles ne se fendillent ou ne se renversent. Il est comme fou, regarde-le...

Fazziza laissa fuser un petit rire cruel. Les tourments du jeune homme semblaient l'amuser. Elle ne respectait que les maîtres.

— Il les nourrit, dit-elle encore, mais il ne peut pas changer leur eau. Or l'évaporation est très forte, même si l'on tient les jarres bouchées. Quand l'eau est trop sale, les poissons meurent, c'est bien connu. Je ne suis pas sûre qu'il en reste beaucoup à la fin du voyage.

Elle rit de nouveau, de ce petit rire frais, enchanteur, qui enveloppait sa méchanceté de jeune femelle dans une odeur citronnée. Anouna eut envie de la gifler mais se retint. Elle ne pouvait se faire une ennemie de Fazziza. Celle-là possédait d'instinct l'art des concubines. On ne lui avait jamais rien appris mais elle avait senti que les hommes aiment moins la soumission que la sauvagerie, la délectation dans la cruauté. Elle se préparait à séduire le maître de l'oasis perdue, non en apparaissant à ses yeux sous l'aspect d'une victime tremblante, mais en lui disant : « Je suis aussi méchante que toi, seigneur, comme nous allons bien nous amuser... » C'était une stratégie osée, à double tranchant, mais qui pouvait payer.

En attendant de rentrer dans l'arène, elle essayait son charme sur les chameliers et les *ghuzats* de l'escorte, s'amusant de la fièvre que ses œillades allumaient dans les yeux des hommes. Le jeu pouvait se révéler dangereux car il n'était pas certain qu'Abou-Assim le trouvât à son goût. Fazziza, malgré les avertissements voilés de la parfumeuse, ne paraissait pas s'en rendre compte. À force de bavarder avec les caravaniers, elle recueillait mille informations qu'elle thésaurisait jalousement, se servant de ce savoir pour consolider son emprise sur ses compagnes.

À partir du cinquième jour, la chaleur devint atroce. Plus personne ne chantait ni ne parlait ; on économisait sa salive.

— On a dépassé depuis longtemps la dernière oasis, confirma Fazziza, maintenant nous ne trouverons plus aucun point d'eau avant d'arriver à destination. Il va falloir vivre sur nos réserves.

Abou-Assim, agacé par les plaintes des marcheurs, fit annoncer par l'un des *ghuzats* que la boisson serait rationnée. L'eau était principalement réservée aux poissons et aux arbres, qui devaient, les uns et les autres, rester en bonne santé.

— Les arbres ? grogna Anouna.

— Oui, soupira Fazziza, tu ne les vois pas parce qu'ils sont empaquetés, mais on les transporte également dans des jarres remplies de la terre limoneuse du Nil. Il n'y a pas d'humus là où nous allons. Le maître de la forteresse a planté un jardin intérieur, une serre gigantesque où les arbres peuvent pousser à l'abri des tempêtes de sable. Dehors c'est impos-

sible, les rafales arracheraient les feuilles, les branches, brise-
raient les troncs.

— Tu veux dire qu'il a recomposé la nature entre les murs
de son palais ?

— Oui, c'est ce qu'on raconte. La forteresse abrite un
jardin caché, un lac, une roseraie...

Fazziza rêvait, les yeux mi-clos. Anouna, elle, restait sur
la défensive. Elle regardait se dandiner les chameaux chargés
de poissons vivants et d'arbres au feuillage délicatement
empaqueté.

« Et nous, nous piétinons, songeait-elle. Dans le sable
brûlant, la langue comme du carton, les yeux brûlés par
l'éblouissement. »

Elle mourait de soif. Les rations accordées par Abou-Assim
étaient trop avares. Qu'importe, il fallait avancer, la tête
baissée, la bouche pleine de poussière, tandis que montait
des palanquins le clapotis des grosses jarres abritant les poissons capturés dans le delta.

Ce fut une torture, mais Abou-Assim se souciait moins des
femmes que de ses pensionnaires à nageoires. Dix fois par
jour, il demandait de leurs nouvelles au pauvre Amar qui
devenait blême dès que le vizir poussait sa monture dans sa
direction.

Deux poissons moururent, étouffés par le liquide saturé
d'excréments dans lequel ils se débattaient depuis le début
du voyage. Fidèle à sa promesse, Abou-Assim fit trancher l'au-
riculaire de chaque main au responsable. Amar supporta la
mutilation en étouffant ses plaintes. On referma ses plaies par
cautérisation, en appuyant sur chaque moignon un charbon
incandescent tiré d'un brûle-parfum.

— C'est à cause de l'eau, seigneur, balbutia-t-il en se pros-
ternant devant le vizir. Il faudrait la changer, elle n'est plus
assez fraîche.

Abou-Assim parut réfléchir. Il était embarrassé, inquiet, car
il tenait à la survie des poissons. Les femmes avaient moins
d'importance, on pouvait s'en procurer n'importe où, mais
les poissons... Ah ! les poissons, c'était un exploit que de les
pêcher dans le delta et de leur faire traverser le désert. Il

imaginait quelle serait la joie de son maître s'il réussissait une telle gageure. C'était par de semblables folies qu'on s'attachait un monarque, en comblant ses souhaits les plus irréalisables. Pour le maître de l'oasis perdue, il devait demeurer le pourvoyeur d'impossible, c'était à ce prix qu'il resterait en place.

— Alors change l'eau des jarres, décida-t-il. Utilise la réserve des captifs. Tu feras boire aux esclaves et aux femmes l'eau sale des poissons, ils n'en mourront pas. Et toi tu resteras à peu près entier.

Amar s'inclina. Dans la cohorte des prisonniers, personne n'osa protester. D'ailleurs personne n'en avait plus la force. Amar procéda au transvasement avec des gestes de grand prêtre préposé aux ablutions d'un dieu. L'eau sale, trouble, pleine d'excréments, fut versée dans des outres en peau de chèvre. Elle puait le marécage à dix coudées.

— Cela calmera peut-être votre gourmandise ? ricana le chef des gardes en jetant un coup d'œil goguenard aux captifs.

Le liquide était infect, Anouna put s'en rendre compte lors de la distribution qui suivit. Fazziza fit la grimace et donna des signes d'irritation. Sans doute était-elle vexée de voir qu'on ne lui réservait aucun traitement de faveur ?

— Allons, se plut à dire Anouna, faisons contre mauvaise fortune bon cœur, après tout les prêtres de Sobek ne se réjouissent-ils pas de boire chaque matin l'eau du bassin où s'ébattent les crocodiles sacrés ?

Hélas ! en dépit de ces précautions, deux autres poissons périrent, et Amar fut amputé de deux nouveaux doigts. Il souffrait et avait le plus grand mal à manipuler les jarres. S'il renversait l'une d'entre elles, on lui décollerait la tête des épaules d'un simple revers de lame.

Une femme mourut d'insolation, ainsi que deux enfants. On les abandonna dans le sable, sans cérémonie. L'épuisement de chacun était trop fort pour qu'on éprouvât la moindre indignation. Abou-Assim se fit apporter les poissons morts et les contempla longuement, l'air sombre, comme s'il voyait là un funeste présage.

À la brûlure du jour succédait le froid glacial de la nuit. Anouna, comme les autres captifs, se mettait alors en quête des pierres que le brusque changement de température couvrait d'une fine pellicule de condensation. En léchant ces cailloux humides, elle se donnait l'illusion de se rafraîchir.

Après avoir cuit au soleil, les marcheurs grelottaient en se pelotonnant les uns contre les autres. Les sentinelles n'avaient pas à se soucier de monter la garde. Les captifs ne risquaient pas de s'enfuir. Où seraient-ils allés ? S'éloigner de la caravane, c'était accepter de mourir de soif.

On dressait des tentes à la hâte, pour se protéger sommairement des vents de sable.

— Personne ne vient jamais jusqu'ici, murmurait Fazziza lorsqu'elle avait trop froid pour parvenir à s'endormir. C'est le *sahra,* le vrai désert... La terre rouge, la terre des morts. Même les bêtes la fuient. Qui pourrait vivre ici à part les scorpions ?

Elle se tut, écoutant le vent de sable qui crépitait sur la tente.

— Tu entends ? chuchota-t-elle à Anouna. C'est le signe que les tempêtes vont bientôt se réveiller. Sur cette partie du désert elles soufflent presque en permanence. Le vent tombe pendant de courtes périodes, comme en ce moment. La traversée n'est possible que durant ces accalmies. On appelle cela la « saison du repos ». Dès que la trêve touche à sa fin, les tourbillons de sable se réveillent pour balayer la contrée nuit et jour. Aucune caravane ne peut plus passer. Voilà pourquoi Abou-Assim nous fait avancer à marche forcée. Il sait bien qu'il est en retard. Il a perdu du temps dans le delta, à chercher des poissons, des arbres et des femmes pour son maître. Maintenant le moment est proche où le passage va se refermer. Dans quelques jours les dunes que tu vois autour de nous s'éparpilleront dans les airs sous le souffle de la tempête. Et si nous n'avons pas atteint la forteresse d'ici là, nous serons avalés par les tourbillons de sable. Personne ne peut y survivre.

— Mais pourquoi s'obstinent-ils à vivre dans une région si dangereuse ? demanda Anouna.

Elle devina que sa compagne hésitait à répondre.

— Pour se protéger, dit enfin Fazziza. Quand on habite en enfer, on risque moins d'être persécuté par les simples mortels. C'est pour cette raison qu'on le surnomme Djinn-el-Gahib, ce qui signifie à peu près « le démon caché ».

Sur cette repartie énigmatique elle choisit de s'enfoncer dans le sommeil, et Anouna dut se résigner à rester sur sa faim.

Le lendemain, elle put vérifier qu'une certaine nervosité s'emparait des gardiens et du grand vizir lui-même. À plusieurs reprises, elle les surprit en train d'examiner l'horizon avec une intensité suspecte. Quand elle se décida à les imiter, elle eut l'impression que la ligne frontière séparant le sable du ciel s'était brouillée. Quelque chose était en train de se produire. Un tumulte, une fumée, un frisson qui semblait naître à l'autre bout du monde.

— C'est la tempête, murmura Fazziza. Elle arrive. Elle court dans les lointains, elle entame sa danse. Le passage va se refermer. Il aurait fallu entreprendre la traversée plus tôt.

— Que se passera-t-il si l'ouragan nous rattrape ? interrogea Anouna.

— On nous abandonnera, nous les captifs. Abou-Assim et ses *ghuzats* cravacheront les chameaux pour tenter de sauver la cargaison de poissons, les arbres. Mais nous...

Sa voix s'étrangla. Sous l'effet de la peur et de la soif, son petit visage félin s'était creusé au cours des derniers jours ; elle paraissait soudain plus âgée. Anouna songea qu'elle-même devait afficher des stigmates identiques.

— Pour des femmes destinées au harem, siffla-t-elle, on ne prend guère soin de nous.

— C'est normal, soupira Fazziza. C'est une manière d'éliminer les filles trop fragiles... Et puis, après avoir souffert dans le désert, on est bien contente d'arriver au bout du voyage. Par contraste, la prison paraît délicieuse aux survivantes. Abou-Assim n'est pas bête. Après la soif, la faim, l'épuisement, la forteresse nous semblera une récompense. Et pour rien au monde nous ne voudrons en sortir.

« J'en suis moins sûre que toi », songea Anouna dans le secret de son âme.

— Tu verras, répétait Fazziza, là-bas le vent est le vrai
maître. Le vent et le sable ; leur alliance est diabolique. Ils se
sont entendus pour faire la guerre aux hommes. Ils n'épargnent rien, pas même les statues. On raconte que toutes les
sculptures dressées aux abords de la forteresse ont été peu à
peu rabotées par le souffle des ouragans. Les colosses de
granit n'ont plus de visage. D'ailleurs, tous les signes creusés
dans la pierre s'effacent au bout de quelques mois. Il y a des
centaines d'années qu'il en va ainsi, on ne peut rien espérer.
Si l'on dressait une pyramide dans cette contrée, elle serait
érodée par la tempête en moins d'un siècle, arasée... C'est
pour cette raison qu'aucun seigneur n'a jamais tenté de s'emparer de ce pays. Il faudrait être fou pour le faire. Mais c'est
justement chez un fou que nous allons.

Elle soliloquait ainsi de longs moments sans s'occuper d'obtenir la moindre participation d'Anouna. Les yeux tournés
vers la voûte céleste — le ventre de la déesse Noût d'où
étaient sorties les étoiles — elle parlait avec, dans la voix, un
mélange d'excitation et de peur qu'Anouna n'était pas loin
de partager.

Le lendemain, profitant d'une halte, Abou-Assim consentit
à descendre de sa monture pour se mêler aux captifs.

— Suivez-moi, ordonna-t-il, je veux vous montrer quelque
chose qui vous sera bientôt d'une grande utilité et m'épargnera de longs discours.

Les prisonnières hésitèrent car elles redoutaient l'une de
ces facéties sanglantes dont le vizir avait le secret ; on ne
pouvait toutefois refuser une invitation émanant d'Abou-
Assim, aussi lui emboîtèrent-elles le pas d'une démarche peu
assurée. Le vizir désigna à l'un des gardes le flanc durci d'une
petite dune et dit simplement :

— Creuse !

Le soldat se mit à larder le sable de coups de lance, faisant
s'ébouler de gros morceaux de silice agglomérée. Il n'eut pas
à travailler longtemps, presque aussitôt apparurent les formes
de plusieurs cadavres recroquevillés. Trois hommes qui
avaient tenté de se protéger de la tourmente en s'abritant
derrière un chameau. La tempête de sable les avait recouverts

de sa croûte dorée, comme ces poissons qu'on roule dans l'argile avant de les faire cuire sous la braise.

— Ce sont de vieilles connaissances, ricana Abou-Assim, ils sont là depuis près de vingt années. À chaque voyage je viens les saluer. C'est pour eux une occasion de voir le soleil. Je vieillis, mais eux restent intacts. C'est agaçant.

Il ne mentait pas. Le sable et la chaleur sèche avaient momifié les prisonniers de la dune. Le chameau avait encore toute sa laine. La peau des hommes avait pris l'apparence du cuir. Seules les orbites vides trahissaient la liquéfaction interne qui s'était opérée dans le secret du sable.

— Intacts, répéta le grand vizir. Depuis vingt ans. Je connais leurs noms. Celui-là, c'est Fayçal, l'autre, là... c'est Omar. Le chameau s'appelait Bayazz... une sale bête qui mordait tous ceux qui l'approchaient.

Il jeta un coup d'œil satisfait au troupeau des femmes horrifiées. Anouna était trop habituée au côtoiement des cadavres pour se laisser si facilement impressionner, mais elle avait pris soin de calquer son attitude sur celle de ses compagnes.

— Des valets d'écurie, expliqua soudain Abou-Assim d'un ton plein de colère. Ils n'aimaient pas la vie au cœur de l'oasis. Ils disaient qu'ils n'en pouvaient plus d'être enfermés. Un jour, ils ont volé un chameau et ils sont partis. Je n'ai rien fait pour les retenir... Comme vous pouvez le voir, ils ne sont pas allés très loin. La tempête les attendait, comme un chien de garde. Elle leur a sauté à la gorge et voilà. Oh ! le sable a fait du bon travail, regardez comme ils sont bien conservés malgré tout ce temps ! Même les étoffes ont gardé leurs couleurs. Approchez. Touchez-les... Je veux que vous vous en rendiez compte. Approchez, vous dis-je ! *Touchez-les !*

Il avait hurlé les derniers mots, et les captives, malgré leur répugnance, durent se résoudre à obéir.

Fazziza fut la première à obtempérer. Sa petite main brune se posa sur celle, parcheminée, du jeune homme recroquevillé contre le flanc du chameau.

— Écoutez bien, vous toutes ! hurla Abou-Assim. Écoutez ce que vous dit ce cadavre ! Vous n'entendez pas ? Non ?

Alors c'est qu'il ne parle pas assez fort, sans doute, et qu'il faut approcher votre oreille de sa pauvre bouche.

Saisissant Fazziza par l'épaule, il la força à s'agenouiller et poussa sa tempe contre le visage de la momie, tout contre le bourrelet durci des lèvres de cuir.

— Écoute ! gronda-t-il. Tu entends ce que te murmure ce pauvre Fayçal ? Il te met en garde. Il te dit : « Voilà ce qui t'attend si tu essayes de faire comme moi... Le vent de sable te prendra et tu resteras à jamais prisonnière dans le ventre d'une dune. » Oui, c'est ce qu'il essaye de te dire. Il sait de quoi il parle, alors tu ferais bien de l'écouter. (Relâchant son étreinte, il se tourna vers les prisonnières et leur désigna le moutonnement des dunes entourant la caravane.) Chaque amoncellement de sable est un tombeau, dit-il d'une voix sourde. Toutes les femmes qui ont tenté de fuir le harem sont là, enterrées debout, la bouche pleine de poussière. Cette route est un cimetière. Parfois, quand le vent change de direction, il éparpille les dunes, et déterre le cadavre d'une fuyarde. Vous aurez peut-être l'occasion d'assister à ce phénomène dans les jours qui viennent. C'est toujours impressionnant de voir ces malheureuses surgir soudain de leur tombe, pétrifiées, durcies comme des statues de cuir. Souvent, elles ont les bras levés, pour se protéger le visage. C'est dans cette position que la mort les a surprises.

5

Une nuit, juste avant qu'ils n'atteignent la ville, Abou-Assim convoqua Anouna dans sa tente. Il paraissait tourmenté, inquiet, comme s'il venait à l'instant de s'éveiller d'un mauvais rêve. Il fit signe à la jeune femme de s'asseoir et l'autorisa à piocher dans un plateau de pâtisseries huileuses disposé sur une table basse.

— Je suis content de voir que tu résistes bien aux fatigues du voyage, murmura-t-il. Je voulais te parler ce soir, car demain nous arriverons à Al-Madina-Kamina, et là-bas les murs ont des oreilles. Tu devras te méfier de tout le monde, le danger peut venir de n'importe qui... Je ne chercherai pas à te mentir. Il vaut mieux que tu saches d'emblée la vérité. Tu n'es pas la première que j'expédie au sein du harem avec pour mission de découvrir ce qui s'y trame... mais, jusqu'à aujourd'hui, aucune de mes « éclaireuses » n'est revenue. Toutes sont mortes dans des circonstances suspectes. On les a retrouvées noyées dans les bassins du hammam, ou déchiquetées par les animaux dressés à la surveillance du sérail... Des accidents bizarres, inexplicables. Voilà pourquoi tu devras faire attention. Le harem se défend contre ma curiosité, mais il le fait sournoisement. Des forces obscures y travaillent en secret. Une fois immergée au milieu des femmes, tu seras constamment menacée sans savoir qui sont tes ennemies.

— Et ton maître ? s'enquit Anouna, le verrai-je ?

— Tu ne feras pas partie du harem, répondit évasivement le vieillard. Normalement, tu n'auras pas à partager sa couche, mais tout est possible. Toute femme vivant dans le périmètre de la forteresse est, de droit, soumise au bon plaisir du seigneur des lieux. Il est donc possible qu'il te fasse convoquer, mais je n'y crois pas car ses goûts le portent d'ordinaire vers les peaux claires et les très jeunes filles. Si jamais tu te retrouves en tête à tête avec lui, ne lui parle jamais de la mission que je t'ai confiée, il serait si humilié qu'il te ferait tuer sur-le-champ... et moi avec.

— Toi ? s'étonna la parfumeuse. Son grand vizir ?

— Oui, je suis vieux, il en a assez de ma tutelle, je le sens bien. Je l'ai vu enfant et c'est un souvenir qu'il supporte mal. C'est un peu comme si je l'avais surpris dans une position honteuse. Je sais trop de choses sur lui, des choses qu'il préférerait enterrées, oubliées. Parfois je crois qu'il me déteste et qu'il a hâte de me voir mourir. Ma position est fragile, mais je le protégerai jusqu'à mon dernier souffle, parce qu'il se croit devenu très fort alors qu'il n'est qu'un colosse aux pieds d'argile.

Le vieil homme se passa la main sur le visage. Il avait l'air indécis, inquiet. Dans l'intimité de sa tente, il devenait très différent du personnage arrogant, cruel, qu'il s'appliquait à jouer dans la journée.

— Idriss n'est jamais sorti de la forteresse, chuchota-t-il en baissant les yeux. Il ne connaît rien du monde extérieur. C'est une sorte de prisonnier qui, depuis notre installation à Al-Madina-Kamina, n'a plus jamais quitté son terrier. Il avait 12 ans lors de son arrivée, il en a à présent 32. Depuis vingt années il vit cloîtré, dans la terreur d'être un jour rattrapé par son oncle qui le tuera... Cette peur empoisonne ses jours.

— Il ne peut pas se défendre ? interrogea Anouna.

— Non, soupira Abou-Assim. Il ne possède pas d'armée. Seulement une douzaine de guerriers fidèles mais qui commencent à vieillir, eux aussi. Sa seule protection, c'est le secret et l'éloignement. La chance d'avoir pu trouver refuge dans une cité morte dont personne ne connaît vraiment l'emplacement. On te dira sans doute qu'il est cruel, en réalité il est vulnérable, effrayé comme un enfant. Son caractère est instable, habité d'étranges chimères qu'il faut satisfaire sans chercher à les comprendre. Il y a longtemps que j'ai renoncé à le raisonner. Je suppose que lorsqu'on a vu tous les siens égorgés sous ses yeux on ne peut plus retrouver la paix de l'esprit.

— Tu veux dire qu'il est dangereux ? hasarda la jeune femme. Dangereux pour tous ceux qui le côtoient ?

Abou-Assim s'agita, mal à l'aise.

— Oui, finit-il par admettre. Il ne faudra t'étonner de rien. Il a tellement peur d'être reconnu qu'il a la manie de dissimuler son visage sous un masque. Une sorte de casque à l'effigie d'Anubis qu'il porte presque en permanence. Quand le poids de cette tête lui devient trop pénible, il enfile une cagoule de cuir. Il ne veut pas que ses traits soient connus... De cette manière, il espère pouvoir se dissimuler plus facilement si son oncle venait à le retrouver. C'est une sottise, bien sûr, mais comment lui ôter cette idée de l'esprit ?

— Les femmes du harem, interrogea Anouna. Elles n'ont jamais vu ses traits ?

— Non. Il les possède sans enlever sa cagoule. Si tu l'approches, il te faudra être patiente et te plier à ses caprices, même s'ils te semblent puérils. C'est un homme habité par des manies d'enfant. Il vit dans un monde de rêves, un univers factice. Je suis en grande partie responsable de cela, mais les choses m'ont peu à peu échappé. Garde bien à l'esprit que nous sommes des fuyards. Des gens qui ne cessent de regarder par-dessus leur épaule avec, au fond du ventre, la peur de voir surgir à l'horizon la silhouette de leur pire ennemi.

Le lendemain, alors que le ciel s'assombrissait à l'horizon, la caravane arriva en vue de la cité perdue. Trompée par la réverbération du soleil sur la blancheur du paysage environnant, Anouna ne distingua d'abord qu'un amas de dunes d'où semblait émerger une muraille rocheuse dépourvue de couleur. Il lui fallut plisser les yeux pour comprendre qu'elle se trouvait en présence d'une *kasbat*, de hauts remparts crénelés supportant une formidable coupole ovoïde de pierre blanche, assez vaste pour abriter des dizaines de bâtiments. La forteresse avait été aux trois quarts engloutie par le glissement des dunes, et il ne faisait aucun doute qu'un jour ou l'autre elle disparaîtrait entièrement dans le ventre des montagnes de sable qui l'encerclaient. Lorsque soufflait la tempête, ses murs constituaient un point d'accroche parfait pour la poussière en mouvement. Le sable s'entassait contre l'obstacle, et la dune se mettait alors à grossir, atteignant en quelques heures la taille d'une petite colline. Seules la porte d'entrée et la coupole géante qui la dominait échappaient alors à l'ensevelissement. Le dôme ayant la couleur du désert, on finissait par le confondre avec les monticules des alentours.

— Tu vois ! chuchota Fazziza, je ne t'avais pas menti. Il paraît que les esclaves travaillent tous les jours à dégager les abords de la grande porte. S'ils ne le faisaient pas, on ne pourrait bientôt plus sortir.

Çà et là, des statues émergeaient du tapis sablonneux. L'érosion résultant du vent les avait usées au point d'effacer leur visage et il était désormais impossible de déterminer en l'honneur de quel dieu on les avait un jour dressées.

Sur un signal lancé par une trompe de cuivre, la grande porte cloutée à double battant s'ouvrit, et la caravane put enfin entrer dans Dar-es-Djinn, la cité du démon.

Derrière les murailles s'étendait une cour intérieure, envahie elle aussi par le sable. Anouna découvrit bientôt que la ville était comme un bateau qui fait eau, la poussière jaune s'y infiltrait par la moindre ouverture, comblant les rues, les maisons, et il fallait « écoper » en permanence pour résister à ce débordement silencieux. Des hommes seulement vêtus d'un pagne faisaient la chaîne, se passant des récipients qu'ils s'en allaient déverser dans le désert. Leur combat semblait perdu d'avance ; à peine avaient-ils rempli une calebasse, qu'une nouvelle avalanche de sable s'infiltrait par une crevasse. L'impression d'engloutissement devenait encore plus sensible quand on s'approchait de l'unique bâtiment cubique planté au centre de la cour, car il semblait lui-même sur le point de disparaître dans le ventre de la dune occupée à l'avaler.

— Tu comprends maintenant pourquoi ils ont tant besoin d'esclaves ? ricana Fazziza.

Anouna comprit surtout pourquoi Abou-Assim avait choisi cet endroit incroyable pour s'y terrer. On ne pouvait rêver d'un meilleur camouflage ! Il suffisait d'une tempête, et la ville disparaissait en l'espace de quelques heures ! Une armée en marche pouvait alors passer à dix coudées de la grande porte sans même deviner sa présence. Dar-es-Djinn était un mirage. Voilà pourquoi les caravaniers superstitieux avaient fini par se convaincre qu'elle se déplaçait à sa guise, un jour là, un jour ailleurs... Dar-es-Djinn était un gigantesque terrier toujours sur le point de se refermer. La cache idéale pour une poignée de fuyards.

Anouna scrutait les alentours, mais le paysage intérieur offrait partout le même spectacle de désolation. Les vents furieux avaient poncé les peintures, les fresques, décapé les remparts. Toute ornementation avait disparu. Les statues des dieux hérétiques avaient pris l'aspect de silhouettes anonymes aux courbes usées. La plupart des hiéroglyphes étaient devenus illisibles. En mille ans, la cité perdue s'était changée en un gigantesque squelette dont seul le crâne émergeait encore du sable.

Les chameaux furent déchargés dans la cour intérieure mais les guerriers poussèrent les captifs vers l'unique bâtiment se dressant au centre du quadrilatère dessiné par les remparts, ce cube géant que couronnait un dôme de la taille d'une colline.

Anouna et ses compagnes pénétrèrent dans une salle immense dont la voûte culminait à plus de quarante coudées au-dessus de leur tête. Toutes les ouvertures en avaient été obturées afin d'endiguer les infiltrations sablonneuses, si bien qu'il y régnait une pénombre proche de l'obscurité. La parfumeuse pressentit qu'il en irait partout de même. Dar-es-Djinn était la ville de la nuit en plein jour, des ténèbres éternelles. On y vivait à la lueur parcimonieuse des lampes à huile, se gardant d'avoir recours à toute flamme trop brillante dont la gourmandise aurait pu appauvrir l'atmosphère et la rendre irrespirable.

La ville tout entière était là, enfermée sous ce dôme unique qui dominait maisons d'habitation et édifices religieux. La cité perdue était contenue dans cet œuf de pierre déguisé en colline, et qui la protégeait des tempêtes. Jamais Anouna n'avait eu l'occasion de contempler une telle architecture. L'agglomération, avec ses rues, ses fontaines, ses places publiques, était comme prise sous un globe aux parois opaques. Un globe presque hermétique.

Hommes et femmes furent séparés en deux colonnes distinctes. Des servantes prirent les jeunes filles en main pour les conduire au hammam où on les rendrait un peu plus présentables. Anouna se laissa entraîner dans les profondeurs de ce qui semblait être un palais. Si l'obscurité les protégeait de la chaleur infernale du dehors, elle installait cependant une pénible atmosphère d'étouffement. La parfumeuse ne put s'empêcher de lever la tête, persuadée qu'elle allait voir du sable couler par les lézardes du plafond.

L'une des servantes parut deviner ses craintes et s'approcha d'elle en souriant.

— Il ne faut pas avoir peur, murmura-t-elle. Tu verras, on s'habitue très vite. Les plafonds sont solides et la poussée du sable n'est pas assez forte pour disloquer les murailles. Il y a suffisamment de conduits d'aération pour qu'on puisse respirer sans peine. L'obscurité nous protège du soleil... Il n'y a qu'un seul problème : lorsqu'on a passé beaucoup de temps dans la pénombre, on ne peut plus regarder la lumière du jour sans devenir aveugle.

Anouna reporta son attention sur son interlocutrice, une fille mince, à la peau cuivrée, au nez busqué. Ses cheveux huilés, très noirs, flottaient sur ses omoplates en une longue queue de cheval. Elle était vêtue d'une tunique de lin très légère qui se creusait entre ses cuisses lorsqu'elle marchait. Ses pieds minuscules disparaissaient dans des *zihyat* de cuir rouge vif à bouts retroussés.

— Je m'appelle Amrita, dit-elle. Je suis celle qui vous enseignera les coutumes du harem. Je suis une *Negafa,* une maîtresse de cérémonie, si vous préférez. Pour le moment il ne faut penser à rien. On va vous laver, vous masser, vous enduire de parfum pour que vous retrouviez forme humaine car vous faites peine à voir. Ensuite on vous donnera à manger et à boire, il faut que vous repreniez des forces. Laissez-vous aller, vous êtes entre de bonnes mains.

Elle parlait d'une voix apaisante et sa figure était avenante, mais Anouna restait sur ses gardes. Elle avait toujours à l'esprit les recommandations d'Abou-Assim.

« Je suis une espionne, songea-t-elle. De combien de temps puis-je espérer disposer avant d'être démasquée ? »

Fazziza et ses compagnes ne partageaient pas ses inquiétudes. Elles avançaient en s'extasiant sur la richesse des peintures ornant les couloirs, car, à l'intérieur du palais, fresques et statues étaient encore intactes en dépit du temps écoulé. La faible lumière de la lampe à huile faisait danser des ombres effrayantes sur les sculptures jalonnant les corridors. Anouna se fit la réflexion qu'elle ignorait tout de ces dieux étranges. Quel culte éphémère avait-on célébré ici ? Quelle divinité sans lendemain ? Elle songea à Aton, le dieu solaire de Tel-Amarna, aujourd'hui bien oublié, fantoche né de la fantaisie d'un pharaon à l'esprit troublé et qui n'avait pas survécu à la mort de son créateur. Pauvre dieu, en vérité, que cette entité lumineuse aussi vulnérable que ceux qui l'avaient adorée.

L'odeur de l'eau parvint à ses narines bien avant qu'elle n'entende le clapotis des bains. Un escalier s'enfonçait dans le sol, il était plein de ce parfum d'eau fraîche à quoi se mêlait le relent des mousses et de la moisissure.

— C'est l'ancienne oasis, expliqua Amrita. À l'origine, ce n'était qu'un trou dans le sol, une mare que les tempêtes de sable comblaient chaque fois que le vent se levait. Alors quelqu'un a eu l'idée de bâtir un mur autour de la flaque, puis il a posé un toit sur ces murs... et peu à peu on a continué à construire autour de l'oasis. Les bâtiments se sont ajoutés aux bâtiments. C'est l'eau qui a fait naître la cité, mais c'est la cité qui a permis au puits de ne jamais s'assécher.

Après avoir remonté un long passage voûté, on arriva aux bains. Les dalles devinrent glissantes.

— Nous sommes dans le déshabilloir, annonça Amrita. *El-guelsa.* Il faut ôter vos hardes. Dans le hammam, on entre toujours nue. Jetez vos loques dans ce panier, on vous donnera de belles parures lorsque vous serez propres et bien parfumées.

Fazziza et ses compagnes s'empressèrent d'obéir. Anouna les imita. La proximité de l'eau était comme une bénédiction après l'atroce chaleur des derniers jours, mais il y avait dans ce lieu quelque chose qu'elle n'aimait pas. Son instinct lui soufflait que le danger rôdait sous les arcades de pierre tapissées de mousse. Nue, elle fit quelques pas vers le bassin : il lui parut rempli d'une eau noire, effrayante, comme s'il communiquait avec les profondeurs de la terre. Elle eut un mouvement de recul apeuré. La noirceur du liquide provenait en fait de l'absence de lumière. De rares lampes à huile en cuivre martelé éclairaient la voûte. Les bains avaient l'apparence d'une caverne abritant un lac souterrain. Des corridors voûtés, bordés d'arcades, permettaient de se déplacer d'une salle à l'autre. Bâti sur le modèle en usage chez les Romains, le lieu se composait d'un *frigidarium,* d'un *tepidarium* et d'un *caldarium,* longue suite de salles où l'on passait successivement d'une atmosphère fraîche à la tiédeur pour finir dans la touffeur de la sudation. Ici, ces lieux portaient d'autres noms. Amrita les énuméra : *beït-el-bared, beït-el-wastani, beït-eskoun...*

Tout au bout, perdu dans l'obscurité des voûtes, s'ouvrait l'inévitable *natatio,* le bassin dévolu à la nage, pratique peu en faveur auprès des gens du désert.

Des masseuses — les *teyaba* — s'avancèrent pour prendre en charge les nouvelles recrues. Elles étaient massives, si noires de peau qu'elles semblaient des silhouettes modelées dans la texture même des ténèbres.

— Vos yeux vont s'accoutumer, insista Amrita. Tout leur paraît obscur parce que la lumière du désert les a brûlés. Dans quelques jours, vous serez parfaitement à l'aise.

De l'autre côté du bassin, des femmes se prélassaient, chairs pâles saupoudrées de gouttelettes accrochant la lumière des lampes de cuivre. Leur nudité mouillée donnait l'illusion qu'on les avait recouvertes de perles. Leurs bavardages s'étaient tus à l'entrée des captives. À présent, se gardant d'esquisser un geste d'accueil, elles demeuraient silencieuses, groupe de panthères alanguies dont tous les regards étaient tournés vers les nouvelles arrivantes. Fazziza perçut elle aussi cette hostilité et perdit quelque peu de son entrain. Anouna dénombra une cinquantaine de femmes, de tous les âges, de toutes les races, éparpillées sous les arcades souterraines. Certaines rêvassaient, le corps à demi immergé, d'autres somnolaient sur des lits de rotin ou de bambou tressé. Partout on avait disposé à profusion des plateaux de pâtisseries au miel. Seuls les clapotements de l'eau troublaient le silence. Anouna fut surprise par l'âge avancé de certaines concubines qui devaient frôler les 50 ans. Sans doute s'agissait-il des premières maîtresses du *Malik,* celles qui l'avaient déniaisé et lui avaient appris l'art des joutes amoureuses lorsqu'il n'était encore qu'un jeune garçon…

Ventrues et flétries, elles ne cherchaient nullement à dissimuler leur disgrâce physique. Il y avait également plusieurs jeunes femmes enceintes, dont deux presque à terme. Tout ce petit monde observait les captives les yeux mi-clos, le visage impassible, soupesant les armes de ces concurrentes dont on ignorait encore les noms.

Presque tous les regards se portaient sur Fazziza et Amina. Pour l'heure, elles étaient maigres, sales, le cheveu terne, les traits creusés par l'épuisement, mais qu'en serait-il dans deux semaines, lorsqu'elles auraient mangé à leur faim et passé plusieurs heures par jour entre les mains des masseuses ?

— Ne faites pas attention à ces dames, dit doucement Amrita. Au harem, on ne se lie pas facilement car la concurrence est très forte, et chaque concubine vit dans la crainte de se voir reléguée dans l'oubli.

S'évertuant à dissiper le malaise ambiant, elle poussa ses protégées vers la salle du décrassage, car il était de règle de ne descendre dans le bassin qu'une fois parfaitement récurée.

Anouna frissonna. Après la chaleur du désert, l'obscurité de la crypte lui donnait la chair de poule.

Alors qu'elles étaient occupées à se laver, les eunuques firent irruption, portant les cruches en terre dans lesquelles on avait transporté les poissons. Agenouillés au bord du bassin, ils entreprirent de libérer les bestioles dans l'eau sombre de l'oasis, provoquant les cris effarouchés des baigneuses. Les poissons, abasourdis, flottèrent un moment sans bouger, puis, d'un coup de queue rapide, disparurent dans les profondeurs du bassin, flagellant au passage les cuisses des femmes.

Amrita hocha la tête.

— Il faudra vous y habituer, dit-elle. Il y en a qui sont là depuis si longtemps qu'ils ont fini par devenir blancs, et parfois même leurs petits naissent sans yeux. C'est à cause de l'obscurité.

Après le bain, la *Negafa* conduisit les prisonnières jusqu'à leurs appartements. Partout, sur les murs, Anouna retrouvait les mêmes peintures sacrées où officiait un dieu Anubis dont la tête de chien était curieusement rouge. C'était là une hérésie flagrante, puisque *Celui-qui-est-couché-sur-son-ventre* était représenté dans l'Égypte tout entière avec une tête noire. Les « scribes des contours » ne pouvaient avoir commis cette erreur par simple distraction, ou dans un but de fantaisie, car les représentations picturales obéissaient scrupuleusement aux codifications arrêtées une fois pour toutes dans le catalogue des figures auquel se référait chaque atelier. Il y avait là quelque chose d'inattendu et de vaguement inquiétant qui mit Anouna en alerte. Les jeunes filles ne prêtaient aucune attention à ces détails car l'idée qu'on allait attribuer à chacune d'entre elles un appartement et une servante les excitait au plus haut point. Pour ces filles de fellah ou de petits artisans ruinés, un tel luxe relevait du domaine du rêve et jamais elles n'auraient osé espérer avoir accès à de tels privilèges.

— Il y a des règles à respecter, annonça Amrita d'un ton sévère. Des préséances. N'entrez jamais dans un appartement où vous n'avez pas été invitée. Soyez déférentes envers les autres femmes, celles qui étaient là avant vous. Ne méprisez pas celles qui vous semblent vieilles. Gardez toujours à l'esprit qu'elles peuvent entretenir des complicités avec certains eunuques, et donc qu'elles jouissent d'un pouvoir occulte dont vous êtes pour l'instant complètement dépourvues. Tant que le maître ne vous aura pas honorées, vous ne serez rien... *Vous n'existerez pas.* Certaines se retrouvent dans sa couche le soir même de leur arrivée, d'autres attendent des années. Il y en a qui se suicident d'avoir trop attendu et d'être devenues la risée du sérail. Pourtant, elles étaient belles, et nul ne sait pourquoi le maître ne les a jamais choisies. Votre jeunesse, votre beauté, ne seront pas forcément suffisantes pour vous permettre de vous élever dans la hiérarchie du harem. Les goûts et les dégoûts du *Malik* sont imprévisibles. Gardez-vous donc d'être trop arrogantes, votre fortune n'est pas encore faite. Loin s'en faut.

La *Negafa* s'immobilisa au milieu du couloir et désigna les cloisons de bois ajourées qui succédaient à la muraille en certains points du passage. Le travail délicat des ébénistes avait changé ces panneaux en une véritable dentelle où les motifs floraux et animaliers voisinaient avec des orifices en amande, de la taille d'un œil.

— Ces moucharabiehs sont utilisés par le maître pour vous observer, dit la jeune femme. Vous en verrez partout dans les corridors, au hammam, mais aussi dans vos appartements. Ce sont les fenêtres grâce auxquelles le *Malik* viendra détailler vos charmes, vous écouter, vous regarder dormir, et se fera une idée de vos qualités... ou de vos défauts. Tout peut le séduire, une expression, une posture, mais tout peut également le révulser, une manie, un grain de beauté mal placé, un geste inélégant.

Anouna examina la cloison d'ébène percée de multiples fentes. En raison de la pénombre, il était à peu près impossible de déterminer si quelqu'un se tenait derrière le panneau. Le système permettait au maître des lieux d'espionner ses femmes à sa guise, les privant de toute intimité.

— Quand la nuit tombe, reprit Amrita d'une voix plus sourde, fermez les portes de vos appartements et n'en franchissez plus le seuil jusqu'au matin. Des chiens féroces sont lâchés chaque nuit dans les couloirs, ils sont dressés à ne reconnaître que l'odeur du *Malik,* et ils mettent en pièces toute personne qui commet l'erreur de croiser leur chemin. Ils n'épargnent ni les gardes, ni les eunuques, et nous avons déjà eu plusieurs accidents regrettables à cause de l'insouciance de certaines jeunes servantes qui avaient fini par se persuader que les bêtes les aimaient assez pour les laisser passer. Dès qu'ils sont lâchés, ces chiens ne reconnaissent plus personne. Vous avez compris ?

Fazziza et ses compagnes hochèrent la tête, un peu effrayées.

— Maintenant je veux que vous vous approchiez de cette meurtrière, ordonna Amrita. Regardez dehors.

Anouna obéit. La mince fente verticale qui s'ouvrait dans la pierre permettait d'embrasser le paysage des remparts ceignant la cité. Le soleil tombait durement sur le chemin de ronde, brûlant les yeux. Les paupières plissées, elle finit par triompher de l'éblouissement et distingua des singes, des babouins occupés à s'épouiller. Il s'agissait de cynocéphales aux canines proéminentes, des primates féroces qui n'hésitaient nullement à s'attaquer aux grands fauves lorsqu'ils étaient en bande. Il n'était pas rare, du reste, qu'un groupe de babouins déchaînés parvienne à tuer un lion... ou tout du moins à le mettre sérieusement à mal. Anouna n'ignorait pas que les prêtres égyptiens avaient pour habitude de les utiliser comme gardiens dans l'enclave des temples pour éloigner les voleurs, et s'en félicitaient.

— Ces singes sont de redoutables combattants, murmura Amrita. Ils sont là pour empêcher toute intrusion dans le quartier des femmes. Si quelqu'un commettait la folie de se risquer à escalader la coupole avec l'espoir de se faufiler dans le harem, les babouins le mettraient en pièces. C'est aussi valable dans l'autre sens. Si l'une d'entre vous tentait de fuir le sérail en se laissant glisser par une meurtrière, les singes se jetteraient aussitôt sur elle et lui arracheraient les membres. Comme les chiens, ils n'obéissent qu'au *Malik* qui les dresse et les nourrit. Même les soldats ont peur d'eux, n'espérez donc pas les apprivoiser en leur jetant de la nourriture, ils ne la mangeraient pas. (Elle fit une pause pour laisser aux jeunes femmes le temps d'assimiler ce qu'elle venait de dire.) Quand la nuit tombe, n'oubliez jamais d'ordonner à votre servante d'obturer les meurtrières au moyen des volets de tempête, cela vous épargnera la frayeur de voir une tête de singe s'encadrer dans l'ouverture, car la lumière les attire et ils sont très curieux. Très voleurs aussi... Les plus jeunes d'entre eux arrivent parfois à se glisser dans les appartements pour dérober de menus objets brillants. Si cela se produit, ne cherchez pas à les frapper, ils vous attaqueraient et vous arracheraient la main d'un coup de dents. À présent, venez, je vais vous conduire chez vous.

Les appartements s'ouvraient de part et d'autre d'une salle dallée au centre de laquelle murmurait une petite fontaine. Des coussins et des nattes jonchaient le sol, un peu partout traînaient des plateaux de confiseries, des instruments de musique et des jeux de sénet. Des parfums brûlaient dans la pénombre, installant une atmosphère un peu lourde. Toutes les femmes se trouvant au hammam, l'endroit était désert, si l'on exceptait un très petit singe à collier d'or qui se goinfrait de pâtisseries au miel, et que l'arrivée des nouvelles captives mit en fuite.

C'était une prison dorée, mais une prison tout de même. Les appartements pouvaient s'y révéler vastes... ou réduits à de simples alcôves. La distribution de la lumière était inégale, et dépendait probablement du rang qu'occupait la maîtresse des lieux dans la hiérarchie mouvante du harem. Fazziza, Neferît et Amina se virent octroyer des cellules modestes où le lit occupait presque tout l'espace. De nombreux tapis — *klim, zerbia, mergoum* — en recouvraient le sol. Anouna ne tarda pas à comprendre qu'on ne lui avait réservé aucune loge en ce lieu ; elle en fut soulagée. Elle s'éloigna sur les traces d'Amrita tandis que Fazziza et ses compagnes parcouraient leur nouveau domaine et faisaient chacune connaissance de leur servante attitrée.

Serge Brussolo

— Toi, tu logeras avec les serviteurs, lui dit Amrita. C'est là que je vis, moi aussi. Tu es parfumeuse à ce qu'on m'a dit ?

— Oui, je suppose que je devrais m'occuper des dames du harem ?

— Pas uniquement, fit la *Negafa* en détournant les yeux, c'est... plus compliqué que tu ne l'imagines. Tu verras ça demain. Tu dois toujours garder à l'esprit que tu viens de pénétrer dans un monde à part. Si tu fais attention, tu pourras y survivre, comme je l'ai fait moi-même. Les erreurs sont durement réprimandées. Il te faut abandonner tout espoir et te persuader que tu ne sortiras jamais d'ici. C'est ce que j'ai fait, et je m'en trouve bien. Dehors, je n'étais qu'une petite paysanne destinée à être engrossée tous les ans par un fellah, ici je mène une vie de rêve.

En l'écoutant, Anouna se demanda si ce discours lui était destiné ou s'il s'adressait plutôt à d'éventuelles oreilles tapies dans l'obscurité. Elle était confortée dans cette idée par le comportement d'Amrita : elle parlait d'une voix fausse, et coulait des regards inquiets en direction des cloisons ajourées qui, de place en place, se substituaient à la muraille.

Les deux femmes quittèrent le sérail pour s'enfoncer dans une autre aile du bâtiment. Chaque fois qu'elles franchissaient un nouveau seuil, des eunuques en armes refermaient soigneusement des portes à double battant dans leur dos. Quand elles eurent quitté la partie la plus somptueuse du palais, Amrita parut se détendre. Cette fois, il n'y avait plus de moucharabiehs derrière lesquels pouvait se cacher un éventuel espion.

— Je vais te montrer ton alcôve, annonça-t-elle. Elle est juste à côté de la mienne. C'est très simple, mais il n'y fait ni trop chaud ni trop sombre. (Baissant la voix, elle ajouta :) Fais toujours très attention à ce que tu dis, et méfie-toi des hommes que tu seras amenée à côtoyer. Aucune d'entre nous n'a jamais vu le visage du maître, même celles qui ont partagé sa couche. Lorsqu'il veut les posséder, il leur fait bander les yeux, et celles qui ôtent leur bandeau, il les rend aveugles en leur faisant couler de l'huile bouillante sous les paupières.

— Mais pourquoi ?

— Parce qu'il ne veut à aucun prix qu'on connaisse son visage. C'est une obsession chez lui.

Elle se tut. Anouna remarqua qu'elle était pâle et qu'un peu de sueur brillait au-dessus de sa lèvre supérieure. Tournant la tête de droite et de gauche, Amrita s'assura que le corridor était vide, puis elle poussa la parfumeuse dans une cellule aux murs blancs. Le réduit était presque nu à part une natte, quelques coussins, et un coffre de bois grossier destiné à enfermer les vêtements. Une lampe à huile se trouvait posée sur le sol. Une meurtrière perçait la muraille à quatre coudées de hauteur, laissant filtrer un rayon de soleil qui suffisait à illuminer la pièce. Les deux jeunes femmes s'assirent sur la natte après avoir pris la précaution de refermer la porte.

— Que sais-tu sur le *Malik ?* s'enquit la *Negafa.*

— Peu de choses, avoua Anouna. On m'a raconté qu'il était arrivé ici enfant, pour fuir son oncle qui a assassiné toute sa famille, et que, depuis, il se cache, ne mettant jamais le nez dehors...

— Ce n'est pas son oncle qui a essayé de le tuer, corrigea Amrita d'une voix à peine audible, *c'est son père.* Son propre père, le sultan Nazine.

— Qu'est-ce que tu dis ?

— Je n'invente rien, c'est son propre père qui a assassiné ses quatre fils... Idriss-Azhouf, notre maître, n'a échappé à la tuerie que parce qu'Abou-Assim, son précepteur, l'a sauvé au dernier moment. C'est la vérité.

— Mais pourquoi ?

— À cause d'une prédiction faite par une sorcière... Une prédiction qui annonçait au sultan Nazine qu'il serait assassiné par l'un de ses fils. Cette idée lui a rongé l'esprit des mois durant, jusqu'à ce qu'il bascule dans la folie et décide de supprimer d'un coup toute sa descendance mâle... Une nuit, il a égorgé de ses mains les quatre premiers garçons nés de son sang car il ne savait lequel sacrifier, l'oracle s'étant révélé incapable de donner plus de détail sur le futur parricide. Dans le doute, il a préféré ne courir aucun risque. C'était un homme très superstitieux, entouré d'une cour de mages, de devins, de féticheurs... Il ne pouvait plus supporter l'idée de vivre avec cette menace suspendue au-dessus de sa tête. Comme il ne faisait confiance à personne, et qu'il voulait être certain du résultat, il a poignardé les enfants lui-même. Ainsi que leur mère qui tentait de les protéger. Malik-Idriss-Azhouf était très jeune, mais il a tout vu... Et la terreur éprouvée cette nuit-là ne s'est jamais effacée de son âme.

— Je ne savais pas, murmura Anouna. On m'avait parlé d'un oncle.

— C'est la version officielle, dit Amrita. Et tu devras t'y tenir. Personne n'a envie d'avouer que son propre père a voulu l'assassiner. C'est trop horrible...

La parfumeuse hocha la tête. Elle n'aimait guère ce qu'elle venait d'apprendre. Abou-Assim lui avait donc servi une version édulcorée de l'histoire de Djinn-el-Gahib, cela tendait à prouver qu'il ne lui faisait pas totalement confiance.

— Je te dis ces choses pour ton bien, chuchota Amrita. Idriss-Azhouf est imprévisible, capricieux, colérique. Ne t'avise pas de le contrarier. Il ne dort jamais la nuit car il a peur de l'obscurité... Dès que la lune se lève, il coiffe son masque et déambule à travers le palais. Tu le verras peut-être. Un homme solitaire, avec une tête de chien.

— De chien ?

— Oui... Kelb-el-Kebir... le grand chien des peintures...

— Tu veux dire Anubis ?

— Oui, je crois que c'est ainsi que vous le nommez. Nous, nous disons Kelb-el-Kebir, le Grand Chien. C'est une tête récupérée dans l'arsenal des prêtres qui officiaient ici, jadis. Elle est effrayante. Mieux vaut ne jamais le rencontrer quand il est ainsi déguisé.

La *Negafa* frissonna et regarda instinctivement vers la porte de la cellule. Son visage luisait de sueur, elle semblait revivre une scène déplaisante.

— C'est pour cette raison que vous n'avez jamais vu son vrai visage ? s'enquit Anouna.

— Oui, souffla Amrita. Il n'y a que le grand vizir qui connaisse ses traits.

— Quand il s'adresse à ses gens, il apparaît toujours masqué ?

— Oui, mais il n'y a pas que ça... C'est plus compliqué...

La maîtresse de cérémonie hésitait, se reprochant peut-être d'avoir trop parlé. D'un seul coup, elle se redressa, entrebâilla la porte pour vérifier que le couloir était bien vide.

— Je suis folle, balbutia-t-elle, je te connais à peine, je ne devrais pas te dire toutes ces choses.

Anouna se garda de la presser. Elle devinait que la *Negafa* souffrait de la solitude et brûlait depuis longtemps du désir de se confier.

— Certaines rumeurs courent, ici, à l'intérieur de la forteresse, se décida enfin à murmurer Amrita. Elles sont invérifiables. Ce ne sont probablement que des contes à dormir debout mais...

— Mais ?

— Je ne sais pas... Tu en feras ce que tu voudras. Il y a des gens qui pensent que, dans la journée, Malik-Idriss-Azhouf se mêle à ses serviteurs, vêtu comme eux d'un pagne, faisant les mêmes travaux qu'eux, écopant le sable, anonyme, perdu dans la foule...

— Tu veux dire déguisé en serviteur ?

— Oui, même les soldats n'en sauraient rien. Notre roi serait là, au milieu de nous, sans que nous soyons capables de l'identifier... Ce pourrait être un porteur d'eau ou l'un des valets de cuisine. Tu comprends ? Ce pourrait être n'importe qui, quelqu'un qui travaille de ses mains, un garçon parmi tant d'autres avec qui l'on échange chaque jour des plaisanteries.

— Mais pourquoi ? Pour nous espionner ?

— Peut-être... mais je pense que ce serait surtout pour se cacher de son père. Tu vois ce que je veux dire ? En se fondant dans la masse des serviteurs, il devient invisible. Si un jour le sultan Nazine envahit la forteresse, nous serons incapables de lui dire qui est notre roi... qui est son fils... Et Idriss pourra s'échapper plus aisément car qui se soucie d'un porteur d'eau aux mains calleuses ?

Anouna hocha la tête. Elle avait du mal à décider du crédit qu'il convenait d'accorder à cette histoire. Le roi qui se mêle à ses sujets déguisé en pauvre hère était un thème récurrent dans tous les folklores de l'Orient. En Égypte, de nombreux contes détaillaient les aventures d'un pharaon quittant son palais affublé de hardes pour s'en aller mener la vie d'un porteur d'eau. Idriss-Azhouf s'était-il inspiré de ces fables pour se protéger contre une éventuelle irruption de son assassin de père ?

— Tu crois que le sultan Nazine est toujours à la recherche de son dernier fils ? interrogea-t-elle.

— Abou-Assim en est persuadé, en tout cas, répondit Amrita. C'est un homme terrible, et qui ne renonce pas facilement. Tant que Nazine ne sera pas mort, le grand vizir restera convaincu que les jours du *Malik* sont en danger.

— C'est une étrange histoire, fit Anouna.

— Ne la prends pas à la légère, conclut la *Negafa*. Et ne parle pas à tort et à travers. Je n'ai fait que mon travail en t'avertissant. Mais si tu veux faire de vieux os dans ce palais, tu aurais intérêt à suivre mes conseils.

6

Ces secrets échangés, Amrita conduisit la parfumeuse aux cuisines où elle put se restaurer. Sa présence fit taire les conversations des commis et des servantes qui ne cessèrent de l'observer du coin de l'œil tout le temps qu'elle mit à avaler son repas.

— Il faudra que tu apprennes très vite la disposition des couloirs, lui dit la *Negafa,* sinon tu risques de te perdre et de déboucher par erreur dans un endroit interdit... ou dangereux. Certaines portes ouvrent sur les remparts, si bien que tu te retrouverais nez à nez avec les babouins.

— Pourquoi tous ces singes ? s'étonna Anouna. Le désert n'est-il pas un gardien suffisant ?

— À cause des filles, dit Amrita. Elles ne peuvent s'empêcher d'exciter les serviteurs, les esclaves ou les soldats. C'est inévitable car Malik-Idriss-Azhouf ne peut les honorer toutes. Certaines d'entre elles se languissent des mois durant avant de connaître à nouveau son étreinte. C'est une situation difficile à supporter lorsqu'on est jeune et ardente. Il s'en trouve toujours une pour penser que faire l'amour une fois tous les trois mois, ce n'est pas assez... alors elle se met à lorgner sur les autres mâles de la forteresse. Et c'est le drame. Les hommes sont fous, je ne te l'apprendrai pas ! Coucher avec une femme du harem est pour eux un exploit qui mérite qu'on prenne tous les risques... même celui d'affronter les singes. Tu devras l'expliquer aux filles qui sont arrivées en même temps que toi. Le maître se lasse très vite. Au début, elles seront convoquées presque tous les soirs, puis il les oubliera et elles se retrouveront condamnées à s'ennuyer en se gavant de pâtisseries au miel. Je sais de quoi je parle. C'est cela le danger, *l'ennui...* C'est le piège dans lequel elles finissent toutes par tomber.

Elles se séparèrent car la nuit s'installait.

— Va dormir, dit Amrita. Demain tu auras besoin de tes forces et la journée sera rude. Place le volet de tempête sur la meurtrière car le vent de sable ne va plus tarder à se lever. Moi, je retourne au harem.

Anouna la regarda s'éloigner le long de l'interminable couloir obscur. Quand la *Negafa* eut disparu dans la nuit, elle entra dans sa cellule de repos et ferma la porte au moyen du loquet rudimentaire.

Dès qu'elle s'approcha de la meurtrière, elle perçut l'odeur des babouins. Ils étaient là, tout proches, se pressant de l'autre côté du mur comme s'ils avaient deviné sa présence. La jeune femme leva la tête, inquiète. Les singes seraient-ils capables de se glisser dans la découpe de la muraille ? Elle les savait souples, voleurs et méchants, aussi décida-t-elle de mettre sans attendre le panneau de bois en place. Lorsqu'elle grimpa sur le coffre à vêtements pour emboîter le volet dans son support, un bras velu jaillit de l'ouverture et tenta de l'agripper. Elle fut si surprise qu'elle perdit l'équilibre et tomba sur le dos, se meurtrissant les reins. La main du babouin griffa la muraille à plusieurs reprises, déçue de n'avoir saisi aucune proie, puis se retira. Anouna fit une nouvelle tentative, cette fois avec succès. Alors qu'elle achevait de fixer la barre de sécurité, un poing cogna contre le panneau avec une violence inhumaine. Les singes n'aimaient pas qu'on leur interdise de regarder à l'intérieur des habitations.

Elle se dévêtit et s'étendit sur sa natte. Sa fatigue était telle qu'elle s'endormit presque aussitôt malgré les grommellements des babouins mécontents.

Le lendemain matin, Anouna, débarrassée de l'intense fatigue du voyage, fut en mesure de prêter plus d'attention au monde qui l'entourait. Lorsqu'elle s'approcha prudemment de la meurtrière, elle vit que les remparts de la forteresse étaient jonchés de tronçons de statues brisées, sans doute renversées par le vent. Les babouins couraient au milieu de ces dieux réduits en pièces, déféquant, s'épouillant ou se chamaillant avec des cris rageurs. Aux quatre coins de l'enceinte se dressait une guérite de pierre à l'intérieur de laquelle un guetteur, isolé des singes par des grilles, scrutait l'étendue du désert.

— Les sentinelles veillent nuit et jour, dit Amrita dans son dos. C'est cela que tu regardais ?

Anouna sursauta car elle n'avait pas entendu la *Negafa* s'approcher.

— Tu rencontreras beaucoup d'aveugles dans la cité, continua la maîtresse de cérémonie. Ce sont tous d'anciens guetteurs à qui la réverbération du soleil a fini par brûler les yeux. La lumière et le vent de sable, voilà les deux principaux ennemis des sentinelles. Leurs yeux s'infectent au bout de quelque temps, et ils perdent la vue. C'est le destin. *Mektoub.*

— Quel est leur rôle exact ? Deviner l'approche des tempêtes ?

— Oui, mais surtout détecter l'avance éventuelle d'une *mehalla...* je veux dire d'une armée en marche.

— L'armée du sultan Nazine ?

— Je suppose. Qui d'autre aurait intérêt à s'enfoncer dans cette région ? Les guetteurs viendront souvent te demander des baumes contre l'éblouissement. Tu les reconnaîtras aux épais traits noirs dont ils se soulignent les paupières pour se protéger de la réverbération.

Les deux jeunes femmes s'engagèrent dans le couloir. La pénombre était trouée de place en place par des traits de soleil d'une luminosité presque insoutenable, et qui semblaient jaillir des minces ouvertures telles des lames de sabre chauffées à blanc. On hésitait presque à les traverser tant leur lumière paraissait solide.

Dans l'heure qui suivit, Anouna explora une partie de la géographie secrète de la forteresse.

— Ici, nous sommes sous le sable, lui expliqua Amrita alors qu'elles pénétraient dans une zone de nuit complète. Les dunes recouvrent la coupole qui coiffe la ville. Cette partie de la cité est complètement enterrée, c'est pour cette raison qu'il y fait frais. Tu peux considérer que les deux tiers du dôme qui pèse sur nos têtes sont « souterrains ». On ne fait rien pour les dégager, car, de cette manière, la ville reste pratiquement invisible. Depuis le désert, on ne distingue qu'une suite de mamelons. À certains endroits, le dôme s'est fissuré si bien que les bâtiments qui se trouvaient juste au-dessous de ces lézardes ont subi les méfaits de la pluie de sable permanente. Ils sont aujourd'hui enterrés, remplis ; il n'est plus question d'y entrer. Leurs portes ont d'ailleurs été condamnées. Il ne faut les ouvrir à aucun prix, sinon on serait submergé par une avalanche de poussière qui se répandrait dans les couloirs environnants.

Une fois revenue dans la partie « émergée » de la cité, Anouna traversa plusieurs salles d'apparat, dont les voûtes culminaient à plus de quarante coudées. On y avait gratté les hiéroglyphes sacrés pour les remplacer par des peintures d'un style très différent de celui en usage dans les temples égyptiens. Les scènes qui s'étalaient sous ses yeux représentaient des paysages rupestres ou citadins. On y voyait des fellahs au travail, labourant, semant, mais aussi les échoppes d'un souk coloré où des hommes vêtus à la mode des Bédouins vendaient des tapis et des épices de toutes sortes. Les vêtements étranges, les turbans compliqués faisaient référence à un univers qu'Anouna connaissait mal. Elle supposa qu'il s'agissait du pays dont Idriss-Azhouf était originaire. L'architecture des bâtiments, les décorations avaient quelque chose d'insolite. La fresque, interminable, s'étirait d'un mur à l'autre, recouvrant toutes les parois de la salle, puis se ramifiait pour s'engager dans les différents couloirs qui rayonnaient sur le périmètre de la rotonde. Un homme, grimpé sur un échafaudage de bambou, peignait les feuilles d'un palmier stylisé avec un soin méticuleux. Au même moment, le pied droit d'Anouna s'enfonça dans une surface meuble, un peu spongieuse. Surprise, elle baissa les yeux. Le dallage disparaissait sous une couche de terre noire provenant à n'en pas douter du Nil. Une terre alluvionnaire dans laquelle on avait essayé de faire pousser de l'herbe ! Des arbres en pots, disposés sur le pourtour de cette maigre pelouse, formaient une forêt illusoire. Il s'agissait probablement de ceux que le grand vizir avait rapportés à dos de chameau de la grande oasis verdoyante du Fayoum. Le soleil tombait du haut de la coupole en pinceaux de feu sur ce jardin dérisoire. Des miroirs de cuivre poli amplifiaient son rayonnement, essayant d'étendre l'effet bénéfique de la lumière du jour à travers les allées de l'oasis. L'eau coulait en glougloutant dans un canal d'irrigation creusé dans le sol. Des poissons sans couleur voyageaient au fil de ce ruisselet qui, après avoir traversé la salle, s'enfonçait dans un couloir obscur pour poursuivre un voyage mystérieux au cœur de la cité. Des oiseaux chantaient, invisibles, emplissant l'air de leurs trilles. Anouna releva la tête sans parvenir à en apercevoir un seul. Où se cachaient-ils ? D'habitude, les oiseaux ne chantaient jamais dans l'obscurité...

Répondant à l'appel d'Amrita, le scribe des contours descendit de son perchoir. La djellaba toute couverte de taches colorées, il s'approcha des deux femmes. Il avait les traits creusés et le crâne chauve. Ses épaules voûtées le faisaient paraître plus vieux qu'il n'était en réalité car Anouna le soupçonna d'avoir à peine 30 ans. Les macules de peinture constellant sa tunique répandaient une odeur désagréable qui trahissait l'origine de leurs composants : fiente, fumier, moisissures de toutes sortes...

— C'est Hammu, annonça Amrita. C'est un *fânan,* il a travaillé sur les chantiers de deux pyramides. Il est ici depuis quinze ans. Il a la responsabilité de la décoration de la promenade royale.

— La promenade royale ? s'étonna Anouna.

Hammu grimaça. Il était tendu. La parfumeuse devina qu'il n'avait aucune envie de s'expliquer... et qu'il avait peur.

— Le maître vient ici toutes les nuits, se décida-t-il enfin à murmurer. Il souffre du mal du pays... Il ne supporte plus la vue du désert, alors il a essayé de recréer ici une certaine représentation de la contrée où il est né. Ces scènes font partie de ses souvenirs d'enfance... J'ai dû les recommencer cent fois jusqu'à ce qu'elles s'accordent parfaitement avec les images conservées dans sa mémoire. Le grand vizir m'a aidé de ses conseils, de ses observations — grâce lui soit rendue — car je n'y serais jamais arrivé sans son secours. Je suis égyptien, j'ignore tout de ces pays orientaux.

Anouna examina la fresque avec plus d'attention. Elle remarqua que plusieurs visages étaient grattés, de même que certaines scènes. Elle demanda pourquoi.

— Parce que le maître ne veut pas d'une représentation figée pour l'éternité, souffla Hammu. Il exige que les choses changent, bougent, comme dans la réalité... Alors je fais vieillir les personnages, je les habille différemment... Je leur donne une physionomie heureuse, puis mélancolique, comme si des aventures agréables ou désagréables leur arrivaient au fil des jours. (Il s'approcha du mur et désigna, avec la tige de papyrus qui lui tenait lieu de pinceau, une partie des souks :) Je change les marchandises. Un jour elles sont abondantes, un autre jour non... J'imagine des incidents, des disputes. Des scènes de rue ou d'intérieur... Là, ce matin, dans cette maison, j'ai peint un maître lutinant une servante pendant que sa femme s'occupe de sa toilette. Demain, je montrerai le même homme profitant du sommeil de sa femme pour faire l'amour à la servante en question... L'important c'est que le *Malik* ait toujours sous les yeux quelque chose de nouveau, quelque chose qui n'était pas là la veille et qui pique sa curiosité.

Anouna hocha la tête, étonnée par tant d'ingéniosité.

Dès lors, Hammu s'anima et se déplaça avec rapidité le long de la fresque pour signaler aux visiteuses les différents emplacements où il avait effectué des transformations.

— Là, dit-il, cette jeune femme, il y a quinze ans, je l'avais représentée sous les traits d'un bébé. Je l'ai fait grandir au fil du temps, puis j'ai effacé ses parents qui sont morts. Bientôt, je lui donnerai un mari, et elle attendra un enfant, un fils... que je peindrai ici, et que je ferai grandir comme elle-même a grandi sur ce mur.

Il parlait avec précipitation, emporté par sa vision.

— Il faut... dit-il en cherchant ses mots. Il faut que le *Malik* ait l'impression que le monde de la muraille est vivant, comprends-tu ?

— Oui, je crois, fit Anouna. Il s'intéresse plus à ces images qu'aux gens de chair et d'os qui l'entourent.

Ces mots à peine prononcés, elle les regretta. Amrita et Hammu grimacèrent en pâlissant.

— Je veux dire, improvisa la parfumeuse, que ces souvenirs comptent beaucoup pour lui... Sans doute parce qu'il n'a pas revu son pays depuis longtemps.

— Il n'y est jamais retourné, dit sèchement Amrita. Depuis qu'il est arrivé ici, jamais il n'a franchi l'enceinte pour aller chasser dans le désert ou explorer les environs. Son univers, c'est ce palais... et ces portes sur le souvenir que notre ami Hammu peint sur les murs.

Anouna songea que le mot « porte » était dans ce cas particulièrement bien choisi puisque, à l'intérieur des pyramides, les scribes des contours avaient justement l'habitude de peindre de fausses portes pour permettre au double du défunt — le kâ — de voyager librement d'un monde à l'autre. Sans le savoir, Idriss-Azhouf avait eu recours au même subterfuge.

— Tu vas travailler avec Hammu, annonça Amrita qui semblait pressée de s'en aller.

— Mais je ne sais pas peindre ! protesta Anouna.

— Qui t'a parlé de peinture ? dit la *Negafa* avec irritation. Tu es parfumeuse, non ? Ce qu'on attend de toi, c'est que tu reconstitues ici, entre ces murailles, les odeurs de la réalité. Tu devras parfumer la fresque pour que le *Malik,* chaque fois qu'il s'en approche, perçoive les senteurs des scènes dessinées par Hammu. Le souk aux épices devra sentir le *felfel,* le piment. Chacun des personnages devra exhaler sa propre odeur, les hommes devront sentir la sueur, les femmes l'oliban, les chiens le chien... On dit que tu es capable d'accomplir de tels prodiges. Tu disposeras de tous les sucs, muscs et onguents que tu souhaiteras, Abou-Assim y veillera, seul le résultat compte.

Anouna recula, étourdie. Jusqu'à présent, elle avait cru qu'on lui donnerait pour mission de parfumer les femmes du harem. Elle ne s'était nullement attendue à fabriquer des odeurs désagréables pour des pantins peints sur un mur.

— C'est très important, martela Amrita en la fixant droit dans les yeux. Idriss-Azhouf, notre seigneur, tient beaucoup à cette fresque. Si tu parviens à la rendre encore plus vivante par la magie de tes parfums, tu en tireras de grands avantages. Sinon, il faut t'attendre au pire. C'est pourquoi tu dois entreprendre ce travail avec beaucoup de sérieux.

Sur ces mots, elle s'éloigna, laissant Anouna en compagnie d'Hammu.

— Je comprends que tu sois désorientée, souffla celui-ci, mais il faut croire ce que dit Amrita. *Ce n'est pas un jeu.* Notre survie dépend de la satisfaction du maître. Il y a des années que je me creuse la tête pour maintenir la fresque en vie. Parfois je ne sais plus que faire et j'en perds le sommeil. Je serais heureux que tu puisses m'aider car il est urgent d'apporter une dimension nouvelle aux images qui s'étalent sur ces murs... Il faut parfaire l'illusion.

Il désigna les arbres en pots qu'on avait tenté d'organiser en un semblant de forêt.

— Ces citronniers, lança-t-il, regarde comme ils sont rabougris... Ils ont de l'eau, mais pas assez de lumière. Leur parfum est inexistant... Ce serait bien si tu pouvais y remédier, fabriquer des odeurs artificielles qui donneraient une senteur à l'herbe, aux arbres. Ce jardin doit être plein d'odeurs merveilleuses. Voilà ce qu'on attend de nous. Pourrais-tu accomplir ce miracle ?

— Oui, si je dispose des substances nécessaires, répondit Anouna. Je peux essayer d'imiter la nature... mais tout cela me paraît une folie.

— Parle plus bas ! siffla Hammu en lui plaquant la paume sur la bouche. Je te le répète, si tu ne donnes pas satisfaction, on se débarrassera de toi, car ici on ne nourrit ni n'abreuve les inutiles.

Anouna se dégagea car elle n'aimait pas l'odeur rance qui se dégageait du peintre. Quand on le regardait de près, on s'apercevait qu'il avait dû être beau, mais les années de capti-vité et d'angoisse avaient donné à son visage une expression de veulerie déplaisante.

— Montre-moi la fresque, dit-elle pour dissiper la gêne qui s'installait. Toute la fresque. Je dois me faire une idée de l'en-semble, car certains parfums sont plus faciles à fabriquer que d'autres.

Hammu planta ses tiges de papyrus dans un pot de pigment et entreprit de guider la jeune femme. Il commentait son travail avec une voix accablée, comme si chaque transfor-mation lui avait coûté de pénibles heures de réflexion.

— Je n'ai plus d'idées, finit-il par avouer. Je sais bien qu'il me faudrait inventer d'autres mésaventures pour éveiller la curiosité du *Malik,* mais j'ai beau chercher, rien ne me vient à l'esprit... Je ne suis pas un conteur, je n'ai pas l'imagination qui convient. Je sens bien que le maître attend beaucoup plus, et qu'il est déçu, mais qu'y puis-je ?

— Il vient vraiment ici chaque nuit ?

— Oui, je dors parfois là-haut, sur l'échafaudage, caché sous des chiffons ; quand cela m'arrive, le pas du *Malik* me réveille. Je l'entends résonner le long des couloirs... L'écho de sa marche le précède, alors je me recroqueville et je l'ob-serve entre les bambous de la passerelle. Je le vois s'arrêter, examiner longuement les dessins, réfléchir... Sans doute qu'il rêve, qu'il bâtit des histoires dans sa tête. Je ne sais pas. Mais ces derniers temps, il n'a jeté que des coups d'œil distraits sur mon travail, et j'ai bien compris que je n'avais pas su l'étonner, le surprendre.

Il parlait d'une voix geignarde qui indisposait Anouna.

— Là, annonça-t-il en désignant une partie du dessin, il y avait une belle maison. Je l'ai fait brûler, avec tous ses habi-tants. Maintenant des arbres poussent sur l'emplacement des décombres. Pourtant, c'était une famille dont je peignais les membres depuis sept ans... Le *Malik* n'a pas apprécié cette initiative, il s'en est plaint au grand vizir. Quand j'ai proposé de redessiner la maison et tous ses habitants, Idriss-Azhouf est entré dans une colère terrible. Il a dit que ce qui était fait était fait, et qu'on ne pouvait jamais revenir en arrière... Il parlait comme si la maison et la famille de la fresque avaient *réellement* existé. Tu vois ce que je veux dire ? Ce jour-là, j'ai bien cru ma dernière heure arrivée.

Quittant la salle, ils s'engagèrent dans l'interminable corridor où coulait le ruisseau artificiel. Hammu alluma une lampe à huile, car ici la maçonnerie ne comportait aucune ouverture sur l'extérieur.

La fresque représentait un palais, une forêt de palmiers. Des personnages affublés de vêtements étranges se tenaient alignés devant la bâtisse. Anouna présuma qu'il s'agissait d'une famille. Le père, la mère et leurs cinq fils. Le visage du plus jeune des enfants avait été remplacé par une tête d'Anubis de couleur rouge sang. Les bijoux, les turbans, les coiffes et les parures des personnages indiquaient qu'ils étaient tous de haut rang.

— Par les dieux ! souffla la jeune femme. C'est la famille de Malik-Idriss-Azhouf, n'est-ce pas ?

— Oui, chuchota Hammu. La peindre a été une véritable torture car le Maître ne trouvait jamais le dessin assez ressemblant... J'ai dû recommencer des dizaines et des dizaines de fois. La femme et les quatre premiers fils sont morts, c'est pourquoi leur image n'a jamais changé. En revanche, je dois, tous les ans, essayer de remettre à jour le portrait du père, en lui ajoutant des poils gris, des rides... C'est une épreuve terrible car le *Malik* suit l'avance des retouches avec beaucoup d'inquiétude. Quand j'ai fini, il m'apostrophe, me prend à partie. Il me dit : « Tu es sûr qu'il ne pourrait pas être plus vieux ? Il me semble que tu l'as fait trop jeune ! » Tu comprends, il voudrait le voir mort, pour être débarrassé de la menace qui pèse sur sa tête !

Anouna s'approcha de la muraille. Le sultan Nazine avait été représenté sous l'apparence d'un géant presque aussi grand que son palais. Dans l'art pictural égyptien, seules les divinités avaient le privilège d'une telle stature. C'était un homme au visage effrayant orné d'une épaisse moustache et d'une longue barbe grisonnante. Deux *sekkina* à lame recourbée avaient été glissées dans sa ceinture, et se croisaient sur son ventre. Son œil énorme exprimait une colère démoniaque et sa bouche grande ouverte bâillait sur une double rangée de dents de crocodile. C'était le portrait d'un *ghoul* de légende, d'un ogre. La jeune femme reporta son attention sur le plus jeune des fils, celui dont la tête avait été remplacée par un masque d'Anubis. Curieusement, Malik-Idriss-Azhouf n'avait fait exécuter aucune modification sur son propre portrait, comme si l'enfant dessiné sur la paroi n'avait jamais grandi en dépit des années écoulées.

— Vient-il souvent ici ? demanda-t-elle.

— Rarement, répondit Hammu. En fait, il ne pénètre dans ce couloir qu'une fois par an, pour inspecter mon travail de retouche et s'assurer que le sultan Nazine est manifestement plus vieux que l'année précédente.

Tout à coup, une idée folle traversa l'esprit d'Anouna, lui donnant le vertige. L'espace d'un battement de cœur, elle s'était surprise à penser qu'Hammu, le peintre apeuré, et Malik-Idriss-Azhouf, le maître de la forteresse engloutie, pourraient bien n'être qu'une seule et même personne... Pourquoi pas, puisque aucun habitant de l'oasis, à part Abou-Assim, ne connaissait le visage du seigneur des lieux ? Qui d'autre, mieux que l'ultime rejeton de la famille maudite, aurait pu peindre le sultan Nazine avec une telle inspiration horrifiée ?

Anouna examina Hammu... Non, c'était impossible, il paraissait bien trop vieux.

Cependant, quel âge avait-il en réalité ? Trente ans ? Un peu plus ? D'après les dires d'Abou-Assim, Idriss atteignait lui aussi la trentaine... De plus, s'il avait abandonné sa posture voûtée d'esclave qui fait le dos rond, Hammu aurait paru bien plus jeune. Son apparente vieillesse n'était-elle qu'un déguisement ?

7

Elle put se mettre au travail le jour même car Hammu lui ouvrit la porte d'une réserve où se trouvaient entreposées toutes les essences olfactives recensées à ce jour à travers l'étendue du monde connu. Abou-Assim n'avait pas lésiné sur l'approvisionnement, et Anouna éprouva de nouveau la joie de créer un parfum à partir d'odeurs disparates, qui, prises séparément, n'avaient souvent rien de séduisant. Elle aimait cette alchimie. Il y avait longtemps qu'elle n'avait pu s'y adonner, et durant un moment, l'excitation de la création parvint à lui faire oublier qu'elle n'était qu'une prisonnière emmurée au milieu des sables.

Elle n'avait jamais pensé qu'elle serait un jour amenée à parfumer des figures peintes pour leur donner un semblant d'épaisseur, mais elle s'appliqua à recomposer l'odeur de certaines fleurs avec beaucoup de soin. Quand elle eut terminé, elle s'en alla badigeonner la fresque au moyen de la solution obtenue. À deux coudées de la muraille la senteur restait perceptible. Elle examina les étals du souk, élaborant déjà des stratégies pour restituer l'odeur des épices, des vête-ments de laine et de la sueur des hommes. Il lui faudrait jouer des contrastes, utiliser les relents grossiers des chameliers pour mettre soudain en relief le parfum acidulé et juvénile de cette jeune fille peinte par Hammu. Tout ne devait pas sentir bon, bien au contraire ! L'utilisation judicieuse des mauvaises odeurs servirait admirablement le réalisme de la fresque. Ainsi ce chien, ce chameau... Il faudrait s'appliquer

à rendre leur puanteur laineuse... Seuls les contrastes préser-
veraient la fresque de la naïveté. Elle demanda au peintre s'il
sentait les parfums dont elle avait badigeonné la paroi, car,
comme tous les gens dotés d'un odorat extrêmement déve-
loppé, elle avait tendance à surestimer le seuil de perception
du vulgaire, si bien qu'il lui arrivait de concevoir des
fragrances trop subtiles pour le commun des mortels. Dame
Nefer-Hôpa, sa dernière patronne, l'avait d'ailleurs souvent
réprimandée pour cette raison.

De temps à autre, le chant des oiseaux invisibles s'élevait
sans qu'on pût surprendre un seul volatile voletant sous la
voûte. C'était étrange. Anouna demanda à Hammu où se dissimulaient les oiseaux, mais il fit comme s'il n'avait pas entendu
la question. La jeune femme n'insista pas.

Elle travaillait, courbée sur son mortier, quand Amrita vint
la chercher.

— Viens, lui dit la *Negafa,* je vais te conduire au harem.
Les filles qui sont arrivées en même temps que toi ont
demandé à te voir. C'est normal, elles se sentent un peu
isolées au milieu des autres. Essaye de les réconforter.
S'adapter à l'ambiance du sérail réclame toujours un certain
temps.

Anouna abandonna ses décoctions pour suivre la jeune
femme. Pendant qu'elles marchaient en silence, la parfumeuse essaya une fois de plus de graver dans sa mémoire la
topographie des lieux. Elles arrivèrent enfin devant une
double porte que gardait une paire d'eunuques armés de
sabres, longs de trois coudées, qu'ils tenaient à deux mains,
la pointe de la lame posée sur le sol. En voyant la maîtresse
de cérémonie et la parfumeuse, celui de gauche consentit à
abandonner momentanément son arme pour repousser les
deux battants. Dès que les visiteuses eurent franchi le seuil
de la salle, les eunuques s'empressèrent de refermer les
portes comme si une nuée de femmes allait soudain en
profiter pour se ruer dans l'entrebâillement.

Amrita abandonna la parfumeuse presque aussitôt, arguant
du prétexte qu'elle devait aller présenter ses hommages aux
anciennes favorites, obligation sacrée à laquelle elle ne

pouvait se dérober sous peine de s'attirer de dangereuses inimitiés. Anouna se dirigea vers les appartements de Fazziza, de Neferît et d'Amina. Elle avait emporté un petit panier de parfums, de baumes, pour justifier sa présence et faciliter la prise de contact avec les autres pensionnaires.

Fazziza et ses compagnes avaient été coiffées, maquillées, vêtues comme des princesses du désert, ce qui mettait leur beauté en valeur et leur donnait un aspect un peu irréel. On n'avait pas lésiné sur les bijoux, les broderies de fil d'or, mais Anouna, en professionnelle des odeurs, remarqua que les parfums dont on les avait aspergées n'étaient pas aussi subtils que ceux qu'elle aurait pu fabriquer. Fazziza parut soulagée de la voir, et son joli visage assombri par l'inquiétude s'éclaira l'espace d'un instant.

— Comment vas-tu ? s'enquit Anouna en s'installant sur l'un des multiples coussins qui jonchaient le sol. S'occupe-t-on bien de toi ?

Fazziza se rapprocha de la parfumeuse et lui étreignit la main.

— J'ai peur, murmura-t-elle. Personne ne nous adresse la parole. Toutes ces femmes nous regardent comme si nous étions des ennemies.

— Tu es jeune et jolie, je pense qu'elles sont un peu jalouses... et inquiètes, elles aussi.

Fazziza eut un geste de dénégation. Elle avait les yeux cernés, comme si elle avait très peu dormi.

— Il se passe des choses étranges, la nuit, fit-elle dans un souffle. Toutes ces femmes... elles ont peur, je le sens bien. Même les plus vieilles. Je ne sais pas pourquoi. Dès que le soleil se couche, elles s'enferment dans leurs appartements et se mettent à prier. Alors, les eunuques lâchent les chiens, et les bêtes rôdent toute la nuit dans la salle, dans les couloirs, elles viennent flairer le bas des portes. Parfois elles grattent sur le bois et se mettent à grogner, comme si elles voulaient entrer pour nous sauter à la gorge. C'est horrible. Je n'ai pas pu dormir, je n'arrêtais pas de fixer le loquet pour m'assurer qu'il était bien poussé.

— Les autres femmes sont peut-être comme toi, hasarda Anouna. Elles ont peur des dogues.

— Non ! coupa Fazziza avec irritation. Il n'y a pas que ça. Elles redoutent autre chose. Quelque chose de plus dangereux que les chiens. Je les ai entendues chuchoter entre elles. Elles ont parlé d'un fantôme... d'un djinn qui se promènerait la nuit dans le harem, tenant un coussin de cuir dans les mains.

— Un coussin de cuir ? Mais pour quoi faire ?

— Je ne sais pas. Elles avaient l'air d'en avoir très peur. Je n'ai pas tout compris, elles parlaient dans une langue que je ne connais pas assez bien.

Anouna ne savait que penser de cette fable. Les anciennes pensionnaires cherchaient-elles à s'amuser aux dépens des nouvelles ? Elle ne le croyait pas. Il régnait dans le harem une atmosphère tendue, angoissée, qu'elle avait perçue dès le premier jour. Fazziza ne se trompait pas, toutes ces femmes avaient peur de quelque chose. Un démon armé d'un coussin de cuir, vraiment ? Que pouvait-on faire avec un coussin, hormis s'asseoir dessus ?

« *Étouffer quelqu'un...* », lui souffla une voix au fond de sa conscience. Le coussin, c'était l'arme préférée des eunuques, lourds, gras... Il leur suffisait de l'appliquer sur le visage des dormeuses tombées en disgrâce et de peser dessus, de tout leur poids, jusqu'à ce que la victime perde le souffle. Anouna dissimula le frisson qui lui parcourait l'échine. Un coussin de cuir souple résistait aux coups d'ongles, il ne risquait pas de se déchirer, il pouvait servir indéfiniment. D'exécution en exécution.

— Si les portes sont fermées et les couloirs remplis de chiens, objecta-t-elle, par où pourrait bien passer l'homme au coussin ?

Fazziza haussa les épaules.

— Si c'est un djinn, lâcha-t-elle, il peut traverser les murs. Et si c'est un homme...

Elle se tut, n'osant en dire davantage, mais elle eut un regard éloquent en direction du panneau ajouré qui trouait l'un des murs de sa chambre. Anouna se redressa, s'approcha à pas lents du moucharabieh d'ébène. Quelqu'un la regardait-il s'avancer en ce moment même, tapi dans l'obscurité ? Les fentes étaient trop minces pour qu'on pût deviner une présence. « S'il y a quelqu'un, je percevrai son odeur », songea la parfumeuse. Lorsqu'elle fut devant le panneau, elle le toucha du bout des doigts. Il paraissait inamovible, pris dans la maçonnerie, mais ce n'était peut-être qu'un leurre. De l'autre côté, un loquet permettait probablement de l'ouvrir comme une porte... *et d'entrer dans la chambre.* Un couloir « secret » circulait sans doute de pièce en pièce, à travers tout le harem, ceci afin d'offrir au maître des lieux la possibilité d'observer ses compagnes de plaisir à leur insu. Un mince tunnel, large de deux coudées à peine, et dont les moucharabiehs constituaient les fenêtres. L'intimité des appartements était somme toute illusoire.

Mal à l'aise, elle s'écarta du panneau et vint se rasseoir à côté de Fazziza. Amina et Neferît demeuraient silencieuses.

— De quoi avez-vous réellement peur ? demanda Anouna. Des *jnoun*, vraiment ?

— Non, avoua Fazziza. Mais des autres femmes, oui. Je crois que les vieilles sont jalouses de nous. Je me dis qu'elles pourraient bien payer l'un des eunuques pour étouffer leurs rivales. Tu trouves cela idiot ?

Non, Anouna ne trouvait pas cela absurde. Le harem était un lieu en marge, hors du réel. Les prisonnières finissaient par y perdre le sens commun et par y ériger leurs caprices en lois sacrées.

Elle n'eut pas le loisir de rassurer les jeunes filles car la *Negafa* entra dans la pièce au moment où elle ouvrait la bouche.

— Viens, commanda-t-elle, je vais te présenter aux autres femmes, il est temps qu'on sache qui tu es.

Anouna dut obéir et se leva en assurant à Fazziza qu'elle reviendrait tout à l'heure. Amrita l'entraîna d'une alcôve à l'autre, jouant le rôle d'interprète quand la parfumeuse se heurtait à l'écueil d'une langue inconnue.

Pendant plus d'une heure, elle dut faire bonne figure, sourire, flatter, et supporter le bavardage insipide des pensionnaires alanguies. L'incident se produisit alors qu'elle entrait dans la chambre d'une jeune femme enceinte, presque à terme, et dont le visage blême trahissait l'angoisse la plus vive.

— *Naharek-mabrouk,* que ton jour son béni, murmura l'inconnue d'une voix épuisée. *Marhaba-bi-koum,* sois la bienvenue.

Anouna s'agenouilla à ses pieds et sortit du panier les baumes habituels mais la jeune femme lui saisit le poignet avec une force surprenante ; sa paume était à la fois moite et glacée, ses yeux brillaient d'un éclat fou.

— Je m'appelle Mawaada, haleta-t-elle. On dit que tu es féticheuse... que tu as des pouvoirs... J'ai besoin de ta magie. Je ferai ce que tu voudras... Je te donnerai des bijoux, des étoffes. Aide-moi, je t'en supplie. Aide-moi !

La terreur faisait trembler sa voix. Anouna la regarda avec plus d'attention. C'était une jeune femme d'une quinzaine d'années. La sueur collait ses cheveux sur son front et elle avait les yeux cernés de lunules violettes. Amrita voulut s'interposer mais Mawaada la chassa d'un geste violent, plein de haine. La *Negafa* dut se résoudre à sortir de la pièce.

— Peux-tu me dire le sexe de l'enfant que je porte ? balbutia Mawaada. Dis-moi si c'est une fille ou un garçon... Dis-le-moi, je t'en supplie ! (Elle pleurait sans même s'en apercevoir, et le khôl ruisselait de ses yeux, dessinant des rigoles noirâtres sur ses joues.) Il faut que ce soit une fille, tu comprends ? Si c'est un garçon, use de ta magie pour le transformer en fille... Tu peux faire cela, j'en suis sûre.

Son agitation ne cessait de croître, elle semblait sur le point de tomber en convulsions.

— Une fille, répéta-t-elle, pas de garçon... tu entends ? Je ne veux pas qu'on me le tue... Je ne veux pas que le djinn vienne me le prendre.

Au même moment, Amrita revint, suivie d'une femme au corps gras, aux bras flasques. Elle avait le visage et les mains tatoués de symboles étranges, les cheveux teints au henné rouge.

— Mawaada, dit la nouvelle venue d'un ton sans réplique, il faut te calmer, tu t'agites beaucoup trop, c'est mauvais pour l'enfant que tu portes.

Mawaada se redressa sur sa couche, les yeux écarquillés.

— Laisse-moi ! hurla-t-elle. Laisse-moi, sorcière ! Je veux que la féticheuse me fasse accoucher d'une fille... d'une fille ! Je ne veux pas d'un garçon ! *Lâ-mâ-nebgich !*

La grosse femme se pencha sur elle et la bâillonna de sa paume grasse aux doigts ornés de multiples bagues. Se tournant vers Anouna, elle lui lança :

— *Charraftî-na.*

Ce qui équivalait à lui ordonner poliment de sortir sans attendre. La parfumeuse s'exécuta. Alors qu'elle franchissait le seuil de l'alcôve, elle regarda fugitivement par-dessus son épaule. Elle eut l'impression que la matrone glissait quelque chose dans la bouche de Mawaada. Du lotus bleu. Une drogue qui la plongerait dans l'hébétude pour de longues heures.

— Ne restons pas là, fit Amrita en la saisissant par le bras, cette pauvre Mawaada a eu une grossesse pénible. Elle est très étroite, il est fort possible que l'accouchement soit difficile et que l'enfant n'y survive pas. C'est ce qui la rend si agitée.

— Pourquoi ne veut-elle pas d'un garçon ? interrogea la parfumeuse en se dégageant. C'est inhabituel. Toutes les femmes veulent accoucher d'un mâle, c'est bien connu ; surtout si c'est leur premier enfant.

— Elle a la fièvre, marmonna précipitamment Amrita. Elle ne sait plus ce qu'elle dit. Tu sais bien ce qu'on raconte : les garçons sont plus difficiles à mettre au monde que les filles. Elle a peur d'avoir mal, c'est tout. Elle a fini par se convaincre qu'en accouchant d'une fille, les choses se passeraient mieux. N'y pense plus, Shaadi va s'occuper d'elle.

— Shaadi ?

— Oui, la femme que tu as vue entrer. C'était la nourrice de Malik-Idriss-Azhouf lorsqu'il était enfant. Elle est vieille aujourd'hui, mais c'est elle qui règne en secret sur le harem. Il ne faut jamais la contrarier. Si tu veux vivre, ne t'en fais pas une ennemie. C'est un conseil qui vaut de l'or.

Anouna observa que la *Negafa* fuyait son regard. Elle eut la certitude qu'Amrita mentait. Il y avait autre chose. La peur de Mawaada ne se nourrissait pas de la seule perspective d'un accouchement difficile. Pourquoi avait-elle tant insisté pour qu'on « change » le sexe du bébé qu'elle attendait ? Cela ne tenait pas debout. Aucune femme n'avait envie d'accoucher d'une fille, *aucune*... Seule la mise au monde d'un mâle était saluée comme un exploit. Il y avait là quelque chose d'illogique. D'incompréhensible.

Les deux femmes poursuivirent leurs visites, faisant le tour du sérail. Anouna distribuait des baumes, des parfums, des conseils de beauté. On l'accueillait avec joie, comme on accueillait tout ce qui venait rompre — même pour très peu de temps — la monotonie du harem.

Pendant qu'elle débouchait ses flacons, répandait ses poudres, Anouna ne cessait d'examiner les choses autour d'elle. De nombreux enfants trottinaient à travers les salles et les corridors, menant parfois un beau tapage. La parfumeuse ne leur avait tout d'abord prêté qu'une attention distraite, à présent elle était en train de réaliser qu'ils étaient tous de sexe féminin. Il n'y avait là que des filles. Des gamines dont les âges s'échelonnaient jusqu'à dix ans, et qu'on avait parées de bijoux de grande valeur. Des filles... *pas un seul fils.*

C'était étrange.

Quand elle eut fait le tour du sérail, Anouna reprit sa corbeille, qui était maintenant presque vide, et voulut s'en retourner auprès de Fazziza, mais Amrita ne lui en laissa pas le temps et la poussa vers la sortie.

Anouna garda le silence tant qu'elle marcha à côté de la *Negafa* dans les couloirs percés de moucharabiehs, mais dès qu'elles furent loin d'une éventuelle oreille indiscrète, elle saisit Amrita par les épaules et la força à lui faire face.

— Tu m'as assez menti ! lui lança-t-elle en lui enfonçant les ongles dans la chair. Dis-moi la vérité maintenant ! Que se passe-t-il réellement dans le harem ? Mawaada était morte de peur à l'idée d'accoucher d'un fils... et les femmes n'élèvent que des filles. Qu'est-ce que ça veut dire ? Parle !

Amrita essaya de lui échapper mais la parfumeuse était plus forte. Les deux femmes s'affrontèrent pendant un moment, se cognant aux murs qui leur écorchaient la peau, puis Anouna finit par avoir le dessus, et renversa son adversaire sur le sol.

— Parle ! ordonna-t-elle. Ou je t'arrache les joues !

— Laisse-moi, supplia Amrita dont le visage luisait de sueur. Il ne faut pas évoquer ces choses. Tu ne sais pas à quoi tu t'exposes.

— Parle, se contenta de répéter la parfumeuse en serrant un peu plus les poignets d'Amrita.

Celle-ci détourna les yeux et se mit à sangloter, à bout de nerfs.

— Tu es folle, gémit-elle. Tu vas nous mettre en danger. Il ne faut pas s'occuper de ces mystères.

— Dis-moi ce que tu sais sur l'homme au coussin de cuir qui se promène la nuit dans les couloirs du harem, lui chuchota Anouna au creux de l'oreille. Ne me dis pas que tu n'as jamais entendu parler de lui. Et ne me raconte pas qu'il s'agit d'un démon venu du désert !

— Je ne sais pas, haleta Amrita. Personne ne sait qui c'est... ni d'où il vient. Il... il étouffe les enfants... les nouveau-nés. Avec son coussin... Il vient la nuit, quand tout le monde dort, et il pose le coussin sur la figure des bébés. Au matin, on les retrouve morts. Le visage tout noir.

— Mais il ne tue que les enfants mâles, n'est-ce pas ?

— Oui, il n'a jamais touché aux petites filles. Il s'en désintéresse.

Anouna relâcha son étreinte. Amrita s'assit en se frictionnant les poignets.

— Je m'en doutais, dit la parfumeuse. Est-ce que quelqu'un l'a vu ?

— Non, siffla Amrita avec colère, personne, jamais ! C'est l'une des mille légendes du harem. Un conte auquel les femmes ont fini par croire à force de se le répéter en chuchotant. Il n'y a pas de preuve.

— Aucun fils n'a survécu ?

— Non, aucun. Mais il est possible qu'ils meurent naturellement. Tu sais comme moi que cela peut arriver. Certains
bébés s'étouffent, sans qu'on sache pourquoi, alors on parle
de fantômes, de démons. Ce sont là des explications
commodes, mais il n'est pas impossible que la semence de
Malik-Idriss-Azhouf soit déficiente... qu'elle ne parvienne pas
à former convenablement un enfant mâle.

Elle avait parlé d'une voix presque inaudible, terrifiée à
l'idée qu'on puisse surprendre ses propos.

— Ce n'est pas impossible, admit Anouna. On pourrait en
effet imaginer que tous ses fils ont souffert de la même
maladie respiratoire et se sont étouffés tout seuls dans leur
berceau.

L'hypothèse n'avait rien d'invraisemblable, même si la
plupart des gens préféraient voir dans ces décès prématurés
l'action d'un défunt mécontent sorti de sa tombe pour se
venger des vivants. Pourtant, Anouna n'arrivait pas à écarter
de son esprit l'image d'un bourreau nocturne, déambulant à
travers le sérail, un coussin de cuir à la main, se penchant
sur les berceaux des nouveau-nés de sexe mâle.

Elle se redressa et aida Amrita à se relever.

— Cette situation dure depuis combien de temps ? interrogea-t-elle.

— Depuis toujours, soupira la *Negafa.* C'était déjà comme
ça avant que je n'arrive ici. Je ne peux pas t'en dire davantage. Je n'ai jamais cherché à savoir. Aucun enfant mâle ne
peut survivre à l'intérieur de la forteresse. Ils meurent généralement au bout de quelques mois. Leurs mères ont beau les
couvrir d'amulettes, rien n'y fait. Un beau matin, on les
retrouve la figure bleue dans leur berceau... Alors on dit que
le démon au coussin de cuir est passé.

— Qui a inventé ce personnage ? Qui a lancé cette idée ?

Amrita haussa les épaules.

— Je ne sais pas, dit-elle. C'était il y a dix ans, et même
davantage. Je n'étais pas là. Maintenant, la légende est
installée dans les esprits. Si tu interroges les filles du harem,
elles te diront toutes qu'elles l'ont vu au moins une fois dans
leur vie... Elles te le décriront, elles te diront même que le

coussin est rouge sang, tout éraflé par les ongles des malheureuses victimes. Elles te raconteront que le démon n'a pas peur des chiens et qu'il va librement où il veut. Elles te parleront de son odeur, qui est comme celle du cuivre, et qui l'annonce bien avant qu'il n'entre dans la pièce où dort le bébé... Elles t'abreuveront de mille détails inventés, mais auxquels elles croient autant qu'à l'existence du soleil.

— Combien d'accouchements sont prévus dans les semaines à venir ?

— Mawaada est presque à terme, c'est pour ça qu'elle a tellement peur. Mais il y a aussi Araka, qui devrait la suivre de très près. D'autres n'en sont qu'aux premiers mois de leur grossesse.

— Pourquoi personne n'a-t-il porté le problème devant Abou-Assim ? Le grand vizir est-il au courant de ce qui se passe dans le harem ? Ne trouve-t-il pas toutes ces morts suspectes ?

Au lieu de répondre, Amrita esquissa un mouvement pour prendre la fuite. Anouna la rattrapa.

— Tu ne me dis pas tout, n'est-ce pas ? lança-t-elle en empoignant la *Negafa* par les cheveux. Tu ne crois pas aux démons, mais il y a ici quelque chose qui te fait beaucoup plus peur que les *jnoun*. Qu'est-ce que c'est ?

— Laisse-moi ! supplia Amrita. Ta curiosité va nous faire tuer. Si j'ai réussi à rester en vie jusqu'à aujourd'hui, c'est parce que je me suis toujours appliquée à ignorer ces choses.

Anouna la plaqua contre le mur, lui tirant les cheveux en arrière, lui renversant la tête. La gorge offerte de la maîtresse de cérémonie palpitait comme celle d'une antilope qu'un prêtre est sur le point d'offrir en sacrifice.

— La malédiction... chuchota-t-elle. Je t'en ai déjà parlé... La malédiction du sultan Nazine... Il est possible qu'Idriss ait fini par se persuader que la même menace pèse sur lui.

Anouna retint son souffle.

— Tu veux dire, murmura-t-elle, qu'Idriss craindrait, lui aussi, que son fils ne l'assassine ?

— Oui... c'est la malédiction des Azhouf. Nazine a tué son père pour s'emparer du trône, car il n'était qu'un bâtard, mais avant de rendre l'âme, le vieillard l'a maudit, lui et sa descendance... Il a condamné Nazine à périr de la même manière, lui, et le fils qu'il commettrait l'erreur de laisser en vie, et il a ajouté qu'il en serait ainsi à travers les siècles... Chaque parricide mourrait de la main même de son fils, à l'infini, sans qu'on puisse rien faire pour empêcher la chose de se réaliser.

Anouna s'écarta de la jeune femme. Par les dieux ! Il n'était pas impossible qu'elle eût raison. Malik-Idriss-Azhouf était peut-être l'homme au coussin de cuir ? Il venait la nuit, étouffer ses propres fils pour se protéger de la menace que chaque bébé mâle faisait peser sur lui. Qui donc, mieux que lui, pouvait se déplacer à travers le harem en usant des portes dérobées ? Voilà pourquoi les chiens ne se jetaient pas sur l'homme au coussin pour le dévorer ! Il était leur maître, il les nourrissait de ses mains.

— Idriss ? balbutia Anouna avec un frisson.

Amrita la dévisagea d'un air mauvais.

— Idiote ! cracha-t-elle. Tu commences enfin à comprendre pourquoi je tenais ma langue ? Si c'est le roi qui tue, il n'y a aucun recours contre lui. Aller nous plaindre au grand vizir ne ferait que nous condamner. C'est pour cette raison qu'il faut faire semblant de croire au djinn, il n'y a pas d'autre solution.

Anouna hésita, décontenancée. Elle n'avait pas envisagé cette hypothèse, mais il était évident qu'Abou-Assim ne prendrait aucune sanction contre son protégé.

— Et cela dure depuis des années... fit-elle, découragée.

— Les femmes ont fini par s'y habituer, laissa tomber Amrita en se recoiffant. Que peuvent-elles faire d'autre ? Elles prient les dieux pour donner naissance à des filles. Elles s'entourent d'amulettes, elles engagent des magiciennes, des féticheuses. Certaines, comme Mawaada, s'imaginent qu'on peut inverser le sexe de l'enfant tant qu'il n'est pas sorti du ventre maternel. Toutes ces pauvres gourdes se raccrochent à n'importe quoi ; elles distribuent leurs bijoux à la première sorcière venue. J'en connais qui s'enlaidissent pour ne plus bénéficier des attentions du Maître, mais les plus jeunes ne peuvent s'y résoudre, elles ont besoin d'avoir un homme planté entre les cuisses, c'est la nature... Elles finissent par ne plus penser qu'à ça. Pour toi et moi, c'est différent, nous ne sommes que des servantes, nous pouvons nous accoupler avec un soldat, un esclave, si l'envie nous en prend, mais *elles...* elles appartiennent au *Malik*, à personne d'autre.

Se rapprochant d'Anouna à la toucher, elle dit :

— Maintenant tu sais tout ; ne me pose plus jamais la moindre question à ce sujet, tu entends ? Si tu veux jouer avec le feu, cela te regarde, mais ne m'associe pas à tes folies. Je tiens à rester en vie.

Et sur ce, elle tourna les talons pour s'enfoncer dans la pénombre du couloir.

8

Lorsque la nuit tomba, Anouna ne put trouver le sommeil. Le silence qui pesait sur la forteresse l'oppressait. Malgré la terrible chute de température qui se produisait à chaque coucher de soleil, elle transpirait. Abou-Assim l'avait engagée pour résoudre un mystère, or elle ne trouverait pas la solution aux problèmes du grand vizir en restant tapie à l'intérieur de sa cellule, aussi décida-t-elle d'entreprendre l'exploration nocturne du bâtiment. Elle se glissa dans le couloir. Tout de suite, les singes gardiens, comme s'ils avaient deviné qu'elle enfreignait les lois non écrites de la cité engloutie, commencèrent à s'agiter sur les remparts et à mener grand tapage. La ville paraissait morte, vide d'habitants. Pas un chant, pas un murmure ne troublait le silence. Les corridors offraient partout au regard la même perspective de portes fermées, barricadées. Au bout d'un moment, la jeune femme finit par distinguer un bruit continu dans le lointain, et que les voûtes amplifiaient de façon surprenante. C'était un frottement soyeux, ininterrompu, comme aurait pu en produire un énorme serpent glissant sur les dalles... Un cobra se déplaçant à travers le labyrinthe des couloirs à la recherche d'une proie. Un animal de légende dont le corps fluide épouserait la topographie des passages.

Anouna se raidit. La nuit favorisait toujours la superstition, et elle devait fermer son esprit aux peurs vagues qui la pousseraient bientôt à rebrousser chemin si elle n'y prenait garde. Elle se retrouva dans la rotonde où la fresque prenait naissance, et eut la satisfaction de constater que les parfums dont elle avait badigeonné les figures étaient perceptibles avant même qu'on ne distingue le premier dessin s'étalant sur la paroi. La lampe à huile n'était pas assez puissante pour éclairer la salle dans sa totalité, si bien que la jeune femme se déplaçait au milieu d'une tache de lumière n'excédant pas quatre coudées ; au-delà de cette oasis tremblotante, les ténèbres formaient une muraille compacte au sein de laquelle n'importe quoi — ou n'importe qui — aurait pu aisément se cacher... Ce n'était pas une impression très agréable. Le bruit soyeux se fit de nouveau entendre, tout proche. Anouna regarda fiévreusement autour d'elle, levant la lampe de terre cuite aussi haut que possible. Quelque chose bougeait dans l'obscurité. Quelque chose qu'elle ne pouvait voir.

Des images folles lui traversèrent l'esprit : des serpents, des dizaines de serpents qu'on jetait chaque soir dans les couloirs pour forcer les gens à rester chez eux... *Mais non !* C'était absurde parce que trop dangereux, incontrôlable.

À force de se déplacer dans la rotonde, elle finit par comprendre d'où provenait le bruit qui lui avait donné la chair de poule : c'était le sable... Le sable s'infiltrant par la moindre ouverture, et qui ne cessait de tomber en avalanche molle, formant çà et là des monticules poudreux. Le désert profitait du sommeil des humains pour continuer son lent travail d'ensevelissement.

Elle poussait déjà un soupir de soulagement quand l'écho d'un pas la fit tressaillir. Cette fois, il n'y avait plus de doute, quelqu'un venait dans sa direction. Affolée, elle chercha une cachette et ne trouva que l'échafaudage de bambou utilisé par Hammu. Elle se dépêcha d'y grimper en espérant que le peintre n'aurait pas eu la mauvaise idée d'y dormir justement ce soir. Une fois parvenue au sommet de l'assemblage branlant, elle souffla la lampe pour se dissimuler sous les chiffons tachés de peinture qui traînaient là. Le visage collé aux interstices de la plate-forme, elle s'appliqua à observer ce qui se passait en dessous d'elle. Une lueur lointaine sortit du couloir noyé d'obscurité, éclat tressautant d'une mèche trempée dans l'huile. Anouna essaya de discipliner sa respiration trop bruyante. Une forme émergea du passage, une silhouette d'homme dont le visage restait dissimulé sous un masque de cérémonie sculpté aux traits d'Anubis. Un Anubis de couleur rouge, la couleur maudite du dieu Seth, le mauvais, l'assassin d'Horus. La jeune femme se recroquevilla au sommet de son perchoir. Kelb-el-Kebir, avait dit Amrita, le Grand Chien... C'était Malik-Idriss-Azhouf, le seigneur de la cité morte, qui entamait sa déambulation nocturne. Anouna eut le sentiment qu'il était nu, si l'on faisait exception d'un pagne blanc noué autour de ses hanches. L'énorme masque amplifiait son souffle de manière effrayante, transformant sa respiration en un halètement de bête. Il s'arrêta devant la fresque, la lampe haut levée, et Anouna l'entendit qui reniflait.

« Il a senti les parfums », songea-t-elle. D'où elle se tenait, il lui était difficile de se faire une idée de la stature du maître des lieux. Était-il grand ? Était-il petit ? Elle ne voyait que l'énorme tête de chien rouge sang aux grands yeux blancs, si effrayants, et l'éclat des cônes d'or qu'Idriss portait enfilés sur chacun de ses doigts, à la mode des pharaons. Sans qu'elle sache pourquoi, cette vision l'effraya plus qu'elle n'aurait pensé, et ses réserves de courage fondirent d'un coup. Soudain, elle n'eut plus qu'une envie : fuir... fuir la rotonde et retrouver l'espace protégé de sa cellule, là où la porte et le loquet lui permettaient de se garantir contre les fantasmagories de la nuit. En attendant, il lui fallait supporter le souffle caverneux de cette créature mi-homme mi-bête qui flairait la muraille tel un chien remontant la piste d'un fuyard. La sueur lui coulait sur le visage mais elle n'osait bouger pour s'essuyer. Elle fut prise de panique à l'idée qu'une goutte salée pourrait bien tomber de son front pour s'écraser sur l'épaule du grand Anubis à tête rouge. Si cela se produisait, il ne manquerait pas de lever la tête, *et alors...*

Heureusement, Malik-Idriss-Azhouf s'éloigna. Quand l'écho de son pas devint suffisamment assourdi, Anouna dégringola de l'échafaudage et battit en retraite, à tâtons, car il lui était désormais impossible de rallumer sa lampe, et la plupart des couloirs étaient plongés dans l'obscurité. Cette fois, une peur bien réelle la submergea. En effet, si elle commettait la moindre erreur, elle pouvait ouvrir la porte qu'il ne fallait pas et se retrouver nez à nez avec les babouins embusqués sur les remparts. Alors, elle serait déchiquetée par les bêtes sans que personne n'ose venir à son secours.

Elle mit un long moment à s'orienter ; quand elle franchit le seuil de sa chambre, ce fut pour s'abattre sur sa natte, en proie à une crise nerveuse qui la fit se recroqueviller en claquant des dents.

Le lendemain, elle reprit sa place auprès d'Hammu pour travailler sur la fresque. Le peintre lui adressait rarement la parole. Il prit d'ailleurs vite soin de déplacer son échafaudage à l'autre bout du couloir pour entretenir le moins de contacts possible avec la parfumeuse, ce qui, finalement, faisait l'affaire d'Anouna car elle supportait mal la pestilence que dégageait la djellaba du scribe des contours.

Elle fabriquait une décoction visant à reproduire le suint du chameau quand un homme au crâne rasé, vêtu de lin blanc, se présenta au seuil du réduit.

— Gloire à ton kâ, dit-il en usant du cérémonial de salutation égyptien. Je suis Dawud-Ayan, le dernier prêtre du temple de l'Anubis rouge. *Kelb-el-Hamr,* comme disent les coureurs de sable. Tu es Anouna la parfumeuse ?

La jeune femme acquiesça. Le nouveau venu était un *ouâbou,* un grand initié. Probablement l'un des derniers survivants du culte hérétique célébré en ces lieux. Il portait aux pieds des sandales de papyrus parvenues au dernier stade de l'usure, et ses vêtements de lin, dès qu'on les regardait attentivement, se révélaient rapiécés. Comme la plupart des prêtres contraints de vivre dans l'intimité des dieux, il se frottait le corps à l'encens et répandait une odeur entêtante. Une profonde cicatrice s'étalait au-dessus de son sourcil droit, comme si l'os avait été enfoncé.

— Je suis Dawud-Ayan, répéta-t-il, le dernier des purs. Ils sont tous partis ; moi je suis resté. Je suis le seul à célébrer encore la gloire du Grand Chien rouge. J'ai besoin d'encens pour les cérémonies, c'est pour cette raison que je suis venu te solliciter. Je tiens à te dire la vérité, je ne suis plus rien ici.

Un mendiant qu'on tolère à condition qu'il ne fasse pas trop de bruit. Je n'ai aucun pouvoir. Je suis un survivant... Le survivant d'une époque oubliée. Un valet de cuisine est mieux considéré que moi, tu n'es donc tenue à aucune obéissance, et si tu veux me chasser, fais-le sans une hésitation, je ne t'en voudrai pas. D'ailleurs, le contact d'un hérétique te fait peut-être horreur ?

— Je n'avais jamais entendu parler de l'Anubis rouge avant de pénétrer ici, répondit Anouna. Je n'ai rien contre toi, et si je peux t'aider dans la mesure de mes faibles moyens, je le ferai.

Le prêtre parut heureux de sa réponse et lui proposa de visiter le temple dont il avait la charge. La jeune femme accepta, avec l'arrière-pensée qu'il était bon de connaître les moindres recoins de la cité. Pendant qu'ils cheminaient à travers les couloirs, les salles, ils croisèrent plusieurs servantes qui détournèrent ostensiblement le regard à la vue de l'homme au crâne fendu. Anouna mit cette attitude sur le compte des divergences religieuses qui opposaient les coureurs de sable aux Égyptiens, dont les croyances étaient fort moquées dans les pays avoisinants. Quand elle traversa la cour, aux côtés de l'*ouâbou,* elle remarqua qu'on chuchotait à leur approche, et qu'on crachait sur leurs pas.

Dawud-Ayan ne paraissait pas s'en soucier. Il n'accordait pas une once d'attention à ceux qui l'entouraient et il avançait de ce pas hiératique, impressionnant, propre aux grands initiés. Il pénétra dans un autre bâtiment, en ressortit, emprunta une sorte de tranchée creusée dans le sol, pour finir par déverrouiller une porte basse ouvrant sur un escalier dont les marches abruptes menaient à un puits obscur.

Au fur et à mesure qu'ils progressaient dans les soubassements de la cité, Anouna prit conscience que le prêtre parlait de façon confuse, l'entretenant familièrement de choses dont elle ignorait tout. Elle commença à se demander s'il ne la prenait pas pour quelqu'un d'autre, et parvint à la conclusion qu'il avait en partie perdu l'esprit. Il avait été gravement blessé à la tête, cela pouvait expliquer l'incohérence de ses propos. Elle se maudit de s'être laissé entraîner en des lieux si déserts par un dément dont la péroraison lui faisait peur. Il lui demanda quatre fois son nom, comme si sa mémoire ne parvenait pas à engranger les informations les plus élémentaires.

— Tout est mort, répétait-il d'une voix lugubre. Maintenant, la ville est un tombeau rempli d'usurpateurs. Toi, tu es égyptienne, mais pas *eux*... pas les autres. Le Chien rouge déteste voir son temple profané par ces coureurs de sable, ces Bédouins barbus vêtus de laine puante, impure. Sa colère enfle, je le sais, je le sens. Ma chair et les pierres de ces murailles ne font qu'un.

Ils descendirent un escalier dont les marches de granit s'enfonçaient au cœur de la terre. L'obscurité ne permettait guère à Anouna d'apprécier les distances ou les proportions des lieux. Les ténèbres lui faisaient redouter la proximité d'un abîme là où il n'y avait en réalité qu'un trou profond de quelques coudées.

— Ils sont tous partis à la mort du grand prêtre, murmura Dawud-Ayan. La ville s'est vidée en quelques jours, il fallait les voir courir vers le désert, le dos cassé par les ballots, les sacs. Ils avaient peur, ils ne voulaient plus vivre ici. Toute la population s'est ruée au-dehors, sans tenir compte de l'imminence de la saison des tempêtes. J'ai essayé de les raisonner, mais ils ne m'écoutaient plus. Tout à coup, ils se faisaient horreur, ils disaient que leurs yeux venaient de se dessiller, qu'ils se repentaient d'avoir écouté les tromperies d'une bande d'hérétiques... Ils ne demandaient qu'une chose : oublier le culte maudit, gagner la ville la plus proche et se fondre dans la population.

Dawud s'immobilisa, le regard perdu dans le vague. Il avait une expression égarée qui effraya Anouna. Il scrutait les ténèbres comme s'il était capable d'y distinguer des scènes que la jeune femme ne pouvait voir. Il n'était pas très vieux, à peine la trentaine, comme Hammu, mais les épreuves l'avaient marqué.

— J'ai escaladé le piédestal d'une statue, haleta-t-il en faisant de grands gestes. Je leur ai dit qu'ils couraient à la mort, que les vents de sable allaient les frapper de plein fouet avant deux jours. Ils ne m'ont pas écouté, ils ont ramassé des pierres pour me lapider... Regarde ! J'en porte encore les marques.

Il releva sa tunique de lin, dévoilant les innombrables cicatrices qui marquaient ses épaules, ses bras. Certaines, n'ayant pas été cautérisées, avaient mis une éternité à se refermer, engendrant d'horribles bourrelets de peau épaissie. Il désigna la marque en creux imprimée au-dessus de son sourcil droit.

— J'ai reçu un caillou en pleine tête, balbutia-t-il, le sang m'a aveuglé. Je suis tombé de la statue ; ils m'ont laissé pour mort. Quand j'ai repris conscience, la cité était vide. J'étais seul... complètement seul. J'étais le dernier.

Anouna posa la main sur l'épaule du prêtre fou. Les bras de l'initié avaient été lacérés lorsqu'il avait essayé de se protéger de la lapidation. Ces marques lui faisaient honte aujourd'hui parce qu'elles prouvaient qu'il n'avait pas eu assez de courage pour affronter la mort sans bouger.

— Le dernier des purs, gémit-il en se cachant le visage dans les mains. Il n'y a plus que moi.

La jeune femme ne savait que faire pour le réconforter. Brusquement, Dawud se redressa, les yeux écarquillés, pleins de larmes.

— Viens, dit-il, je vais te montrer l'endroit sacré. Toi, tu pourras comprendre, tu es égyptienne, même si tu as la peau sombre.

Il saisit le poignet d'Anouna avec force et l'entraîna à travers le labyrinthe des couloirs. La parfumeuse tremblait d'être incapable de retrouver son chemin.

Heureusement, des lampes charbonneuses éclairaient la galerie, et l'horrible impression d'étouffement qui avait tout d'abord submergé la jeune femme se dissipa.

— Je vais te montrer l'endroit où tout a commencé, chuchota Dawud-Ayan. Retiens ton souffle et regarde, tu vas voir ce que peu d'humains ont eu le privilège de contempler.

Il donnait à présent des signes de grande agitation et n'avançait plus que courbé, comme s'il craignait d'être foudroyé par un éclair tombant de la voûte de granit. Anouna regarda autour d'elle et découvrit un sanctuaire aux parois ornées de hiéroglyphes qu'elle était incapable de déchiffrer. La figure de l'Anubis rouge, omniprésente, dominait les autres dieux, tant par sa taille que par le soin apporté à sa représentation.

Dawud se prosterna devant une porte à double battant qu'il entrebâilla avec lenteur. Anouna recula, ne sachant à quoi elle devait s'attendre. Quand la porte fut ouverte, Dawud alluma un flambeau pour que la visiteuse puisse embrasser du regard la perspective de la salle.

C'était une crypte, ronde, basse de plafond, sans aucune peinture. Du sable très fin en recouvrait le sol. Un sable presque impalpable, une poussière de silice qui devait s'envoler au moindre courant d'air. L'arène était vierge de toute trace, excepté en un endroit... Juste au milieu de la rotonde, la marque d'un pied nu, d'une taille inhumaine, se trouvait imprimée dans la couche molle.

— Regarde, haleta Dawud-Ayan, *c'est la trace du pied droit d'Anubis.* Elle est là depuis près d'un millier d'années. Tant qu'elle restera préservée du vent du désert, la ville demeurera bien plantée sur ses fondations, mais si par malheur la tempête entrait un jour ici pour l'effacer, la cité s'effondrerait aussitôt, comme avalée par les entrailles de la terre.

Anouna s'approcha prudemment du seuil. Bien qu'elle le cachât, elle restait sceptique ; elle connaissait trop les manigances des prêtres pour accepter sans broncher l'histoire de Dawud-Ayan. L'empreinte était grande, c'est vrai, mais elle avait pu être imprimée dans le sable au moyen d'un modelage de terre cuite, rien ne prouvait que c'était réellement là la trace laissée par un dieu.

— Regarde ! reprit Dawud, regarde le sable à l'intérieur de l'empreinte... Tu ne remarques rien ?

— Si, avoua Anouna, on dirait qu'il brille... comme...

— C'est cela même ! cria le prêtre en éclatant d'un rire fou. Tu peux prononcer le mot... *C'est de l'or !* De la poudre d'or. Tu as sous les yeux la raison d'être de cette cité. Les gens qui vivaient ici travaillaient dans les mines à extraire l'or qui dort sous la terre. À l'époque, on disait que chaque fois que Kelb-el-Hamr foulait le sol, le sable se changeait en or sous ses pieds. Voilà pourquoi on l'adorait. Des centaines de mineurs vivaient entre ces murs avec leur famille, creusant les entrailles de la terre à la recherche des traces laissées par Anubis lorsqu'il va et vient entre le monde des morts et celui des vivants. On savait que partout où il avait posé le pied, le sable, la roche s'étaient changés en métal précieux.

Anouna fixa l'empreinte avec plus d'attention. Elle comprenait mieux à présent pourquoi on avait affublé la cité perdue de noms si étranges : *Dakhchicha, Al-Madina-Kamina...* le lieu du secret, la ville cachée. Tous ces termes faisaient référence à la mine d'or qu'on avait exploitée pendant des dizaines d'années. Voilà pourquoi la localisation de la cité avait toujours été tenue secrète.

— Ils sont partis une fois le filon épuisé, c'est ça ? demanda-t-elle.

Dawud secoua la tête en signe de dénégation.

— Pas du tout, chuinta-t-il. L'or, il y en avait tant et plus. Le filon était inépuisable. Il suffisait pour cela de continuer à adorer le Grand Chien rouge comme il le réclamait... mais ils ont fini par prendre peur, par se croire maudits, ils ont préféré fuir.

— Adorer le Chien, murmura Anouna, qu'entends-tu par là ? Tu veux dire que Kelb-el-Kebir aurait accepté de changer le sol en or si vous aviez continué à lui faire des offrandes ?

— Oui, oui ! glapit Dawud-Ayan dont le visage ruisselait de sueur. C'est cela... C'est cela ! Il suffisait de lui donner sa ration de sang.

— De sang ?

— Bien sûr, tu crois peut-être que le Chien rouge se contente de fleurs ou de gâteaux au miel ? Il lui faut du sang, du bon sang frais, jeune. Du sang humain.

Anouna tressaillit, elle venait seulement de comprendre à quoi l'ancien prêtre faisait allusion.

— Des sacrifices humains, souffla-t-elle. Vous pratiquiez des sacrifices humains pour que le filon ne se tarisse pas. Du sang jeune... Tu veux dire des enfants ?

— *Oui, oui,* approuva Dawud en souriant béatement. Des enfants mâles... Les mineurs apportaient l'un de leurs fils en offrande, c'était la règle s'ils voulaient devenir riches. Plus on offrait d'enfants, plus le gisement devenait important, plus on découvrait de nouvelles veines. Je n'étais qu'un assistant à l'époque, mais je me rappelle qu'on sacrifiait trente ou quarante petits garçons tous les mois. Chaque habitant de la cité apportait son tribut car les femmes étaient fécondes et nombreuses.

— C'était une obligation ? interrogea Anouna en essayant de dissimuler son dégoût.

— Non, non, fit Dawud. On ne forçait personne. Chacun était libre de sacrifier au culte ou de s'abstenir. Seulement, les gens se rendaient vite compte que ceux d'entre eux qui n'offraient jamais d'enfant au Chien rouge ne trouvaient pas d'or... ou bien mouraient dans l'effondrement des galeries. Kelb-el-Kebir punissait les mauvais payeurs, les mauvais croyants.

« Probablement avec l'aide des prêtres, songea la jeune femme. Après tout, il est facile de faire s'effondrer une galerie de mine en abattant un étai... »

Elle étouffait, elle avait envie de s'enfuir. Dawud-Ayan lui faisait horreur. Avait-il lui-même participé aux sacrifices ? Elle se surprit à regarder les mains du dément.

— Comment vous y preniez-vous ? ne put-elle s'empêcher de murmurer. Vous les égorgiez ?

Dawud-Ayan eut un sursaut outragé.

— Pour qui nous prends-tu ? lança-t-il en se redressant. Nous ne sommes pas des barbares ! Jamais nous n'avons versé le sang d'un nouveau-né. Je vais te montrer où cela se passait, tu pourras ainsi te faire une idée plus juste de la chose. Viens, c'est par là.

Anouna voulut protester, mais une horrible fascination s'était emparée d'elle. Dawud referma précautionneusement la porte du sanctuaire pour protéger l'empreinte divine d'un éventuel courant d'air. Anouna lutta contre l'envie qui montait en elle de saisir l'une des jarres encombrant le couloir et de l'écraser sur le crâne de l'affreux bonhomme.

Elle n'en eut pas le temps, déjà il la poussait vers une autre crypte, pareillement plongée dans les ténèbres.

— C'était là, annonça-t-il en levant sa lampe. Ils entraient dans la salle un par un, portant leur fils contre leur poitrine. Ils étaient si nombreux qu'ils formaient une file interminable s'étirant le long des couloirs... Oui, c'était ici.

Brusquement, la lueur de la flamme vacillante éclaira une énorme statue d'Anubis dressée au-dessus d'un autel de granit. Anouna eut un mouvement de recul tant cette silhouette à museau de chien avait une apparence menaçante. La tête du dieu soutenait le plafond de la crypte, et ses pieds avaient été recouverts de feuilles d'or pur. Dawud se prosterna devant l'autel, heurtant le sol avec son front.

— C'était là, répéta-t-il en désignant l'autel. *L'ouâbou* prenait les enfants et les couchait sur la dalle, puis il les étouffait avec ce coussin.

Alors, seulement, Anouna aperçut le gros coussin de cuir rouge posé sur le rectangle de granit. Un coussin que les ongles des victimes avaient couvert d'égratignures.

— Nous ne versions jamais une goutte de sang, dit Dawud. Jamais. La chose était très rapide, car les enfants manquent de souffle. Je pense qu'ils ne souffraient pas... et, je le dis encore une fois : nous ne forcions personne. Chaque mineur était libre d'honorer l'Anubis rouge ou de l'ignorer. Jamais les soldats n'ont sillonné la ville pour arracher les bébés du sein de leur mère, non, ç'aurait été horrible ! Chacun était consentant.

— Même les enfants ? siffla la jeune femme entre ses dents serrées.

Dawud ne parut pas l'entendre. La parfumeuse ne parvenait pas à détacher son regard du coussin abandonné sur l'autel. C'était donc là l'origine des contes qui circulaient dans le harem. L'étouffeur au coussin... La fable s'enracinait sur d'anciennes pratiques religieuses, un culte haïssable comme on en rencontrait parfois ici et là.

— Comment les choses ont-elles fini ? interrogea-t-elle. Tu dis que l'or ne manquait pas. C'est donc qu'il y a eu une révolte ?

— Oui, soupira l'ancien prêtre. Une révolte des femmes... Ah ! les stupides femelles ! Elles ont monté les hommes contre nous, elles ont refusé de continuer à payer le tribut. Alors les accidents se sont multipliés dans la mine. Il y a eu beaucoup de morts, la panique s'est installée. Du jour au lendemain, l'exode a commencé... Ils se sont mis à fuir la ville, tous, les uns après les autres, emportant leur butin de poudre d'or sur leur dos. Il fallait les voir courir, courbés sous le poids de ces trésors fragiles, car rien n'est plus vulnérable que la poudre d'or. Qu'une couture craque, et le vent change cette richesse en un tourbillon impalpable et la mêle si étroitement au sable qu'elle en devient irrécupérable. Mais ils avaient si peur qu'ils ne réfléchissaient plus à ces choses.

Il s'était redressé, le regard vitreux, scrutant les murailles comme si elles étaient soudain devenues transparentes et lui permettaient de voir ce qui se passait dans le désert.

— Les femmes ont lapidé tous les prêtres sur le parvis du temple. Elles ont essayé d'incendier la ville mais le feu s'est étouffé. Ensuite... Ensuite ils se sont enfoncés dans le désert sans tenir compte de la période des tempêtes, et le vent de sable les a engloutis, tous.

— Tous ?

— Oui, ils sont là, autour de la ville, prisonniers du ventre des dunes, tels qu'ils étaient lorsque la tempête les a ensevelis. J'en ai retrouvé certains, recroquevillés sur leurs sacs de poudre d'or, les étreignant comme on étreint une femme. La chaleur sèche les a momifiés. Pendant des années j'ai creusé pour leur reprendre le butin. Kelb-el-Hamr le voulait ainsi, je le sais, il me l'a dit en rêve.

Anouna s'imagina le prêtre fou sondant les dunes à la recherche des fuyards momifiés, exhumant les cadavres pour leur arracher les sacs de poussière d'or.

— Je n'ai pas tout récupéré, avoua Dawud d'un air contrit, mais je suis seul et ils sont si nombreux. Tu veux voir ? Dis ? Tu veux ?

Comme chaque fois qu'il s'animait, son visage brillait d'une lueur enfantine. Ramassant sa lampe, il marcha vers une chapelle annexe dont la crypte s'ouvrait à droite de l'autel.

Anouna le suivit, plus pour échapper aux ténèbres que par réelle curiosité.

Des dizaines et des dizaines de sacs de la grosseur d'un melon s'entassaient sur le sol de la crypte. Les coutures de certains d'entre eux avaient craqué, laissant fuir une poussière dorée qui brillait d'un éclat métallique. L'importance du trésor éberlua la jeune femme. Il y avait là de quoi bâtir un palais digne d'un pharaon.

— Il y en avait beaucoup plus auparavant, s'excusa Dawud. Mais Abou-Assim m'a confisqué les trois quarts de ce que j'avais sorti du ventre des dunes. Il m'a dit que c'était là le prix à payer pour qu'on me laisse en paix, libre d'honorer mes dieux. Il a entassé les sacs dans une salle devant laquelle il a posté des hommes armés jusqu'aux dents. C'est absurde, il n'y a pas de voleurs ici puisqu'on ne peut aller nulle part.

D'un seul coup, il parut redescendre sur terre et se mit à parler de l'encens qui lui faisait défaut. Dès lors, il se lança dans un exposé très précis des difficultés qu'il rencontrait pour satisfaire aux exigences du culte.

Anouna lui assura qu'elle lui procurerait des parfums et le supplia de la ramener au plus vite à l'air libre, ce à quoi il consentit sans la moindre difficulté.

9

Pendant deux semaines, il ne se passa rien de notable, et Anouna commença à ressentir les effets de l'enfermement prolongé. Il lui devenait de plus en plus pénible de n'apercevoir le ciel que par l'entremise des meurtrières filiformes. La vie dans la pénombre lui causait par moments des étouffements incontrôlables. Si elle avait le malheur de quitter les bâtiments pour faire quelques pas dans la cour d'honneur du palais, la luminosité lui blessait les yeux et elle devait se dépêcher de battre en retraite pour fuir l'aveuglement. Elle ne se faisait aucune illusion, après quelques années de ce régime, on devenait incapable de supporter la lumière du jour, et la menace de la cécité constituait une nouvelle chaîne vous condamnant à rester prisonnière de la ville engloutie.

Elle revit Dawud-Ayan. Le prêtre fou vint la surprendre alors qu'elle travaillait sur la fresque odorante. Il voulait de l'encens. Toujours plus d'encens. Il en avait besoin pour honorer les dieux et pour s'en frotter le corps. Il répandait toujours la même odeur grisante. Quand il entrait dans une pièce, tous les autres parfums cessaient d'exister.

— Le vent va déferler sur la cité, lui chuchota-t-il. C'est la saison des tempêtes. Le désert se refermera sur nous, et les dunes nous recouvriront de leur carapace de sable. Il faut écouter les plaintes du vent... Les rafales transmettent la parole des dieux, quand on sait les interpréter, on peut comprendre ce qu'elles disent. C'est une question d'habitude, moi je sais.

Il parlait, la tête penchée, comme s'il percevait déjà l'approche des premières bourrasques.

— Le coussin de cuir... ne put s'empêcher de lui demander un soir Anouna, que cette question préoccupait. Est-ce qu'il reste toujours dans la crypte ? Je veux dire, tu n'as jamais constaté de disparition épisodique ?

Dawud la regarda sans paraître comprendre le sens de ses paroles.

— Je veille nuit et jour sur les instruments du culte, assura-t-il avec une pointe d'irritation dans la voix, comme si on l'accusait soudain de négligence. Le coussin est toujours en bas, personne n'y a touché depuis que les mineurs sont partis. C'est d'ailleurs un grand malheur.

— Pourquoi ?

— Parce que le Chien rouge ne supportera pas sans colère l'absence de sacrifices. Personne ne l'honore plus, personne ne paie plus le tribut... Kelb-el-Hamr se vengera, j'en suis sûr. Si on ne lui offre plus d'enfants, il reprendra ce qu'il a donné.

— Que veux-tu dire ?

— *L'or,* la poussière d'or qui gonfle les sacs du grand vizir, ce n'est après tout que du sable ordinaire métamorphosé par la magie d'Anubis. Si le Chien rouge se fâche, il procédera à la transmutation inverse, il changera l'or en sable, et la salle du trésor d'Abou-Assim ne sera plus remplie que de poussière sans la moindre valeur. Du sable, du vulgaire sable... Si l'on veut éviter cela, il faut ordonner la reprise des sacrifices, offrir de jeunes vies au Chien rouge. La richesse du *Malik* est à ce prix. Je l'ai dit au grand vizir, mais il a haussé les épaules. Personne ne veut m'écouter. Ils ont tort. Kelb-el-Hamr les rendra plus pauvres que des paysans du Haut Nil.

Et, proférant de vagues anathèmes, il s'en retourna dans les profondeurs de la terre pour y honorer ses dieux obscurs.

Le lendemain, le vent se mit à ululer par les meurtrières. Une fine poussière commença à crépiter sur la maçonnerie, à ébouriffer le pelage des babouins qui cherchèrent refuge au creux des niches trouant la coupole. Drapée dans une étoffe, Anouna sortit en compagnie d'Amrita sur les remparts qui ceinturaient le dôme gigantesque emprisonnant la cité. La *Negafa* avait noué un bandeau de fin tissu bleu sur ses yeux pour se protéger du soleil. Elle assurait qu'ainsi, on pouvait affronter la lumière sans se mettre aussitôt à pleurer. La parfumeuse décida de l'imiter. L'étoffe était assez transparente pour ne pas aveugler celle qui la portait.

— *Kâyen er-rîh!* répétait-on à travers la ville. Le vent se lève...

Les deux jeunes femmes restèrent un long moment sur le chemin de ronde, à fixer la ligne d'horizon. Les eunuques s'étaient enfin décidés à enfermer les babouins, et les remparts, privés de leurs habituels gardiens, redevenaient accessibles pour un bref moment.

— Il faut en profiter, murmura Amrita. C'est la dernière fois que nous contemplons le soleil. Bientôt, les tempêtes obscurciront le ciel, et il s'écoulera six ou sept mois avant que le vent ne se calme. Regarde bien ce qui t'entoure et emporte cette image au fond de toi, elle te permettra de ne pas céder au désespoir quand les dunes recouvriront la ville et qu'il nous faudra vivre dans le noir.

Anouna remarqua que les femmes du harem avaient, elles aussi, reçu la permission de faire une dernière sortie. Sous la surveillance des eunuques, elles se promenaient un peu plus loin, le long des remparts. La parfumeuse essaya d'identifier Fazziza, sans y parvenir car les prisonnières s'étaient masqué le visage pour échapper à la morsure des grains de sable charriés par la bourrasque.

— Regarde! souffla Amrita d'une voix altérée. Là-bas... c'est le premier signe de l'imminence de l'ouragan... *Les morts sortent de terre.*

Anouna se mordit la lèvre inférieure. Effectivement, les rafales étaient en train de déterrer les corps enfouis au cœur des dunes. Çà et là, des têtes apparaissaient, au ras du sol, affreux melons de cuir ridés par la dessiccation. Le vent s'acharnait, dévoilant la ligne d'une épaule, la courbe d'un dos. Des silhouettes pétrifiées, ratatinées, sortaient du sable, comme pour reprendre une course interrompue des années auparavant.

— Il y en a des centaines, murmura Amrita. Tout autour de la cité. Ce sont les mineurs qui travaillaient ici. Ils ont fui la ville au mauvais moment. Ils s'imaginaient pouvoir prendre la tempête de vitesse. Ils se sont trompés.

— Je sais, fit Anouna. Dawud-Ayan m'a expliqué.

— Il ne faut entretenir aucun espoir. On ne peut pas s'échapper, dit faiblement la maîtresse de cérémonie. Le vent est le meilleur des gardiens.

Anouna se détourna pour examiner le dôme en forme d'œuf qui renfermait la ville. Les matériaux recouvrant la gigantesque coupole avaient été choisis à dessein pour donner à la construction l'apparence de la roche nue. À trois cents coudées, lorsque l'ouragan avait enseveli les remparts, le dôme se confondait avec les mamelons de pierre des alentours, ces collines molles aux flancs poncés par les bourrasques. C'était un merveilleux camouflage.

Elles rentrèrent car les gifles de sable devenaient douloureuses. Le soleil était en train de disparaître, happé par le nuage de poussière qui ne cessait de grossir sur la ligne d'horizon. Il ne faisait plus aucun doute que l'ouragan allait refermer sa tenaille sur la cité engloutie. Anouna serra les dents. Sept mois d'enfermement ! Elle se demanda avec angoisse comment elle traverserait cette épreuve.

Le soir même, elle fut mandée au harem par Fazziza et ses compagnes. Quand elle pénétra dans le territoire étroitement surveillé du sérail, ce fut pour apprendre que Mawaada était sur le point d'accoucher. Un climat de tension régnait dans les appartements des femmes. Une nervosité sans commune mesure avec la portée de l'événement. Shaadi, l'ancienne nourrice du *Malik*, lançait des ordres secs aux servantes, organisant les préparatifs avec l'efficacité d'un chef de guerre. Pour mieux surveiller les choses, la grosse femme au visage tatoué s'était installée au milieu de la salle de promenade, près de la fontaine. Assise dans un fauteuil de cèdre, elle distribuait des coups de canne aux petites esclaves quand les choses lui semblaient ne pas aller assez vite.

— L'enfant va naître, balbutia Fazziza. Si c'est un garçon, le démon viendra l'étouffer dans la nuit, et nous ne pourrons rien faire pour l'en empêcher. Il faut prier les dieux pour que ce soit une fille. Mawaada a demandé à toutes les femmes d'adresser des suppliques aux divinités pour que son enfant soit épargné.

— Toi, la parfumeuse ! gronda tout à coup Shaadi, viens par ici. Mawaada te réclame.

Anouna dut obéir à la grosse femme dont les bras mous, envahis par la graisse, tremblotaient dès qu'elle s'agitait. Mawaada était entrée dans le cycle des premières contractions, elle transpirait en balbutiant des mots sans suite. Lorsque Anouna s'agenouilla à son chevet, la future mère lui saisit le poignet si violemment qu'elle lui enfonça les ongles dans la chair.

— Donne-moi un talisman ! bredouilla-t-elle, il n'est peut-être pas encore trop tard pour changer le sexe du bébé... donne ! *Meddi ! Meddi !*

Anouna eut du mal à se dégager. Son poignet lacéré saignait. Instinctivement, elle sortit ses parfums et entreprit de masser les tempes de la jeune femme avec un baume apaisant. Elle sentait le regard de la grosse Shaadi fixé sur elle. Pour la première fois, elle remarqua une fille osseuse agenouillée aux pieds de la maîtresse du harem. Une fille à l'expression dédaigneuse qui semblait observer le ballet des servantes avec un amusement condescendant. Anouna la jugea peu gâtée par la nature, et s'étonna qu'Abou-Assim ait pu un jour commettre l'erreur d'acheter pareil laideron.

« Que je suis idiote ! songea-t-elle brusquement. C'est probablement la fille de Shaadi... L'enfant que lui a fait le *Malik* lorsqu'elle l'a dépucelé. »

Elle s'empressa de détourner les yeux car la jeune inconnue au visage veule la fixait avec méchanceté.

« C'est sans doute la seule fille laide de tout le harem, pensa la parfumeuse. Par les dieux ! Comme elle doit détester toutes les beautés qui l'entourent ! »

Mawaada poussa un cri sous l'effet d'une nouvelle contraction. Cette fois, Shaadi, daigna s'arracher de son siège pour s'approcher de la parturiente. D'un geste de la main, elle signifia à Anouna de déguerpir. Celle-ci s'empressa d'aller trouver refuge auprès de Fazziza.

— Comment s'appelle le laideron qui vit dans l'ombre de Shaadi ? demanda-t-elle lorsque presque toutes les femmes furent rassemblées autour de Mawaada.

Fazziza pâlit.

— Tu es folle ! balbutia-t-elle. Tu veux nous faire tuer ? C'est Baga la Muette, la propre fille de Shaadi... Elle est plus dangereuse qu'un serpent. Quand on lui adresse la parole, il faut l'appeler *Sayyeda,* Madame... comme si elle avait plus d'importance que nous. Elle n'a jamais couché avec un homme, et l'abstinence est en train de la rendre folle. Sa mère la couve comme si c'était encore une petite fille. Arrange-toi pour ne jamais la contrarier. Le sang du *Malik* coule dans ses veines, et les eunuques lui obéissent. Elle est la première fille d'Idriss-Azhouf, le premier enfant qu'il ait conçu, cela lui donne certains privilèges. Elle n'a aucune amie, et personne n'ose lui parler. Elle ne discute qu'avec sa mère, par gestes, elle dort avec elle, dans le même lit. Au hammam, elles font bande à part pour se laver, se masser. Elles ne font confiance à personne et passent leur existence à redouter qu'on ne les empoisonne au moyen d'un aliment ou d'une pommade. C'est pour cette raison qu'elles veillent constamment l'une sur l'autre et se suffisent à elles-mêmes. On dit qu'elles auraient fini par devenir amantes. Baga a l'esprit dérangé... Quand Shaadi mourra, elle prendra sa place et deviendra à son tour la maîtresse du harem. Que les dieux nous protègent de cette vierge folle !

— Elle est réellement muette ?

— On le suppose puisqu'elle ne parle jamais.

Elles furent interrompues par les hurlements de Mawaada. Le travail commençait.

L'accouchement fut long et laborieux. Enfin, un cri aigrelet s'éleva vers la voûte du sérail, le cri d'un bébé en bonne santé. Un murmure atterré courut dans les rangs des femmes. C'était un garçon.

Mawaada gémit, exigeant d'une voix épuisée qu'on lui montrât le nouveau-né.

— C'est une fille ? demandait-elle d'un ton tremblant. Est-ce une fille ? Répondez-moi !

— Non, se résolut enfin à murmurer Shaadi, tu n'as pas de chance, ma pauvre petite. C'est un mâle.

Mawaada poussa un hurlement de désespoir et fondit en sanglots. La grosse femme ordonna aux curieuses de s'écarter et fit absorber à la jeune mère une infusion de lotus qui la calmerait. Puis on procéda à la toilette de l'accouchée et à celle du bébé qu'on déposa dans un panier. Les jeunes filles se dispersèrent sans demander leur reste. Seule Baga resta aux côtés de sa mère, examinant Mawaada entre ses paupières à demi closes. Elle considérait toute cette agitation comme elle l'aurait fait d'un grouillement d'insectes au fond d'un trou de sable.

La drogue faisant effet, Mawaada finit par sombrer dans le sommeil. Shaadi fit appeler Anouna pour qu'elle parfume l'enfant selon les rites. Le bébé paraissait vigoureux, bien bâti, il avait les cheveux très noirs.

La grosse femme se laissa retomber dans son fauteuil de cèdre, et Baga prit place à ses pieds, telle une chienne fidèle.

— *Ouesmek* ? lança Shaadi en pointant sa canne vers la parfumeuse. Comment t'appelles-tu, déjà ?

Anouna se présenta en s'inclinant.

— Tu es nouvelle ici, poursuivit doucement la matrone, on a dû t'abreuver de contes à dormir debout, c'est la règle... Les filles s'ennuient, alors elles parlent à tort et à travers. Je suppose qu'on t'a raconté l'histoire du démon au coussin de cuir... je me trompe ?

— Non, avoua Anouna en gardant les yeux baissés.

— Il n'y a pas de démon, grogna la grosse femme. Sinon dans l'imagination de ces petites pestes. La malédiction existe, c'est vrai, mais elle est due à la *mard,* la... maladie... Tous les fils du *Malik* sont *morda*... Comment dirais-tu ? Condamnés dès la naissance... *Mal faits*... Il y a quelque chose en eux de fragile qui se casse très vite.

Elle parlait avec une infinie lenteur, cherchant péniblement ses mots. Baga, sa fille, restait en retrait, le regard absent, cette conversation ne la concernait pas.

— Le sang des Azhouf est maudit, murmura Shaadi. Il ne peut engendrer que des femelles. Tous les fils meurent étouffés dans leur panier au cours des premiers jours de leur existence. Ils meurent pendant leur sommeil, sans souffrir. Il n'y a rien à faire, c'est ainsi. Celui-ci mourra comme les autres, cette nuit ou dans une semaine. Il vaudrait mieux cette nuit, avant que sa mère ait eu le temps de s'attacher à lui.

Elle agita sa canne en direction d'Anouna, la posa sous le menton de la jeune femme pour la contraindre à relever la tête.

— Je te semble cruelle, hein ? grommela-t-elle. Tu te trompes. Je parle par expérience. J'ai donné naissance à plusieurs fils, qui sont morts eux aussi. Ils finissent toujours par s'étouffer. Les amulettes, les remèdes n'y peuvent rien. C'est quelque chose dans leur poitrine... qui ne fonctionne pas.

— Et qu'en pense le *Malik* ? risqua Anouna.

— Il n'en sait rien, dit sèchement Shaadi. Ce sont là des affaires de femme. C'est le secret du harem. Crois-tu qu'il apprécierait d'apprendre que sa semence n'est pas assez puissante pour insuffler la vie à un enfant mâle ? Imagines-tu quelle serait sa réaction si on lui disait cela ? Nos vies ne pèseraient pas grand-chose face à sa colère. Non... Il ne faut pas que cette vérité sorte d'ici, as-tu compris ? Si tu bavardes, je te ferai couper la langue, j'en ai le pouvoir. Je suis une recluse, c'est vrai... mais les eunuques m'écoutent, ils m'obéissent. Et toi tu n'es rien. Je peux écraser ta misérable vie d'un simple geste de la main.

— Je ne dirai rien, souffla Anouna.

— Je te le conseille, gronda la grosse femme. Quand un enfant meurt, nous jetons son cadavre par l'une des meurtrières, il tombe au pied des murailles, et le sable l'engloutit. Ainsi, il ne reste aucune trace. Quand le *Malik* demande des nouvelles de l'accouchée, nous lui disons que le bébé n'a pas survécu, c'est tout. Mais le plus souvent il ne demande rien. Les filles, il s'en désintéresse. Il exige simplement qu'on les marque au fer rouge pour ne pas risquer de les confondre avec les autres femmes du harem.

Et, disant cela, elle se pencha vers Baga pour dénuder l'épaule de la jeune fille. Une flétrissure en forme de tête de chien marquait la chair de l'adolescente. La marque d'Anubis. Baga se laissa faire sans réagir. Elle avait l'air d'une somnambule.

— Va, maintenant, conclut Shaadi. Et garde la bouche fermée si tu veux conserver ta langue.

Anouna quitta l'appartement après avoir jeté un dernier coup d'œil à Mawaada. La décoction de lotus avait fait son œuvre, la jeune accouchée dormait d'un profond sommeil.

La parfumeuse rejoignit Fazziza.

— Reste avec nous cette nuit, la supplia la jeune fille. Comme ça, j'aurai moins peur. L'odeur du bébé va attirer le djinn, je le sais. Les autres me l'ont dit. Le démon au coussin de cuir passe de plus en plus tôt... On dirait qu'il est affamé. Jadis, les petits garçons restaient en vie deux ou trois mois, mais maintenant le diable vient les étouffer dès qu'ils sont sortis du ventre de leur mère.

— Calme-toi, lui souffla Anouna. Tu te montes la tête, et Shaadi n'aime pas beaucoup que l'on parle de ces choses. Tu vas finir par l'indisposer.

— Mais c'est vrai ! gémit Fazziza, son joli visage déformé par la peur. Je n'invente rien...

Pendant l'heure qui suivit, Anouna s'évertua à détendre l'atmosphère, sans grand succès. Elle eut beau encourager les jeunes filles à évoquer les ragots du sérail, elle n'obtint que de maigres confidences. Aucune n'avait encore été convoquée par le *Malik*.

— Shaadi nous réunit le matin pour nous apprendre comment nous comporter dans le lit du maître, lui révéla toutefois Neferît. Elle nous répète qu'il ne faut jamais le toucher, même si la jouissance nous fait perdre le contrôle de nos gestes. Il ne faut pas le caresser, pas davantage poser

les mains sur son corps. Elle dit qu'il faut se contenter d'ouvrir les cuisses et d'obéir à ses ordres.

— Vraiment ? s'étonna Anouna.

— Oui, confirma Fazziza. Elle affirme qu'on nous bandera
les yeux lorsqu'on nous conduira à lui, et qu'il ne faudra à
aucun prix essayer d'enlever ce bandeau, ou bien on nous
crèvera les yeux. Il est interdit de voir le visage de Malik-
Idriss-Azhouf. On raconte que personne, à l'intérieur de la
cité, ne sait à quoi il ressemble, à part Shaadi et Abou-Assim.

— Oui, fit Anouna. J'ai également entendu cette histoire.

Elle raconta comment elle avait surpris le maître de la ville
engloutie au cours d'une déambulation nocturne, mais quand
elle avoua aux jeunes filles qu'elle n'avait pu distinguer son
visage à cause du masque dont il était coiffé, son auditoire
manifesta une grande déception.

De nouveau, les esprits s'échauffèrent à l'idée qu'Idriss se
faisait peut-être passer pour un serviteur ou un simple soldat
pendant le jour, et que les servantes ou les esclaves le
côtoyaient sans se douter de sa véritable identité. Cette hypothèse enflammait l'imagination des captives.

— Ce pourrait être n'importe qui ! conclut Fazziza avec
une exaltation de mauvais aloi.

— Raison de plus pour rester prudentes, souffla Anouna,
et faire attention à ce qu'on dit devant les esclaves ou les
serviteurs.

L'anonymat du maître de la cité divisait les filles en deux
camps. Certaines s'excitaient à l'idée d'être aimée par un
fantôme, les autres rechignaient, frustrées de la part de gloire
un temps convoitée. Anouna les sentait déçues de ne pouvoir
s'exhiber au bras du seigneur des lieux. La perspective de ces
amours clandestines ne les enchantait guère.

Les servantes apportèrent de la nourriture et l'on se
restaura. De temps à autre, le nouveau-né se réveillait, pleurait un peu, mais Shaadi le berçait, et il se rendormait aussitôt.
La nuit s'installait tandis que les ululements du vent se
faisaient plus aigus. Ces plaintes interminables, qui s'engouf-
fraient par la découpe des meurtrières et couraient en se
déformant le long des couloirs, ajoutaient au côté lugubre de

la veillée. Fazziza, à bout de nerfs, ordonna aux petites servantes de mettre en place les volets de bois obturant les ouvertures. Elle s'était exprimée d'une voix criarde, en frappant le sol de son joli pied, ce qui réveilla le bébé qui recommença à pleurer. Fazziza se boucha les oreilles.

— Nous allons toutes devenir folles, gémit-elle. Quand va-t-on cesser de jouer avec nous ?

Anouna entreprit de la cajoler pour l'empêcher de dire encore plus de sottises. Les jeunes filles se rassemblèrent autour de la parfumeuse, sur le grand lit encombré de coussins, et se serrèrent les unes contre les autres.

Déjà, les eunuques remontaient le couloir, fermant une à une les portes des appartements car on allait lâcher les chiens.

— Restons toutes ensemble ! supplia Fazziza, nous aurons moins peur.

— Oui ! Oui ! approuvèrent ses compagnes.

Anouna ne fit rien pour les en dissuader. Elle avait décidé de rester pour observer ce qui se passerait au cours de la nuit. Quand les eunuques refermèrent la porte de Fazziza, elle éprouva un pincement à l'estomac. Ça y était, elle se retrouvait prise dans la nasse... Désormais toutes les femmes resteraient bouclées jusqu'à l'aube. Les dogues patrouillant dans les couloirs ne laisseraient personne s'introduire dans le harem. Personne à part leur maître, le *Malik*.

— Écoute ! haleta Fazziza, tu vas entendre la galopade des chiens... Ils n'aboient jamais mais ils reniflent le bas des portes, c'est horrible. Les voilà !

Elle se crispa, s'accrochant à la parfumeuse. Celle-ci n'eut pas besoin de tendre l'oreille, l'odeur des bêtes la frappa bien avant qu'elle ne perçoive le crissement de leurs griffes sur les dalles. Les animaux envahirent la salle de réunion, s'abreuvèrent bruyamment à la fontaine, et commencèrent à flairer les portes, une à une. À l'importance de leur souffle, Anouna devina qu'il s'agissait de bêtes énormes. Elles puaient, sans doute parce qu'elles avaient faim et une haleine détestable s'échappait de leur gueule.

— Voilà, murmura Fazziza, ils vont tourner toute la nuit, parfois ils se battent entre eux pour une étoffe oubliée, un voile, une babouche. Il ne faut rien laisser traîner dans la grande salle car ils réduisent en pièces tout ce qu'ils trouvent.

On laissa une veilleuse allumée, puis les servantes se couchèrent au pied du lit, sur les tapis. Anouna écouta le souffle de ses compagnes ralentir au fur et à mesure qu'elles sombraient dans le sommeil. Elle fut bientôt la seule femme encore éveillée dans la chambre. Doucement, elle se dégagea de l'étreinte de Fazziza pour se glisser hors du lit. Il faisait lourd dans la pièce, les parfums, les odeurs de nourriture lui donnaient mal à la tête. Elle s'approcha du battant. Comme s'il avait deviné sa présence, un chien se rua aussitôt vers l'appartement et se mit à flairer bruyamment le bas de la porte. Rien ne leur échappait ! Si Anouna avait commis l'erreur d'entrebâiller le vantail d'ébène, les animaux lui auraient sauté à la gorge.

Elle s'agenouilla sur les dalles, l'oreille tendue. Son obstination à ne pas dormir parut agacer les dogues invisibles qui se rassemblèrent sur le seuil et poussèrent de sourds grognements. Ils l'avaient repérée, sans même la voir. Ils savaient qu'elle ne dormait pas et qu'elle les épiait. Cette anomalie les irritait. Anouna vérifia d'un coup d'œil que le loquet était bien mis, elle ne tenait pas à ce que le verrou cède sous la poussée des chiens furieux.

Comme elle restait immobile, silencieuse, ils finirent par s'éloigner. La jeune femme demeura aux aguets.

Au bout d'un long moment, elle sentit une odeur nouvelle se frayer un chemin à travers la puanteur des bêtes. C'était la senteur cuivrée qu'elle avait perçue le soir où Malik-Idriss-Azhouf s'était arrêté dans la rotonde pour examiner la fresque. Le maître du harem était donc là, de l'autre côté de la porte, au milieu des chiens ! Il ne parlait pas, ne faisait pas de bruit en marchant, mais il était bel et bien là, se déplaçant dans la salle comme une ombre. Avait-il l'intention de se rendre chez l'une de ses femmes ? Venait-il visiter Shaadi ? L'avait-on informé que Mawaada lui avait donné un fils ?

Anouna plaqua son oreille contre le bois de la porte. Elle n'entendit rien, ni grincement de charnière ni chuchotement de conversation. Les chiens couraient, sans aboyer. Leurs griffes cliquetaient sur le marbre du sol. Le parfum cuivré se fit de nouveau sentir, puis s'affaiblit, comme si celui qui l'exhalait s'éloignait dans la nuit. Anouna, par réflexe professionnel, chercha à en déterminer la composition. C'était une odeur d'homme, un peu métallique. De la sueur se mêlant à quelque chose d'autre... Un parfum qu'elle avait déjà senti dans le passé mais sur quoi elle ne parvenait pas à mettre un nom. Agacée, elle se coucha sur le tapis et ferma les yeux. Quelque chose lui disait qu'il ne se passerait plus rien jusqu'au matin.

À l'aube, elle fut réveillée par l'arrivée des eunuques qui emmenaient les dogues au chenil. Sitôt les bêtes bouclées dans leur cage, on ouvrit les portes. Anouna se redressa, la hanche douloureuse d'avoir dormi sur les dalles. À peine sortie de l'appartement, elle aperçut Shaadi assise près de la fontaine. La grosse femme au visage tatoué affichait une mine sombre. De la main, elle fit signe à la parfumeuse de s'approcher. Anouna obéit et s'inclina.

— Ce que je t'avais annoncé hier s'est produit dans la nuit, dit l'ancienne nourrice d'une voix sourde. L'enfant n'a pas survécu. Mawaada dort encore, il faudra que tu t'occupes d'elle pendant que nous faisons disparaître le petit corps.

— Le bébé... balbutia Anouna. Il est déjà mort ?

— Oui, je l'ai veillé pourtant, mais j'ai fini par m'endormir, à mon âge, on n'a plus la force de rester éveillée jusqu'à l'aube. Quand j'ai ouvert les yeux, ce matin, il était sans vie. Tu peux aller le voir, si tu veux, il est toujours là-bas, dans sa corbeille. Il ne faut pas que Mawaada le découvre dans cet état.

Anouna se précipita vers l'appartement de la jeune accouchée. Assommée par les drogues, Mawaada n'avait toujours pas repris conscience. La parfumeuse se pencha sur le panier où reposait le nouveau-né. Le visage du bébé était violacé, presque noir.

— Il est mort par suffocation, murmura-t-elle.

— Comme tous ses frères, marmonna Shaadi dans son dos. Il en va toujours ainsi. C'est une maladie contre laquelle on ne peut rien. Le souffle leur manque soudain pendant qu'ils dorment. Je te l'ai déjà expliqué.

Anouna hocha la tête. Elle essayait de dissimuler le sentiment d'horreur qui s'emparait d'elle. En se penchant sur le petit corps, elle avait été frappée par une odeur qui lui avait aussitôt donné la chair de poule. *Une odeur de cuir...* Un parfum dont la peau de l'enfant était tout imprégnée.

Une femme normale, dotée d'un odorat moyen, n'aurait pu déceler cette fragrance, mais Anouna était probablement le meilleur « nez » d'Égypte. Elle n'avait pas besoin de flairer davantage la chair du nourrisson pour deviner qu'on avait pressé sur son visage un coussin de cuir dont l'odeur puissante avait imprégné le panier.

Malgré elle, son regard courut à travers la pièce, à la recherche de l'horrible objet. Elle n'en trouva pas trace.

— Que fais-tu ? s'impatienta Shaadi. Enlève-le de là. *Yallâh ! Yallâh-méchi !* Tu attends que la mère se réveille ?

Anouna s'exécuta et porta le panier d'osier près de la fontaine où se rassemblaient déjà les femmes. Shaadi leva sa canne de manière menaçante pour couper court aux lamentations.

— Vite ! ordonna-t-elle. Qu'on trouve une pièce de lin, qu'on y couse ce petit malheureux. Je veux que cela soit fait avant que Mawaada n'ouvre les yeux, c'est compris ?

Anouna s'essuya nerveusement la bouche. Certes, la mort d'un enfant en bas âge était chose commune, et elle comprenait la hâte de la nourrice soucieuse d'épargner à la jeune mère la vision de son fils mort ; elle aurait d'ailleurs approuvé sans réserve cette façon d'agir si elle n'avait eu la conviction que le bébé avait été assassiné...

Le tueur au coussin de cuir rouge était venu au cours de la nuit, elle en était certaine. Il avait étouffé le nouveau-né avant de repartir comme une ombre, sans craindre aucunement de se faire happer par les chiens.

« Cela ne laisse que deux hypothèses, songea-t-elle en fris-sonnant. Soit il faut admettre que le *Malik* tue lui-même ses fils, soit l'exécutrice se cache dans le harem... et dans ce cas ce pourrait bien être Shaadi. »

Le mobile était facile à imaginer : la nourrice tuait pour préserver le roi de la malédiction pesant sur la dynastie des Azhouf. Elle éliminait systématiquement tous les enfants susceptibles de devenir de futurs parricides.

« Elle a élevé Idriss, pensa Anouna, elle le considère sûre-ment comme son propre fils. Si elle est superstitieuse, rien d'étonnant à ce qu'elle cherche à écarter de lui tout danger éventuel. »

Or, depuis la veille, le fils de Mawaada constituait juste-ment une menace pour le *Malik*. Sa présence réactivait la sinistre machine de la malédiction.

L'enfant fut cousu dans un linceul et porté jusqu'à une meurtrière dont les servantes ôtèrent le volet de tempête. Le vent de sable, ne rencontrant plus d'obstacle, se rua dans l'ouverture, giflant les femmes. Sans attendre davantage, les captives jetèrent le corps emmailloté dans la découpe de la fenêtre et rabattirent le volet. La cérémonie funèbre était terminée. Shaadi fit claquer ses paumes pour donner le signal de la dispersion.

Fazziza et ses compagnes se serraient dans un coin, blêmes d'angoisse.

— Tu vois, souffla l'adolescente en s'accrochant à la parfu-meuse. Je ne t'avais pas menti, le tueur au coussin... il est venu cette nuit.

10

— Le *Malik* est venu en ton absence, dit Hammu dont les mains étreignaient les pinceaux de papyrus. Il a contemplé la fresque, il a dit qu'il la connaissait par cœur et qu'il voulait du nouveau.

— Du nouveau ? s'inquiéta Anouna.

Hammu essuya son visage qui ruisselait de sueur.

— Il veut que je peigne la mer, balbutia-t-il, et que tu restitues l'odeur de l'océan, des algues... Oui, c'est ce qu'il a dit. Il veut visiter le monde sans sortir d'ici. Mais je n'ai jamais vu la mer ! De toute ma vie, je ne me suis jamais approché de la côte. Comment faire ?

— Je te guiderai, dit Anouna. J'ai vogué sur la mer, j'ai même failli m'y noyer. La peindre n'est pas si compliqué, recomposer son odeur sera plus difficile... Peut-être qu'en utilisant de la poudre de poisson séché ?

Ils faillirent se quereller, chacun estimant qu'il avait en charge la part la plus importante du contrat. La parfumeuse appréhendait les réactions du peintre lorsqu'elle devrait le guider.

— Comment ferons-nous lorsqu'il nous demandera de représenter des endroits où nous n'avons jamais mis les pieds, ni toi ni moi ? haleta Hammu que la peur rendait agressif. Tu n'as pas l'air de comprendre que nos vies sont en jeu !

La jeune femme se retira dans le réduit où se trouvaient entassées les fioles qui lui permettaient d'élaborer ses compositions. Pendant qu'elle mélangeait les essences, une idée étrange lui traversa l'esprit. Puisqu'elle jouissait d'un certain savoir-faire dans le domaine des parfums, pourquoi ne tenterait-elle pas de recomposer l'odeur du *Malik* ? Les chiens avaient pour habitude de n'accorder aucune importance à l'apparence physique des humains ; pour reconnaître leur maître, ils ne se fiaient qu'à leur flair.

« Tu pourrais te servir de cette particularité, songea la jeune femme. Si tu parvenais à fabriquer une odeur en tout point semblable à celle d'Idriss-Azhouf, il te suffirait de t'en asperger pour que les dogues te confondent avec lui. »

Mais oui ! Ce serait là un merveilleux déguisement. Quelques gouttes de parfum, et elle deviendrait quelqu'un d'autre... Elle prendrait l'identité du seigneur de la cité, et les molosses la laisseraient aller à sa guise sans lui sauter à la gorge.

« C'est l'unique solution, se dit-elle tandis qu'un peu de sueur perlait à ses tempes. Si tu veux découvrir les secrets du harem, tu dois pouvoir te faufiler dans les couloirs où patrouillent les chiens. C'est uniquement de cette façon que tu pourras surprendre le tueur au coussin de cuir. »

Elle éprouva le besoin de boire un peu d'eau car l'excitation l'avait altérée. Elle allait jouer un jeu dangereux. Si elle se trompait, si elle ne parvenait pas à recomposer très exactement l'odeur du *Malik*, les molosses la mettraient en pièces à l'instant même où elle se trouverait face à la meute. Elle ne devrait pas se contenter d'un à peu près car l'odorat des chiens, mille fois supérieur à celui des hommes, était fort difficile à abuser. Malgré cela, elle se mit à l'ouvrage, mélangeant les substances, broyant les cristaux, émiettant les matières organiques. Elle était absorbée dans son travail quand Amrita vint la chercher.

— Il faut te rendre au harem, lui dit la *Negafa*. Une fois là-bas, tu descendras aux bains et tu rechargeras tous les brûle-parfums. Je n'ai pas le temps de t'accompagner, tu crois que tu pourras trouver ton chemin toute seule ?

Anouna lui assura qu'elle se débrouillerait et, son panier de senteurs en bandoulière, prit le chemin du sérail. Les gardes la laissèrent passer car ils s'étaient maintenant habitués à ses allées et venues. Ils inspectèrent toutefois le contenu du panier pour s'assurer qu'elle n'introduisait pas dans l'espace réservé aux femmes des armes ou des outils susceptibles de favoriser une éventuelle évasion. Anouna décida d'éviter la grande salle commune où les prisonnières languissaient tout le jour, allongées sur des coussins autour de la fontaine, et s'engagea sous les arcades intérieures menant au hammam. Dès qu'elle fut dans l'escalier, l'odeur de l'eau lui sauta au visage. Comme la première fois, elle ne put se défendre d'un curieux sentiment d'angoisse. Le hammam, enfoui dans l'obscurité, avait quelque chose d'inquiétant. À cette heure du jour, bassins et alcôves étaient vides. Les lampes de cuivre éclairaient trop faiblement le paysage de voûtes et de cuves. L'eau y semblait plus noire que jamais.

— Il y a quelqu'un ? demanda Anouna d'une voix qu'elle aurait souhaitée plus ferme.

Personne ne lui répondit. Ses sandales claquaient sur le dallage humide, éveillant des échos disproportionnés dans le labyrinthe de la crypte. La solitude des lieux lui fit prendre conscience de l'immensité des installations. Les bassins étaient si larges et si nombreux qu'on aurait pu s'y déplacer en barque. Les ténèbres pesaient sur tout cela, donnant à l'oasis un aspect vaguement menaçant qui déplut à la jeune femme. Elle eut soudain l'envie de prendre la fuite. Seule la peur d'être moquée l'empêcha de tourner les talons, et elle se mit au travail, regarnissant les brûle-parfums un à un. Les poissons du Nil s'ébattaient dans l'eau froide, provoquant des clapotis qui la faisaient chaque fois sursauter. À plusieurs reprises, elle ne put se défendre de regarder par-dessus son épaule, comme si quelqu'un allait surgir de l'obscurité pour lui faire du mal. Son instinct lui criait de prendre la fuite sans attendre. Elle essaya de faire le plus vite possible, mais il y avait beaucoup de brûle-parfums et elle devait se déplacer de crypte en crypte, le long des bassins. Seules les premières salles étaient en bon état. Au fur et à mesure qu'on s'enfonçait dans les dépendances, les cryptes se dégradaient, les peintures se détachaient des murs en lambeaux lépreux. L'humidité prisonnière attaquait la pierre, la couvrant de mousse et de moisissures. Elle frissonna. Brusquement, alors qu'elle s'approchait d'un nouvel encensoir, elle vit le corps qui flottait au milieu du *natatio,* l'espace dévolu à la nage. Un corps blanc dans l'eau noire...

Un corps d'homme dont elle n'apercevait que le dos et les fesses, et qui dérivait doucement, les bras en croix, comme un noyé.

Anouna se figea. S'il ne s'agissait pas d'un eunuque, la présence de cet homme dans l'espace interdit du harem relevait du scandale... et même de l'impossible. Elle hésita, puis se décida à descendre dans le bassin qui n'était guère profond. L'eau lui parut glacée et lui coupa la respiration. Elle avança vers le corps. L'homme était entièrement nu, sa peau froide. Elle entreprit de le retourner pour voir son visage. Elle avait l'habitude des morts, leur contact ne la répugnait pas. C'était un beau garçon, bien proportionné. Son sexe intact prouvait qu'il ne s'agissait nullement d'un eunuque. Que faisait-il là ? Sa présence en ces lieux était une véritable énigme. Il avait la bouche ouverte, pleine d'eau, les yeux écarquillés, mais son corps ne présentait aucune trace de blessure. Le cœur ne battait plus.

« Il s'est noyé, songea Anouna. Noyé en prenant un bain... ou bien quelqu'un lui a tenu la tête sous l'eau. Mais qui est-ce ? Un jardinier ? Un serviteur, un esclave ? »

Elle ne connaissait pas assez les habitants de la cité pour déterminer si elle avait déjà vu ce visage quelque part.

Les filles du harem ne rechignaient pas à entretenir des relations avec le personnel masculin du palais, même si ces amours clandestines se terminaient toujours de façon tragique. Le garçon qui flottait en ce moment même dans le *natatio* était peut-être l'amoureux secret de l'une des captives ? Comment il avait réussi à déjouer la vigilance des gardes, voilà ce qu'Anouna ne comprenait pas, car le harem était un espace clos, hautement surveillé.

« Il est trop large d'épaules pour avoir pu s'introduire par une meurtrière, constata-t-elle, et les gardes veillent en permanence devant la porte du sérail. »

S'agissait-il d'un soldat ? D'une sentinelle ?

Il était mort depuis peu de temps car sa peau se révélait à peine ridée par l'immersion.

La jeune femme s'éloigna du corps pour se hisser hors du bassin. Elle devait donner l'alerte sinon elle risquait de passer pour la complice de l'inconnu. Jetant un coup d'œil aux alentours, elle essaya de repérer les vêtements du noyé. Elle n'en trouva pas trace. Et pourtant il n'était pas venu là entièrement nu ! Elle explora les alcôves, en vain. Nulle part elle ne put mettre la main sur une djellaba, une paire de sandales. Tout portait à croire que le mort s'était glissé dans le harem sans rien sur le corps, prêt à l'amour. C'était invraisemblable.

Anouna gravit l'escalier qui menait à la salle de promenade. Le souffle court, elle se précipita vers Shaadi pour lui apprendre ce qu'elle venait de trouver en bas. La grosse femme au visage tatoué la regarda en fronçant les sourcils, et lui fit répéter son histoire. Très vite, les captives se rassemblèrent en cercle autour d'Anouna, mi-curieuses mi-sceptiques.

— Un homme, gronda Shaadi, noyé dans un bassin ? Emmène-moi là-bas, je veux voir ça de mes propres yeux.

Elle se redressa péniblement, soutenue par Baga, sa fille.

Quand elle fut sur ses pieds, elle menaça les jeunes femmes qui l'entouraient avec sa canne.

— Si l'une d'entre vous a encore essayé de faire entrer un valet dans le harem, vociféra-t-elle, je saurai qui c'est, et je la ferai punir comme elle le mérite ! Vous êtes la propriété du *Malik*, aucun mâle ne doit poser la main sur vous !

D'une bourrade, elle signifia à Anouna de la mener en bas. Comme Shaadi avait de la peine à se mouvoir, la descente fut interminable et la parfumeuse dut masquer son impatience. Les captives s'engouffrèrent dans l'escalier à leur suite en chuchotant avec fièvre, car tout incident venant rompre la monotonie des jours était accueilli favorablement.

Quand elles pénétrèrent dans le hammam, le noyé avait disparu.

Les bassins étaient vides. Anouna eut beau se déplacer rapidement de l'un à l'autre, elle ne trouva pas trace du corps.

— Il... il était là, ne put-elle que répéter sottement.

Des rires fusèrent. On se moquait d'elle. Pour prouver qu'elle n'avait rien inventé, elle se jeta à l'eau et explora à tâtons le fond du *natatio* en se répétant que le corps avait peut-être coulé, ce qui était peu vraisemblable. Ses mains ne firent que brasser le liquide et effrayer les poissons.

— Tu as eu une hallucination, grogna Shaadi. Ou bien tu as vu un fantôme. Ce doit être ça. Le fantôme d'un caravanier qui s'est noyé dans l'oasis, un jour. Ou qui est mort en s'y abreuvant. Quand on est resté trop longtemps sans se désaltérer, on peut mourir foudroyé si l'on se met à boire de façon déraisonnable. Il a sans doute jugé cette fin injuste, c'est pour cela qu'il apparaît de temps à autre. Nous le reverrons sans doute un de ces jours.

Mais Anouna ne croyait pas aux fantômes. Elle s'immobilisa piteusement au milieu du bassin. Les yeux des captives étaient tous braqués sur elle ; elle se sentit ridicule.

— Ça suffit, grommela Shaadi. Tu m'as fait descendre pour rien malgré mes douleurs, mais je préfère encore cela à la présence d'un homme en chair et en os. Vous autres, au lieu de glousser comme des dindes, aidez-moi à remonter !

Les femmes s'en allèrent sans plus s'occuper d'Anouna. La plupart d'entre elles étaient fort déçues de voir la distraction annoncée tourner court. La parfumeuse se retrouva seule, trempée et humiliée.

Elle n'avait pas eu d'hallucination et elle ne croyait nullement à l'existence des spectres. Cela ne pouvait signifier qu'une chose : quelqu'un s'était introduit dans le hammam pour faire disparaître le corps du jeune homme pendant qu'elle courait donner l'alerte. On s'était peut-être contenté de le tirer du bassin pour le dissimuler dans l'une des alcôves où les femmes se faisaient masser et épiler ? La colère ayant chassé la peur, elle se saisit d'une lampe de cuivre et explora les alentours, fouillant le moindre recoin. Le cadavre n'était pas là. Au risque de s'égarer, elle visita les salles les plus reculées des bains, celles qu'on n'utilisait plus en raison de leur vétusté, mais les installations se révélèrent désertes. Le jeune noyé avait bel et bien disparu. Où était-il passé ? Il n'y avait qu'un seul accès, celui qu'elle avait emprunté en compagnie des femmes. Si quelqu'un avait tenté d'emporter le corps sur son dos, elles auraient dû fatalement se trouver nez à nez avec lui... Tout cela n'avait aucun sens.

Elle réalisa tout à coup qu'elle était seule au milieu du hammam désert, plongé dans l'obscurité, et elle prit peur. La chair de poule couvrit ses épaules. Elle revint sur ses pas, comprenant qu'elle avait été folle de s'attarder si longuement en ces lieux de mystère. Le trajet jusqu'à l'escalier lui parut interminable. Elle tressaillait à chaque clapotis liquide, s'attendant presque à voir le mort jaillir de l'eau pour la saisir aux chevilles et l'entraîner au fond du bassin.

Elle gravit les marches en courant. Quand elle émergea dans la grande salle, son arrivée fut saluée par des rires moqueurs.

— Oh ! Anouna ? lui cria l'une des filles. Alors ça y est, le fantôme du beau chamelier t'a fait l'amour ?

Et les petites garces firent chorus.

Sans répondre, la parfumeuse se dirigea vers les appartements de Fazziza. La jeune fille l'accueillit, la mine sombre.

— Tu as vraiment vu un noyé ? demanda-t-elle tandis qu'A-nouna se dépouillait de ses vêtements trempés. Cela me fait peur... Si le hammam est rempli de fantômes, je n'oserai plus m'y baigner.

— Ce n'était pas un fantôme, dit sèchement la parfumeuse. Je l'ai touché. C'était un beau garçon, et il était mort, son cœur ne battait plus. Je sais reconnaître un mort rien qu'au toucher, c'est mon métier de faire leur toilette.

Fazziza frissonna.

— Tais-toi, souffla-t-elle. Tu me fais peur.

— As-tu entendu parler d'une quelconque filière ? chuchota Anouna en se rapprochant d'elle. D'un moyen qu'utilisent les filles d'ici pour donner rendez-vous à leurs amoureux ? Je ne sais pas, moi... un passage secret, par exemple.

— Non, avoua Fazziza. C'est presque impossible de faire entrer un homme ici. Le plus souvent, les garçons montent sur le chemin de ronde, ils s'approchent des meurtrières et passent la main par l'ouverture pour caresser les filles, mais c'est tout. Les fenêtres ne sont pas assez larges pour leur permettre de se faufiler dans les chambres.

— Des caresses ? Rien de plus ?

— Non, et c'est déjà difficile, parce qu'il y a les babouins... et quand les singes ne sont pas là, c'est que la tempête fouette les remparts, ce qui est tout aussi mortel. Mais il y en a qui le font quand même. Ils risquent leur vie pour toucher les seins ou le ventre d'une fille du harem. Pour entrer, il faudrait jouir de la complicité des sentinelles. De jour, c'est impensable, et la nuit il y a les chiens.

Anouna grogna, déçue. Mais Fazziza était nouvelle, elle ne pouvait prétendre être au courant de tous les mystères du sérail. Il existait peut-être un passage secret découvert par les soldats et qui permettait de s'introduire dans les bains ?

« Non, pensa-t-elle avec irritation, ça ne tient pas debout. Abou-Assim en connaîtrait l'existence. Mais pour en être certaine, il faudrait que je me renseigne auprès de Dawud-Ayan. »

— Neferît a été choisie, lâcha soudain Fazziza avec une moue de dépit.

— Quoi ?

— Neferît a été choisie par le *Malik*. L'eunuque est venu nous l'apprendre ce matin. Ce soir, elle sera conduite dans les appartements du maître et couchera dans son lit.

— Ça n'a pas l'air de te faire plaisir.

— C'est idiot, je suis beaucoup plus jolie qu'elle ! C'est moi qui devrais être à sa place. Je ne comprends pas.

Anouna vit que la jeune fille était sur le point de fondre en larmes, aussi l'attira-t-elle contre elle et lui caressa les cheveux. C'était cela, le harem : les rivalités incessantes, les humiliations, les déceptions, les haines tenaces. Les complots... En un mot, la jalousie.

— Les goûts des hommes sont mystérieux, murmura-t-elle. Ton tour viendra.

— Mais je voulais être la première, sanglota Fazziza. J'étais certaine qu'il me choisirait, moi... Je suis plus belle que Neferît, et je sais mieux faire jouir les garçons.

Elle se lamenta ainsi un long moment. Anouna l'écoutait d'une oreille distraite. Le mystère du hammam continuait à l'obséder.

11

Quand elle eut rassemblé son courage, Anouna décida de redescendre. Elle voulait trouver la solution du problème. Après tout, c'était pour cette raison qu'Abou-Assim l'avait introduite dans le harem, et elle désirait être en mesure de lui faire un rapport digne de ce nom lorsqu'il la convoquerait. Fazziza refusa de l'accompagner.

— Si nous sommes plusieurs, nous ne courrons aucun danger, expliqua la parfumeuse.

Mais la jeune fille s'écarta peureusement en la regardant comme si elle était folle.

— Si je tarde à remonter, promets-moi de demander aux eunuques d'aller voir, insista Anouna.

— Tu as perdu l'esprit ! souffla Fazziza. Il ne faut pas se mêler des affaires des fantômes.

Il était inutile d'insister, Anouna prit seule le chemin du hammam. Personne ne faisait attention à elle. Comme d'habitude, les femmes s'étaient rassemblées autour de la fontaine pour grignoter des friandises, jouer avec les singes dressés ou chuchoter d'interminables confidences à propos des performances amoureuses du *Malik*. Leurs occupations ne variaient guère d'un jour à l'autre, et certaines, pour échapper à l'ennui, finissaient par s'adonner aux drogues, basculant dans un état de stupeur qui les affranchissait de l'écoulement du temps. Anouna ouvrit la porte de l'escalier menant aux bains. Elle s'était juré de découvrir coûte que coûte le passage secret par lequel on avait fait disparaître le corps du noyé.

L'estomac noué, elle descendit lentement les marches de granit que l'usure avait creusées en leur milieu. De nouveau, elle se retrouva seule au milieu des arcades et des alcôves désertes, sursautant dès que la queue d'un poisson frappait l'eau. Curieusement, elle eut l'impression que la luminosité avait encore diminué depuis tout à l'heure, comme si plusieurs des lampes s'étaient éteintes. Cela lui parut de mauvais augure et, l'espace d'un instant, elle fut sur le point de rebrousser chemin. Une lampe à huile au poing, elle reprit son inspection des alcôves, allant jusqu'à s'agenouiller pour inspecter les jointures de la maçonnerie. C'était dans ces niches étroites et secrètes qu'on épilait la toison pubienne des captives avant de les livrer au maître du harem, ou qu'on se remettait des fatigues d'une nuit d'amour entre les mains d'une masseuse. Lorsque les femmes envahissaient le hammam, l'atmosphère des cryptes se métamorphosait, mais, en leur absence, l'architecture prenait un aspect déplaisant qui n'était pas loin d'évoquer un labyrinthe funéraire submergé par la crue du Nil.

Anouna jura entre ses dents. Il n'y avait ni trappe, ni pierre montée sur pivot. Les murs comme le sol ne renvoyaient aucun son creux. Elle était stupide de s'obstiner ainsi, elle ne trouverait rien. Le mystère la dépassait. Le découragement la saisit et eï'e décida d'abandonner ses recherches. Il faudrait demander à Dawud-Ayan : le prêtre fou saurait peut-être la renseigner, lui. Oui, c'était la seule solution raisonnable.

Lorsqu'elle émergea de l'alcôve de pierre, elle eut la désagréable surprise de découvrir que le hammam se trouvait désormais plongé dans une quasi-obscurité. D'autres lampes s'étaient éteintes, permettant aux ténèbres d'envahir la plupart des cryptes.

« Ce n'est pas normal, songea-t-elle en luttant contre la peur. Il n'y a pas de courants d'air. Les flammes n'ont pas pu être soufflées par un vent coulis. »

Elle eut la certitude que quelqu'un avait pincé les mèches dans son dos, quelqu'un qui se tenait là, embusqué sous les arcades. Elle s'écarta instinctivement des colonnettes, persuadée de voir bouger des ombres sous le passage couvert. Elle commit l'erreur de s'approcher du *natatio*. Brusquement, dans un grand jaillissement d'éclaboussures, un corps nu sortit de l'eau et la saisit par les chevilles. Elle hurla, terrorisée. La peur lui troublant l'esprit, elle crut, l'espace d'une seconde, que le noyé de tout à l'heure remontait du fond des eaux pour l'entraîner à sa suite. Elle perdit l'équilibre et tomba dans le bassin. La lampe à huile roula sur les dalles, mais sa flamme, avant de s'éteindre, permit à Anouna d'entr'apercevoir le visage de son agresseur. *C'était bien celui du mort...*

Elle voulut crier, mais trop tard, le liquide, déjà, lui emplissait la bouche. Le noyé avait refermé ses bras sur elle, il essayait de lui maintenir la tête sous l'eau pour qu'elle connaisse un sort identique au sien.

Anouna connut un moment de panique totale. Persuadée d'avoir affaire à un spectre, elle faillit en oublier de se défendre, puis le désir de vivre fut le plus fort, et elle planta ses ongles dans la chair de l'inconnu. Elle lui fit mal, il la lâcha.

« Il est vivant, songea-t-elle confusément. Un noyé n'aurait pas cherché à se protéger. »

Cette constatation lui permit de retrouver sa combativité. Se débattant dans l'eau froide, elle essaya de nager vers le bord du bassin. Son agresseur revint à la charge, l'agrippa par la taille et l'entraîna de nouveau vers le fond. Il était fort, musculeux. Il avait la peau étrangement blanche... il ressemblait trait pour trait au noyé qu'elle avait découvert quelques heures plus tôt. C'était incompréhensible. Il la plaqua contre lui, et elle sentit le sexe de l'homme frotter contre son ventre. Mais il ne cherchait pas à la violer, non, il ne voulait que la tuer. Il s'y employait avec toute l'énergie dont il était capable. Elle le griffa à la poitrine, profondément, comme si elle voulait le dépecer, puis elle le frappa sur le nez, la bouche. Elle était à bout de forces, elle suffoquait ; si elle ne parvenait pas à lui échapper maintenant, elle était perdue... Il la lâcha pour se mettre hors de portée de ses ongles, et elle battit rapidement des pieds pour gagner le bord du bassin. Elle se hissa maladroitement sur les dalles, crachant, toussant.

L'homme revenait déjà à l'attaque, ses bras blancs battant l'eau. La lumière du photophore suspendu à la voûte tomba sur son visage mouillé, éclairant les méplats de ses pommettes, son nez corbin, ses yeux profondément enfoncés au fond des orbites. Il était beau, mais d'une beauté mauvaise de prédateur. Ses cheveux noirs, bouclés, étaient plaqués vers l'avant, mettant en relief son front bosselé.

« Il ne renoncera pas ! se dit la jeune femme en essayant tant bien que mal de se relever. Il va me rattraper, me jeter dans l'eau et me noyer... »

La terreur lui broyait le cœur. Elle n'avait pas affaire à un fantôme, mais à un démon de chair et d'os. Un assassin bien décidé à aller jusqu'au bout.

Elle tituba en direction de l'escalier. Derrière elle, l'homme nu émergeait du *natatio*. Il haletait. Sur sa poitrine, le sang coulait des profondes griffures laissées par les ongles d'Anouna.

— Au secours ! cria celle-ci en s'abattant au bas des marches.

Au moment où le tueur nu allait la saisir par les cheveux, la lumière d'une torche envahit l'escalier.

— Anouna ? C'est toi ? cria Fazziza. Où es-tu ?

— Ici, gémit la parfumeuse. Vite !

Une cavalcade fit résonner la voûte. La jeune fille ne descendait pas seule, les eunuques l'accompagnaient ! L'homme nu hésita, puis, faisant volte-face, plongea dans l'eau.

Fazziza déboucha enfin du passage, suivie par les eunuques de service, deux Noirs gigantesques aux mamelles tombantes qui, malgré leur taille, parlaient avec des voix de femme.

— Là ! souffla Anouna en leur désignant le grand bain. L'homme... l'homme...

Mais le bassin était vide, et les serviteurs asexués eurent beau faire le tour du hammam, ils ne trouvèrent pas trace du nageur fantôme.

— Je t'avais bien dit de ne pas descendre, murmura Fazziza. Tu sais bien que ça porte malheur de découvrir un mort.

Anouna quitta le harem en titubant, poursuivie par les regards effrayés des recluses. On ne riait plus sur son passage : en quelques heures elle était devenue celle que les fantômes avaient décidé d'emmener dans l'autre monde. Elle avait désormais le mauvais œil et on ne tenait guère à être vue en sa compagnie. D'ailleurs, Fazziza n'insista guère pour qu'elle passe la nuit au harem et parut presque soulagée de la voir s'en aller.

La parfumeuse était épuisée, à bout de nerfs. Le caractère irrationnel de l'agression dont elle avait été victime la désarçonnait.

« C'était le même homme, se répétait-elle en remontant les couloirs. *C'était le noyé...* D'abord, il était mort, ensuite il ne l'était plus... »

Elle avait suffisamment l'habitude des cadavres pour ne pas commettre d'erreur de diagnostic. Elle n'y comprenait rien ; une peur sournoise, superstitieuse, s'infiltrait en elle, brouillant son habituel bon sens.

Elle appréhendait de se retrouver seule dans sa cellule car elle savait d'ores et déjà qu'elle ne pourrait trouver le sommeil et passerait la plus grande partie de la nuit à guetter le bruit mouillé des pieds du tueur dans le corridor. Allait-il sortir une fois de plus du bassin pour venir la chercher ?

Elle décida d'aller demander conseil à Dawud-Ayan. Peut-être pourrait-elle dormir à l'intérieur du temple ? La compagnie du prêtre fou lui semblait préférable à la solitude. Elle s'enfonça dans les entrailles du palais, prenant garde à ne pas se perdre. Dawud sursauta à son arrivée. Il brandissait une lampe à huile et un poignard de cuivre. Une expression égarée déformait son visage. Anouna crut qu'il ne la reconnaissait pas et s'apprêtait déjà à s'enfuir quand il laissa tomber :

— Ah, c'est toi, la parfumeuse... Tu m'as fait peur.

— On dirait que tu redoutes une mauvaise visite, dit la jeune femme. Pourquoi cette arme ? Tu as peur de quelque chose ?

Dawud baissa les yeux et grommela des propos indistincts.

« Il a peur, songea Anouna. Il s'attendait à être attaqué. Décidément, le palais est rempli d'assassins. »

Elle posa la main sur le bras de *l'ouâbou*. Le « pur » la regarda, hésita, puis finit par chuchoter :

— Les femmes du harem, elles ont décidé de me tuer. Elles sont persuadées que c'est moi qui étouffe leurs enfants avec le coussin de cuir de la crypte aux sacrifices.

— Et pourquoi pensent-elles cela ? s'enquit la jeune femme.

— À force de bavarder avec les servantes, elles ont fini par apprendre ce qui se passait ici, jadis, balbutia Dawud. Dans le harem, les esprits s'échauffent vite, il ne leur a pas fallu longtemps pour décider que j'étais le tueur au coussin... C'est absurde, ces exécutions n'auraient aucune valeur puisque l'enfant doit être offert au dieu par son père, de plein gré. Tout manquement au rituel annulerait la validité de l'acte. Étouffer ces bébés n'aurait donc aucun sens.

— Tu n'es pas en danger. Ces femmes sont recluses, observa Anouna. Elles ne peuvent rien contre toi.

Dawud-Ayan leva les bras au ciel.

— Tu dis des sottises ! bégaya-t-il. Tu es nouvelle ici, tu ne sais pas encore comment les choses se passent réellement. C'est vrai que les femmes du harem sont surveillées comme des prisonnières, mais les servantes, elles, vont et viennent entre notre monde et celui du sérail. Les concubines achètent leurs services avec des cadeaux, des bijoux, des étoffes de prix. Une fois sorties du harem, les filles ont toute liberté pour rencontrer les valets. En monnayant leurs faveurs sexuelles, elles poussent les hommes à agir dans l'ombre... C'est ainsi que les choses s'organisent. Les recluses du harem jouissent d'un pouvoir occulte dont on n'a pas conscience de prime abord. Elles peuvent tramer des crimes à distance... Si elles ont effectivement décidé qu'il fallait me mettre à mort, le complot va s'organiser. Les servantes vont suborner leurs amants, et il se trouvera bien un homme pour descendre ici, subrepticement, et me trancher la gorge... Que ne feraient pas ces butors pour pouvoir continuer à prendre leur plaisir entre les cuisses d'une femme !

Il paraissait accablé. Anouna ne trouva aucune parole susceptible de l'apaiser. N'y tenant plus, elle lui raconta l'agression dont elle avait été victime au hammam. Dawud l'écouta d'une oreille distraite. La dague à la main, il scrutait les coins d'ombre.

— Existe-t-il des passages secrets qui déboucheraient dans les bains ? demanda enfin la jeune femme.

Le prêtre secoua négativement la tête.

— Non, dit-il. Je connais par cœur l'architecture de cette cité, que les hommes d'Abou-Assim n'ont pas modifiée. Il n'y a pas de passages secrets dans le hammam. Pourquoi y en aurait-il, du reste ? À l'époque où j'officiais encore, il n'existait aucun harem — ce n'est pas une coutume égyptienne, tu le sais bien. Aucun espace n'était interdit à la circulation. Non, je crois que tu as été effectivement attaquée par un fantôme. Il est toujours dangereux de découvrir un mort, car le malheureux, effrayé par la solitude soudaine, peut chercher à se fabriquer un compagnon d'outre-tombe afin de mieux traverser cette épreuve. Ce défunt est peut-être tombé amoureux de toi, il va désormais te traquer, essayer de te faire mourir pour profiter de ta compagnie.

La veille encore, Anouna aurait trouvé cette réponse absurde ; aujourd'hui, les propos du prêtre éveillaient un frisson le long de son échine. Elle eut une bouffée de haine envers cet homme au crâne défoncé qui ne savait pas la rassurer comme elle l'aurait souhaité.

— Nous sommes tous les deux en danger, conclut Dawud. Si tu cherchais un abri, tu as mal choisi l'endroit où te cacher. Méfie-toi de tout le monde, et surtout des esclaves. Je fais très attention à ce que je mange car il est facile d'empoisonner le contenu d'une écuelle. D'ailleurs, je ne te connais pas vraiment. Qui es-tu en réalité ? Tu pourrais très bien avoir été envoyée par les femmes du harem pour m'assassiner. Pourquoi devrais-je te faire confiance ? Hein ?

Il devenait agressif et maniait un peu trop vivement le poignard de cuivre. Anouna sentit qu'il était temps de prendre congé.

— Je ne suis pas ton ennemie, dit-elle avant de tourner les talons, mais je comprends ta méfiance. Si tu as besoin de moi, tu sais où me trouver.

Elle l'abandonna au milieu du temple désert, au pied de l'autel où reposait le coussin de cuir rouge.

De retour à la lumière, elle dut s'envelopper dans son manteau pour échapper aux bourrasques qui balayaient la cour d'honneur. Un brouillard de poussière jaune recouvrait la ville, et il fallait se déplacer en tâtonnant le long des murailles pour retrouver son chemin. Anouna se sentit terriblement vulnérable. Elle avait été folle de sortir du palais ! On ne voyait rien à dix pas. N'importe qui aurait pu surgir des tourbillons pour l'égorger et disparaître aussitôt dans la tourmente sans risquer d'être surpris. Elle se dépêcha d'entrer dans le grand bâtiment où esclaves et serviteurs trouvaient refuge lorsque la tempête les empêchait de vaquer à l'extérieur. Une humanité pouilleuse s'entassait là, au milieu des moutons, des chameaux et des chèvres dont les déjections couvraient les dalles. Certains avaient essayé d'apprivoiser cet immense espace architectural en y plantant des tentes. Nomades dans l'âme, les maisons de pierre les mettaient mal à l'aise. Trop petites, elles leur semblaient des prisons, trop vastes, elles leur donnaient le vertige. Anouna s'assit à l'écart pour observer les hommes avec l'espoir d'identifier son agresseur. Après tout, la population de la cité engloutie n'était pas si importante. La parfumeuse estimait qu'on pouvait l'évaluer à une centaine d'esclaves, à peu près autant de serviteurs et de servantes, une douzaine de soldats, cinquante concubines, un grand vizir, un roi dont on ne connaissait pas le visage... et une parfumeuse poursuivie par les fantômes du hammam !

Les travailleurs sentirent bientôt qu'elle les observait et, prenant son insistance pour une invite sexuelle, lui firent des signes de connivence. Aucun d'entre eux ne ressemblait de près ou de loin au « noyé » qui avait tenté de la tuer.

Lasse, la jeune femme décida d'aller se coucher. D'ailleurs, la nuit tombait. Une fois dans sa cellule, elle se barricada le mieux possible, sans toutefois s'illusionner sur la résistance de l'obstacle dressé. Les « chambres » réservées aux serviteurs du palais n'étaient pas des forteresses, et l'on pouvait en enfoncer les portes d'un simple coup d'épaule. Anouna s'étendit sur sa natte, la petite lampe à huile posée près de sa tête. Elle allait avoir du mal à trouver le sommeil.

Elle fut la proie de rêves terrifiants dans lesquels le nageur à la peau trop blanche s'abattait sur elle pour l'étrangler. Elle se réveilla à plusieurs reprises, suffocante, persuadée d'entendre un bruit de pas mouillé dans le corridor. *Le noyé était là !* Il était remonté des abîmes pour venir la chercher, il allait l'entraîner au fond du bassin...

Elle mit chaque fois beaucoup de temps à se rendormir. Lorsque le jour se leva, elle était épuisée.

12

Elle travailla toute la matinée dans le réduit aux parfums, essayant de mettre au point une décoction reproduisant l'odeur de la mer, tandis que le peintre brossait les premières esquisses de la fresque maritime commandée par Idriss-Azhouf. Hammu venait parfois lui demander conseil, mais il acceptait ses observations avec mauvaise grâce, si bien que le dialogue tournait court et que la collaboration, à peine entamée, s'enlisait. Irritée, Anouna s'en retourna dans son réduit et se lança dans la réalisation de son projet secret : fabriquer un parfum restituant l'odeur du *Malik* et capable de tromper l'odorat des chiens de garde. Il devenait urgent d'y voir plus clair dans les complots du harem, sa vie en dépendait.

Elle était occupée à flairer les effluves quand Amrita fit irruption dans la pièce, une expression alarmée sur le visage.

— Viens, dit-elle, un drame vient de se produire. L'une des filles qui t'accompagnaient a rencontré le *Malik* cette nuit... Elle s'est mal comportée, Idriss-Azhouf a décidé de la punir. Elle sera livrée au bourreau à midi... Elle est comme folle, viens, tu pourras peut-être la calmer.

— Neferît ? murmura Anouna. Elle avait été choisie, c'est vrai. Qu'est-il arrivé ?

Sans daigner répondre, Amrita quitta la pièce. La parfumeuse ne put que lui emboîter le pas sous l'œil excédé d'Hammu que les allées et venues des femmes troublaient toujours.

— Qu'a-t-elle fait ? insista Anouna. Elle s'est débattue ? Elle a refusé de se laisser prendre ?

— Non, se décida à murmurer la *Negafa,* elle a touché le *Malik...* Tu sais bien que c'est formellement interdit.

— *Touché ?* Tu veux dire qu'elle a posé les mains sur lui ?

— Oui, je crois qu'elle l'a griffé ou quelque chose d'approchant. Il a décidé de lui faire écraser les deux mains à coups de masse, lorsque le soleil sera à son zénith.

— C'est horrible, ce n'est qu'une gosse...

— Je sais, mais le *Malik* est tout puissant. Et Neferît connaissait les règles. Shaadi les a soigneusement expliquées aux nouvelles venues. Jamais personne ne doit toucher Idriss-Azhouf, même pour le caresser. Il en a toujours été ainsi.

Était-il encore possible de faire suspendre l'exécution de la sentence ? Abou-Assim lui accorderait peut-être une audience. Le grand vizir était-il en mesure d'influer sur les décisions de son maître ?

Un silence terrifié planait sur le quartier des concubines. Fuyant la proximité de la condamnée, les femmes s'étaient retranchées dans leurs appartements. Neferît sanglotait dans sa chambre, recroquevillée sur son lit. Agenouillée à son chevet, une servante blême luttait de toutes ses forces pour ne pas prendre la fuite. Anouna s'assit sur la couche et força Neferît à la regarder.

— Raconte-moi ce qui s'est passé, ordonna-t-elle. Je peux peut-être plaider en ta faveur auprès du grand vizir. Qu'est-il arrivé ? Tu t'es débattue ? Tu n'étais pourtant pas vierge, il me semble. Il a été brutal ?

Neferît se cramponna à la parfumeuse. Son visage était bouffi de larmes, ses yeux avaient une expression égarée proche de la folie. Un long moment s'écoula avant qu'elle ne parvienne à articuler des phrases à peu près compréhensibles.

— Je... je ne l'ai pas vu, dit-elle enfin. Les eunuques m'avaient bandé les yeux. On m'a emmenée à travers les couloirs, je ne sais pas où... Je me suis retrouvée dans une pièce où brûlaient des parfums. Les eunuques m'ont ôté tous mes vêtements et m'ont laissée là. Je ne voyais rien, le bandeau de cuir m'aveuglait. Je savais qu'il y avait quel-qu'un... un homme qui m'observait, je sentais sa présence. J'avais un peu peur.

Anouna devina ce que la jeune fille n'osait dire : le jeu avait fini par l'exciter et, la première frayeur passée, elle avait trouvé assez piquant d'être exposée, nue, à un maître qu'elle ne pouvait voir.

— Il n'a pas essayé de me faire mal, murmura-t-elle. Ses mains étaient habiles. Il m'a allongée sur le lit... Je l'entendais respirer. Il ne disait rien. Pas un mot, pas un compliment. C'était étrange. Il m'a prise, et c'était agréable... C'est alors qu'il s'est couché sur moi, et que j'ai senti sa poitrine s'écraser sur mes seins... sa peau était bizarre... comme couverte d'écailles... de bosses dures...

Anouna fronça les sourcils.

— Il était habillé ? interrogea-t-elle. Tu as peut-être senti les boutons de ses vêtements, ou les pierres d'un collier.

— Non, s'obstina Neferît. Il était nu... il transpirait, sa chair frottait contre la mienne, mais elle n'était pas normale. Elle semblait constellée de boules dures, comme des pustules... je ne sais pas... il y en avait partout, sur son ventre, sa poitrine... J'ai eu peur ; d'un seul coup j'ai eu l'impression d'être possédée par un monstre, je me suis débattue, j'ai posé les deux mains sur sa poitrine et je l'ai repoussé de toutes mes forces. Mes paumes ont touché sa peau, et j'ai de nouveau senti les boules, sous sa chair. Des dizaines et des dizaines de pustules dures comme de la pierre. J'ai hurlé, il m'a giflée, puis il s'est retiré de mon ventre et a appelé les eunuques... voilà, c'est tout. Il semblait terriblement en colère. On m'a ramenée ici... J'ai peur. Je ne sais pas ce qu'on va me faire. Est-ce que tu sais, toi ?

— Non, mentit Anouna. Tu vas me raconter ton histoire une seconde fois et j'irai trouver Abou-Assim. Tu es bien certaine de ne pas l'avoir griffé ?

— Non, je l'ai juste repoussé... Je n'ai pas pu me maîtriser. J'avais trop peur... Pendant qu'il allait et venait dans mon ventre, j'imaginais que j'étais prise par un homme crocodile, ou un djinn malfaisant... j'ai cédé à la panique.

Anouna essaya d'emmagasiner le plus de détails possibles. Cette histoire de pustules couvrant le corps du *Malik* l'intriguait plus que tout. Idriss-Azhouf souffrait-il d'une quelconque maladie de peau ? Était-il lépreux ? Si on admettait cette hypothèse, on comprenait mieux pourquoi personne ne connaissait son visage. L'anonymat, le désir de dissimuler son identité à ses ennemis n'était peut-être qu'un habile prétexte pour garder secrète l'affection grave qui le défigurait.

Un malade... un infirme au physique repoussant qui se faisait livrer des femmes aux yeux bandés, impuissantes.

« Voilà aussi pourquoi il refuse qu'on le touche, songea Anouna. Il ne tient pas à ce que les filles se rendent compte de son état. »

Une frayeur irraisonnée s'empara d'elle. Neferît était-elle contaminée ? Elle fut tentée de s'écarter de la pauvre captive pour fuir le mal, puis elle se fit la réflexion qu'on n'avait jamais observé de cas de lèpre à l'intérieur du harem. Si Idriss était malade, il n'était probablement pas contagieux. Les révélations de Neferît éclairaient les choses d'un jour nouveau. Les caprices du maître prenaient enfin un sens. Elle se redressa car le temps pressait.

— Je vais demander audience au grand vizir, dit-elle. Calme-toi, rien n'est perdu.

Neferît lui adressa un regard de chienne battue et se recroquevilla sur le lit, le corps parcouru de frissons. Anouna se dépêcha de quitter le harem. Amrita la rattrapa sur le seuil.

— Tu vas intercéder pour elle auprès d'Abou-Assim ? haleta-t-elle. Tu es folle ! On t'infligera la même punition, et tu finiras putain chez les esclaves, car c'est ce qui va lui arriver une fois qu'on lui aura écrasé les mains. Elle sera chassée du harem et jetée aux travailleurs. C'est le sort de toutes celles qui tombent en disgrâce.

— Laisse-moi passer, coupa Anouna. Il faut faire quelque chose, on ne peut pas la laisser mutiler parce qu'elle a simplement posé les mains sur le *Malik* !

— Elle connaissait les règles ! cracha Amrita. Shaadi l'avait mise en garde contre les erreurs à ne pas commettre. Elle a été stupide, c'est tout. Le *Malik* l'avait distinguée entre toutes les autres, elle aurait pu devenir sa favorite. Elle a choisi de tout gâcher, je ne la plains pas !

Anouna la repoussa et se faufila entre les sentinelles qui refermèrent aussitôt le passage. Elle prit le chemin des appartements d'Abou-Assim. Si elle n'avait été qu'une parfumeuse, il y aurait eu peu de chances pour que le grand vizir lui accorde une audience, mais voilà : elle était également son espionne, et elle comptait sur cette particularité pour forcer la porte du ministre. Cependant, les gardes tentèrent de la refouler ; elle dut tempêter. Le son de sa voix finit par attirer Abou-Assim qui se présenta sur le seuil et la fit entrer. Anouna choisit de ne pas aborder de front le sujet de la grâce car elle sentait que cette marque de sensiblerie, toute féminine, agacerait le vizir et la ferait congédier sur-le-champ.

— Que veux-tu ? siffla le vieillard d'un ton irrité. Ta démarche est maladroite. Tu devais attendre que je te fasse convoquer sous un prétexte quelconque. Maintenant, on va s'étonner que je reçoive une simple parfumeuse en audience extraordinaire.

Anouna se laissa tomber à ses pieds et baissa la tête.

— Seigneur, dit-elle, il se passe des choses étranges dans le harem, tes inquiétudes étaient fondées, mais comment veux-tu que j'enquête efficacement si tu me caches une partie de la vérité ?

Le grand vizir se troubla et parut alarmé.

— Que veux-tu dire ? lança-t-il en baissant la voix.

Anouna exposa le récit que lui avait fait Neferît de sa rencontre avec le *Malik*, elle comptait ainsi légitimer la peur de la jeune fille, et utiliser cet argument pour obtenir sa grâce.

— Si Malik-Idriss-Azhouf est malade, je dois le savoir, insista-t-elle, car si la révolte gronde parmi les femmes du harem, c'est peut-être à cause de cela, *justement*. Elles n'ont pas envie d'appartenir à un homme qui leur fait peur, affligé de difformités qui les dégoûtent.

Abou-Assim eut un geste impatient de la main.

— Sottises ! siffla-t-il. Ah ! Comme la cervelle des femmes est prompte à s'enflammer pour des riens ! Idriss est en parfaite santé, et la petite gourde qui t'a raconté cette fable plus bête qu'une guenon !

— Mais son corps... objecta Anouna.

— Son corps est parsemé de scarifications rituelles, consentit à expliquer le vizir. Toi qui est du Sud, et presque noire, tu devrais savoir comment cela se pratique. On incise la peau, et l'on glisse dans la petite poche ainsi créée un caillou ou un minuscule coquillage, puis l'on recoud la blessure. L'insertion de l'objet forme une excroissance dure sous l'épiderme, une sorte de boule qui ne se résorbe jamais... Idriss s'est laissé convaincre par un féticheur que ces scarifications le protégeraient de ses ennemis. J'y étais opposé, mais il est le *Malik*, et il fait ce qu'il veut. Le sorcier lui a dessiné sur le torse et le ventre des motifs sacrés, censés éloigner le mauvais sort, et il a glissé dans chacune des incisions des pierres magiques, des griffes d'animaux sauvages, des dents de crocodile, des amulettes... C'est cela qu'a senti la pauvre fille en le touchant. Pas des pustules, pas des bubons, seulement des scarifications rituelles. Personne ne doit porter la main sur ces motifs, sinon ils perdraient leur pouvoir protecteur, c'est du moins ce que le féticheur affirme. Je n'ai pas grande confiance en ces pratiques, mais je n'y vois pas d'inconvénients à partir du moment où elles apportent à Idriss un peu de la sérénité qui lui fait si cruellement défaut.

Anouna gardait le silence, perplexe. Elle connaissait bien évidemment ce type de « tatouage » en relief, fort répandu chez les guerriers noirs des pays du Sud profond, mais Abou-Assim lui disait-il la vérité ?

— Je suis très favorable à l'interdiction qu'Idriss impose aux concubines de ne pas le toucher, dit le vieillard. Cela me rassure, car je sais combien il est facile d'enduire un ongle de poison. Au cours des joutes amoureuses, on peut griffer son partenaire avec l'alibi de la passion, or il existe des venins au pouvoir effrayant, de ces toxiques que les sauvages du Ki-Kongo utilisent pour enduire les pointes de leurs flèches et qui tuent un fauve en l'espace d'une trentaine de battements de cœur. J'ai toujours eu peur que quelqu'un se serve de cette ruse pour assassiner Idriss. C'est pourquoi je recommande à Shaadi de faire couper ras les ongles des femmes.

— On ne peut mutiler la pauvre Neferît parce qu'elle a eu peur, lança Anouna. Il suffirait d'expliquer aux pensionnaires du harem que le *Malik* n'est ni un djinn ni un malade difforme, cela éviterait d'autres accidents.

— Moins on en sait sur Idriss, mieux cela vaut, trancha le vizir. Je ne tiens nullement à rassurer les femmes, les fables absurdes qu'elles répandent par leurs bavardages peuvent contribuer à protéger mon maître et à faire de lui un personnage fabuleux.

— Dois-je en conclure que tu n'interviendras pas auprès de lui pour commuer la peine qui frappe Neferît ?

— Exactement. Cette fille a commis une erreur, elle la paiera comme il convient. De toute manière, Idriss ne comprendrait pas que j'intercède en faveur d'une petite courtisane, il me croirait devenu sénile. J'y perdrai mon crédit. C'est tout ce que tu avais à me dire ?

Anouna baissa les yeux pour dissimuler sa colère. Décidée à se jeter dans la bataille, elle parla de l'assassin au coussin de cuir et des morts prématurées qui frappaient les nourrissons mâles.

— Est-ce vrai que la semence des Azhouf ne peut engendrer que des filles ? demanda-t-elle sans réussir à masquer le soupçon d'insolence qui perçait dans sa voix.

Abou-Assim pâlit et ses longues mains se crispèrent sur les accoudoirs du fauteuil d'ébène.

— Shaadi parle trop, gronda-t-il, comme toutes les vieilles femmes. Une telle vérité est dangereuse, elle pourrait bien te coûter ta langue... mais je dois reconnaître que c'est effectivement le cas. La plupart des fils engendrés par les Azhouf meurent en bas âge. Il n'en survit pas plus d'un sur quinze, il en a toujours été ainsi. Les médecins parlent d'une tare familiale, les sorciers d'une malédiction. C'est pourquoi les mâles de la dynastie ont toujours fréquenté le harem avec beaucoup d'assiduité. Ils savaient que pour qu'un seul de leurs fils survive, il leur faudrait en engendrer quinze ou vingt.

— Après la malédiction jetée sur le sultan Nazine, ce « défaut » a dû se révéler plutôt commode, non ? souffla Anouna en se disant que cette dernière insolence allait peut-être abréger sa vie.

Il y eut un moment de silence.

— *Ah*, dit froidement le grand vizir, tu sais cela, aussi...

— Je suis une bonne enquêtrice, fit la jeune femme. Tu m'as menti, seigneur, et cela m'a fait perdre du temps. Ce n'est pas un oncle qui veut tuer Idriss, c'est son propre père. Les femmes du harem le savent également. Elles ne sont pas si bêtes, un jour, elles en viendront à penser que le *Malik* étouffe ses fils par peur de la malédiction qui pèse sur les Azhouf, et leur haine grandira.

— Idriss n'a jamais tué personne, siffla Abou-Assim d'une voix blanche. Et cette histoire de tueur au coussin est absurde. Les bébés mâles meurent naturellement... si toute-fois il est possible de qualifier ainsi l'affection qui les tue.

Les traits du vieillard s'étaient subitement creusés ; Anouna eut la conviction qu'il mentait... Non pas pour la duper, elle, mais pour se rassurer, lui.

Elle le sentit effrayé, comme s'il se résolvait soudain à admettre une abomination suspectée depuis toujours.

« Vieille canaille ! songea-t-elle, avoue que tu es parvenu aux mêmes conclusions que moi, il y a longtemps déjà... »

C'était peut-être pour cette unique raison qu'il l'avait engagée : pour détenir enfin une certitude. Elle n'enquêtait pas sur un hypothétique complot de harem, *elle était là pour établir la culpabilité du roi*, à la demande de son premier ministre.

« Et quand j'aurai découvert la vérité, se dit-elle avec un frisson, il me fera tuer, pour que personne d'autre ne sache, jamais. »

— Va-t'en, maintenant ! ordonna Abou-Assim. Cet entre-tien a trop duré, on va se poser des questions. Un grand vizir n'a aucune raison de demeurer si longtemps en tête à tête avec une parfumeuse. Va... Et désormais attends que je te fasse convoquer. Tais-toi, je ne veux plus entendre un mot sortir de ta bouche !

Il la chassait parce qu'elle lui avait fait peur en formulant à voix haute des questions qu'il remuait sans doute dans le secret de son âme depuis des années.

Anouna ne pouvait qu'obéir. Elle battit en retraite, vaincue et plus mal à l'aise que jamais. N'ayant pas le courage de retourner au harem, elle regagna le réduit aux parfums. Hammu l'invectiva. Elle s'absentait trop fréquemment ! Les odeurs qu'il devait mêler à sa peinture n'étaient pas encore prêtes !

Vers midi, il se fit un grand tumulte. Les eunuques entrèrent au harem pour se saisir de Neferît. Ils la conduisirent dans la salle de promenade où on l'attacha sur un fauteuil d'exécution muni d'accoudoirs épais et fort larges. Les bras de la malheureuse furent sanglés au moyen de lanières de cuir, puis l'exécuteur s'avança, une masse de carrier sur l'épaule. Sans autre cérémonie, il abattit deux fois son outil, transformant les mains de la jeune fille en un magma de chair et d'os broyés. Neferît s'évanouit au premier coup, mais la douleur de la seconde frappe la redressa, les yeux fous, la bouche grande ouverte. Elle se mit à hurler avec tant de force que les femmes présentes se bouchèrent les oreilles. Seules Shaadi et Baga la Muette restèrent impassibles, installées au premier rang.

Enfin les eunuques délièrent les sangles. Neferît roula sur le sol, à demi consciente, le corps secoué de spasmes. Le bourreau se tourna vers Shaadi et déclara :

— Occupe-toi d'elle, soigne ses mains. Quand ses blessures seront refermées, on viendra la chercher pour la donner aux esclaves qui se plaignent du manque de femmes. Ainsi sont punies celles qui déplaisent au *Malik*, que cela serve de leçon aux autres !

Anouna avait voulu courir vers le lieu de l'exécution, mais Hammu l'en empêcha, arguant qu'elle cherchait un nouveau prétexte pour abandonner le chantier. Plus tard, Amrita vint rendre visite à la parfumeuse, et s'assit sur une natte au milieu de l'amoncellement de flacons qui mangeait tout l'espace.

— C'est fini, dit-elle d'une voix sourde. On lui a écrasé les deux mains ; si elle survit à l'infection, elle restera infirme, incapable du moindre travail manuel.

— On va vraiment la livrer aux esclaves ? s'enquit Anouna sans lever les yeux de son mortier.

— Oui, dit Amrita. Et c'est le sort qui nous attend toutes si nous venons à déplaire au *Malik*. Tu dois t'en persuader et cesser de te comporter comme une chèvre folle. Neferît va devenir la putain des ouvriers. D'abord on l'attachera sur un lit pour que les hommes puissent se succéder dans son ventre sans qu'elle se débatte, et puis, l'habitude venant, elle ne se rendra même plus compte de ce qui lui arrive. Il vaudrait mieux qu'elle succombe aux fièvres avant de connaître cette horreur... et si tu as de l'amitié pour elle, tu lui donneras quelque chose pour la faire passer de vie à trépas pendant son sommeil.

— Je suis parfumeuse, lâcha Anouna, pas empoisonneuse.

— Je disais cela comme ça, fit la *Negafa* en haussant les épaules. Je sais que tu ne m'aimes pas beaucoup, mais tu te trompes, je ne te veux aucun mal, j'essaye de te protéger contre toi-même. Tu n'es pas assez prudente, Shaadi se méfie de toi... Elle pourrait bien être tentée de te faire du mal.

Pendant qu'elle parlait, Amrita s'était rapprochée d'Anouna, qu'elle tenta soudain d'enlacer. La bouche de la *Negafa* s'écrasa sur celle de la parfumeuse et les deux femmes roulèrent sur le sol. Anouna sentit le cœur d'Amrita battre follement contre sa poitrine. Elle repoussa la maîtresse de cérémonie le plus doucement qu'elle put. Elle savait qu'au harem, beaucoup de femmes, souffrant de l'abstinence, essayaient de se satisfaire entre elles ; de plus elle ne voulait pas s'attirer la haine d'Amrita.

— Calme-toi, murmura-t-elle, Hammu peut nous voir... et de toute manière j'aime trop les hommes pour faire l'amour avec toi. Tu n'as donc pas d'amant ? Je croyais que les servantes avaient le droit de se choisir un compagnon parmi les travailleurs...

— Ils sont sales, grossiers, balbutia Amrita les yeux pleins de larmes. Ils me dégoûtent. Ce sont des bêtes. Ils violeront

Neferît jusqu'à ce que son ventre ne soit plus qu'une plaie. Nous ne pouvons pas leur faire confiance, nous sommes toujours en danger avec eux...

Anouna eut l'impression étrange que la *Negafa*, en prononçant ces mots, songeait à une menace bien précise. Elle fut sur le point de lui demander de s'expliquer, mais la maîtresse de cérémonie se redressa tout à coup pour prendre la fuite.

La jeune femme resta un instant songeuse, puis, attirant à elle un autre mortier, reprit la confection du « parfum » secret qui lui permettrait de se déplacer au milieu des chiens.

13

Lorsque le jour tomba, elle avait réussi à fabriquer une odeur assez semblable à celle de Malik-Idriss-Azhouf. Les molosses s'en contenteraient-ils ? Elle l'espérait de tout son cœur car sa vie en dépendait. Elle ne parvenait toujours pas à identifier la composante étrange de ce parfum, cette réminiscence olfactive sur laquelle elle ne pouvait mettre un nom, mais qu'elle avait la ferme conviction d'avoir déjà sentie au moins une fois dans sa vie. Elle s'irritait de pas réussir à se rappeler en quelle occasion. D'ailleurs, la chose n'avait probablement aucune importance.

Elle se parfuma avec la solution obtenue, massant ses mains, son visage, sa gorge, ses jambes et même son sexe, pour se pénétrer des exhalaisons du *Malik*. Si la contrefaçon était parfaite, les chiens la confondraient avec leur maître, si elle avait commis la moindre erreur, elle serait déchiquetée par la meute...

— Tu pars encore ? grogna Hammu en la voyant sortir de la rotonde.

— Je dois aller au harem, lui lança Anouna. La *Negafa* m'a ordonné d'aller soigner Neferît, la fille qui a été punie.

le peintre éclata en imprécations diverses mais Anouna n'y prêta pas attention. Elle avait les paumes moites et l'estomac noué car elle comptait bien passer la nuit au sérail pour tâcher d'en apprendre un peu plus sur les manigances du roi. Une fois les femmes endormies, elle guetterait le pas du *Malik* et se glisserait dans le couloir pour le prendre en filature. De cette façon, elle aurait peut-être une chance de percer ses secrets.

Les explications d'Abou-Assim ne l'avaient nullement convaincue ; elle était maintenant persuadée que le grand vizir en savait beaucoup plus qu'il ne voulait bien l'avouer.

Quand les gardes entrouvrirent les portes du sérail, elle se faufila chez Fazziza et lui demanda où se trouvait Neferît. La jeune fille détourna les yeux, comme si la parfumeuse venait de proférer un blasphème.

— On l'a transportée dans un réduit, au bout de la salle, se décida-t-elle enfin à chuchoter. Elle est maudite, il ne faut pas la fréquenter. Shaadi nous a interdit de prononcer son nom, il faut faire comme si nous ne l'avions jamais connue. Tu as tort de t'occuper d'elle, cela te fera mal voir.

— Montre-moi où elle est, coupa Anouna. Le reste me regarde.

— Ma servante t'y conduira, dit Fazziza d'un air pincé. Moi, je ne veux plus avoir affaire à cette idiote.

Et elle tourna le dos à la parfumeuse pour regagner ses appartements.

« Petite garce ! songea Anouna. En réalité, la disgrâce de Neferît te comble de bonheur. La rivale que tu redoutais tant ne te barre plus, désormais, la route du pouvoir. »

Une servante effrayée la mena jusqu'au seuil d'une crypte dépourvue d'aération où l'on avait jeté une paillasse sur le sol. Neferît gisait sur ce grabat, le visage empourpré par la fièvre. On avait hâtivement enveloppé ses mains brisées dans une charpie à présent maculée de sang. La jeune fille ne gémissait même pas, sa respiration trop lourde montrait qu'on l'avait droguée, sans doute en lui faisant respirer de la fumée de pavot.

Anouna s'agenouilla à son chevet et entreprit de nettoyer ses blessures. C'était presque impossible car ses mains avaient l'apparence d'une bouillie informe mêlée de débris osseux. Certains des doigts n'étaient plus rattachés à la paume que par un lambeau de chair.

« Il faudrait l'amputer, songea Anouna, et tremper les moignons dans du bitume bouillant, ce serait le seul moyen d'empêcher la pourriture de grimper dans ses membres. » Elle ne pouvait se résoudre à procéder elle-même à l'ablation car elle n'était pas médecin et craignait de commettre une erreur fatale. D'ailleurs, fallait-il réellement sauver Neferît ? Amrita l'avait dit : si la courtisane en disgrâce survivait à ses blessures, elle serait livrée aux esclaves et deviendrait leur jouet.

Anouna nettoya les plaies du mieux qu'elle put, les saupoudra d'un baume puissant réputé préserver les chairs de la corruption maligne.

Ce travail achevé, elle s'assit dans un coin obscur et attendit. Elle voulait se faire oublier des autres femmes. Enfin, les eunuques donnèrent le signal de l'extinction des feux. On allait lâcher les chiens. Les portes des appartements se refermèrent une à une, et le bruit des loquets violemment poussés résonna dans toute la salle.

Quand les eunuques découvrirent Anouna dans le réduit, au chevet de Neferît, ils eurent un mouvement de surprise.

— Que fais-tu là ? demanda le plus âgé d'entre eux. Petite malheureuse, tu veux donc passer la nuit au chevet de cette pauvre fille ? Une fois ta porte fermée, tu ne pourras plus sortir... L'odeur du sang va attirer les chiens, ils passeront la nuit à gratter le battant pour essayer d'entrer. Si tu restes là, tu vas mourir de peur.

— Je dois la soigner, s'entêta Anouna. La *Negafa* me l'a ordonné.

— Fais comme tu veux, grogna l'eunuque en haussant les épaules, mais dans ce cas, boucle bien ta porte et reste barricadée jusqu'à l'aube, les chiens vont se précipiter ici dès qu'on les aura lâchés.

Anouna fit comme il disait et poussa le fragile loquet. Elle n'avait pas pensé que les molosses pourraient être excités par l'odeur du sang. De la corbeille à parfums, elle tira un coin de bois qu'elle comptait utiliser pour bloquer la porte une fois qu'elle serait dehors, car il était impossible de verrouiller les battants de l'extérieur. Elle ouvrit le récipient contenant tout ce qui restait de l'odeur du *Malik*. C'était peu... Elle en aurait sans doute besoin au moment du retour car la sueur de l'angoisse risquait de délayer les effluves dont elle s'était aspergée. Elle hésita. Devait-elle « parfumer » Neferît pour la protéger elle aussi des chiens ?

« Il n'y aura jamais assez de produit pour nous deux, constata-t-elle. Il vaudrait mieux se contenter de coincer la porte. »

Elle glissa la fiole dans sa ceinture et s'assit près du battant pour attendre la venue d'Idriss. On étouffait dans le réduit ; l'odeur du sang était écœurante.

La galopade des chiens emplit les couloirs. Ils arrivaient ! Ils envahissaient la salle, flairant déjà le bas des portes. Il ne leur fallut pas longtemps pour se rassembler devant le cagibi. Anouna les entendait grogner, gronder ; leurs museaux essayaient de s'introduire dans le jour séparant le bas de la porte du sol dallé. La jeune femme agita à hauteur de leur truffe sa main droite, imprégnée de l'odeur du *Malik*. Les bêtes cessèrent de renifler et parurent déconcertées. Elles ne comprenaient pas ce que leur maître faisait dans ce trou à rats. Pendant un moment, désorientées, elles poussèrent de petits gémissements plaintifs.

Anouna en fut quelque peu rassurée. La duperie semblait fonctionner. Le pas d'Idriss-Azhouf résonna dans le lointain. Comme toutes les nuits, il entamait sa déambulation à travers le palais. Il venait par ici, peut-être pour rendre visite à Shaadi et lui confier ses tourments ?

À travers l'épaisseur du panneau, la jeune femme entendit les chiens se bousculer pour l'accueillir. Elle tendit l'oreille, essayant de déterminer s'il entrait quelque part ou s'il continuait son chemin.

« S'il va chez Shaadi, pensa-t-elle, il grattera pour se faire ouvrir. »

Elle ne voulait surtout pas sortir trop tôt et courir le risque de se retrouver nez à nez avec le seigneur du harem, ce qui aurait été une catastrophe. Il ne s'arrêta pas. Anouna l'écouta traverser la salle, emprunter un autre couloir. Il marchait d'un pas traînant comme quelqu'un qui avance sans but précis... ou dans un demi-sommeil.

La parfumeuse ne connaissait pas le harem dans toute son étendue car elle n'avait jamais eu l'occasion d'aller au-delà des appartements de Fazziza et de Mawaada — qui, d'ailleurs, étaient voisins. Elle n'avait pas davantage exploré le territoire s'étendant au-delà de la fontaine, qu'elle devinait important car les alcôves, les arcades y dessinaient de nombreuses ramifications.

Elle ne pouvait plus attendre, il fallait sortir, *maintenant*... Se redressant, elle ouvrit le loquet, entrebâilla la porte du réduit. Une dizaine de grands chiens noirs se tenaient vautrés sur les dalles, autour de la fontaine. Ils se levèrent d'un même bond lorsqu'ils l'aperçurent et coururent dans sa direction, les babines déjà retroussées. L'ivoire de leurs crocs brillait dans la nuit. Anouna connut un court moment de panique. Elle fut sur le point de renoncer, puis les bêtes l'entourèrent, le mufle levé, flairant son odeur. Troublées, certaines poussèrent des jappements de chiot. Elles ne se décidaient pas à attaquer, décontenancées par le parfum du *Malik* qui flottait autour d'Anouna. C'était leur maître, elles identifiaient son odeur... et pourtant il avait quelque chose de différent. D'inhabituel. L'indécision les déchirait.

Anouna en profita pour fermer la porte derrière elle et la bloquer au moyen du coin de bois afin qu'elle ne s'ouvre pas toute seule. Pour plus de sûreté, elle attrapa le cordon d'une tenture, et attacha la poignée du battant à une colonnette. Elle espérait que ce serait suffisant.

D'un geste, elle chassa les molosses. Ils obéirent à regret. Quand elle commença à se déplacer au milieu d'eux, ils se mirent à gronder mais sans se décider à passer à l'attaque. De temps en temps, ils venaient frotter leurs museaux humides sur ses cuisses nues, comme pour mieux se pénétrer de son odeur.

Anouna rasa les murs, prenant soin de se déplacer dans les ténèbres, loin des lampes de cuivre qui, çà et là, jouaient le rôle de veilleuses. Elle ne faisait aucun bruit. Où était le *Malik* ? Quel chemin avait-il pris ? Elle passa devant les appartements des femmes sans s'arrêter. Les chiens l'accompagnaient, ne sachant toujours pas ce qu'ils devaient faire. C'étaient des animaux énormes, au poil noir, aux oreilles pointues, dont le profil évoquait celui du dieu Anubis, *Celui-qui-est-couché-sur-son-ventre.* Quand Anouna s'éloigna de la fontaine, ils parurent hésiter à la suivre, sans doute parce qu'on les avait dressés à surveiller les appartements des concubines. La parfumeuse progressait lentement, terrifiée à l'idée de se trouver soudain nez à nez avec le maître du harem. La couleur de sa peau lui permettait de se fondre dans l'obscurité, ce qui était bien pratique.

La salle de promenade semblait s'étendre à l'infini ; l'ornementation religieuse qui recouvrait les parois montrait qu'elle avait eu jadis un autre emploi. L'absence d'objets usuels, tels que coussins, fauteuils, éventails, prouvait que les femmes n'avaient pas coutume de s'éloigner des abords immédiats de la fontaine. Anouna repéra enfin une lueur tremblotante au fond d'un couloir : Idriss était là. La lumière fixe signalait qu'il avait cessé de déambuler. La jeune femme mesura du regard la portion de corridor s'ouvrant devant elle. C'était un long trajet, à n'en pas douter.

« Si je m'y engage au moment où il revient sur ses pas, nous nous retrouverons face à face... », songea-t-elle, l'estomac noué par la peur.

Il fallait tenter l'aventure. Si elle n'approchait pas le *Malik* elle ne connaîtrait jamais ses secrets. Elle espérait par-dessus tout qu'à un moment ou un autre, il enlèverait son masque de cérémonie pour s'éponger la figure ou boire un peu d'eau. *Elle verrait alors son visage !* Elle saurait enfin si la légende était vraie, si Idriss-Azhouf prenait, durant le jour, l'aspect d'un serviteur pour mieux espionner ceux qui l'entouraient. Voilà pourquoi elle devait le suivre comme une ombre.

« Se croyant seul, il ôtera son masque, se répétait-elle. Il doit transpirer là-dessous. Tôt ou tard, il faudra bien qu'il boive... Oui, il ne pourra pas faire autrement ! »

Elle s'accrochait à cette idée pour se donner le courage de s'enfoncer dans l'interminable corridor, vers la lumière jaune, là-bas, tout au bout.

Retenant son souffle, elle s'élança, consciente qu'elle ne pourrait se dissimuler nulle part si le *Malik* sortait soudain de la chambre éclairée. Elle jouait sa vie sur une impulsion. Elle atteignit enfin le bout du passage et, se collant à la paroi, jeta un bref coup d'œil dans la découpe de la porte. Malik-Idriss-Azhouf se tenait debout au centre de la pièce, titubant. Comme d'habitude, il était coiffé du masque de cérémonie façonné à l'effigie de Kelb-el-Hamr, le Grand Chien rouge hérétique. Il portait un simple pagne de lin blanc et des sandales de cuir. La sueur ruisselait sur son torse nu, son ventre, comme s'il avait la fièvre. Le masque amplifiait son souffle rocailleux.

Anouna détailla son corps, pour voir s'il souffrait d'une quelconque maladie, mais Abou-Assim n'avait pas menti : le torse d'Idriss était constellé de scarifications rituelles en relief, comme celui de certains guerriers du Sud profond. Il ne s'agissait nullement de bubons ou de pustules. Ses bras, en revanche, présentaient des cicatrices de coupures qui rappelaient celles de Dawud-Ayan. Sans doute des plaies d'initiation. Anouna avait vu, jadis, de jeunes guerriers se taillader volontairement les avant-bras pour prouver leur mépris de la douleur. Au demeurant, Idriss-Azhouf était bien découplé et harmonieusement musclé. La jeune femme ne put déterminer si elle en était déçue ou rassurée. D'ailleurs, elle n'eut pas le temps de s'interroger. Elle venait de constater avec une certaine surprise que le *Malik* n'était pas seul...

Des inconnus vêtus de costumes étranges se tenaient dans la pénombre, assis autour d'une table. Il y avait là un homme enturbanné, aux fortes moustaches grises, une femme... et cinq enfants. Ces personnages, silencieux, immobiles, étaient tous richement vêtus, chamarrés d'or. Ils regardaient Idriss fixement, comme s'ils s'apprêtaient à le juger.

Anouna tressaillit. Elle venait de reconnaître dans l'homme au turban le sultan Nazine, tel que le peintre Hammu l'avait représenté sur la fresque de la rotonde. Que faisait-il ici ? Ne cherchait-il pas Idriss depuis vingt-cinq ans, pour le tuer ?

La parfumeuse sentait la sueur lui couler sur le front mais n'osait lever la main pour s'essuyer. L'aspect figé des personnages lui sembla tout à coup suspect, et elle comprit enfin qu'il s'agissait de poupées... de mannequins ! Les yeux de verre enchâssés au fond des orbites leur donnaient un regard incroyablement humain, la pénombre ajoutant à l'illusion.

« Par les dieux ! pensa-t-elle en se mordant la lèvre. Idriss a fait fabriquer des poupées représentant chacun des membres de sa famille. Son père, sa mère, ses frères... »

Le décor peint sur les murs évoquait lui aussi un autre pays, une autre architecture, et montrait un palais comme il n'en existait pas en Égypte. Idriss se tenait toujours figé au bout de la table, la sueur coulant en rigoles sur son torse nu. Il titubait ; Anouna se demanda s'il ne se trouvait pas sous l'influence de quelque drogue hallucinatoire... le haschich, le lotus bleu. La peur la clouait sur place. Brusquement, le maître du harem leva le bras droit, et la jeune femme vit qu'il tenait un sabre à lame courbe dans son poing crispé. S'avançant vers la table, il frappa sa mère en plein visage, lui fendant la tête. Sous la puissance du coup, les yeux de verre de la grande poupée roulèrent sur la table. Maintenant, Idriss haletait des paroles incompréhensibles chargées de haine. Faisant rapidement le tour de la chambre, il frappa les enfants, n'en épargnant qu'un seul, le plus petit. Les crânes de carton peint explosaient sous ses coups, vomissant leur rembourrage de paille. La lame n'épargnait rien, hachant les luxueuses étoffes comme s'il s'était agi de vulgaires chiffons. Quand il eut massacré tous les mannequins, sauf deux — le sultan Nazine et le plus jeune des enfants — Idriss resta un long moment prostré, les bras ballants, les phalanges toujours crispées sur la poignée du sabre. Sa respiration semblait sortir de la poitrine d'une bête.

« Il a épargné le sultan Nazine, songea Anouna, et le plus jeune des fils... *C'est-à-dire lui-même.* Par les dieux ! Est-ce qu'il vient ici chaque nuit pour reproduire le massacre auquel il a assisté lorsqu'il était petit ? »

Car elle ne doutait pas d'avoir surpris une cérémonie secrète, interdite. Le cauchemar intime de Malik-Idriss-Azhouf. Elle essaya de réprimer ses tremblements. C'était le genre de chose qu'on ne lui pardonnerait jamais d'avoir découvert. La preuve que le monarque sans royaume était fou à lier. La poupée qui avait survécu au carnage n'avait pas de visage. Sa figure se réduisait à une boule de carton anonyme où étaient enchâssés deux yeux de verre.

Anouna esquissa un pas en arrière pour prendre la fuite, mais déjà il était trop tard, Idriss se dirigeait vers la porte. La jeune femme, pétrifiée, mesura la distance qui la séparait de la salle de promenade ; jamais elle n'aurait le temps de remonter le couloir, même en courant, Idriss allait la voir... Elle était prise au piège !

Brusquement, l'homme à tête de chien s'encadra dans la découpe de la porte. Le masque aux oreilles dressées le faisait paraître plus grand qu'il n'était en réalité. Anouna le regarda venir droit sur elle, incapable de bouger ou de proférer un son. Le sabre brillait dans la main du *Malik*. Il allait la tuer, il allait lui fendre la tête, lui faisant subir un sort identique à celui des poupées...

Jamais la tête du Chien rouge ne lui avait paru si hideuse. Sous l'effet de la terreur, il lui sembla que le masque allait retrousser les babines et montrer les crocs, comme un chien qui va mordre...

Alors qu'elle levait déjà les mains pour se protéger, Idriss passa devant elle sans la voir et continua son chemin. La jeune femme suffoqua, interdite. Elle n'y comprenait rien... Le *Malik* l'avait forcément vue puisqu'elle était restée stupidement plantée au milieu du corridor au moment où il sortait de la chambre aux poupées !

Pourquoi était-il demeuré sans réaction ?

C'était absurde, à moins que...

« Il est somnambule ! pensa-t-elle, foudroyée par l'évidence. Il marche en dormant, il ne se rend pas compte de ce qu'il fait... Ses cauchemars le conduisent ici, pour rejouer la scène qui l'a horrifié lorsqu'il était petit, mais il ne s'en souvient probablement pas une fois réveillé. »

Plaquée contre la paroi, elle regarda la silhouette de l'homme s'éloigner le long du couloir. Il s'en allait comme il était venu, il quittait le harem pour regagner ses appartements.

« Demain, pensa-t-elle, Abou-Assim ordonnera aux eunuques de remplacer les poupées détruites et tout sera remis en place pour un nouveau simulacre. »

Quand elle entendit se refermer la porte du sérail, elle sortit de son immobilité et revint sur ses pas. Sous l'effet de la peur, elle avait beaucoup transpiré et le doute l'assaillit : la sueur n'avait-elle pas dilué le parfum du *Malik* ? Elle se dépêcha de sortir le flacon coincé dans sa ceinture pour se mouiller les mains, les jambes, le ventre, avec ce qui restait de liquide. Serait-ce suffisant pour tromper les chiens ? Elle aurait dû en fabriquer davantage, bien sûr ; hélas ! elle avait été prise de court, et les ingrédients lui avaient fait défaut.

À pas lent, elle pénétra dans la salle de promenade bordée d'arcades. Les chiens ne se précipitèrent pas à sa rencontre, elle en fut étonnée.

La raison de leur attitude lui apparut lorsqu'elle eut dépassé la fontaine. En son absence, malgré ses précautions, les molosses avaient forcé la porte du réduit. Rendus fous par l'odeur du sang, ils avaient tiré Neferît sur les dalles... et l'avaient déchiquetée.

14

Qu'Anouna n'ait pas souffert des assauts des molosses plongea les eunuques dans une grande perplexité. La parfumeuse ne sut pas réellement comment justifier le « coup de chance » dont elle avait bénéficié. Dans l'impossibilité d'expliquer qu'elle avait été protégée de la fureur des chiens par l'odeur du *Malik*, elle se contenta de jouer la stupeur et s'appliqua à prendre l'allure d'une femme traumatisée par une nuit de terreur. Elle répéta à qui voulait l'entendre que les dogues avaient fini par forcer la porte pour s'emparer de Neferît, et qu'elle s'était recroquevillée au fond du réduit.

— Je croyais qu'ils allaient revenir me chercher... bégayait-elle. Mais, à force de s'acharner sur Neferît, ils ont fini par m'oublier.

Les eunuques hochèrent la tête sans parvenir à arrêter un parti. Au reste, Anouna se sentait coupable de la fin atroce de Neferît. Elle essayait de se rassurer en se disant que la jeune fille, abrutie par le pavot, ne s'était rendu compte de rien. Mais cette hypothèse ne la satisfaisait qu'à demi.

Les femmes du harem restèrent suspicieuses, surtout Shaadi, qui connaissait la férocité des animaux. Son regard s'attarda sur la parfumeuse, soupçonnant quelque maléfice. En l'espace d'une heure, une rumeur se mit à circuler. Elle affirmait qu'Anouna avait jeté Neferît aux chiens pour lui épargner de devenir la putain des esclaves... et qu'elle avait tenu les dogues à distance au moyen d'invocations magiques.

Amrita vint questionner la survivante. Il y avait de l'incrédulité dans ses yeux. Elle avait beau faire, on devinait qu'elle avait du mal à admettre le « miracle » auquel Anouna affirmait devoir la vie.

La parfumeuse sentit qu'elle avait commis une erreur. Désormais, elle serait suspecte aux yeux des captives. Certaines choisiraient de voir en elle une féticheuse, les autres chercheraient une explication plus rationnelle. Plus gênante aussi.

Elle espérait que ce prodige ne viendrait pas aux oreilles du *Malik* qui pourrait bien s'en inquiéter et décider de se défaire sans plus tarder d'une servante capable de déjouer le système de sécurité qu'il s'était appliqué à mettre en place.

— Si tu l'as effectivement jetée aux chiens, lui souffla Amrita, tu as bien fait. Elle est morte sans en avoir conscience. C'est un sort moins terrible que celui qui l'attendait dans le quartier des esclaves. Mais tu as pris de gros risques. Les bêtes auraient pu se jeter sur toi... ou alors tu as eu la sagesse de refermer la porte après avoir poussé Neferît dans l'entrebâillement. C'est ce que tu as fait, n'est-ce pas ?

Anouna s'abstint de toute réponse.

Pour dissiper l'impression funeste que ces événements avaient produite sur les esprits, les eunuques apportèrent des colombes, des pigeons domestiqués qu'ils lâchèrent dans le harem. Les volatiles se perchèrent sur les galeries et fientèrent sur toutes celles qui avaient la mauvaise idée de se promener à proximité. Seule Fazziza parvint à les apprivoiser. Elle les attirait par des gloussements, et ils se posaient sur ses doigts tendus, ses épaules. Ce numéro de dressage remporta un vif succès auprès des enfants qui se massèrent autour d'elle pour caresser les colombes d'une main timide. Immédiatement, les autres femmes en prirent ombrage.

Deux jours plus tard, le bruit courut que la jeune femme nommée Araka allait accoucher à son tour.

À la différence de Mawaada, elle ne donnait aucun signe d'agitation, comme si elle ne redoutait pas le poids de la malédiction. Anouna finit par remarquer que Shaadi ne rendait jamais visite à Araka. Lorsque les deux femmes se rencontraient, elles se saluaient à peine.

— Tu n'as pas encore compris qu'il y a deux clans à l'intérieur du harem ? s'étonna Fazziza. Shaadi contrôle le premier, le second est placé sous l'influence de Baba Saada, une vieille concubine de quarante et quelques années que le *Malik* n'honore plus. Les deux femmes se détestent, chacune des deux a pris sous sa protection un certain nombre de filles. Je suis du clan de Shaadi parce qu'elle a l'oreille d'Idriss, et qu'on est certaine d'arriver plus vite si l'on est son amie... Mais il y a d'autres filles qui préfèrent Baba Saada. Araka en fait partie. Il y a ici cinquante femmes, tu peux considérer que trente d'entre elles marchent avec Shaadi, les autres ont choisi de rejoindre le clan de Baba Saada.

— Qu'est-ce qui les oppose ? interrogea Anouna.

— Je ne sais pas, mentit Fazziza en détournant les yeux.

— Je crois au contraire que tu en as une idée bien précise, riposta la parfumeuse.

Fazziza s'agita, mal à l'aise. Après s'être assurée que personne n'écoutait, elle chuchota :

— On raconte que Shaadi ne sait pas protéger ses filles, et qu'on est plus en sécurité avec Baba Saada... surtout lorsqu'on est enceinte. Mais je n'en sais pas davantage. Comme je fais partie du clan de Shaadi, les filles de l'autre bande ne me parlent pas.

— C'est pourquoi Araka paraît plus sereine, observa Anouna. Mais qu'entends-tu exactement par « protéger » ? De quelle protection s'agit-il ?

— Je ne sais pas. Je sais simplement qu'elles ont moins peur, c'est tout.

— Mais les enfants mâles auxquels donnent naissance les protégées de Baba Saada meurent comme les autres, non ?

— Bien sûr... Seules les filles survivent.

« Normalement, songea Anouna, Araka devrait être aussi inquiète que l'était Mawaada... À moins que sa protectrice n'ait réussi à la persuader qu'elle allait accoucher d'une fille ? Oui, c'est peut-être ça... Non, ça ne tient pas debout ! On ne peut pas prévoir le sexe des enfants. Si elle se livrait à ce petit jeu, Baba Saada aurait perdu tout crédit depuis long-temps et ses troupes se seraient peu à peu effritées. Si elle tient les rênes d'une vingtaine de filles, c'est qu'elle a sur elles un ascendant certain. Un ascendant qui s'appuie sur quelque chose de précis, un pouvoir occulte qui contrebalance celui de Shaadi. »

Dans le courant de la journée, la parfumeuse tenta d'ap-procher Baba Saada sous le prétexte de lui offrir ses services, mais on l'éconduisit. Elle remarqua que les « fidèles » de Baba Saada étaient moins passives, moins alanguies que celles de Shaadi. Elles opposaient aux requêtes d'Anouna un mur souriant mais impénétrable. Elles faisaient bloc.

« Elles se méfient de moi, songea Anouna. Elles me consi-dèrent comme une espionne dépêchée par Shaadi. »

Il y avait parmi elles de très belles filles, mais peu apprê-tées. À la différence de Fazziza, aucune ne cherchait à jouer les princesses de conte oriental. Une certaine austérité semblait de rigueur dans cette partie du sérail et l'on y voyait beaucoup moins de bijoux, de robes brodées au fil d'or. Anouna dut rebrousser chemin. Baba Saada se reposait, lui dit-on, elle n'aurait qu'à revenir plus tard... De toute manière, la deuxième dame du harem n'aimait pas la coquetterie, elle considérait les parfums comme un signe de futilité. Ces excuses, débitées d'une voix aimable mais ferme, ôtèrent à Anouna l'envie d'insister. On la rejetait. Pourtant, la tentative lui avait permis d'approcher Araka, et elle avait pu constater que la future mère ne présentait aucun signe de terreur panique. C'était troublant.

Un peu plus tard, lorsqu'elle se trouva seule en compagnie d'Amrita, Anouna lui demanda combien d'enfants naissaient chaque année à l'intérieur du harem.

— Six ou sept, répondit la *Negafa,* parfois dix. Comme tu le sais déjà, les petits garçons meurent très vite, or ils sont généralement plus nombreux que les filles. Ce qui nous laisse une moyenne de trois fillettes par an.

— Que fait-on de ces gamines lorsqu'elles sont devenues pubères ? interrogea la parfumeuse. On ne les garde tout de même pas enfermées dans le harem ?

— Ça dépend, certaines ne veulent pas quitter leur mère. C'est le cas de Baga, la fille de Shaadi. D'autres acceptent de devenir servantes, ce qui leur permet d'échapper à la claustration.

— *Servantes !* alors que le sang du *Malik* coule dans leurs veines ?

— Oui, Idriss-Azhouf ne leur accorde aucune importance, il les fait marquer au fer rouge pour être certain de ne pas commettre d'inceste, mais jamais il ne les rencontre ou ne leur adresse la parole. La plupart des servantes qui officient à l'intérieur du harem sont ses filles. Parfois, il en marie une à l'un de ses soldats, pour le récompenser. Je suppose que si nous menions une vie normale, il les offrirait à ses alliés... mais nous ne menons pas une vie normale, et nous n'avons pas d'alliés. Pour les occuper, il leur demande d'imiter le chant des oiseaux.

— Le chant des oiseaux ?

— Oui, tu as sans doute entendu des oiseaux pépier à l'intérieur des salles ? Cela ne t'a jamais semblé étrange ?

— Si, d'habitude ils ne chantent pas dans l'obscurité.

— Ce que tu as entendu, c'était une imitation exécutée par les filles du *Malik*. Elles sifflent devant des porte-voix de pierre, creusés dans les murailles, et ces conduits répandent leurs chansons à travers la cité. Ce sont elles, les oiseaux invisibles qui sifflent dans les ténèbres. Idriss tient beaucoup à ces chants qui lui rappellent son enfance, lorsqu'il était encore libre. Au début, Abou-Assim a bien essayé d'acclimater de vrais oiseaux, mais il fait trop sombre ici, et ils ont toujours refusé de roucouler. Ils restaient peureusement blottis en haut des corniches et finissaient par se laisser mourir, incapables de s'habituer à notre nuit permanente. Les petites filles les ont remplacés. Certaines sont très douées.

Anouna fit la grimace.

— Combien a-t-il engendré d'enfants depuis que Shaadi l'a déniaisé ? questionna-t-elle.

— Je ne sais pas exactement, répondit Amrita. C'était il y a vingt ans. Bien sûr, toutes les petites filles n'arrivent pas à l'âge adulte. Il faut compter avec les fièvres, mais je pense qu'on doit frôler la quarantaine, pas davantage. C'est peu. Dans mon pays, à l'âge d'Idriss, les sultans ont déjà engendré jusqu'à deux cents enfants.

Les préparatifs de l'accouchement de la jeune Araka se poursuivirent sans que Shaadi y soit associée. L'ancienne nourrice du *Malik* supportait mal cette mise à l'écart et fit preuve d'une mauvaise humeur grandissante au fur et à mesure qu'approchait l'heure de la naissance. Les fidèles de Baba Saada avaient constitué un cordon de sécurité destiné à repousser toutes celles qui ne faisaient pas partie de leur clan. Anouna dut donc se contenter d'écouter les cris de la jeune femme, puis les pleurs du bébé. Enfin, la nouvelle transpira : il s'agissait malheureusement d'un garçon. *Encore un.* Les captives hochèrent la tête d'un air entendu. Il y avait fort à parier que l'enfant ne passerait pas la nuit.

— Le démon au coussin de cuir va venir ! pleurnicha Fazziza, et il étouffera l'enfant, comme d'habitude.

— Il n'y a pas de démon, dit Anouna d'un ton coupant. Arrête avec ça.

— C'est vrai, marmonna la jeune coquette, mais il y a Dawud-Ayan, le prêtre fou... Les filles disent que c'est lui qui s'introduit dans le harem par un passage secret. C'était un sacrificateur, jadis, et il continue à faire son travail. Il offre les bébés mâles à son dieu, Kelb-el-Kebir. C'est un assassin, et nul mieux que lui ne connaît les mystères de la cité. Je suis sûre qu'il emprunte des tunnels dont même Abou-Assim ignore l'existence.

« Elle n'a peut-être pas tort, songea Anouna. Ce fou n'a jamais cessé d'adorer l'Anubis rouge. Pourquoi aurait-il soudain décidé de ne plus assurer le service rituel dont il a la charge ? Le fait qu'il soit le dernier de sa secte doit le conforter au contraire dans son rôle de grand initié. »

— Il y en a qui prétendent que le grand vizir le protège, ajouta Fazziza dans un murmure.

— Dans quel but ? C'est idiot.

— Non, pas si Dawud a réussi à persuader Abou-Assim que la poussière d'or du trésor royal se changerait en sable si l'on arrêtait les sacrifices. Le grand vizir a besoin de cet or, il ne peut pas courir le risque de se retrouver ruiné. Alors pourquoi ne pas imaginer qu'il ferme les yeux sur les pratiques de Dawud-Ayan, hein ? Que pèse la vie de quelques bébés en face d'un trésor royal ?

Anouna baissa la tête. L'hypothèse était affreuse, mais nullement absurde. Abou-Assim ne voulait peut-être courir aucun risque ? La crainte superstitieuse avait pu l'amener à conclure un pacte avec l'ancien sacrificateur du temple abandonné. Un bébé de plus ou de moins, quelle importance ? Ce qui comptait avant tout, c'était l'or confisqué aux prêtres, l'or du Grand Chien rouge, ce trésor sans lequel Malik-Idriss-Azhouf ne pourrait plus tenir son rang.

Anouna se laissa aisément convaincre de passer la nuit dans les appartements de Fazziza qui craignait de rester seule. Elle avait fabriqué à la hâte une nouvelle dose du parfum destiné à tromper l'odorat des chiens, et comptait bien s'en asperger si elle devait se glisser dans les couloirs du harem.

Elle resta éveillée le plus longtemps possible sans parvenir à relever la moindre activité suspecte. La fatigue la foudroya.

À l'aube, le bébé était mort.

Les lamentations éclatèrent au fond du harem, et les fidèles de Baba Saada se jetèrent à genoux pour se frapper la tête avec les paumes, selon la mode égyptienne. Quand les eunuques eurent ramené les molosses au chenil, les femmes purent enfin sortir des appartements, mais elles se heurtèrent alors à la barrière des pleureuses qui refusèrent de les laisser s'avancer jusqu'au chevet de la jeune accouchée. Shaadi, soutenue par Baga, alla à la rencontre de sa vieille ennemie, Baba Saada, et exigea de voir l'enfant. Les deux rivales se toisèrent, l'obèse et la décharnée, toutes deux figées dans la même haine froide, se parlant du bout des lèvres et évitant soigneusement de se toucher. Sur un signe de Baba Saada, une fille alla chercher un panier d'osier qu'elle déposa sur le sol. Le couffin contenait un nourrisson à la bouche grande ouverte, dilatée par la suffocation, et au visage bleuâtre.

« Si je me penchais sur lui, songea Anouna, je suis certaine que je sentirais l'odeur du cuir sur sa peau... »

Shaadi n'eut pas une parole de consolation pour la jeune mère. Elle se contenta de claquer dans ses mains pour donner le signal de la cérémonie funéraire. Comme l'autre fois, on lava la petite dépouille, puis on la parfuma avant de la coudre dans une pièce d'étoffe immaculée. Les captives formèrent un cortège, et l'on accompagna Shaadi jusqu'à la meurtrière par où elle fit basculer le corps du bébé. Le souffle de la tempête était si puissant que le vent de sable envahit la salle dès qu'on eut enlevé le volet. Toutes les femmes présentes durent se protéger le visage contre la morsure des grains de silice qui leur égratignaient la peau.

Anouna aurait voulu savoir combien de cadavres de petits garçons s'entassaient déjà au pied des remparts.

— Tu vois, chuchota Fazziza, je te l'avais bien dit : le tueur au coussin est passé, et Baba Saada a eu beau monter la garde, elle n'a rien pu empêcher.

Le rituel achevé, les prisonnières restèrent abattues, et certaines, pour tromper leur tristesse, réclamèrent du lotus ou des fumigations de chanvre qui les plongeraient dans une bienheureuse torpeur. Les servantes s'empressèrent de jeter des copeaux de haschich sur la braise des brûle-parfums. Bientôt, les têtes des captives commencèrent à dodeliner, et l'atmosphère s'alourdit. Anouna, qui s'était pourtant tenue à l'écart des émanations, se sentit elle-même gagnée par le vertige et dut s'allonger un instant sur un sofa sous peine de défaillir. À l'intérieur de la salle, le silence se fit, seulement troublé par le glouglou de la pipe à eau que Shaadi s'était fait apporter. La parfumeuse crut qu'elle allait sombrer dans l'abrutissement béat comme toutes celles qui l'entouraient. Le recours aux drogues était une pratique fort répandue dans les harems, car c'était le seul remède efficace contre l'ennui et la tristesse. Les captives pouvaient passer des après-midi entiers abîmées dans les songes nés des vapeurs du chanvre, Anouna l'avait constaté à maintes reprises en venant rendre visite à Fazziza.

Alors qu'elle était en train de se laisser gagner par l'engourdissement bienheureux, elle crut entendre pleurer un bébé...

Il y avait beaucoup de petites filles à l'intérieur du sérail, mais aucune assez jeune pour émettre ce type de vagissement. Anouna tressaillit. C'était bien là le pleur d'un nouveau-né. D'ailleurs, le cri, à peine émis, avait été étouffé comme si une paume s'était brusquement plaquée sur la bouche du nourrisson.

La parfumeuse se redressa sur un coude. Autour d'elle, les captives somnolaient, les yeux clos, souriantes, gorgées de béatitude. Anouna se leva. Les pleurs provenaient des appartements situés tout au fond du harem, dans cette partie du bâtiment occupée par Baba Saada et ses protégées. *Il y avait un bébé là-bas...* un nourrisson à peine sorti du ventre de sa mère. Elle en aurait mis sa tête à couper.

Profitant de la somnolence générale, Anouna s'avança à travers l'enfilade des pièces. Pendant qu'elle marchait, une hypothèse s'échafauda dans son esprit.

« Des jumeaux, songeait-elle. Araka a donné naissance à deux enfants mâles... Elle en a abandonné un à l'étouffeur, et elle a caché l'autre ! Par les dieux, voilà pourquoi Baba Saada s'est débrouillée pour tenir tout le monde à l'écart, elle ne voulait pas que ses ennemies puissent assister à la naissance des *deux* petits garçons. »

L'excitation lui fit le souffle court. En Égypte, les naissances gémellaires étaient plus répandues qu'ailleurs, c'était un fait qu'on constatait régulièrement sans pouvoir l'expliquer. Les femmes égyptiennes semblaient avoir reçu des dieux la faculté de procréer plus facilement des jumeaux que leurs consœurs des pays avoisinants. Or Araka était égyptienne...

« Deux enfants, pensait Anouna. L'un sacrifié, l'autre sauvé. »

Elle était sûre de ne pas se tromper. Le bébé qu'elle venait d'entendre pleurer était sans aucun doute le frère de celui qui avait péri étouffé dans la nuit.

« Si ce sont des jumeaux, se dit-elle encore, ils auraient dû normalement souffrir l'un et l'autre du même défaut organique... et donc mourir tous les deux en même temps. Si l'un a survécu, c'est uniquement parce qu'on l'a caché... parce qu'on l'a préservé du coussin de l'étouffeur. »

Elle comprenait le sens de la manœuvre effectuée par Baba Saada. Sacrifier l'un des enfants pour sauver le second. Mais comment les rebelles comptaient-elles s'en sortir à longue échéance ? La ruse serait vite éventée ! Le harem n'était pas assez vaste pour qu'on pût y élever un enfant en secret. Tôt ou tard, quelqu'un s'apercevrait de l'existence du petit passager clandestin... et le monstre au coussin de cuir serait aussitôt prévenu.

Anouna dut prendre appui contre une colonne de marbre car la tête lui tournait. Les vapeurs du chanvre distordaient les lignes autour d'elle, elle avait l'illusion que les murs et le sol ondulaient comme des serpents.

« Je suis peut-être en train d'imaginer tout cela, se dit-elle avec une pointe d'angoisse. Et si la drogue m'avait troublé l'esprit ? »

Elle s'immobilisa, le souffle court, le cerveau parcouru de palpitations douloureuses. Elle tendit l'oreille, espérant surprendre un nouveau pleur. Elle imaginait sans mal la tension qui devait régner parmi les fidèles de Baba Saada. Comment espéraient-elles empêcher le bébé de crier ? C'était presque impossible, surtout à cet âge ! Comment lui interdiraient-elles de se réveiller en hurlant plusieurs fois par nuit ? Elles ne pourraient pas le tenir bâillonné en permanence, *alors ?* Leur stratagème, désespéré, n'avait aucune chance de tromper une observatrice aussi attentive que Shaadi.

Alors qu'Anouna franchissait le seuil d'un nouvel appartement, elle se heurta à une jeune femme qu'elle connaissait à peine, et qui lui barra le passage.

— Qu'est-ce que tu viens faire ici ? aboya l'inconnue en étendant les bras pour lui interdire de faire un pas de plus.

Tu n'es pas chez toi ! Retourne donc te prosterner aux pieds de la grosse Shaadi. On ne veut pas de toi ici, fiche le camp ! *Yalla !*

La drogue avait amoindri les réflexes de la parfumeuse qui recula instinctivement sous la violence de l'attaque. Déjà, deux autres jeunes femmes se précipitaient en renfort, prêtes à lui déchirer les joues si elle faisait mine d'insister. Anouna battit en retraite, accentuant à dessein son état de stupeur.

— Laisse, murmura l'une des gardiennes. Tu ne vois pas qu'elle tient à peine debout ? Elle aura tout oublié à son réveil.

Alors qu'elle se rapprochait de la salle de promenade, Anouna surprit une forme cachée dans les replis d'une tenture, une silhouette maigre qui essayait de se dissimuler à sa vue. *Baga !* C'était Baga la Muette, le laideron, la fille chérie de Shaadi, qui lui avait emboîté le pas.

« Je n'ai donc pas rêvé, songea la parfumeuse. Elle aussi a entendu pleurer le bébé... »

L'espace d'une seconde, leurs yeux se rencontrèrent, puis Baga s'enfonça dans la pénombre sans dire un mot.

« Elle va le dire à sa mère, pensa Anouna. Elle va lui révéler la ruse de Baba Saada. »

Dès que l'ancienne nourrice serait au courant, l'existence de l'enfant clandestin serait menacée.

Anouna se laissa tomber à côté de Fazziza, qui dérivait dans les brumes du chanvre. Elle lutta pour garder les yeux ouverts mais la stupeur s'installa en elle, l'empêchant de réfléchir. Elle finit par sombrer dans un demi-sommeil peuplé d'images incompréhensibles.

Quand elle reprit conscience, on lui annonça que le soleil baissait à l'horizon. Elle avait horriblement mal à la tête. Elle décida de ne souffler mot de sa découverte à personne. D'ailleurs, maintenant que les effets de la drogue s'estompaient, elle n'était plus tout à fait aussi certaine de la réalité de ce qu'elle avait cru entendre.

Pour en avoir le cœur net, elle prit la résolution de passer la nuit au harem en se cachant dans le réduit où elle avait

veillé Neferît. Personne ne se risquait jamais en ce lieu encore
maculé du sang de la pauvre fille. Profitant des allées et
venues des servantes apportant le repas du soir, elle s'éclipsa
pour se glisser dans la cache dont elle referma la porte. Là,
elle sortit le flacon de parfum de sa ceinture et se frotta avec
le liquide, comme elle l'avait fait l'autre fois. Elle avait faim
et soif, malgré la peur qui lui nouait l'estomac, et les odeurs
de nourriture en provenance des appartements voisins accentuaient son supplice.

Enfin, les eunuques lâchèrent les molosses qui se mirent à
galoper dans la salle avant de se regrouper autour de la
fontaine, à leur habitude. Anouna se recroquevilla, l'oreille
collée au battant, et attendit.

Elle allait s'endormir quand se produisit un tumulte étouffé
dont elle ne comprit pas le sens. Elle eut l'impression qu'on
se battait de l'autre côté de la porte, que les chiens affron-
taient un adversaire silencieux leur opposant une vive résistance. Les dogues n'aboyaient pas car on les avait dressés à
tuer ou à mourir sans même laisser échapper un jappement.
Anouna hésitait à entrebâiller le panneau d'ébène. Ce n'était
pas le meilleur moment pour sortir car, dans la fureur du
combat, les molosses risquaient de ne pas prendre le temps
de flairer sur elle le parfum protecteur. Elle décida d'attendre
que le calme soit revenu. Elle perçut soudain une odeur de
sang frais. Quelqu'un avait été blessé, gravement... Les galo-
pades se mêlaient aux chocs sourds, et elle eut la quasi-certi-
tude que plusieurs personnes se déplaçaient dehors, au
milieu des bêtes furieuses qui les assaillaient de toutes parts.
Elle entendit grincer une porte... Celle de l'escalier menant
au hammam. Cette fois, les molosses se laissèrent aller à
grogner, déçus de voir leurs proies s'échapper. En effet, la
porte du hammam était munie d'un loquet haut placé, qu'ils
ne parviendraient pas à manœuvrer. Anouna les écouta sauter
vainement contre le panneau de bois pour essayer de forcer
le passage.

Elle s'obligea à attendre que la fureur des fauves retombe.
Quand elle estima le danger moins grand, elle s'extirpa de sa
cachette. Les chiens se ruèrent à sa rencontre, et elle crut un

moment qu'elle ne parviendrait pas à les duper, mais ils s'immobilisèrent dès que l'odeur du *Malik* parvint à leurs narines. Anouna se déplaça rapidement au milieu de la meute. À tâtons, elle se dirigea vers la porte du hammam. Elle sentit des traces humides, gluantes, sur les dalles. Probablement du sang. Plus loin, les chiens se disputaient la possession d'un objet blanchâtre dans lequel ils plantaient leurs crocs et qu'ils réduisaient peu à peu en lambeaux. Elle se haussa sur la pointe des pieds pour voir de quoi il s'agissait.

C'était un bras d'homme, arraché à la hauteur de l'épaule, et tout constellé de morsures profondes. Il s'en dégageait une odeur que la parfumeuse avait déjà sentie en d'autres circonstances, *celle de la graisse de lion...*

Quelqu'un avait utilisé cette vieille astuce de voleur pour tenter de se déplacer sans danger au milieu des dogues. La plupart du temps, la ruse fonctionnait car les chiens de garde, reconnaissant instinctivement l'odeur du redoutable prédateur, prenaient la fuite sans demander leur reste.

« Mais ce soir ça n'a pas marché, constata-t-elle. Ou du moins, ça n'a pas marché jusqu'au bout. »

Les animaux montrèrent les crocs quand elle voulut faire un pas dans leur direction. Elle s'empressa de reculer. Dans une heure, ils auraient mangé la viande et réduit les os en miettes. Il ne subsisterait plus rien de l'horrible débris.

Anouna s'empara d'une lampe à huile et fit jouer le loquet de la porte du hammam. L'odeur du sang emplissait l'escalier. Quelqu'un avait saigné ici, en abondance, mais les marches n'en conservaient aucune trace car on les avait nettoyées à l'aide d'un chiffon mouillé. Qui s'était chargé de la besogne ? Pas le propriétaire du bras arraché bien évidemment !

Tenant la lampe d'une main qui tremblait un peu, la parfumeuse dévala l'escalier. Quand elle déboucha dans les bains, elle distingua un corps blanc qui flottait à la surface de l'eau. Un corps de femme. Anouna posa le lumignon sur les dalles et descendit dans le bassin pour s'approcher du corps. C'était Araka... la jeune femme qui avait accouché quelques heures plus tôt. Elle avait les yeux grands ouverts, et elle était morte. Noyée.

Que faisait-elle ici ? Comment avait-elle pu quitter ses appartements sans être mise en pièces par les chiens ?

Anouna toucha le bras de la malheureuse. Elle le trouva huileux. La graisse de lion, encore une fois. Quelqu'un était venu chercher Araka, un homme que les molosses avaient mis à mal, mais où se trouvait-il en ce moment ? Le bras une fois arraché, il avait dû perdre connaissance et mourir presque aussitôt, à bout de sang. Anouna explora les abords du *natatio.* Nulle part elle ne dénicha de chiffons rougis ou de cadavre masculin manchot. L'eau glacée et la peur la faisaient grelotter.

Lentement, une hypothèse s'échafauda dans le secret de son esprit.

« Il existe un passage, songea-t-elle. Un passage sous les eaux, au fond du grand bain. C'est de ce boyau qu'est sorti l'homme qui m'a attaquée, l'autre jour. Et c'est par là qu'Araka voulait s'enfuir avec son bébé. Deux hommes sont venus pour l'assister. Ils sont remontés du fond des eaux pour pénétrer dans le harem et aider Araka à s'échapper. Il fallait faire vite car ses amies l'avaient prévenue que j'avais entendu le nouveau-né pleurer. Elle a eu peur d'être dénoncée. Deux hommes sont venus, frottés de graisse de lion pour tenir les chiens à distance, mais ça n'a pas suffi. L'un des deux s'est fait attaquer. Il a juste eu le temps de s'écrouler dans l'escalier du hammam avant que son complice ne referme la porte au nez des bêtes. Ensuite... »

Anouna plissa les paupières. Ensuite, l'autre homme avait nettoyé les marches et tiré le corps de son compagnon au fond du *natatio,* pour l'emmener de *l'autre côté...* Là où débouchait le tunnel aquatique.

« Puis il est remonté, songea Anouna. Il a pris le bébé des bras d'Araka, et lui a fait suivre le même chemin. Il lui fallait nager très vite, en tenant une main plaquée sur le visage du bébé pour qu'il n'avale pas d'eau. Normalement, Araka devait plonger derrière lui, mais c'est là que quelque chose s'est produit. Elle n'était pas assez bonne nageuse, ou bien elle est restée coincée... ou encore elle s'est trompée de passage. Et elle s'est noyée. »

La parfumeuse fut soudain convaincue d'avoir percé le secret du hammam. Les bassins cachaient un passage vers l'ailleurs... un tunnel qui, si on parvenait à le remonter sans perdre le souffle, vous permettait de faire surface en lieu sûr. Mais où ? Voilà pourquoi elle avait déjà découvert un mort sans identité flottant dans l'un des bains. Il s'agissait là aussi d'un étranger qui s'était noyé en essayant de s'introduire dans le harem.

« Et l'autre... pensa-t-elle avec un frisson. Celui qui lui ressemblait tellement. Il est venu récupérer le corps pendant que je donnais l'alerte, me faisant du coup passer pour une folle aux yeux des femmes. Plus tard, il a essayé de me tuer parce qu'il a compris que j'avais des soupçons. »

Elle se déplaça le long du bassin. Où se cachait le passage ? L'eau noire ne laissait rien deviner. Le boyau immergé ne pouvait guère être très long, sinon l'enfant d'Araka n'aurait pas eu la moindre chance de survivre. Où débouchait le tunnel ? Dans un puits ? Une fontaine ? Quelque part hors du harem, en tout cas.

« Sans doute dans la grande cour, au bas des remparts, décida-t-elle. Quelques initiés, parmi les travailleurs, doivent connaître ce moyen de se faufiler dans le harem. Ils l'utilisent depuis longtemps pour rendre visite aux femmes. Il n'est pas très compliqué, pour une captive, de descendre subreptice-ment dans le hammam et de s'y laisser enfermer à l'approche de la nuit. Une fois en bas, elle n'a plus qu'à attendre que son amant émerge du bassin. Ils peuvent faire l'amour jusqu'à l'aube. Ensuite, l'homme repart par où il est venu, et la fille patiente derrière la porte, en haut de l'escalier, le temps que les eunuques ramènent les chiens au chenil. Elle sait qu'il lui faut guetter le moment propice pour se glisser dans la salle de promenade... ce qui n'est guère difficile étant donné la pénombre constante qui règne sous les arcades. C'est une stratégie qui peut aisément berner son monde pour peu qu'on jouisse de la complicité d'une servante dévouée. »

Oui, il y avait fort à parier que les choses se passaient ainsi. C'était un secret que les hommes et les femmes se chucho-taient à l'oreille, un secret sensuel, un secret d'amour...

Contrairement à ce qu'imaginaient Idriss et Abou-Assim, le harem n'était pas une prison coupée du reste de la cité. Les serviteurs, les esclaves, à force d'explorer les lieux, avaient fini par découvrir un boyau, un trou d'eau, permettant de nager jusqu'aux bains. Ces visites nocturnes, ces histoires d'amour clandestines aidaient les captives à supporter l'ennui de la claustration prolongée. Tout avait bien fonctionné jusqu'à ce qu'Araka se mette en tête de quitter le harem avec son bébé...

Qu'avait donc espéré la pauvre fille ? S'enfuir de la cité en dépit des vents de sable qui balayaient les remparts ?

Anouna décida de regagner le harem. À n'en pas douter, seules les fidèles de Baba Saada connaissaient le secret du hammam, car il était difficile d'imaginer Shaadi fermant les yeux sur un tel manquement aux règles.

Parvenue en haut de l'escalier, la parfumeuse s'assura que les chiens avaient retrouvé leur calme, puis se faufila dans l'entrebâillement de la porte. Il ne restait rien du membre arraché ; de plus, les animaux ayant léché jusqu'à la dernière goutte de sang sur les dalles, on aurait vainement cherché une trace de l'affrontement qui venait d'avoir lieu. Anouna se glissa dans le réduit dont elle poussa le loquet sans être inquiétée par les bêtes. Le parfum du *Malik* était décidément plus efficace que la graisse de lion.

Le lendemain matin, les eunuques découvrirent le corps d'Araka flottant dans le grand bain. On en déduisit que la pauvre femme n'avait pu supporter la mort de son bébé et qu'elle avait mis fin à ses jours, dans une crise de désespoir. Les fidèles de Baba Saada feignirent d'accepter cette version des événements, mais, au cours du rassemblement, Anouna sentit leurs regards haineux fixés sur elle, comme si elle était responsable des événements de la nuit.

15

Se sentant menacée, Anouna décida de quitter le harem. Chaque fois qu'elle passait à proximité de la salle où campaient esclaves et serviteurs, elle essayait de vérifier qu'un nouveau bébé n'était pas apparu dans les bras des femmes, mais elle renonça très vite à ses investigations car le campement abritait beaucoup de nourrissons, et elle s'avouait incapable d'identifier l'enfant d'Araka au milieu de tous ces marmots. Elle reporta ses efforts sur la localisation du point d'eau où débouchait vraisemblablement le passage secret, sans plus de succès toutefois, car il y avait plusieurs fontaines et deux puits à l'intérieur de la cité. Si l'un d'eux communiquait avec le hammam, elle ne pourrait s'en assurer qu'à condition d'y plonger, ce qu'elle hésitait encore à faire, se sachant médiocre nageuse.

« De toute manière, tu n'es pas là pour t'occuper des intrigues amoureuses de ces dames, décida-t-elle. Si elles ont envie de prendre d'énormes risques pour tromper le *Malik*, cela les regarde ! »

Le tueur au coussin la préoccupait davantage. Empruntait-il, lui aussi, le tunnel aquatique ? Utilisait-il, lui aussi, la graisse de lion pour éloigner les chiens ? L'existence du passage secret augmentait le nombre des suspects. Jusqu'à présent, elle avait pensé que le harem était un lieu clos, hermétique, elle découvrait aujourd'hui qu'il n'en était rien. Le meurtrier pouvait donc venir de n'importe où...

Mal à l'aise, inquiète, elle reprit son travail sur la fresque. Elle redoutait par-dessus tout une action sournoise des fidèles de Baba Saada.

— Le *Malik* est venu contempler les peintures, lui dit Hammu avec mauvaise grâce. Il a aimé les parfums. Il a dit qu'il faudrait qu'on pense à te présenter à lui. Il a particulièrement apprécié l'odeur de la mer. Il a dit qu'il l'imaginait exactement comme ça.

Une jalousie acide perçait sous les propos du peintre.

« Celui-là aussi me déteste », songea la jeune femme soudain gagnée par la lassitude.

16

Peu de temps après, Fazziza fut enfin « présentée » au *Malik*. Dès le lendemain, la jeune courtisane fit mander Anouna pour lui narrer dans les moindres détails sa nuit d'amour avec le maître de la cité engloutie. Elle était fort satisfaite de l'aventure et n'épargna à son auditrice aucun commentaire anatomique. Les prouesses d'Idriss-Azhouf l'avaient laissée rompue, dolente, et comblée comme jamais elle ne l'avait encore été. Anouna, agacée, la soupçonna d'en rajouter à l'intention des autres captives, car, loin de chuchoter ces confidences intimes, Fazziza les déclamait pour que personne ne puisse rien ignorer de ce qu'elle avait subi dans la couche du souverain.

— Ma fortune est faite, souffla-t-elle en serrant les mains d'Anouna avec fébrilité. Je lui ai donné du plaisir, je l'ai fait gémir. Je le sentais trembler contre mon ventre. Il me croyait son esclave, mais en réalité, c'était moi qui détenais tout le pouvoir. C'était si bon de l'entendre supplier.

— Tu ne l'as pas touché, au moins ? s'inquiéta la parfumeuse.

— Bien sûr que non, fit Fazziza avec un haussement d'épaules. J'ai tout le temps gardé les mains à plat sur le lit et je n'ai jamais cherché à regarder par-dessus le bandeau de cuir que les eunuques m'avaient noué sur les yeux. Je suis moins bête que Neferît.

Elles burent du vin de palme pour fêter l'événement, tant et si bien que Fazziza finit par basculer dans l'ivresse et s'endormit. Un peu grise, la démarche mal assurée, Anouna quitta les appartements de la nouvelle maîtresse du *Malik*. C'était l'heure de la sieste, et la salle de promenade était déserte. Au harem, la sieste durait souvent jusqu'au milieu de l'après-midi. Au besoin, on ingérait des substances narcotiques hâtant le sommeil, car plus on passait de temps à dormir, moins on s'ennuyait.

Arrivée près de la fontaine, Anouna sentit ses jambes se dérober sous son poids, et elle tomba à genoux.

« Ce n'est pas possible, songea-t-elle cédant à l'affolement, je ne peux pas être ivre à ce point ! Je n'ai pas assez bu... »

Sa vue se brouillait et une terrible envie de dormir se répandait dans tout son être. Elle n'avait plus qu'un souhait : fermer les paupières et s'étendre sur les dalles sans plus penser à rien.

« On nous a droguées, pensa-t-elle enfin. Voilà pourquoi Fazziza s'est assoupie brusquement. *Le vin*... Le vin apporté par la servante... quelqu'un y a versé de la poudre de lotus. »

Elle eut peur d'avoir été empoisonnée et voulut se faire vomir, mais, déjà, elle ne contrôlait plus son corps. Elle s'effondra sur les dalles froides, et son front heurta le marbre.

Imprudente ! Elle avait été imprudente, et stupide ! Jamais elle n'aurait dû remettre les pieds au harem. Elle savait d'où venait le coup : Baba Saada avait ordonné son exécution. On voulait la faire taire car on voyait en elle une espionne de Shaadi.

« Elles savent que j'ai découvert le secret du hammam, pensa-t-elle tandis que ses pensées s'embrumaient. Maintenant, elles vont m'y traîner et me noyer dans le bassin. On mettra cet accident sur le compte de l'ivresse et le tour sera joué. »

Elle devina que quelqu'un s'approchait à pas feutrés. Une étoffe rugueuse fut jetée sur son corps — peut-être une tenture ? — l'aveuglant. Elle sentit qu'on l'enroulait dans le tissu, puis qu'on la tirait sur les dalles, mais elle n'avait plus la force de réagir. Elle bascula dans l'inconscience en songeant qu'elle aurait au moins la satisfaction de ne pas se voir mourir.

Quand elle se réveilla, elle mit un long moment à comprendre qu'elle était ligotée sur un grand fauteuil d'ébène. Elle était bâillonnée et si étroitement ficelée qu'elle pouvait à peine remuer les mains. Des cordes épaisses liaient ses poignets aux accoudoirs du siège. Des silhouettes silencieuses l'entouraient, assises comme elle à la même table. Il faisait sombre, elle avait mal à la tête. Elle supposa qu'elle avait dormi tout le jour et s'étonna d'être encore en vie. On ne l'avait donc pas noyée ? Brusquement, elle réalisa où elle se trouvait : on l'avait attachée au milieu des poupées de carton que Malik-Idriss-Azhouf venait décapiter chaque nuit, lorsque sa transe somnambulique l'amenait jusqu'ici, dans cette pièce éloignée où il avait matérialisé son pire cauchemar...

On lui avait attribué la place de la mère du *Malik*. À sa gauche se tenait la réplique du sultan Nazine, à sa droite ses cinq fils...

« C'est sur moi que s'abattra le premier coup, pensa-t-elle avec effroi. C'est ainsi que les choses se sont passées l'autre nuit. Il a frappé la femme d'abord, ensuite les quatre garçons. »

Elle revoyait toute la scène. Les poupées de carton aux crânes fendus, la lame courbe et brillante de la grande *sekkina*...

« Puisque je suis une espionne du *Malik*, songea-t-elle, Baba Saada a sûrement trouvé plus juste que je périsse de sa main. »

Ainsi, les femmes du harem connaissaient les manies secrètes de leur maître ! Elles savaient ce que contenait la salle du « banquet », cette pièce perdue au fond d'un corridor et dont les eunuques retiraient régulièrement de grandes poupées fracassées.

« Demain matin, se dit-elle, l'une des filles de Baba Saada se glissera ici dès que les eunuques auront rentré les chiens, et fera disparaître les cordes. On me trouvera morte, abattue sur la table, la tête ouverte, et personne n'osera soulever la moindre question car le *Malik* a tous les droits. Y compris celui de remplacer ses poupées de carton par des êtres vivants. »

C'était beaucoup plus astucieux qu'une simple noyade qui aurait eu le défaut d'attirer encore une fois l'attention sur le hammam ; chose que Baba Saada et ses fidèles souhaitaient sûrement éviter.

La jeune femme essaya de se tortiller sans succès. Ses liens ne lui laissaient pas un pouce de jeu. La peur s'empara d'elle. Elle voulut crier mais ne réussit pas même à pousser un gémissement tant la balle de chiffon enfoncée dans sa bouche étouffait les sons. Un trottinement résonna derrière elle, le long du corridor. Un bruit de griffe cliquetant sur les dalles. Les chiens ! Il était donc si tard ? Les eunuques avaient déjà lâché les molosses !

Peut-être Baba Saada avait-elle également compté avec les chiens ?

« Elle espérait que les animaux réussiraient à sentir ma présence, même ici, loin de la fontaine, et qu'ils finiraient par m'attaquer... »

Tout avait été agencé avec beaucoup d'intelligence. Si Anouna échappait aux dogues, le *Malik* somnambule se chargerait de la besogne ; rien n'avait été laissé au hasard.

Un chien pointa le museau à l'angle du mur. Il était seul. Il grogna sans conviction, s'approcha de la prisonnière, flaira sa cuisse et s'en retourna car il avait identifié l'odeur d'Idriss dont Anouna prenait soin de s'asperger dès qu'elle devait se rendre au harem.

Les bêtes ne viendraient pas, soit, mais elle n'aurait pas autant de chance avec le maître... Endormi, prisonnier de sa transe, il ne s'apercevrait même pas qu'une femme de chair avait pris la place de la poupée représentant sa mère.

« Et je ne peux même pas espérer crier pour le réveiller ! » se dit-elle en se meurtrissant une fois de plus les poignets pour essayer de distendre les cordes.

Quand elle n'eut plus la force de lutter contre les liens qui l'étouffaient, elle multiplia les grimaces pour faire tomber le bâillon. Elle échoua. La sueur couvrait sa peau, faisant naître des brûlures là où elle s'était écorchée à force de se frotter aux torons de chanvre.

Le pas hésitant de Malik-Idriss-Azhouf résonna tout à coup sous la voûte du couloir. L'homme à la tête de chien approchait. Il serait là dans un instant, plus rien ne pouvait le faire dévier de sa trajectoire. La lampe de cuivre éclairait imparfaitement la salle du banquet funèbre, et cette demi-obscurité ajoutait à l'infortune d'Anouna.

« Il ne verra pas la différence ! pensa-t-elle au comble de la panique. Même si je remue, il ne se rendra compte de rien... »

D'ailleurs, un somnambule était-il capable de voir ces choses ?

Elle sentit l'odeur étrange d'Idriss grandir dans son dos. Il n'était plus qu'à dix coudées. À la sueur de l'homme se mêlait la senteur métallique de l'acier. Le maître du harem marchait, un sabre à la main.

Il entra dans la chambre sans fenêtres, coiffé de son masque de carton rouge aux oreilles dressées, son souffle chuintant à l'intérieur de la tête creuse. Il titubait et ses gestes avaient quelque chose de mal assuré. La sueur ruisselait sur ses bras tailladés. Lentement, il se posta face aux poupées et commença à frapper ses « frères », les uns après les autres. La lame faisait exploser les crânes de carton emplis de paille et jaillir les yeux de verre. Ayant épargné le plus jeune des fils ainsi que le sultan Nazine, il se tourna vers Anouna, leva son sabre... et frappa.

La jeune femme sentit l'acier lui frôler la tempe, le sein gauche, et se crut morte... mais la lame se ficha dans l'accoudoir, tout près de son poignet, entamant les liens qui la tenaient clouée entre les bras du fauteuil. Idriss ne chercha même pas à récupérer son arme. De son pas traînant, hasardeux, il contourna la table et sortit de la chambre. Si elle n'avait pas eu la bouche remplie de chiffons, Anouna se serait mise à claquer des dents. Elle n'en revenait pas d'être encore vivante.

« Il était trop endormi pour ajuster son coup, songea-t-elle, d'ailleurs il n'a pas frappé les autres pantins aussi fort que d'habitude. Les coupures sont moins profondes... »

La corde entaillée lui permit de libérer son poignet, puis son avant-bras. Elle n'eut ensuite qu'à se saisir du sabre pour scier les autres liens qui enserraient ses jambes. Elle se redressa, tremblante, et fourra les tronçons de chanvre dans le ventre d'une poupée afin que les eunuques ne s'étonnent pas de leur présence. Quand elle eut recouvré assez de forces, elle quitta la salle du banquet pour regagner la niche où elle s'était déjà par deux fois dissimulée.

Une fois à l'abri, elle se recroquevilla et se mit à trembler, en proie à une panique rétrospective.

17

Le lendemain, Anouna se heurta à Dawud-Ayan au détour d'un couloir. Le prêtre paraissait terrifié et rasait les murs.

— Je suis perdu, haleta-t-il quand Anouna tenta de connaître les raisons de son état. Baba Saada a décidé qu'il fallait que je sois tué. Elle croit que je suis responsable de la mort des nouveau-nés, mais c'est faux !

— Calme-toi, souffla la parfumeuse, es-tu sûr de ne pas imaginer tout cela ?

L'initié au front troué la repoussa avec colère.

— Je les sens qui se rapprochent, balbutia-t-il. Hier, on a essayé de faire basculer une statue sur mon passage, pour m'écraser. Aujourd'hui ou demain, ils organiseront autre chose. Qui s'inquiétera de ma mort ? Personne. Pour Abou-Assim, je ne suis qu'un fou qu'on tolère pourvu qu'il se fasse oublier. Je n'ose plus fermer l'œil de peur qu'on vienne m'égorger dans mon sommeil.

Il semblait effectivement à bout de forces, épuisé par les nuits de veille.

— Tu ne peux pas comprendre, haleta-t-il, la puissance d'Anubis ne me protège plus... Il y a trop longtemps qu'on l'a laissé sans sacrifice, les dieux sont vindicatifs, capricieux comme des enfants. Kelb-el-Kebir ne me viendra pas en aide, il ne fera rien pour retenir le bras de mes assassins.

Sans un regard pour Anouna, il prit la fuite en clopinant. Tous les dix pas, il regardait par-dessus son épaule pour s'assurer que personne ne le suivait. Avait-il perdu l'esprit, ou la menace était-elle réelle ? Anouna aurait voulu l'aider mais elle se trouvait elle-même en mauvaise posture. Les complicités occultes dont jouissait Baba Saada laissaient tout craindre.

« Après tout, songea la jeune femme, c'est déjà la deuxième fois qu'on essaye de me tuer. »

Elle étouffait dans l'univers ténébreux des couloirs aux fenêtres obturées. Les hurlements du vent, à l'extérieur, finissaient par fatiguer les nerfs des plus solides. Le sable s'insinuait par la moindre ouverture, dégoulinant des crevasses. À certains endroits, le dallage s'en trouvait recouvert. On avait l'impression que cet envahissement sournois ne cesserait jamais. Des légions de serviteurs « écopaient » en permanence, pelletant la poussière là où elle finissait par constituer des monticules qui gênaient la circulation intérieure.

Alors qu'elle se préparait à franchir le seuil du cabinet aux parfums, Hammu l'apostropha :

— Qu'est-ce que tu fichais ? lança-t-il d'une voix grincheuse. Les eunuques sont venus te chercher à deux reprises. Tu es convoquée chez le *Malik*.

— Moi ? bégaya la jeune femme, la gorge serrée par l'angoisse. Mais pourquoi ?

— Il veut te féliciter, paraît-il ! ricana le peintre d'une manière déplaisante. Tes odeurs l'ont enchanté. Tu as plus de chance que moi... Il est vrai que je ne suis pas une femme.

La jalousie imprégnait chacune de ses paroles. Anouna n'y prêta pas attention. La perspective de rencontrer le maître du harem l'anéantissait. Que lui voulait-il réellement ? La fresque parfumée n'était-elle qu'un prétexte ?

Elle se rendit chez le chef des eunuques, un homme gras à la voix flûtée et aux mamelles de femme, qui répondait au nom de Mamoudi.

— Où étais-tu cachée, petite catin ? s'emporta la créature. Tu es convoquée ce soir chez le *Malik* et nous n'aurons pas assez de toute la journée pour te préparer. Il va falloir te raser, t'épiler, te masser. Amrita a déjà rassemblé les parfums, les huiles, les gommes. Elle n'attend plus que toi.

— Mais je ne suis pas une courtisane ! protesta Anouna. Je travaille à la décoration du palais, je ne fais pas partie du harem !

Mamoudi balaya l'air d'un geste évasif :

— Il faut tout prévoir. Tout ce qui vit entre ces murs est la propriété du *Malik*. Les femmes plus que le reste. Il se peut que, pour te récompenser, il décide de te faire l'amour, ce serait un grand honneur pour toi. Nous devons prévoir cette éventualité et te préparer en conséquence.

Anouna en eut le souffle coupé. On allait la jeter dans le lit d'Idriss-Azhouf sans lui demander son avis ? Elle n'était pas certaine d'apprécier cette faveur. Mamoudi la poussa dans la pièce attenante où l'attendaient Amrita et une meute de servantes.

— Hé bien ! fit la *Negafa* d'un ton pincé, on dirait que c'est pour toi le grand soir ?

— C'est absurde, se contenta de bégayer la parfumeuse, je ne fais pas partie du harem.

— Oh ! s'impatienta la maîtresse de cérémonie, arrête de répéter cela ! Sois un peu réaliste. Tu n'as pas encore compris que nous faisons *toutes* potentiellement partie du harem ? C'est au *Malik* d'en décider. Après l'entrevue de ce soir, il t'offrira peut-être un appartement à côté de celui de ton amie Fazziza ; après tout, celui de Neferît est inoccupé, désormais.

Les femmes se jetèrent sur Anouna et la mirent nue. Un hammam miniature avait été installé dans la pièce pour permettre la préparation des invitées du souverain. Au cours des heures qui suivirent, la parfumeuse fut savonnée, épilée, rasée, huilée et massée par plusieurs paires de mains expertes.

Pendant qu'elle s'abandonnait aux servantes, Mamoudi s'assura qu'on lui rognait bien les ongles, puis il explora sa chevelure et son vagin pour vérifier qu'elle n'y cachait aucune arme susceptible de porter préjudice à son maître. Quand Anouna se raidit, il haussa les épaules et grommela :

— Ne fais pas ta pucelle, c'est la loi. Si je ne m'y conformais pas, Abou-Assim me ferait décapiter.

La jeune femme dut se résoudre à n'être plus qu'un objet dans les doigts des servantes qui la pétrissaient sous toutes les coutures.

— Tu sais ce qui est arrivé à Neferît, murmura Amrita. Alors tâche de t'en souvenir ! Ne porte jamais les mains sur le *Malik*, même pour le caresser. N'essaye pas de voir son visage, et si par malheur ton bandeau glissait, garde bien les yeux fermés.

— Je n'ai pas l'intention de coucher avec lui ! grogna Anouna.

— Tu feras ce qu'il te dira de faire ! siffla la *Negafa*, ou bien tu mourras, c'est aussi simple que ça. Ne sois pas idiote, toutes les filles de cette cité donneraient leur main droite pour partager le lit d'Idriss. C'est un grand honneur qu'on te fait. Si j'étais à ta place...

— Je croyais que tu n'aimais pas les hommes ? lâcha la parfumeuse que l'attitude de la maîtresse de cérémonie commençait à agacer.

— Il ne s'agit pas d'aimer ou de ne pas aimer, répliqua Amrita. Il s'agit d'acquérir du pouvoir. On n'en a jamais assez, surtout ici.

Quand les massages et les onctions prirent fin, Anouna dut s'étendre sur une natte pour qu'Amrita puisse peindre sur son corps nu des motifs compliqués au henné rouge. C'était là une tradition des femmes nomades qu'on ignorait en Égypte. Ces motifs, beaux et fragiles, mettaient très longtemps à sécher, aussi les servantes se mirent-elles à chanter pour tromper l'ennui de la patiente. Anouna ne savait plus ce qu'elle éprouvait. De l'excitation ou du dégoût ?

— Il paraît que c'est un très bon amant, chuchota la *Negafa*. Aucune femme ne s'est jamais plainte de ses étreintes.

— Crois-tu vraiment qu'elles auraient osé ? ricana la parfumeuse qui se sentait ridicule, ainsi écartelée, les cuisses et le ventre couverts d'arabesques au henné.

Elle essayait de cacher sa peur sous des sarcasmes. Pourrait-elle supplier Abou-Assim d'intervenir en sa faveur ?

« Mais non, songea-t-elle, c'est inutile. Il ne lèvera pas le petit doigt. Rappelle-toi ce qu'il t'a dit : jamais Idriss ne devra savoir que tu es une espionne assurant clandestinement sa protection. Il en serait si humilié qu'il ne te le pardonnerait pas. »

En réalité, elle n'avait plus aucune envie de protéger ce souverain fou qui étouffait peut-être ses propres fils lorsqu'il était plongé en état somnambulique... Pour tout dire, elle aurait voulu le voir mort... Mais elle ne pouvait pas s'offrir ce luxe, car sa vie dépendait de celle du *Malik*. Leurs sorts étaient liés.

Sa nervosité s'accrut au fil des heures. Enfin, quand la nuit tomba, Amrita la fit lever et lui noua sur les yeux un bandeau de cuir noir que deux coussinets rembourraient à la hauteur de chaque orbite. Anouna devint aussitôt totalement aveugle.

— N'y touche pas, quoi qu'il arrive, lui souffla la *Negafa*. Ta vie en dépend. Tu ne dois pas voir son visage.

— Je sais, répondit la parfumeuse d'une voix étranglée.

— C'est l'heure, annonça Mamoudi en entrant dans la pièce. Il faut y aller.

Il s'approcha d'Anouna et enveloppa sa nudité dans une cape de laine fine. Puis il lui prit la main pour la guider à travers les couloirs.

— Tu ne diras rien, murmura-t-il. Tu ne parleras que si l'on te l'ordonne. Garde le contrôle de tes actes dans la jouissance, ne te laisse aller à aucune familiarité. Tu n'as pas affaire à un chamelier ou à un serviteur.

Il continua ainsi jusqu'à ce que la jeune femme entende s'ouvrir une porte à double battant gardée par deux sentinelles. Mamoudi la fit entrer dans une pièce où flottait un parfum de rose fanée. Les fleurs qu'on cultivait dans les jardins intérieurs de la cité n'avaient qu'une vie éphémère, et la plupart des gens se plaignaient de leur senteur maladive. Anouna s'était vite rendu compte qu'elle était la seule à leur trouver une odeur agréable.

— Attends là, chuchota Mamoudi.

Il enleva la cape de laine qui couvrait les épaules de la jeune femme, la laissant nue, exposée au centre de la chambre, puis il recula et quitta les appartements royaux. Anouna entendit la porte se refermer derrière lui. Désormais, elle était seule avec le *Malik*, livrée à un inconnu qu'elle ne pouvait voir.

Elle demeura immobile, les bras le long du corps, ne cherchant pas à dissimuler sa nudité. L'aspect insolite de la situation lui agaçait les nerfs, si bien qu'elle ne savait plus très bien ce qu'elle éprouvait. Elle n'avait pas fait l'amour depuis un an, et ses sens, excités par les préparatifs dont elle avait été l'objet, commençaient à la trahir. Le vertige la gagna. Aveugle, elle avait l'illusion d'être perdue au milieu d'une salle gigantesque dont elle ne parvenait pas à se représenter le décor. Elle devinait que Malik-Idriss-Azhouf était là, quelque part, qui la contemplait sans rien dire. Pour le moment, il se tenait trop loin d'elle pour qu'elle pût percevoir son odeur, mais elle sentait sa présence invisible. Elle avait envie que cela finît, d'une manière ou d'une autre... La chair de poule hérissait ses bras, sa nuque.

— Ainsi c'est toi qui parfume si judicieusement la fresque peinte par Hammu ? dit une voix sourde qu'elle ne se rappelait pas avoir déjà entendue.

« Une voix déguisée, songea-t-elle aussitôt. Il contrefait son timbre pour que je ne puisse pas l'identifier. C'est donc quelqu'un que j'ai côtoyé à un moment ou à un autre... *Mais qui ?* »

— Oui, seigneur, répondit-elle en s'inclinant. Je suis heureuse que mes mélanges aient réussi à te divertir.

Il se tenait loin d'elle, probablement à l'autre bout de la pièce, car la voûte doublait ses paroles d'un léger écho.

— Cela va au-delà du simple divertissement, dit le *Malik*. Tu as su ouvrir une porte sur l'ailleurs. Une porte dans ma mémoire. Tu m'as fait retrouver les odeurs de mon enfance, des odeurs que je n'ai jamais senties entre les murailles de cette cité. La mer, par exemple... C'était un souvenir enfoui au fond de moi. Une image vague de ma petite enfance, quelque chose qui m'échappait. Le parfum que tu as mêlé à la peinture m'a restitué la chair des choses. Tu as réussi à faire naître des senteurs là où il n'y avait que des images plates. Mais tu t'es également occupée des jardins intérieurs. Les arbres, les fleurs, toute cette pauvre végétation qui avant toi n'exhalait aucun parfum. Tu as corrigé leurs défauts.

Il s'était levé. Brusquement, Anouna sentit venir à sa rencontre l'odeur bien particulière du *Malik*. Cette odeur d'homme à laquelle se mêlait autre chose d'indéfinissable et de mystérieux.

« Il va te toucher... », pensa-t-elle avec un frémissement qu'elle se reprocha aussitôt.

Il se mit à tourner autour d'elle, sans même l'effleurer, continuant à monologuer d'une voix égale, un peu rêveuse, comme s'il était absorbé dans ses souvenirs. Il évoquait des lieux, des coutumes dont Anouna n'avait jamais entendu parler. Au bout d'un moment, il parut oublier la présence de la jeune femme au point de parler dans l'un de ces multiples dialectes arabiques que la parfumeuse comprenait mal.

« Il ne s'exprime pas comme un fou, constata Anouna. Quand on l'écoute, on ne s'imaginerait pas qu'il marche la nuit dans son sommeil pour s'en aller décapiter des poupées de carton. »

— Il faudrait, dit-il, que tu parviennes à restituer le parfum de certaines fleurs qui poussaient dans les jardins de ma mère... Des fleurs que je n'ai jamais vues en Égypte, mais il est vrai que je connais si peu l'Égypte... Je n'ai jamais vécu ailleurs que dans le désert, loin des villes, loin des hommes. J'ai l'impression que c'est une terre de mort, faite pour les scorpions et les chacals, pas pour les humains. Parfois, je me demande si les souvenirs qui hantent mes rêves s'appuient vraiment sur quelque chose de réel. Peut-être ai-je inventé tout cela ? Peut-être que le monde, *partout,* à l'infini, est recouvert de sable... Toi qui viens d'ailleurs, as-tu vu autre chose que le désert, peux-tu me certifier qu'il existe quelque part des forêts, des jardins ?

— Oui, seigneur, balbutia Anouna. Dans le Fayoum se dresse une grande oasis verdoyante qui...

— Ah ! *Tais-toi !* rugit soudain Idriss. Comment avoir confiance en tes paroles ? Tu ne récites peut-être que les fables absurdes que mon grand vizir t'a fait apprendre par cœur. Je déteste ce vieillard pleurnichard qui me tient prisonnier ici ! Parfois, je me dis qu'il est complice de mes ennemis et que sa mission consiste à inventer des dangers imaginaires dans le seul but de m'effrayer.

Anouna se recroquevilla. En l'espace d'une seconde, la voix de l'homme avait changé du tout au tout. D'abord charmeuse, elle vibrait à présent d'une colère mal contenue.

— Vous complotez ! siffla Idriss. Vous complotez tous. Vous voyez en moi un enfant attardé facile à tenir en laisse. Un débile qu'on peut terrifier en agitant des pantins aux faces effrayantes ! Mais je ne suis pas dupe.

La chaleur de son haleine vint caresser le visage d'Anouna, et la jeune femme sut qu'il se tenait tout près d'elle, à moins d'une coudée. D'ailleurs, l'odeur de l'homme la submergeait.

— Je me rappelle mal ces choses, gronda Idriss. J'étais trop jeune, je n'ai pour reconstruire le passé que les assertions d'Abou-Assim, ce vieillard gâteux, ce petit précepteur qui me fouettait jadis. La peste l'emporte ! Je voudrais le voir mort. Il est si vieux qu'il devrait avoir rendu l'âme depuis longtemps. Pourquoi s'obstine-t-il à me surveiller ? *Hein ?* Peut-être que mes ennemis le payent pour me tenir à l'écart de mon royaume ? Un usurpateur règne à ma place, et moi, je suis là, caché au cœur de l'enfer, loin du monde, loin de la vie, tremblant que surgisse un jour un assassin qui n'existe sans doute que dans l'imagination d'Abou-Assim... Qu'en penses-tu ? Ne serait-ce pas là un piège particulièrement subtil ? Et si ce vieux gâteux m'avait enlevé à une famille aimante avec l'intention de me garder pour lui, pour lui seul ? Ma mère, mes frères assassinés... et si tout cela n'était qu'une gigantesque supercherie ?

Anouna aurait voulu dire quelque chose pour le calmer, mais aucune idée ne lui venait à l'esprit. D'ailleurs, elle devait reconnaître que les doutes dont faisait preuve Idriss n'avaient rien d'absurde. Pourquoi aurait-il fallu prendre les assertions du grand vizir pour argent comptant ? Cette histoire de père assassin poursuivant sa progéniture mâle pour l'éradiquer à travers le temps et l'espace n'était-elle pas une fable ? Une manipulation particulièrement perverse ?

Elle ne savait plus que penser. L'affolement la gagnait.

Idriss continua un long moment à monologuer sur ce thème. La fureur le faisait transpirer et Anouna pouvait désormais suivre ses déplacements avec plus de facilité. Il hurlait, puis se calmait, redevenait tendre... Son humeur suivait le cours erratique de ses pensées. Il était comme un enfant dont l'attention ne peut se fixer bien longtemps sur le même objet. Brusquement, il saisit la jeune femme par les épaules et la poussa sans ménagement en arrière. Les jarrets d'Anouna touchèrent le bord d'un lit et elle perdit l'équilibre. L'instant d'après, elle était étendue sur une couche recouverte de lin. Elle eut le réflexe de serrer les genoux, mais Idriss lui empoigna les chevilles et la força à ouvrir largement les cuisses.

— Reste ainsi ! ordonna-t-il. Je ne sais pas encore ce que je vais faire de toi... Tu n'es après tout qu'une sauvageonne. Tu as la peau foncée, comme Abou-Assim. Vous êtes peut-être de la même tribu, comment savoir ? Est-ce qu'il t'a envoyée à moi pour m'espionner ?

Anouna se raidit. Par les dieux ! Idriss n'était pas loin de la vérité. Elle préféra garder le silence de peur que sa voix ne la trahisse. Aux secousses agitant la couche, elle devina que le *Malik* s'était agenouillé entre ses jambes. Il allait la prendre, c'était inévitable. La panique s'empara d'elle. Tout à coup, elle s'imagina enceinte, accouchant d'un fils que son père viendrait étouffer à l'aide d'un coussin le soir même de sa naissance. Non, ce n'était pas possible, elle ne pouvait pas faire l'amour avec ce dément ! Elle esquissa un geste pour se redresser. Le poing d'Idriss la frappa au menton, et elle retomba en arrière, à demi assommée.

— Ne bouge pas ! hurla Idriss, et ne me touche pas ! Tu entends ? Ou je te fais couper les doigts !

Il resta un moment sans rien dire, sans bouger.

— Je ne sais plus qui sont mes amis, dit-il d'une voix égarée. Je deviens fou à tourner en rond dans cette ville à demi engloutie par les sables. Je voudrais partir, mais j'ai peur de ce qui m'attend au-dehors. J'ai l'impression que si je ne sentais plus la protection d'un plafond au-dessus de ma tête, je perdrais la raison. Toi qui viens de cet univers, peux-tu me dire s'il est vraiment possible de supporter tant d'espace... tant de vide ? *Le ciel...* L'immensité... C'est trop grand. Il me semble que le vertige me pousserait à m'enfouir dans le sable pour retrouver un monde à ma mesure.

Il haletait. Anouna demeurait pétrifiée, les paumes posées à plat sur la couche. Les mains d'Idriss s'abattirent sur ses hanches. Il la saisit par la taille pour la cambrer et l'attirer à lui. Alors qu'il se penchait sur elle, la jeune femme perçut un parfum de cuir, et la peur s'empara d'elle. L'image du coussin rouge lui traversa l'esprit.

« Il va m'étouffer ! pensa-t-elle, cédant à la panique. C'était un piège. Il m'a attirée ici pour me tuer ! »

Sans plus réfléchir à ce qu'elle faisait, elle lança les mains en avant pour repousser Idriss qui se penchait sur elle. Ses paumes rencontrèrent les scarifications tribales dont le torse du jeune homme était recouvert ; voilà pourquoi Neferît avait eu l'illusion de toucher des pustules ou des écailles ! Idriss poussa un rugissement de colère et cria quelque chose comme *« Balek ! »*, mais Anouna ne se contrôlait plus. Se tortillant pour échapper à l'étreinte du roi, elle arracha le bandeau qui l'aveuglait. Elle ne voulait pas être étouffée, elle ne voulait pas qu'on écrase sur sa figure l'horrible coussin des sacrificateurs de Kelb-el-Kebir.

Lorsqu'elle eut retrouvé la vue, elle constata, hélas trop tard, qu'elle s'était trompée... L'odeur de cuir n'émanait pas d'un coussin mais de la cagoule de maroquin noir dont Idriss avait recouvert son visage. Une cagoule étroitement lacée qu'on ne risquait pas de lui arracher d'un simple mouvement de poignet. Ce déguisement lui donnait l'allure d'un bourreau. Sa poitrine, son ventre et ses flancs étaient constellés de petites protubérances qui formaient des dessins au sens mystérieux. Anouna reconnut les scarifications en usage chez certains guerriers du Sud profond. Le principe en était fort simple : on incisait la chair pour y glisser un petit caillou, et l'on recousait la plaie sur cette inclusion qui formait saillie. Le corps du *Malik* était tout entier recouvert par ces

« tatouages » en relief, ce qui lui donnait une physionomie curieuse, vaguement repoussante.

— Tu m'as touché ! balbutia-t-il en inspectant sa peau, comme si les doigts d'Anouna y avaient laissé une souillure indélébile. Tu as osé me toucher, chienne !

La jeune femme tenta de rouler sur le flanc pour lui échapper, mais il s'abattit sur elle, cherchant à l'étrangler. Il était fort et Anouna n'aurait pas le dessus si elle ne se décidait pas à lui faire mal sans attendre. Bien qu'on lui eût rogné les ongles, elle griffa les flancs de son agresseur, de toutes ses forces. Ses doigts se heurtèrent aux excroissances des scarifications, et les déchirèrent. Idriss poussa un hurlement de souffrance et se rejeta en arrière. Du sang coulait sur ses côtes. Anouna lui avait labouré la peau avec tant de violence que les petits cailloux insérés sous son épiderme avaient été extirpés de leur gangue de chair. Sanglants, ils avaient roulé sur le lit.

En les voyant, la parfumeuse comprit enfin l'origine de l'odeur mystérieuse qu'elle avait toujours flairée à l'approche du *Malik*, une odeur sur laquelle elle n'avait jamais réussi à mettre un nom...

Il ne s'agissait pas de cailloux. Les objets insérés sous la peau de Malik-Idriss-Azhouf étaient des pierres précieuses. Des diamants, des rubis, des émeraudes.

« Par les dieux ! pensa la jeune femme. Il porte son trésor sur lui ! Voilà pourquoi il ne voulait pas qu'on le touche. Le trésor royal n'est pas enfermé dans une chambre gardée par des sentinelles comme on essaie de nous le faire croire. Les sacs de poudre d'or ne sont qu'un leurre destiné à tromper d'éventuels voleurs. Idriss porte ses richesses sur lui... cousues dans sa chair ! »

Pouvait-on rêver meilleure cachette pour un prince nomade toujours en fuite ? Qui avait eu cette idée diabolique ? Abou-Assim, sans aucun doute. Il était de race noire, les scarifications entrevues sur les guerriers du Grand Sud lui avaient sûrement fourni cette idée.

« Je le savais, pensa la jeune femme. J'avais déjà senti cette odeur au Per-Nefer de Sethep-Abou, quand le maître de cérémonie disposait sur les riches momies les bijoux apportés par la famille du défunt. »

Oui, *elle l'avait su,* mais elle l'avait oublié, car, pauvre embaumeuse de troisième classe, il n'entrait pas alors dans ses attributions de manipuler des joyaux de ce prix. Cependant, grâce à sa sensibilité olfactive prodigieusement développée, elle avait découvert à cette occasion que même les pierres précieuses ont une odeur.

« Parce qu'elles étaient cousues sous la peau, leur parfum s'en trouvait voilé, se dit-elle encore, voilà pourquoi je ne réussissais pas à le situer. »

— Chienne ! hoqueta Idriss, je vais te tuer... je vais te tuer de mes mains.

Cette fois, Anouna n'hésita plus, ramenant ses genoux sur sa poitrine, elle projeta violemment ses pieds joints vers le visage du maître, le frappant au menton. Idriss fut rejeté en arrière, tomba du lit. Sa tête heurta le sol et il perdit connaissance. La jeune femme se redressa. Elle se savait condamnée, elle disposait maintenant de très peu de temps pour se mettre hors de portée du roi. Si elle restait là, il la tuerait dès son réveil. Elle devait se cacher. Ensuite, elle essaierait d'obtenir l'appui d'Abou-Assim pour négocier sa grâce, ou bien...

Elle était incapable de réfléchir. La peur la paralysait. Elle ne prit pas le temps de s'approcher du *Malik* inconscient pour lui arracher sa cagoule. D'ailleurs, dénouer les lacets qui la serraient autour de son cou aurait été trop long, elle ne voulait pas courir le risque qu'il puisse se réveiller et la saisir à la gorge alors qu'elle serait penchée sur lui. Nue, elle s'élança hors de la salle, repoussant les battants à deux mains. Les sentinelles la regardèrent passer, interloquées, croyant sans doute qu'elle fuyait les étreintes trop vigoureuses du roi.

Dans une chambre, elle vola une djellaba qui traînait et la revêtit à la hâte. Elle avait de la peine à s'orienter car elle n'avait jamais mis les pieds dans cette aile du palais. La terreur la faisait suffoquer. Où pouvait-elle espérer se cacher ? Une seule personne pouvait l'aider : Dawud-Ayan, l'*ouâbou*. Lui seul connaissait suffisamment la géographie interne de la cité engloutie pour lui permettre d'échapper à ses poursuivants.

Comme une folle, elle traversa les salles et les corridors, tremblant à l'idée de s'égarer et de revenir sur ses pas. Par miracle, elle réussit à rejoindre la grande crypte commune où campaient les travailleurs. De là, elle n'eut aucun mal à descendre dans le domaine de Dawud. Elle avait très peu d'avance, et la ville n'était pas immense, les sentinelles en auraient très vite fait le tour. Sa seule chance de s'en tirer serait d'avoir trouvé une cachette avant que le *Malik* ne reprenne connaissance.

Elle dévala l'escalier menant à la crypte d'Anubis. La faible clarté répandue par les lampes de cuivre la força à progresser à tâtons. Elle sentit l'odeur du sang avant même d'apercevoir le corps. Dawud gisait dans une flaque poisseuse, brune. On l'avait poignardé dans le dos mais il vivait encore. Anouna le retourna avec précautions. Le coup était mortel, le blessé avait déjà perdu beaucoup de sang. Elle ne pouvait rien faire pour le dernier prêtre de Kelb-el-Hamr.

— Ah, c'est toi, gémit le grand initié. Tu vois, elles ont fini par m'avoir... Elles s'imaginent que, ainsi, elles protégeront leurs fils, les pauvres folles !

— Dawud, murmura la jeune femme. J'ai très peu de temps. Le *Malik* veut me tuer. Il faut que je me cache. Je sais qu'il existe un passage au fond du hammam. Où mène-t-il ?

— C'est vrai, murmura Dawud. Je t'ai menti, l'autre fois, en t'affirmant qu'il n'en existait pas... Je n'avais pas confiance en toi... D'ailleurs, ce n'est pas un passage secret, c'est simplement le canal qui permet à l'eau de circuler de réservoir en réservoir. Il y a un autre bassin... derrière le mur.

— Quel mur ?

— Celui qui coupe toute la cité en deux. Tu n'as pas encore compris ? Nous n'habitons qu'une moitié de ville. Le dôme est partagé en deux, par le milieu, car sa face sud est crevassée et les tempêtes s'y engouffrent. En arrivant ici, Abou-Assim a fait construire une grande muraille pour tenter de freiner l'ensevelissement qui menaçait de tout submerger. Depuis vingt ans, nous vivons dans la moitié nord du dôme. Tout ce qui se trouve dans la moitié sud est à l'heure qu'il est enterré sous le sable.

Anouna écarquilla les yeux.

— La ville est coupée en deux, répéta-t-elle. Tu veux dire, hermétiquement ?

— Oui, murmura Dawud en souriant. Seuls les anciens le savent. Il n'y a ni portes, ni fenêtres... rien qu'un canal d'irrigation, car l'oasis s'étend aussi de l'autre côté. À l'époque des travaux, le sable coulait déjà à flots par les fissures de la coupole dont la moitié sud est très abîmée. Aujourd'hui, au bout de vingt ans, il a dû tout recouvrir... On ne peut pas vivre là-bas... le désert a probablement rempli tout l'espace jusqu'à la hauteur du plafond... C'est pour ça qu'on a construit le mur, pour que la cité ne soit pas totalement engloutie.

— Qu'y a-t-il là-bas ? interrogea Anouna.

— L'ancienne nécropole... là où l'on entassait les chiens momifiés. Tu ne pourras pas y survivre bien longtemps. C'est le domaine des ténèbres... du sable. C'est la pire des prisons. (Il s'affaiblissait. Les yeux mi-clos, il se mit à fredonner.) Je m'en vais... J'étais le dernier... maintenant il n'y aura plus personne... La colère d'Anubis les frappera tous. Rappelle-toi ce que je t'ai dit un jour : si l'empreinte laissée par le dieu venait à s'effacer au centre de la rotonde, la cité serait avalée par les abîmes.

Anouna répugnait à l'abandonner au seuil de la mort, pourtant elle savait que le temps jouait contre elle. Il lui fallait encore regagner le harem, descendre au hammam... et plonger au fond du *natatio* pour s'enfuir par le tunnel d'irrigation.

« Si le *Malik* a repris connaissance, les gardes t'intercepteront avant que tu arrives jusque-là », songea-t-elle avec angoisse.

Le dernier prêtre du Chien rouge croisa ses bras constellés d'anciennes cicatrices sur la poitrine dans la posture rituelle des officiants en prière et récita une litanie.

Anouna ne pouvait plus attendre. Dawud chantonnait, les yeux clos. Elle l'installa du mieux possible et prit la fuite.

Elle traversa la salle commune dans un état de tension nerveuse indescriptible, s'attendant à voir les gardes l'encer-

cler à chaque pas. En quittant le temple d'Anubis, elle avait
volé un voile dont elle s'était enveloppé la tête pour dissimuler son visage. La raison lui commandait d'aller trouver
Abou-Assim, de réclamer sa protection, mais son instinct lui
disait que le vieillard n'oserait pas s'opposer à la colère
d'Idriss. Elle ne pouvait compter que sur elle-même. Elle
remonta les corridors déserts d'un pas rapide. Elle n'avait pas
le temps d'organiser sa fuite. Il lui aurait fallu emporter une
lampe, quelques provisions, un couteau... Tant pis, elle plongerait dans le bassin sans rien de tout cela.

« Arriveras-tu seulement à passer de l'autre côté ? se
demanda-t-elle. Tu n'es pas bonne nageuse. Songe à la pauvre
Araka. Elle aussi a voulu se faufiler dans le tunnel... elle s'y
est noyée. »

Elle arriva enfin devant la porte du harem. Les gardes ne
manifestèrent aucune surprise en l'apercevant, elle en
déduisit que l'alerte n'avait pas encore été donnée. Elle se fit
ouvrir et se glissa sans attendre dans l'entrebâillement des
lourds battants d'ébène. Fazziza lui fit un signe, du seuil de
ses appartements, mais Anouna obliqua immédiatement en
direction de l'escalier du hammam. Relevant les pans de sa
djellaba trop large, elle dégringola les marches.

Le *natatio*... Le passage se trouvait forcément au fond du
dernier bassin. Pour la première fois depuis son arrivée au
harem, elle examina réellement le mur qui fermait la salle.
Elle prit conscience de son apparence grossière, rugueuse. Le
crépi s'effritait, révélant un amoncellement d'énormes
pierres. C'était la barrière érigée pour résister à la poussée du
sable dont parlait Dawud.

« Il n'y a peut-être rien de l'autre côté, songea la jeune
femme, que de vieilles bâtisses aux trois quarts enterrées,
mais je dois y aller. Si je reste ici, je serai morte avant l'aube.
Jamais Idriss n'acceptera de me laisser la vie sauve maintenant
que j'ai découvert son secret. »

Elle se mit à l'eau, gonfla ses poumons et plongea. Le bassin
était profond, bien plus profond que tous les autres, et l'absence de lumière le faisait paraître rempli d'encre. Anouna se
laissa couler en aveugle, ne voyant rien de ce qui l'entourait.

Elle eut l'impression de mettre une éternité à toucher le fond. Les mains tendues, elle commença à explorer la muraille recouverte de mousse gluante. L'air lui manqua et elle dut remonter. Elle savait qu'elle devait faire vite. L'alerte serait bientôt donnée, les sentinelles se rappelleraient l'avoir vue entrer au harem, elles préviendraient les eunuques qui fouilleraient les lieux jusque dans les moindres recoins. On n'oublierait pas le hammam. Et si elle n'était pas passée de l'autre côté d'ici là, on se saisirait d'elle.

Elle plongea et remonta trois fois avant de localiser l'entrée du tunnel. C'était un boyau large d'une coudée dans lequel on pouvait aisément rester coincé. Elle n'avait aucune idée de sa longueur. Accrochée au bord du bassin, elle s'appliqua à retrouver son souffle. Elle ne parvenait pas à prendre l'ultime décision... et pourtant elle n'avait pas le choix. Elle avait peur de l'obscurité, de la noyade, de ce trajet effrayant qu'il lui faudrait accomplir à tâtons. Des poissons curieux se faufilaient entre ses jambes. Elle secoua la tête pour déboucher ses oreilles pleines d'eau. Soudain, elle entendit s'ouvrir la porte au sommet de l'escalier, les voix flûtées des eunuques retentirent. On la cherchait ! Elle ne pouvait plus attendre. Gonflant sa poitrine, elle s'immergea une dernière fois, plongeant vers le tunnel d'irrigation qui s'ouvrait tout au fond. Les bras en avant, par ruades successives, elle s'insinua dans ce passage tapissé d'une mousse gluante. Il fallait faire vite, ne pas s'affoler, coordonner ses mouvements pour se propulser en prenant appui sur les parois.

« Ça ne peut pas être très long, pensa-t-elle pour se rassurer. Sinon personne n'aurait jamais réussi à le franchir... »

Mais l'image d'Araka, flottant la bouche grande ouverte, hantait sa mémoire. Elle crut distinguer une lueur droit devant elle. Une tache de luminosité vague, et elle redoubla d'efforts. Ses poumons la brûlaient, la suffocation emballait son cœur ; bientôt, elle ne pourrait plus s'empêcher d'ouvrir la bouche pour aspirer convulsivement le liquide glacé au sein duquel elle se débattait.

Elle allait mourir, jamais elle ne parviendrait à sortir du boyau...

La fin du voyage se déroula dans une confusion panique proche de l'inconscience. Sa tête et ses épaules sortirent du passage, et c'est là qu'elle faillit bel et bien rester coincée, à cause de trop de hâte. Un vigoureux coup de pied la propulsa vers la lumière verdâtre de la surface, et elle émergea au milieu d'un bassin analogue à celui qu'elle venait de quitter. Une lampe de cuivre bosselée brûlait, posée sur une pierre. Au-delà de ce cercle étroit, c'était la nuit. Une nuit énorme, aux résonances de caverne. La nuit des abîmes.

18

Anouna se hissa sur la margelle de pierre et se traîna au sec. Elle mit longtemps à retrouver son souffle. Alors, elle eut froid et se dépouilla de la djellaba trempée que l'immersion avait plaquée sur sa peau. Elle avait du mal à percevoir les dimensions de l'endroit où elle se trouvait, mais l'écho provoqué par la moindre chute de pierre, le plus infime clapotis, lui donnait à penser qu'elle se tenait au seuil d'un espace aux proportions énormes. Elle s'approcha de la lampe. Si quelqu'un entretenait ce lumignon, c'est que la nécropole était habitée. Elle leva la tête pour essayer d'apercevoir le mur qui coupait la cité en deux mais il faisait trop noir. Elle dut se contenter de le toucher. Ici, les pierres avaient été laissées nues, sans crépi. Elles semblaient s'élever du sol jusqu'au sommet de la voûte. De l'autre côté, c'était le hammam, le palais, le territoire de Malik-Idriss-Azhouf ; ici, c'était le sanctuaire abandonné, la nécropole de l'ancien temple hérétique de l'Anubis rouge, Kelb-el-Kebir, comme disaient les Bédouins.

Elle n'osa pas déplacer la lampe de peur de signaler sa présence et se retrouva forcée d'explorer les environs à tâtons. Tout d'abord, elle se crut prisonnière, car un mur de brique courait tout autour du bassin. Elle buta enfin sur une échelle qu'elle escalada. Elle compta huit échelons distants d'une coudée.

De l'autre côté il y avait du sable, beaucoup de sable.

La poussière crissante formait un tapis mou dans lequel ses chevilles s'enfoncèrent lorsqu'elle sauta du haut de l'échelle. Après s'être cognée un peu partout, Anouna supposa qu'elle se trouvait sur une sorte de place où se dressaient des statues. Les maisons environnantes étaient ensablées jusqu'à la hauteur du premier étage. Nulle part elle ne localisa de porte permettant d'y entrer. Le bassin d'où elle était sortie avait été protégé de l'enfouissement par le mur de brique. Sans cet obstacle, les éboulements l'auraient comblé depuis long-temps. Seules la tête et les épaules des dieux de pierre émer-geaient encore de la couche sablonneuse.

Anouna se glissa par une fenêtre dans l'une des bâtisses. Les ténèbres la condamnaient à se déplacer en aveugle. Elle se recroquevilla dans un coin de la pièce.

« J'ai fui le harem pour m'enterrer vive dans un caveau, songea-t-elle en grelottant. Dawud avait raison, c'était une folie. »

Elle s'imagina, explorant à tâtons la cité plongée dans les ténèbres et connut un moment d'angoisse totale.

Elle resta longtemps aux aguets, écoutant les bruits de la nuit. Elle avait froid. Elle crut entendre bêler des moutons dans le lointain, aboyer un chacal, puis elle s'endormit.

À l'aube, elle constata avec un réel soulagement que la lumière du jour s'infiltrait dans la caverne par les fissures de la voûte. Une coupole énorme couvrait la ville, comme c'était déjà le cas de l'autre côté, l'isolant totalement des tempêtes, mais cette partie du dôme avait fini par se craqueler, et le soleil s'insinuait au travers des lézardes laissant tomber des rais parcimonieux sur la géographie de la cité. Là où la lumière dessinait des taches dorées, la végétation poussait, maigre, rachitique, mais tout de même présente. Les oasis de soleil étaient aussi des bouquets de verdure.

L'angoisse d'Anouna diminua. Ainsi elle n'aurait pas à affronter une nuit perpétuelle !

Le premier mouvement de la jeune femme fut de se mettre immédiatement en marche pour gagner l'une de ces oasis ensoleillées où arbres et buissons semblaient baigner dans un brouillard de poussière d'or. Elle se ravisa soudain.

« Non, songea-t-elle. Ne fais pas ça, ce serait idiot. Si quelqu'un vit ici, il a forcément eu la même idée et s'est installé dans la lumière depuis longtemps. Pour le moment, mieux vaut rester à l'écart et essayer de découvrir qui habite la nécropole. Ce serait plus prudent. »

Elle s'immobilisa malgré l'envie irrationnelle qui la poussait à courir vers la tache dorée du bouquet de végétation voisin.

Pour se faire une idée plus juste de la cité, elle grimpa sur la terrasse. Derrière elle s'élevait un mur gigantesque qui bouchait tout l'espace compris entre le sol et le sommet du dôme. *Le mur.* Ce formidable entassement de pierres brutes ne comportait aucune ouverture. C'était une masse impressionnante dont l'épaisseur devait dépasser les cinquante coudées. Les pierres ayant été imbriquées sans mortier, on n'aurait pu y creuser un tunnel sans provoquer un effondrement de tout l'ouvrage. Effondrement qui aurait submergé la nécropole à la manière d'une avalanche.

« Al-Madina-Kamina est comme un œuf divisé en deux, se dit Anouna. Je n'y ai pas prêté attention lorsque j'étais de l'autre côté, mais c'est vrai, le mur partage la coupole en deux alvéoles de même volume. La partie habitée, en bon état, et... *l'autre,* celle où je suis maintenant. »

Un œuf, dont la coquille, sur sa moitié sud, commençait à s'émietter dangereusement...

Devant la jeune femme s'étendaient les dépendances du temple de Kelb-el-Kebir, la nécropole proprement dite, la Grande Maison du Repos où les prêtres avaient entassé les momies de chiens et de chacals offertes en hommage à Anubis. Les contours des bâtiments dessinaient leurs colonnes papyriformes dans la pénombre. Autour des mausolées rayonnait un tissu de ruelles. Là se dressaient les petites maisons cubiques jadis occupées par les mineurs et leurs familles. Le silence qui planait sur l'agglomération déserte était oppressant. La jeune femme leva les yeux, examinant encore une fois le dôme craquelé surplombant la cité. Elle avait l'impression d'avoir pénétré dans le ventre d'une

montagne creuse, d'une colline évidée. Du dehors, la coupole
devait être parfaitement invisible car confondue avec les
dunes environnantes. Le sable tombait en pluie par les
crevasses de la maçonnerie. Cette averse prenait l'aspect d'un
nuage de poudre d'or lorsqu'elle croisait le trajet des rayons
de soleil. Elle installait sur la nécropole une sorte de brouillard sec qui gênait la vision. Les chutes de sable obéissaient
aux caprices du vent. Quand la tempête soufflait dans une
autre direction, la bruine poussiéreuse s'arrêtait. Les maisons
d'un étage avaient été avalées par le tapis crissant. Seuls les
bâtiments les plus élevés émergeaient encore, mais au train
où allaient les choses, la nécropole serait sans doute totalement engloutie d'ici trente ans.

La jeune femme n'avait aucune idée de ce qu'elle allait faire
à présent. En plongeant dans le bassin, elle n'avait eu d'autre
désir que de se mettre hors de portée de ses poursuivants.
Elle commençait à se demander si elle n'avait pas, en définitive, troqué un ennemi contre un autre.

— Comment tu t'appelles ? dit soudain une voix d'enfant
derrière elle.

Anouna sursauta. Un garçonnet d'une dizaine d'années
était en train d'émerger du trou d'accès percé dans la
terrasse. Il avait les cheveux très noirs, bouclés, le profil aigu.

— Moi, je suis Assoud, annonça-t-il. Je t'ai vue arriver. T'as
amené à manger ? Les femmes qui viennent de l'autre côté
du mur, elles apportent toujours à manger des choses qui
n'existent pas ici.

— Non, avoua Anouna qui se remettait lentement de sa
frayeur. Je n'ai pas pu... et je dois avouer que je meurs de
faim.

Le gosse s'assit en tailleur sur la terrasse. Il était nu, bien
bâti mais d'une grande maigreur. La jeune femme se présenta.

— Toi aussi tu t'es fait berner ? interrogea l'enfant. Elles
t'ont fait croire qu'en passant par là, tu allais t'échapper du
harem ?

Anouna lui demanda de s'expliquer. Assoud eut une
grimace d'irritation.

— Baba Saada, dit-il, elle a inventé cette ruse pour se débarrasser des filles qui ne lui plaisent pas. Elle leur fait croire qu'il existe une filière pour s'évader du harem, qu'en plongeant dans le bassin, elles feront surface de l'autre côté des remparts de la forteresse, dans une oasis où campent des chameliers qui les attendent... Ces idiotes la croient. Elles plongent et se retrouvent ici. Avant qu'elles aient le temps de comprendre ce qui passe, mes frères leur tombent dessus et les capturent.

— Tes frères ?

— Oui... enfin, mes demi-frères. Ils sont vieux, il leur faut des femmes. C'est pour ça que Baba Saada leur envoie toutes ces idiotes. Moi je ne suis pas encore assez grand pour me mettre à gigoter entre leurs cuisses, je m'intéresse surtout aux provisions qu'elles apportent. Les dattes confites, les pâtisseries au miel.

Anouna détailla le gamin avec plus d'attention. Il y avait dans son visage quelque chose qui lui rappelait le mort qu'elle avait trouvé flottant dans le hammam, mais aussi l'homme nu qui avait jailli de l'eau pour essayer de l'étrangler. Un air de parenté.

— Tes demi-frères ? répéta-t-elle.

— Oui, s'impatienta l'enfant. Tu n'as pas encore compris ? Nous sommes tous les fils du *Malik*.

La jeune femme s'appliqua à dissimuler sa stupeur, mais le garçonnet lui jeta un regard moqueur.

— Tu ne le savais pas ! hennit-il. Tu ne le savais pas ! Oh ! L'imbécile !

— Je croyais que les fils d'Idriss-Azhouf étaient tous étouffés à la naissance, balbutia Anouna. Oh ! mais je comprends... Araka ! Araka avait donné naissance à des jumeaux... Baba Saada en a sacrifié un pour sauver l'autre. Et... Vous... *Vous êtes tous les survivants d'une naissance gémellaire !* On a livré ton frère à l'étouffeur pendant qu'on tenait ton existence secrète, et puis...

— Et puis on m'a amené ici, compléta Assoud. C'est Baba Saada qui a imaginé ce plan. Quand les filles qu'elle a sous sa protection mettent au monde des jumeaux, elle en tire un au sort. Celui-là sera sacrifié. L'autre, on le cache... et on essaye de le faire passer ici, pour qu'il ne soit pas tué par le démon au coussin de cuir. C'est pour ça que nous ne sommes pas très nombreux. Il ne naît pas assez de jumeaux, et puis il y a des bébés qui se noient lorsqu'on leur fait franchir le tunnel.

Anouna se rapprocha de l'enfant, fascinée.

— Et cela dure depuis vingt ans ? interrogea-t-elle.

— C'est ce que racontent les frères, dit le gosse. Moi, je suis trop jeune pour savoir.

— Combien êtes-vous ? s'enquit la jeune femme.

Assoud haussa les épaules.

— Aucune idée, grogna-t-il. Peut-être vingt, peut-être trente ou quarante... Sais pas. On ne vit pas tous ensemble. Il y a plusieurs clans qui se font la guerre.

— Vous vous faites la guerre ? s'étonna Anouna. Ici, dans cette caverne ?

— Bien sûr ! déclara fièrement Assoud. On se bat pour occuper les oasis de lumière où poussent les dattiers, on se bat pour les animaux que les prêtres ont laissés ici... ou pour les femmes qui ne sont pas assez nombreuses.

— Il y a des animaux ?

— Oui, des moutons, des chèvres, que les prêtres et les mineurs élevaient dans des enclos.

— Mais vous, de quoi vivez-vous ?

L'enfant désigna le bassin d'où la jeune femme avait émergé la veille.

— Baba Saada nous envoie des provisions, expliqua-t-il. Elle les fait déposer dans le hammam, au fond d'une alcôve. La nuit, nous plongeons pour aller les chercher. Elle s'imagine que nous partageons la nourriture, mais elle se trompe... En réalité, mes frères se battent pour s'emparer des choses qu'elle met de côté. C'est dur de vivre ici. Il n'y a jamais assez à manger. Toi, tu es grasse, on ne voit pas tes os. Tu ne sais pas ce que c'est que d'avoir faim. Tu l'apprendras très vite.

Anouna essayait de mettre de l'ordre dans ses idées. La situation évoluait d'une manière imprévue.

« Me voilà enfermée dans une nécropole en compagnie de plusieurs tribus ennemies composées de demi-frères, tous fils d'Idriss-Azhouf, songea-t-elle. Pauvre *Malik* qui s'imagine en sécurité parce qu'il fait étouffer tous les enfants mâles nés de ses œuvres, s'il savait qu'il a en fait engendré une petite armée qui campe sous ses murs ! »

— Tu l'as vu, toi ? demanda abruptement Assoud.

— Qui ?

— Mon père, le roi...

— Oui... non... Enfin, je l'ai vu sans le voir. Il portait une cagoule. Personne ne connaît son visage.

Le gamin grogna, déçu.

— Elles disent toutes ça, fit-il en baissant la tête. C'est vrai qu'il se cache parmi les travailleurs pendant la journée ? Qu'il se déguise en serviteur ou en soldat ?

Anouna fit un geste évasif.

— C'est ce que racontent les femmes, dit-elle.

— Est-ce que je ressemble à quelqu'un que tu as vu là-bas ? lança l'enfant avec un regard plein d'espoir.

Anouna l'examina. Il était assez beau, mais d'un type courant chez les chameliers, et elle n'avait pas assez côtoyé la suite du *Malik* pour être à même de détecter une éventuelle ressemblance.

Elle le lui dit, il se mit à bouder. Elle crut un instant qu'il allait l'abandonner là, et elle fut prise de panique. Elle eut honte de se découvrir ainsi dépendante d'un gosse de 10 ans.

Il se leva brusquement, tapa du pied.

— Tu n'as pas de gâteaux au miel, grommela-t-il. Tu ne me sers à rien.

— Attends, supplia-t-elle, ne pars pas... En réfléchissant, je parviendrai peut-être à me rappeler à qui tu ressembles.

Assoud la considéra d'un œil méfiant.

— Sans moi, tu ne sauras pas te débrouiller, fit-il d'un air sournois. Mes frères ne mettront pas longtemps à te trouver, ils t'écarteront les jambes et ils te mettront un bébé dans le ventre. C'est toujours comme ça qu'ils font, avec les filles que leur envoie Baba Saada. Elles pleurent beaucoup, ces idiotes, alors ils les battent. Comme elles ne sont pas assez nombreuses, il faut qu'elles couchent avec tous les autres frères de la tribu. C'est la loi du partage. (Il parut réfléchir.)

Je veux bien m'occuper de toi si tu deviens ma servante, annonça-t-il enfin. Je te guiderai et je t'empêcherai de tomber dans les pièges, mais tu devras m'obéir. Je serai ton maître. C'est d'accord ?

— Oui, capitula Anouna.

Elle n'avait pas le choix. Assoud avait raison. Elle ne connaissait rien aux dangers de la nécropole. Livrée à elle-même, elle serait vite capturée par les fils secrets de Malik-Idriss-Azhouf.

— Alors viens, ordonna le garçonnet. Il ne faut pas rester ici. Ils viennent toujours rôder autour du bassin. C'est le seul endroit où ils peuvent remplir les outres. Ils ont besoin d'eau pour arroser les plantations, pour boire aussi.

Ils levèrent le camp et entamèrent une déambulation compliquée à travers les ruines. Anouna ne parvenait pas à savoir si Assoud exagérait les dangers pour se faire valoir à ses yeux, ou si la menace était réelle. Pendant qu'ils progressaient, de terrasse en terrasse, elle chercha à déterminer mentalement quel pouvait être l'âge du plus « vieux » des fils du *Malik*. Elle comprenait maintenant pourquoi ils se ressemblaient tous, et pourquoi, également, elle avait eu l'illusion que le noyé découvert dans le hammam était revenu à la vie dans le seul but de l'étrangler. Elle avait été abusée par une ressemblance, sans doute imparfaite, mais que la peur avait accentuée. Trente ou quarante demi-frères ? Quel âge avait Idriss aujourd'hui ? La trentaine ? Un peu plus ? S'il avait engrossé Baba Saada à 13 ou 14 ans, l'aîné des jumeaux survivants pouvait compter 15, 16, voire 18 années d'existence...

« À peu près mon âge », constata la jeune femme. Toutes les conditions étaient donc réunies pour faire de cet inconnu un amant... ou un ennemi.

« Je suis sûre que c'est lui qui a essayé de m'étrangler et de me noyer dans le hammam, se dit-elle. Je l'ai griffé ce jour-là. Il en porte sans doute encore les traces... et il doit me haïr. »

— Par ici, ordonna Assoud, et presse-toi un peu, tu lambines !

Anouna obéit. Elle n'avait pas le choix. Le stratagème imaginé par Baba Saada la laissait rêveuse. Qu'espérait donc l'ancienne courtisane en condamnant les fils du *Malik* à la réclusion perpétuelle dans la nécropole du Chien rouge ? Avait-elle réfléchi à ce que serait leur vie au sein de la crypte gigantesque ?

Assoud la prit par la main pour l'aider à escalader un pan de mur. Elle réalisa soudain qu'ils étaient en train de s'introduire dans la Maison du Repos où se trouvaient entreposées les momies des chiens sacrifiés en l'honneur d'Anubis.

— Mes frères viennent ici le moins souvent possible, expliqua le petit garçon. Ils ont peur des statues ; pas moi, c'est un bon endroit où se cacher.

Lorsque les yeux d'Anouna se furent acclimatés à la pénombre, elle distingua un formidable entassement de petits sarcophages. Les boîtes oblongues, qui se comptaient par centaines, s'élevaient le long des parois, superposées comme les briques d'un mur.

« Des momies de chiens », songea-t-elle.

— C'est utile, chuchota Assoud. On peut s'en servir pour faire du feu, ça brûle bien. Et puis, quand il n'y a plus rien à manger, on les émiette dans de l'eau bouillante, pour les ramollir.

Anouna eut une nausée.

— Tu veux dire que tu manges les momies ? hoqueta-t-elle.

— Bien sûr, grogna l'enfant. Tu crois qu'on a le choix, ici ? C'est comme de la viande séchée. Il faut la faire bouillir longtemps et plusieurs fois, mais c'est très mangeable. Tu verras... Je te montrerai comment faire, ensuite ce sera ton travail puisque tu es ma servante à partir d'aujourd'hui.

Anouna résista à l'envie de le gifler. Désormais, elle dépendait de lui. Si elle l'indisposait, il aurait beau jeu de l'abandonner... ou même de signaler sa présence à ses demi-frères toujours en quête de chair fraîche.

Ils avançaient prudemment au milieu de la nécropole. Par endroits, la montagne de sarcophages s'était effondrée. Des momies de chiens avaient jailli au petit bonheur des caisses fracturées.

— On récupère les bandelettes pour s'habiller, expliqua
doctement Assoud. Il n'y a pas de vêtements. On peut en
trouver dans les maisons des mineurs, mais comme elles sont
toutes recouvertes de sable, il faut creuser, et c'est épuisant.
Pour le moment, tu es forte, tu ne te rends pas compte, tu
verras dans quelque temps.

Le gamin semblait dolent, comme si la longue marche à
travers la cité morte l'avait vidé de toute énergie.

Il s'assit près d'une ouverture d'où l'on dominait l'agglomération. Juste en face, un rayon de soleil tombant d'une
fracture de la voûte éclairait une maigre oasis où s'enracinaient quelques dattiers. Anouna crut distinguer des
silhouettes en mouvement aux abords de la tache de lumière.
Des jeunes gens. Maigres.

« C'est parce qu'ils sont trop faibles qu'ils ne se sont pas
encore tous entre-tués, songea-t-elle. S'ils étaient bien nourris,
ils se feraient une guerre impitoyable. »

— Parle-moi encore de mon père, le *Malik*, dit Assoud. Et
agenouille-toi devant moi. Après tout, le sang du roi coule
dans mes veines. Je suis un prince.

« Vous êtes tous des princes, pensa la jeune femme. Des
princes plus faméliques que des chiens errants. »

Elle dut lui raconter la vie du harem, lui décrire le palais.
Cependant, chaque fois qu'elle abordait le thème de la vie
hors de la cité, le gamin donnait des signes d'agitation et
coupait court à ses descriptions, comme si l'idée même qu'il
pût exister quelque chose de plus grand que la citadelle
engloutie le mettait mal à l'aise.

« Par les dieux ! songea-t-elle. Ils ne savent rien de l'extérieur. Ils n'ont jamais rien vu du monde. Ils sont encore plus
ignorants que leur père qui, lui, a au moins la ressource de
contempler le désert depuis les fenêtres de ses appartements.
Ils ont toujours vécu ici, dans cette nécropole remplie de
momies de chiens, et même les crevasses de la coupole sont
situées bien trop haut pour leur permettre de jeter un coup
d'œil au-dehors. »

Quand il en eut assez, Assoud l'interrompit.

— Faut dormir, déclara-t-il. Ici on dort beaucoup, ça trompe la faim et ça fait passer le temps.

Sans plus s'occuper d'Anouna, il se recroquevilla sur une natte usée et s'assoupit aussitôt. L'état de sous-alimentation chronique des prisonniers leur laissait peu d'autonomie de mouvement. Baba Saada et ses « filles » avaient beau mettre de côté le plus de nourriture possible, les provisions ainsi rassemblées n'étaient jamais assez suffisantes pour nourrir une quarantaine de garçons en pleine croissance. Effectif auquel il fallait ajouter les femmes victimes de la fausse filière d'évasion... et les enfants nés des viols collectifs endurés par les malheureuses qui n'avaient fait que troquer une prison dorée contre une geôle moins reluisante.

Pendant que le petit garçon dormait, la parfumeuse s'embusqua dans la découpe d'une fenêtre afin d'observer la vie quotidienne de ce côté-ci du mur.

Le dôme fissuré transformait les appels, les éclats de rire, en échos interminables. L'air confiné, corrompu par les exhalaisons des milliers de momies animales entreposées dans les niches de la nécropole, amenait aux narines de la jeune femme des senteurs peu agréables car les craquelures de la voûte ne permettaient pas un renouvellement satisfaisant de l'atmosphère. Et puis il y avait le sable... Ces cascades qui, lorsque la tempête se mettait à souffler en direction du dôme, tombaient en pluie dorée par les plaies de la maçonnerie. Dans la mauvaise lumière, on finissait par les croire réellement liquides. Anouna s'appliqua à suivre les mouvements des hommes qui campaient autour des oasis de lumière. Elle vit des femmes vêtues de haillons qui allaitaient des bébés. Des enfants jouaient dans les monticules de poussière jaune, s'amusant à rouler sur les pentes sablonneuses. De jeunes hommes montaient la garde, armés de javelots et d'arcs. Quelques-uns portaient des glaives de cuivre récupérés dans les maisons abandonnées.

Ces petits clans possédaient pour tout trésor un ou deux moutons, une chèvre squelettique. Les animaux broutaient l'herbe rare poussant dans les zones ensoleillées des oasis. Anouna supposa que tous ces gens allaient chaque jour chercher de l'eau au bassin pour arroser leurs plantations. C'était un univers fragile que le sable menaçait à tout moment d'engloutir.

Assoud se réveilla enfin. La faiblesse le rendait moins arrogant. Il montra à Anouna la marmite qui lui servait à faire bouillir le cuir des momies de chiens. Il reprit ses explications avec le ton qu'emploie un maître pour former une servante.

La jeune femme nota que la préparation funéraire avait été bâclée, comme c'était souvent le cas dès qu'il s'agissait d'animaux. Ici, ni bitume ni résine, on s'était contenté de marteler les chairs avec un maillet de bois imprégné d'huile de cade. Une méthode de conservation bon marché qu'on employait également pour les pauvres. La viande des bêtes n'était donc pas solidifiée par les goudrons. Elle n'en demeurait pas moins fort peu appétissante.

Elle mourait de faim mais s'avoua incapable de partager le repas d'Assoud.

— Tu y viendras, ricana l'enfant en déchirant à belles dents la viande des chiens sacrés d'Anubis.

— Parle-moi de votre chef, dit-elle quand Assoud se fut rassasié. Comment s'appelle-t-il ?

— Azoumi. C'est notre aîné, répondit l'enfant. Il est méchant. Arrange-toi pour qu'il ne te repère pas, ou bien tu comprendras ta douleur.

Elle ne put rien obtenir de plus. Très vite, Assoud l'assomma de questions sur le harem, le *Malik*, les richesses du palais. Sa curiosité portait principalement sur la nourriture et les friandises. La journée s'écoula ainsi, dans les tortures de la faim et la pénombre du magasin funéraire encombré de petits sarcophages.

Pour oublier les crampes qui lui tiraillaient l'estomac, la jeune femme se roula en boule et décida de dormir.

Un coup de pied dans les côtes la réveilla. Elle se redressa sur un coude, le cœur battant. Six jeunes hommes l'encerclaient, nus, présentant tous le même air de parenté. Le plus âgé du groupe arborait des cicatrices de griffures sur la poitrine, et Anouna sut d'emblée qu'il s'agissait du nageur qui avait essayé de l'étrangler dans le hammam.

— Je savais bien que ce petit cancrelat d'Assoud avait trouvé quelque chose ! ricana l'un des garçons. Une femme ! Et il comptait la garder pour lui tout seul ! À son âge...

Anouna chercha vainement le gamin autour d'elle. Assoud avait disparu. Probablement s'était-il enfui sans prendre la peine de la réveiller quand il avait entendu ses frères s'approcher.

— C'est toi, l'espionne du *Malik*, gronda le garçon à la poitrine labourée en décochant un second coup de pied entre les seins d'Anouna. Je te reconnais. Je t'ai vue dans le hammam. Ce jour-là, tu as réussi à m'échapper.

— Je ne suis pas une espionne ! protesta la parfumeuse. J'ai dû me réfugier ici parce que les gardes du *Malik* me poursuivaient... Baba Saada pourra te le confirmer. Je suis recherchée là-bas... de l'autre côté du mur.

Le jeune homme la considéra d'un air mauvais.

— Je sais, siffla-t-il. Mais Baba Saada dit qu'il s'agit peut-être d'une ruse. Il se pourrait bien que tu sois venue ici en éclaireuse, pour le compte de ton maître.

— C'est idiot, répliqua Anouna. Quel besoin avais-je de venir ici puisque je connaissais l'existence du passage secret ? Si j'étais au service du *Malik*, il m'aurait suffi de l'en avertir pour que le tunnel soit aussitôt bouché. Dès lors, vous vous seriez trouvés dans l'impossibilité de sortir de la nécropole.

L'argument parut ébranler le garçon qui fronça les sourcils.

— Le *Malik* ignore tout de votre existence, insista la jeune femme. Le secret a été bien gardé. Je ne suis pas votre ennemie.

Il y eut un moment de flottement. Les adolescents, ne sachant quel parti prendre, guettaient leur chef du coin de l'œil.

— Tu ne faisais pas partie du harem, dit enfin le jeune homme d'un air songeur. Tu circulais à travers toute la cité, n'est-ce pas ?

— Oui, c'est vrai, avoua Anouna.

— Alors tu connais la disposition des couloirs, tu pourrais dessiner un plan de la ville... de... de tout ce qu'il y a là-bas, de l'autre côté du mur ?

Anouna le regarda. Il avait quelque chose en tête, mais elle ne savait quoi. Elle devina qu'en affirmant pouvoir les guider, elle sauverait peut-être sa vie.

— Oui, mentit-elle. Je connais parfaitement la topographie de la cité. Il y a beaucoup de couloirs, et on peut s'y perdre facilement. Je ne suis pas comme les femmes du harem qui ne sortent jamais de leur appartement. J'ai eu le temps d'explorer tout cela.

Le jeune homme s'agenouilla.

— Je suis Azoumi, dit-il en fixant la jeune femme avec arrogance. Le premier fils du *Malik* à avoir été sauvé par Baba Saada. Ceux-là sont mes demi-frères. Je suis le meilleur nageur de la nécropole, je peux retenir ma respiration plus longtemps que tous les autres.

Anouna feignit d'être impressionnée par ces vantardises d'adolescent. Elle ne devait pas oublier que ce garçon pouvait la tuer à tout moment.

— Viens, dit-il en se redressant. Tu vas nous suivre. J'ai un projet. Grâce à toi, je pourrai peut-être le réaliser.

La troupe se mit en marche et quitta le temple pour rejoindre l'une des oasis de lumière qu'Anouna avait localisées depuis le haut de la terrasse.

C'était un maigre campement que le sable menaçait de submerger. Des adolescents pelletaient avec toute l'énergie dont ils étaient encore capables pour éviter que la poussière siliceuse, stérile, ne finisse par recouvrir la terre noire où s'enracinaient arbres et plantes.

Sur un signe d'Azoumi, les garçons s'assirent en tailleur autour de la tache de soleil. Les femmes se précipitèrent pour leur offrir de l'eau fraîche. Elles avaient dû être belles, un jour, mais la vie au cœur de la caverne les avait précocement vieillies. De jeunes enfants nus se traînaient dans leur sillage. Azoumi les congédia d'un geste.

— Tu vas me dire tout ce que tu sais, lança-t-il en fixant durement la parfumeuse. Et si ce que tu m'apprends me convient, je te laisserai la vie sauve.

— Que veux-tu savoir ?

— D'après toi, qui est le tueur au coussin de cuir ?

Anouna grimaça. Ça commençait mal.

— Je ne peux pas te répondre, dit-elle. Les femmes du harem soupçonnaient Dawud-Ayan, un prêtre fou, d'être l'assassin. Elles se sont débrouillées pour le faire poignarder. Il est mort dans mes bras, mais...

— Mais ?

— Je ne suis pas du tout convaincue de sa culpabilité. On a sûrement tué un innocent.

— Qui alors ?

— Le *Malik*, peut-être. Il connaît les passages secrets. Il est somnambule... et il est fou.

Azoumi se raidit.

— Attention, femme ! gronda-t-il. Tu parles de notre père !

— Un père qui vous aurait étouffés avec son coussin de cuir si Baba Saada n'avait pas imaginé cette supercherie pour vous dérober à lui, rétorqua la jeune femme. Mais, justement, qu'en pense Baba Saada ?

Le garçon ébaucha un geste impatient.

— Elle ne sait pas, marmonna-t-il. Toutes les filles qui l'entourent ont des avis différents. L'une accuse Dawud, le prêtre, une autre le *Malik*, une troisième Shaadi, une quatrième Baga.

— Quand un bébé mâle naît, dit Anouna, personne ne monte donc la garde auprès de son couffin pendant la nuit ?

— Non, les femmes ont trop peur, fit Azoumi. Et puis que pourraient-elles faire si elles se retrouvaient tout à coup en face du *Malik*, hein ? Tu crois qu'elles oseraient s'opposer à lui ? Baba a décidé qu'il fallait se résoudre à payer le tribut. Mais chaque fois que viennent au monde des jumeaux mâles, elle en cache un.

— Je sais, dit Anouna. Et elle abandonne l'autre à l'assassin.

— Oui, confirma Azoumi. À partir du moment où l'on admet que l'enfant doit être sacrifié, il n'y a plus de raison de veiller sur lui. Mieux vaut le laisser au contraire en évidence pour éviter que le tueur ne devine la présence du bébé caché. C'est cela, le tribut. Ces enfants meurent pour nous permettre de vivre. Et même ainsi, la chose n'est pas

encore gagnée, car il faut que le nouveau-né survive à la
plongée dans le bassin. Ce qui n'est pas toujours facile. Je
suis le premier à avoir trouvé refuge ici. C'est une servante
qui m'a emmené. Elle est restée là, avec moi, pour m'élever.
Elle plongeait chaque nuit pour se rendre au hammam, elle
allait y chercher des provisions, ou d'autres enfants. Plus tard,
quand j'ai été assez grand, je l'ai accompagnée.

— Comment Baba Saada a-t-elle appris l'existence du
passage ?

— C'est elle qui l'a découvert, en plongeant tout au fond
du *natatio* pour récupérer une bague qu'elle y avait laissée
tomber. Elle était jeune alors, elle nageait bien. Elle pouvait
descendre plus profond qu'aucune femme du harem. Elle a
vu le trou... elle a décidé de l'explorer.

— Elle pensait qu'elle pourrait s'échapper ?

— Oui, mais le tunnel menait dans une autre prison,
encore plus horrible que celle du harem. Alors elle a gardé
ce secret pour elle seule. Elle a décidé de s'en servir le jour
où elle a compris que tous les fils qu'elle mettrait au monde
seraient étouffés les uns après les autres. Alors elle a mis sur
pied mon évasion, avec l'aide d'une servante dévouée. Tu
devines le reste. On ne s'est pas étonné de la disparition de
la servante. Il est assez fréquent que ces filles tentent de
s'échapper et quittent la ville pour traverser le désert. Elles
ne vont jamais bien loin. Le sable les avale. Les années ont
passé. Quand ma nourrice est devenue trop vieille, c'est moi
qui suis allé chercher les enfants et la nourriture. J'ai élevé
mes frères, puis je leur ai appris à faire la même chose avec
les nouveaux arrivants. De temps à autre, Baba nous envoie
une femme, pour nous aider.

Pendant qu'il parlait, il avait laissé entrevoir une vulnéra-
bilité qui émut Anouna. Il parut le deviner car, aussitôt, il se
reprit.

— C'est très dur de vivre ici, lâcha-t-il. Il faut être fort et
savoir se contenter de peu. Certaines des filles que nous a
envoyées Baba Saada sont devenues folles en très peu de
temps. Il y en a qui se sont suicidées en se jetant du haut de

la grande tour de la Maison du Repos, d'autres errent dans les rues de la ville morte, comme des somnambules.

— Pourquoi ne formez-vous pas un seul clan ? demanda perfidement Anouna. Vous êtes tous frères, après tout.

— C'est difficile de rester unis, grommela Azoumi. On finit par ne plus se supporter. Il y a ceux qui veulent rester ici parce qu'ils ont peur de ce qu'ils trouveront dehors... et puis il y a ceux qui veulent sortir.

— Et tu fais partie de ceux-là, n'est-ce pas ? dit la jeune femme.

— Oui, admit le garçon. Je ne veux pas mourir ici, je veux voir ce qui se cache de l'autre côté du mur. J'en ai parlé à Baba Saada, mais cela l'épouvante. Elle dit que nous devons rester cachés, car sinon les soldats du *Malik* nous tueront. Elle dit que nous ne sommes pas assez nombreux, pas assez forts. Moi je pense que si nous savons où frapper, il est possible de se rendre maîtres du palais. Les soldats ne sont pas légion, les eunuques ne se battront pas, et les esclaves nous accueilleront comme des sauveurs.

— Il y a les chiens, fit observer Anouna. Le stratagème de la graisse de lion n'a pas très bien fonctionné la dernière fois. Tu as perdu un frère, il me semble ?

— Oui, murmura Azoumi dont les traits s'affaissèrent. Au début, cela marchait bien, mais la provision de graisse s'épuise et son odeur s'est beaucoup affaiblie avec le temps. Baba n'a pas réussi à s'en procurer un autre pot. Cela signifie que lorsque la jarre sera vide, nous ne pourrons plus nous glisser dans le harem. Les chiens ne seront plus effrayés par notre odeur, et ils nous attaqueront.

— Parce que vous vous glissez dans les appartements des femmes ? s'étonna Anouna. C'est de l'inconscience ! Vous pourriez tomber nez à nez avec le *Malik*.

— Non, lança Azoumi. Nous n'allons pas jusque-là, nous ne sommes pas fous. Mais il faut bien récupérer les bébés. Alors nous y allons à deux, un qui tient les chiens en respect, l'autre qui reçoit l'enfant des mains de Baba dans l'entrebâillement d'une porte. Nous nous replions aussitôt.

— Mais la dernière fois, ça n'a pas marché. Et puis il y avait cette fille, Araka. Pourquoi vous a-t-elle suivis ?

Azoumi pâlit.

— C'était ma femme, dit-il. Les jumeaux étaient mes fils. Elle ne supportait plus de vivre au harem, d'être possédée par le *Malik*. Elle voulait venir ici. J'ai essayé de l'en dissuader, je n'ai pas réussi. Ce soir-là, tout est allé de travers, à cause de la graisse de lion éventée. Les chiens n'ont pas hésité longtemps. Ils nous ont chargés. L'un de mes frères a eu le bras arraché. Il est mort dans l'escalier du hammam, presque aussitôt. Il a fallu que je le ramène ici pour qu'on ne découvre pas son cadavre. Puis j'ai fait passer l'enfant... J'étais à bout de forces. Quand je suis revenu chercher Araka, je n'ai pas pu l'aider, elle s'est affolée, elle était mauvaise nageuse. Elle s'est noyée sous mes yeux. Je l'ai laissée là-bas.

Il se tut pour masquer son trouble. Le silence s'installa.

— Est-ce vrai que le *Malik* se cache durant la journée parmi les travailleurs ? interrogea soudain Azoumi.

— Peut-être, fit évasivement Anouna. De toute manière, il est facile à identifier puisqu'il a sur le torse des scarifications tribales et...

Elle s'interrompit, prenant conscience qu'elle avait été sur le point de parler des pierres précieuses cousues sous la peau du roi. Azoumi n'avait pas à connaître ce détail.

— Et ? insista le jeune homme. Tu allais dire quelque chose. Et quoi ?

— Et sur les bras, improvisa Anouna. Il a aussi des cicatrices sur les avant-bras.

« Comme Dawud... », compléta-t-elle mentalement.

Elle eut un moment de vertige. Une brusque bouffée de suspicion. Elle venait seulement de réaliser qu'elle n'avait jamais vu le torse du prêtre fou... *Seulement ses bras.* Ses bras tailladés par les pierres de la lapidation.

« S'il n'était pas mort, songea-t-elle, je serais presque tentée de m'interroger sur sa véritable identité ! Prêtre sans emploi, préposé au coussin de cuir... Ç'aurait pu être un merveilleux déguisement pour Idriss. »

Elle s'étonna de n'y avoir pas pensé plus tôt.

« Je ne l'ai jamais vu nu, se répéta-t-elle. Il était toujours drapé dans une robe de lin. Quant aux parfums dont il était continuellement aspergé, ils auraient pu masquer l'odeur des pierres précieuses, et... »

Elle soupira, haussa les épaules. C'était idiot puisque Dawud était mort, de toute façon.

« Il y a quelqu'un d'autre dont tu n'as jamais vu ni le torse ni les bras, murmura une voix au fond de sa tête. *Hammu...* Hammu le peintre. Hammu, toujours habillé d'une djellaba de gros drap crasseux, constellée de taches de peinture. De cette peinture puante dont les émanations auraient pu, elles aussi, étouffer l'odeur des pierres précieuses qui s'élevait de la peau d'Idriss lorsqu'il allait nu. »

Hammu, Dawud... deux marginaux vivant à l'écart des autres. Encore une fois, Dawud était mort, il devenait donc inutile de spéculer sur son éventuelle culpabilité, mais Hammu ?

« Il m'a parut vieux, réfléchit-elle, mais c'était moins à cause de son visage que de sa posture voûtée, de sa claudication. »

Et si le peintre s'était appliqué à jouer la comédie ?

Elle secoua la tête, agacée. Ces hypothèses n'avaient pas de sens, puisque, de toute façon, il y avait dans la cité beaucoup d'hommes qu'elle n'avait pas vus nus ! Les soldats par exemple ! Les Bédouins étaient beaucoup plus pudiques que les Égyptiens. Dans le delta du Nil, il n'était pas rare de voir des paysans travailler la terre dans le plus simple appareil. Chez les notables, les petites servantes officiaient nues, elles aussi. Il n'en allait pas de même dans les clans de nomades où l'on dissimulait son corps sous plusieurs épaisseurs d'étoffe.

— Non, dit-elle avec lassitude. Je ne sais pas qui est le *Malik*, mais si tu veux le trouver, il te suffira de faire dévêtir tous les hommes de la cité. Celui qui présentera des scarifications en relief sur le torse sera ton père. Mais pourquoi me poses-tu cette question ? Tu veux le tuer ?

— Je ne sais pas encore, gronda Azoumi. Pourquoi pas ? Après tout, c'est ce que dit la prédiction, non ? Tous les fils Azhouf seront tués par leurs fils, et ainsi de suite...

— Si tu ne le tuais pas, dit doucement la jeune femme, tu ferais mentir la prédiction, et le charme serait peut-être rompu.

Azoumi fit la grimace, indécis.

— Il baise nos femmes, finit-il par cracher. Beaucoup, parmi mes frères, entretiennent des liens amoureux avec l'une ou l'autre des filles du harem... Ces histoires d'amour sont parfois sans importance, parfois très sérieuses. J'aimais vraiment Araka. Je ne supportais plus de savoir que mon père pouvait la coucher dans son lit et jouir de son corps... Non, c'était devenu quelque chose d'insupportable. Pour elle et pour moi. Nous sommes nombreux à éprouver la même chose. Il faut que cela cesse.

— Tu veux lui faire la guerre ?

— Oui, même si cela doit se terminer par notre extermination à tous. On ne peut pas continuer ainsi. À cause de lui, nos femmes ne valent pas mieux que des putains. Avant Araka, je m'en fichais. Plus maintenant...

Les autres garçons approuvèrent silencieusement.

— Comment avez-vous réussi à berner Shaadi ? s'enquit Anouna. Elle est pourtant toujours aux aguets.

— Les appartements des femmes ne communiquent pas entre eux, répondit Azoumi. La nuit, chacune est bouclée dans son territoire et ne peut pas voir ce qui se passe chez sa voisine.

— Pas tout à fait, objecta la parfumeuse. Il y a le couloir d'observation qui circule derrière les moucharabiehs.

— C'est vrai, mais seul le *Malik* peut l'emprunter. Shaadi n'y a pas accès. Quand les portes sont fermées et les chiens lâchés, Shaadi est comme les autres, prisonnière de son petit territoire. Ces appartements ne sont en réalité que des geôles dorées.

— Mais elle pourrait très bien avoir accès au couloir d'observation, insista Anouna. Tu ne l'as sans doute jamais examiné de près, mais c'est un tunnel qui circule à l'intérieur des murs pour permettre au *Malik* d'espionner les femmes. Dans chaque chambre s'ouvre une fenêtre fermée par un panneau de bois sculpté, apparemment inamovible, scellé dans la maçonnerie. Un panneau qui permet d'observer sans être vu. Je me suis souvent dit que ces fenêtres étaient peut-être en réalité des portes qu'on pouvait ouvrir de l'intérieur du couloir. Shaadi est bien vue du *Malik*, et celui-ci a pu lui donner la possibilité d'accéder à ce boyau. Tu la crois enfermée comme les autres, alors qu'en fait elle circule peut-être en toute liberté à travers le tunnel d'observation. Elle va où elle veut. Elle espionne ses ennemies, et, quand elles sont endormies, Shaadi ouvre doucement les panneaux d'ébène pour aller étouffer les bébés dans les chambres des autres femmes...

— C'est idiot ! s'esclaffa Azoumi. Shaadi est trop grosse, jamais elle ne réussirait à entrer dans le tunnel. Elle y resterait coincée !

— D'accord, admit Anouna. Shaadi est énorme... mais Baga, sa fille ? Tu y as pensé ? Baga est maigre et rapide. Sour noise. On ne l'entend jamais approcher. Je l'imagine très bien dans le rôle de l'étouffeuse au coussin de cuir.

Azoumi eut un geste agacé.

— De toute manière, ça n'a pas d'importance, grogna-t-il. Une fois de l'autre côté, nous les tuerons toutes les deux. Shaadi et Baga. Leur sort est déjà arrêté.

— Il y a les soldats, murmura la jeune femme. Je les ai vus à l'œuvre, ce sont des tueurs entraînés. Ils savent se battre. Vous n'avez aucune chance contre eux.

Cette fois, le garçon se redressa, piqué au vif.

— La nuit, ils dorment ! cria-t-il. Nous leur trancherons la gorge dans leur sommeil. Quoi que tu penses, nous avons encore assez de force pour manier un couteau. Une fois les gardes liquidés, le *Malik* se retrouvera seul au milieu de ses femmes et de ses eunuques. Oui, seul, tout seul...

Ils passèrent le reste de la journée à échafauder des stratégies d'invasion. Anouna, à l'aide d'une badine, traçait des plans dans le sable. Elle n'ignorait pas que ses dessins étaient souvent fort approximatifs, mais sa survie dépendait de sa pseudo-science des couloirs et il était hors de question qu'elle laissât transparaître son ignorance. La fougue d'Azoumi lui faisait peur. L'aîné des survivants comptait trop sur la chance. Il ne paraissait pas se rendre compte qu'il était maigre, faible, et qu'il se fatiguerait vite à courir le long des corridors du palais. Il allait se heurter aux *ghuzats,* ces hommes du désert, ces guerriers impitoyables, bien nourris, solides. Et puis il y avait les chiens... Toujours les chiens.

— Votre graisse de lion ne vaut plus rien, dit-elle. Les molosses vous sauteront dessus dès que vous ouvrirez la porte du hammam. Ils feront un tel raffut que les sentinelles postées à l'entrée du harem donneront l'alarme. Comment comptez-vous prendre de vitesse douze dogues dressés à tuer ?

Azoumi lui jeta un regard perçant.

— *Et toi ?* siffla-t-il. Comment t'y es-tu prise ? Je sais que tu as un secret. Araka m'a raconté comment tu as réussi à demeurer intacte alors même que ton amie Neferît se faisait mettre en pièces.

— Moi c'est différent, expliqua Anouna. Je suis parfumeuse. J'ai fabriqué une odeur qui ressemblait à celle du *Malik.* Je m'aspergeais avec ce liquide pour tromper les chiens.

— Tu pourrais en fabriquer, pour nous ?

— Non, il faut des ingrédients difficiles à rassembler. Mon coffre de parfumeuse est resté de l'autre côté, et je peux difficilement aller le chercher.

Le jeune homme parut réfléchir.

— Il y a des parfums, ici, dit-il. Toutes sortes de parfums, dans le bâtiment des prêtres, là où sont entassées les momies des chiens. Les gens qui vivaient là avant nous s'en servaient pour communiquer avec les dieux. Tu y trouverais peut-être de quoi fabriquer de nouveau une odeur semblable à celle que tu as utilisée pour tromper les chiens ?

— Je ne sais pas, avoua la jeune femme. C'est possible. Il faudrait que je voie de quoi je puis disposer.

— Je t'emmènerai là-bas tout à l'heure, décida Azoumi. Si tu peux confectionner ce déguisement parfumé, nous n'aurons plus de problèmes avec les animaux.

Il s'emballait, comme toujours, balayant les difficultés avec une fougue d'adolescent trop sûr de lui.

Quand vint la nuit, Anouna était épuisée d'avoir répété tout le jour les mêmes descriptions. La tribu se rassembla autour du feu pour partager de la viande rance de mouton. Les portions se révélèrent dérisoires et elle ne s'étonna plus de la maigreur des jeunes gens qui l'entouraient. Le repas à peine avalé, le groupe se disloqua, chacun regagnant sa niche pour aller dormir. Anouna resta seule avec Azoumi. Pas une fois au cours des agapes les femmes n'avaient pris la parole. Ombres furtives, elles se déplaçaient derrière les hommes pour remplir les écuelles et servir une sorte d'infusion douceâtre confectionnée avec des dattes fermentées qui tenait lieu de bière.

— Tu le vois bien, dit sourdement le jeune homme, ça ne peut plus durer. Les enfants meurent, il n'y a plus assez à manger. Nous nous battons entre frères pour mettre la main sur les provisions que Baba Saada fait déposer dans le hammam à notre intention. La faim nous transforme en loups. De plus en plus souvent, nous en sommes réduits à manger des momies de chiens. Certains ne résistent pas très longtemps à ce régime. Ils finissent par mourir empoisonnés. Nous essayons de pêcher les poissons du bassin, mais c'est difficile, et de toute façon, ils ne sont pas assez nombreux pour nous permettre de manger à notre faim. Si nous les attrapons tous, le *Malik* finira par trouver cela curieux et fera examiner les bassins par des plongeurs. Il risque alors de découvrir le tunnel d'irrigation, et c'en sera fait de nous.

Il parlait à voix basse pour éviter que ses paroles ne s'envolent en écho vers la voûte. Les reflets du petit feu de camp accusaient le relief de son visage. Anouna le trouva beau, triste et sauvage.

— Nous n'avons même plus la liberté de faire l'amour à nos femmes comme nous le voulons, ajouta le jeune homme, car il serait dangereux de donner naissance à trop d'enfants.

Un jour, nous deviendrons fous ; pour ne pas mourir de faim, nous commencerons à nous entredévorer, comme des bêtes sauvages. Cela ne doit pas arriver. C'est pour cette raison qu'il faut passer de l'autre côté du mur et s'emparer de la ville.

Se redressant, il fit signe à Anouna de le suivre.

— Viens, dit-il. Tu vas dormir dans ma maison, ainsi tu seras à l'abri. Il faut que tu fasses très attention à ne pas t'éloigner de notre campement, car les autres clans sont aux aguets, ils pourraient être tentés de t'enlever. Il n'y a pas assez de femmes pour contenter tout le monde. Ne te promène jamais toute seule dans les ruelles si tu ne veux pas devenir la putain d'une bande d'adolescents en rut.

Il prit la direction d'une petite maison à demi ensablée et s'y glissa par une fenêtre, la porte étant devenue inaccessible. Comme partout ailleurs, seul le deuxième étage était encore habitable.

— C'était là que vivaient les mineurs, expliqua Azoumi. La fièvre de l'or avait fait d'eux des criminels qui livraient leurs fils aux sacrificateurs du grand temple de Kelb-el-Kebir. Ils sont partis en abandonnant tout derrière eux. Tout sauf l'or. Baba Saada dit qu'aujourd'hui, les tempêtes ont comblé l'entrée de la mine et qu'on ne sait même plus où elle se trouve. (Il désigna à la jeune femme une natte déroulée dans un coin et se retira dans une pièce contiguë.) Ne cherche pas à t'enfuir. Tu serais beaucoup plus mal traitée par les autres clans. Finalement, tu as plutôt eu de la chance de tomber sur nous. Au moins, avec moi, dans peu de temps tu seras libre ou tu mourras, mais tu ne finiras pas ici, prisonnière de la nécropole.

19

Le lendemain, Azoumi la conduisit au temple d'Anubis afin qu'elle pût étudier les parfums laissés par les prêtres. Après avoir traversé diverses cryptes emplies de momies canines, Anouna franchit le seuil d'une salle encombrée de flacons et de pots. Des mortiers poussiéreux s'alignaient sur une table.

— En as-tu pour longtemps ? demanda le garçon.

— Je ne sais pas, avoua la parfumeuse. Je ne peux même pas t'assurer que j'y parviendrai.

— Nous allons monter la garde aux abords du temple, décida Azoumi. C'est plus prudent.

Anouna resta seule en tête à tête avec les odeurs mystérieuses enfermées dans les pots d'argile. Elle travaillait depuis déjà un long moment quand un frôlement la fit sursauter. C'était Assoud, le petit garçon qui l'avait accueillie à sa sortie du bassin.

— Tiens, tiens, fit Anouna, te revoilà ? Il me semble qu'hier, tu m'as bien laissée tomber !

— Je ne pouvais rien faire pour toi, dit le gamin, penaud. Ils m'auraient battu. Ce sont des fous. Tu vas rester avec eux ?

— Je n'ai pas le choix.

— Méfie-toi, Azoumi n'a plus toute sa tête depuis la mort d'Araka et de son bébé. Il veut faire la guerre à notre père. C'est idiot, il nous fera tous tuer. S'il s'attaque aux soldats du *Malik*, on comprendra tout de suite qu'il y a un passage dans le hammam.

— Tu préfères rester ici toute ta vie ?

— Je ne sais pas. Est-ce qu'on est plus heureux à l'extérieur ?

Anouna s'avoua incapable de lui répondre.

— Certains frères pensent qu'il vaudrait mieux tuer
Azoumi avant qu'il ne se lance à l'attaque du harem, énonça
Assoud. J'en connais qui lui trancheraient la gorge sans une
hésitation.

— Et toi ?

— Je ne sais pas. Il y a tous ces gâteaux au miel, de l'autre
côté… Ça, c'est une bonne raison pour déclencher une
guerre ! La meilleure que je connaisse.

Un bruit de pas le mit en fuite et la jeune femme ne
chercha pas à le retenir.

Quand Azoumi vint aux nouvelles, elle lui dit qu'elle avait
peut-être une chance de parvenir à confectionner le parfum
qui leur permettrait de duper les chiens. Elle exagérait un
peu. En réalité, l'odeur obtenue ne serait pas aussi fidèle que
celle dont elle avait usé lors de ses incursions au milieu de la
meute, mais elle ne pouvait espérer faire mieux, les essences
abandonnées par les prêtres étant en partie éventées.

Deux jours s'écoulèrent en discussions épuisantes. À
présent, Azoumi et ses demi-frères voulaient à tout prix savoir
à quoi ressemblait le monde du dehors une fois qu'on était
sorti d'Al-Madina-Kamina. Ce que leur expliquait la parfumeuse leur semblait inacceptable. Les notions d'étendue,
d'espace illimité, ne faisaient pas partie de leur vocabulaire.
Qu'on puisse marcher des jours entiers sans jamais atteindre
le bout du monde leur paraissait absurde.

— Ce n'est pas possible, grondait Azoumi à bout de
patience. *Tout finit quelque part.* Rien ne peut être aussi
grand. Tu inventes ces fables pour nous impressionner. Tu
veux nous faire peur pour nous empêcher de sortir.

La colère le faisait se dresser en agitant les bras. Anouna se
défendait tant bien que mal. À bout d'arguments, elle se
résolut à leur demander comment, eux, voyaient les choses.

— Comme des maisons, se décida à expliquer l'un des
garçons. De grandes maisons emboîtées les unes dans les

autres... Plus elles sont hautes, plus les gens qui y habitent sont grands. Peu à peu, ils deviennent des géants... mais il y a toujours plus géant qu'eux. C'est comme ça, à l'infini. Nous, nous sommes tout en bas de l'emboîtement. Tout petits.

Il se tut, gêné de s'être laissé aller, et répéta : « Des maisons... des maisons emboîtées. »

La tâche de la jeune femme se compliqua lorsqu'elle dut aborder le sujet du soleil, du ciel, du vent et de la mer. Ces notions furent rejetées en bloc par les jeunes gens. Pour eux, la lumière qui s'infiltrait par les crevasses du dôme était celle d'une lampe gigantesque suspendue au plafond de la « maison » qui contenait Al-Madina-Kamina. Voilà pourquoi ils avaient peur de quitter leur prison : ils redoutaient secrètement de rencontrer les géants de l'extérieur, de la même façon que des souris appréhendent de se retrouver nez à nez avec un chat en sortant de leur trou.

Un peu plus tard, Azoumi la tira à l'écart pour lui dire :

— Il ne faut pas nous en vouloir si nous ne comprenons rien à ton monde. Nous sommes pires que notre père. Nous sommes les prisonniers d'un autre prisonnier. J'ai peur de ce qui nous attend au-dehors, mais cela ne changera rien à mes plans. Je passerai de l'autre côté du mur. Et tu nous guideras. Nous triompherons ou nous mourrons ensemble.

Dans les jours qui suivirent, le clan d'Azoumi fut l'objet de plusieurs attaques sournoises. Anouna, à deux reprises, faillit être atteinte par une flèche tirée d'une terrasse voisine. Azoumi lui-même fut blessé à l'épaule, mais la plaie se révéla sans gravité. L'un de ses frères, lui, eut moins de chance, car un trait lui traversa la gorge, le foudroyant sur le seuil de sa maison.

— Ils ont peur, expliqua Azoumi après les funérailles. Ceux qui croupissent dans les ténèbres, tous ces petits clans dispersés à travers la cité. Ils s'affolent. Ils savent que nous allons tenter une sortie. Ils préfèrent continuer à vivre ici comme des rats plutôt que de partir en guerre contre le *Malik*. C'est pour ça qu'ils essayent de nous tuer, toi et moi. Ils pensent que notre mort mettra fin au projet.

S'approchant de la jeune femme, il la saisit par l'épaule ; sa main était brûlante.

— Il ne faut plus tarder, murmura-t-il. Le temps nous est compté. Si nous traînons trop longtemps dans les parages, ils finiront par nous avoir. Surtout s'ils se liguent contre nous. Ce sont des couards, mais ils sont nombreux. Dès que tu auras fabriqué assez de parfum, nous passerons à l'attaque. Nous n'avons plus le choix, désormais.

Anouna sentit qu'il avait raison. Elle n'était pas en sécurité ici. Les clans ennemis allaient la traquer sans relâche car elle était celle qui connaissait la topographie du palais, le guide par excellence, la femme venue du dehors qui, par sa présence, rendait les pires folies réalisables. Elle devait disparaître, avant que ce fou d'Azoumi ne déclare la guerre au *Malik*. Mieux valait être des rats vivants que des héros morts.

— Ils cultivent l'espoir qu'un jour, Idriss-Azhouf s'en ira, dit Azoumi. Qu'il lèvera le camp pour aller s'installer ailleurs, dans un endroit encore plus inaccessible, et qu'alors nous pourrons enfin quitter la nécropole sans avoir à craindre sa colère.

— Mais tu n'y crois pas... observa Anouna.

— Non. Même si notre père s'en allait, ils n'oseraient pas sortir. Ils resteraient tous terrés ici, par peur de ce qui existe au-dehors. Du soleil, de la lumière... de tout ce dont tu nous as parlé. J'en suis sûr. Ils resteraient là, prisonniers d'eux-mêmes.

Escortée par le clan, Anouna se rendait tous les jours dans le cabinet aux parfums des prêtres d'Anubis. Ces expéditions étaient l'occasion de fréquentes escarmouches, et il leur fallait se protéger des flèches sous des boucliers de fortune confectionnés à l'aide de portes récupérées dans les maisons ensablées. La jeune femme travaillait dans un état de grande tension, persuadée d'aller au-devant d'une catastrophe.

« C'est de la folie, se répétait-elle, nous courons à une mort certaine. Dès qu'Azoumi ouvrira la porte du hammam, les bêtes se jetteront sur nous... »

Elle était prise entre deux feux. D'un côté ou de l'autre du mur qui partageait la cité, il se trouvait des gens pour vouloir sa mort.

Azoumi la pressait. Il avait rassemblé le plus d'armes possible : des poignards, des glaives de cuivre. Il avait ordonné aux femmes de confectionner des bâillons avec les bandelettes récupérées sur les momies.

— Pourquoi ? lui demanda Anouna. Tu veux bâillonner les gardes ?

— Non, répondit-il. C'est pour nous. Pour étouffer nos cris si les chiens nous mordent. Les bêtes sont dressées à ne pas aboyer, mais les hommes ont parfois du mal à garder les dents serrées lorsqu'on leur arrache un bras.

Il étudiait les plans dessinés par Anouna, essayant de les mémoriser. C'était difficile.

— Il n'y a que toi qui puisses réellement nous guider, répétait-il. Une fois les sentinelles du harem neutralisées, tu devras nous mener droit au dortoir des soldats, afin que nous les égorgions dans leur sommeil. C'est notre seule chance de réussir, tu sais bien que nous sommes trop faibles pour supporter la fatigue d'un combat prolongé.

Anouna hochait la tête en silence. C'est vrai qu'ils faisaient peine à voir, ces « guerriers » efflanqués aux côtes saillantes. Ils s'épuisaient vite, elle pouvait le constater chaque fois qu'ils l'escortaient au temple. Seraient-ils seulement capables de traverser le palais du *Malik* dans toute sa longueur avant d'être à bout de forces ?

« S'ils échouent, je suis perdue », pensait-elle de plus en plus fréquemment.

Elle remplit une jarre avec la solution odorante qu'elle avait obtenue en mélangeant les substances abandonnées par les prêtres de Kelb-el-Kebir. Le sort en était jeté. Si les chiens ne se laissaient pas duper, la tentative d'invasion des fils d'Idriss-Azhouf se terminerait au sommet de l'escalier du hammam... dans un bain de sang.

— Il faut y aller, décida Azoumi. Il ne sert à rien d'attendre plus longtemps.

— Tu as prévenu Baba Saada ? s'enquit la parfumeuse.

— Non, dit le jeune homme. Je ne veux courir aucun risque. Personne ne sait, à part nous. Ainsi les femmes ne pourront pas bavarder.

— Tu as bien réfléchi à ce qui risquait d'arriver ? insista Anouna.

— Oui, je continue à penser que nous avons une bonne chance de réussir. Il n'y a qu'une quinzaine de soldats et nous sommes dix. Ils sont vieux, et nous sommes jeunes...

— Oui, mais ils sont entraînés.

— Ils dormiront. Le meilleur entraînement ne sert pas à grand-chose quand on est plongé dans le sommeil.

Il était inutile d'insister. Il y aurait deux sentinelles en poste à la porte du harem, deux autres à l'entrée de la ville. Leur présence était en grande partie symbolique, car la tempête montait la garde mieux que n'importe quel *ghuzat*. Certes, Azoumi, fort de ses 18 ans, jugeait ces combattants quadragénaires avec mépris, mais Anouna les avait vus à l'œuvre lors de l'attaque de la caravane. Elle savait de quoi ils étaient capables. Azoumi se trompait en les prenant pour des vieillards.

On rassembla les armes, on dit adieu aux femmes, aux enfants, puis l'on traversa la ville abandonnée pour rejoindre le point d'eau. Maintenant, tout allait se jouer très vite. Anouna portait en bandoulière la jarre scellée qui contenait le parfum destiné à tromper les molosses. Elle luttait contre une horrible tentation : celle de feindre un faux mouvement et de laisser le récipient se briser sur le sol. Sans l'odeur du *Malik,* l'invasion devenait impossible...

Elle fut sur le point de passer à l'action, puis se ravisa à la dernière seconde. Non, il ne fallait pas. Si elle faisait cela, Azoumi la tuerait.

Lorsqu'ils atteignirent le bassin, au pied de la grande muraille, ils s'installèrent à l'intérieur d'une maison à demi ensablée pour se mettre à l'abri des flèches qu'on aurait pu leur décocher du haut des bâtiments voisins. À présent, il fallait attendre la tombée de la nuit. Anouna constata que la traversée de la nécropole avait considérablement fatigué les jeunes gens. Comment, dans ce cas, supporteraient-ils la remontée sous les eaux, puis la marche forcée à travers la cité ?

Personne ne disait mot, la tension se lisait sur les visages. On partagea un peu de nourriture : des galettes et des dattes mises de côté en prévision de l'occasion. C'était un repas de famine, mais que les gorges nouées par la peur eurent tout de même de la peine à avaler.

Anouna se recroquevilla dans un coin. Au loin, quelque part sous le dôme fendillé, un mouton bêla, et l'écho prolongea sa plainte de manière insolite. La perspective du combat avec les dogues terrifiait tout le monde par avance.

La luminosité baissa. La nuit s'installait. Maintenant, les regards se tournaient vers la surface liquide et noire du bassin. Anouna frissonna, brusquement écrasée par l'absurdité de l'entreprise. Elle allait prendre d'assaut un palais avec, en tout et pour tout, une armée composée d'une dizaine d'adolescents décharnés. C'était de la folie, un plan de bataille imaginé par des gosses impatients de jouer à la guerre. Un plan de bataille qui allait tous les tuer.

— Maintenant ! décida Azoumi en se levant. C'est le moment. Faites attention lors de la remontée du tunnel. C'est la première fois que vous nagez en portant des armes. Tâchez de ne pas rester coincés.

Les garçons formèrent un cercle et s'étreignirent avec violence pour se dire adieu. Certains pleuraient.

Dans une heure, ils se trouveraient face à face avec leur père, et ce serait pour le tuer...

— Mes frères, murmura Azoumi, n'oubliez jamais que le sang d'un roi coule dans nos veines. Nous ressemblons à des rats mais nous sommes des princes. Battez-vous et mourez en princes, l'heure de la justice a sonné. Nous revenons d'entre les morts pour prendre la place qui nous est due.

Les garçons s'embrassèrent une dernière fois puis marchèrent vers le bassin. Azoumi décida que la parfumeuse plongerait tout de suite après lui.

— Comme ça, expliqua-t-il, si tu es coincée, je te tirerai.

242   *Serge Brussolo*

Il mentait. « Il a peur que je renonce et que j'aille me cacher dans la nécropole, pensa Anouna. Il veut me surveiller. »

Ils enjambèrent la margelle et se laissèrent couler au fond du bassin, manœuvre facilitée par le poids des armes qu'ils portaient en bandoulière. L'eau glacée fit suffoquer la jeune femme. Ils étaient tous nus afin de ne pas courir le risque de s'empêtrer dans leurs vêtements au cours de la remontée du tunnel d'irrigation. Anouna agissait dans un état second, pas très sûre d'être réellement éveillée. Comme la première fois, elle s'enfonça dans l'obscurité fluide du bassin et localisa l'entrée du passage à tâtons. Jamais son cœur n'avait battu si vite. Elle faillit céder à la panique et perdre la cruche. Quand elle fit surface, elle heurta le corps nu d'Azoumi et sentit affluer en elle une bouffée de désir incongrue. Pour un peu, elle l'aurait supplié de la prendre là, devant les autres, sans attendre...

« C'est parce que je vais mourir, songea-t-elle avec terreur. On dit que le corps, quand il sent sa fin prochaine, exige de faire une dernière fois l'amour. »

Le jeune homme l'aida à nager vers la margelle qui faisait le tour du *natatio*. Ils étaient revenus dans le hammam.

À bout de souffle, Anouna se hissa au sec et attendit que son cœur reprenne un rythme normal. Les bains étaient déserts, seulement éclairés par les veilleuses qu'on laissait brûler dans l'espoir d'effrayer les esprits malfaisants. Les garçons firent surface les uns après les autres. Quand ils furent tous agenouillés sur les dalles, Azoumi leur dit de prendre le temps de se reposer. Le plus dur était à venir. Anouna eut le réflexe de se lever pour aller chercher des linges avec quoi ils purent enfin se sécher. Ils avaient tous conscience de vivre le dernier moment de répit avant la tourmente. La parfumeuse était partagée entre le désir de faire durer cet instant le plus longtemps possible, et celui de mettre fin à cette attente insupportable en précipitant les choses.

« Je suis vivante, se répétait-elle. Pour l'instant je suis *encore* vivante. »

Elle serrait les mâchoires pour ne pas claquer des dents. Elle regarda en direction de l'escalier qui menait au harem. Leur sort allait se jouer en haut de ces marches.

— Séchez-vous bien, ordonna-t-elle aux jeunes gens d'une voix trop brusque. On ne peut pas se permettre de diluer le parfum.

Elle voulut ôter le bouchon qui obturait la jarre mais ses mains tremblaient trop. Azoumi vint à son secours. Levant le récipient, il versa un peu du liquide dans les paumes tendues de ses frères. Les garçons se frictionnèrent. Anouna découvrit qu'elle était incapable de faire un geste. La peur d'avoir échoué dans sa composition la paralysait. Ce fut Azoumi qui dut lui enduire le corps d'huile. Lorsque les mains du jeune homme se posèrent sur elle, elle éprouva de nouveau cette violente envie de faire l'amour qui l'avait déjà assaillie dans le bassin.

« Je vais mourir, pensa-t-elle. C'est un signe... Un signe qui ne trompe pas. »

Le regard des adolescents la contraignit à se reprendre, elle se leva.

— Ça sent vraiment quelque chose ? s'enquit Azoumi qui flairait ses paumes. On dirait de l'eau.

— Oui, dit la jeune femme. Pour un chien ça sent même très fort...

Elle faillit ajouter : « Reste à savoir si ce sera la bonne odeur ! » mais elle s'abstint. Il n'était pas utile de saper le courage des garçons au seuil de l'épreuve.

— Mettez les bâillons ! ordonna Azoumi. Et mordez bien dedans. Ils étoufferont vos hurlements si vous êtes blessés par les chiens. N'oubliez pas que le moindre cri peut éveiller l'attention des sentinelles. La protection d'Anouna passe avant tout. Elle est la seule à pouvoir nous guider dans les couloirs. Si les choses tournent mal, faites-lui un rempart contre les chiens. Rappelez-vous ce que nous avons décidé : les plus jeunes et les plus faibles s'occuperont des animaux. Les plus forts resteront en réserve car j'ai besoin d'eux pour tuer les soldats.

— Nous sommes prêts, répliqua un adolescent très pâle qui devait avoir 12 ou 13 ans. Si le parfum ne réussit pas à berner les chiens, nous entrerons en corps à corps avec eux pour détourner leur attention et vous donner le temps d'atteindre la porte du harem.

— J'espère que nous n'en arriverons pas là, murmura Azoumi en ébouriffant les cheveux noirs du jeune garçon.

« Il va sacrifier les plus petits, se dit la parfumeuse. Ceux qui seront incapables d'affronter les soldats. Il va jeter les plus faibles en pâture aux bêtes et profiter de la diversion pour sortir de la zone dangereuse. »

— Mettez les bâillons, ordonna Azoumi. Si je tombe, suivez Anouna et continuez la lutte. Ainsi je ne serai pas mort en vain. Que les djinns nous protègent et nous fassent connaître la joie de la vengeance. *Mektoub.*

Il fut le premier à mordre dans la boule de chiffon et à nouer le bâillon sur sa nuque le plus étroitement possible. Ils empoignèrent tous l'arme qu'ils portaient en bandoulière, sabre, glaive ou poignard. Même Anouna se vit octroyer une dague à lame courbe. Azoumi prit la tête de la colonne et s'élança dans l'escalier du hammam. Les autres lui emboîtèrent le pas. Quand ils furent parvenus en haut des marches, Azoumi marqua une pause, les doigts crochés sur le loquet qui permettait d'ouvrir et de fermer le battant de quelque côté qu'on se trouvât. Leur vie à tous dépendait du geste qu'il allait faire maintenant.

Anouna avait envie de vomir. L'odeur du bâillon et la peur lui levaient le cœur. Elle entendit les molosses qui s'agitaient de l'autre côté. Les animaux avaient perçu l'approche des intrus, ils étaient déjà en train de se rassembler devant la porte du hammam, en un groupe compact prêt à faire face. Azoumi tira le loquet, poussa le battant et s'effaça pour laisser sortir les plus jeunes. Les dogues montrèrent les crocs mais hésitèrent... *L'odeur...* l'odeur les troublait. Déjà, Azoumi saisissait Anouna par le poignet et l'entraînait à travers la salle de promenade en direction de la grande porte à double battant. Ses frères le suivirent. Les animaux s'affolèrent, partagés entre des impulsions contraires. Ils semblaient tout près de passer à l'attaque, sûrement parce que le parfum élaboré à partir des ingrédients oubliés dans la nécropole n'était pas aussi convaincant que celui dont Anouna s'était servie pour les berner.

L'assaut eut lieu alors qu'Azoumi se rapprochait de la sortie. Sans doute fut-il favorisé par la sueur qui ruisselait sur la peau des garçons, délayant l'odeur déjà par trop approximative qui était censée les protéger.

Les bêtes bondirent sur les quatre demi-frères chargés de protéger le flanc droit de la colonne. Ce fut une attaque silencieuse, qu'aucun grognement n'accompagna. Les adolescents ne reculèrent pas et cueillirent les fauves en plein saut, leur faisant éclater la tête d'un revers de sabre. Mais les chiens étaient nombreux, et la mort de leurs semblables ne les effrayait pas. À peine les cadavres des premiers attaquants eurent-ils touché le sol qu'une deuxième vague monta à l'assaut. Azoumi avançait sans regarder derrière lui. Anouna, elle, vit un premier garçon disparaître, happé par le tourbillon des bêtes en furie. Elle perçut la plainte sourde, étouffée par le bâillon, qui s'échappait de la bouche de l'adolescent qui était en train de mourir. Déchiré de partout, la chair pendant sur les os mis à nu, il continuait à frapper au hasard, cassant les têtes et fendant les échines. Quand il tomba enfin, un dogue se rua entre ses cuisses pour lui arracher les testicules.

Azoumi avait atteint la porte. Deux de ses frères se postèrent de chaque côté des battants et les repoussèrent à la volée, bousculant les sentinelles ensommeillées qui montaient la garde de l'autre côté. La seconde d'après, Azoumi bondissait dans le corridor et poignardait les soldats. La troupe s'engouffra dans le passage, les chiens sur les talons.

Azoumi referma les portes au moment même où le premier des dogues essayait de se faufiler dans l'ouverture.

Les battants étaient si épais qu'on ne percevait aucun écho du carnage qui se poursuivait à l'intérieur de la salle de promenade. Anouna se débarrassa du bâillon qui l'étouffait. Trois adolescents étaient restés au milieu des chiens. On ne pouvait rien faire pour eux. Rouvrir la porte, c'était courir le risque de voir la meute envahir le corridor.

Azoumi et ses frères étaient blêmes. Le visage baigné de sueur. « S'ils ne s'étaient pas mis à transpirer, nous serions passés sans dommage au milieu des bêtes », songea la parfumeuse.

— Il faut continuer, gronda Azoumi en arrachant la boule de tissu de sa bouche. Nos frères sont en train de mourir pour nous permettre de vaincre. Reprenez-vous ! Allez !

Pour donner l'exemple, il se baissa et ramassa les glaives des soldats qui étaient de meilleure facture que les armes récupérées dans la nécropole. Ses yeux brillaient d'un éclat sauvage.

— À toi, maintenant ! souffla-t-il en se tournant vers Anouna. Conduis-nous au dortoir des soldats. Montre-nous le chemin.

Anouna s'ébroua. Ils n'étaient plus que sept. Ils haletaient de fatigue et ils voulaient continuer...

— Par là, balbutia-t-elle. Attention, il n'est pas impossible que nous nous retrouvions nez à nez avec votre père... Vous savez qu'il a l'habitude de se promener la nuit. Mais comme il est somnambule, il suffira de s'écarter pour le laisser passer. Il ne nous verra même pas.

— Alors je prendrai le temps de le réveiller pour le tuer, grogna Azoumi avec un éclair de folie dans le regard.

Ils s'élancèrent dans le dédale des couloirs trouant la bâtisse. Anouna, prenant la tête du groupe, essayait de s'orienter, mais l'affolement brouillait ses souvenirs. À deux reprises, elle se trompa et perdit du temps à retrouver la bonne direction. À la lueur des veilleuses de cuivre, tout se ressemblait. Elle réussit enfin à localiser le quartier des soldats. Une sentinelle somnolente veillait sur le seuil. Les jeunes gens durent s'arrêter à l'angle d'un mur pour ne pas être aperçus du *ghuzat* qui se cramponnait à la hampe de sa lance, les yeux mi-clos.

Anouna mesura la distance les séparant du gardien. Azoumi n'aurait aucune chance de la franchir avant que l'homme ne se réveille. Ces vieux guerriers avaient un sixième sens pour tout ce qui relevait de l'art de la guerre. La parfumeuse s'adossa à la paroi. Les garçons paraissaient épuisés. La course à travers les corridors avait inscrit les signes d'une intense fatigue sur leur visage. La plupart étaient blêmes et avaient les yeux cernés.

« Ils sont à bout de forces, constata la jeune femme. Ils ne tiendront plus longtemps… Si tout ne se règle pas très vite, nous sommes perdus. »

— Vas-y, toi, souffla Azoumi. Occupe-le et arrange-toi pour qu'il nous tourne le dos. Je l'attaquerai par-derrière.

Anouna eut de la peine à comprendre ce qu'il disait tant il était essoufflé. Elle décida d'obéir car c'était en effet le seul moyen de débloquer la situation. Nue, elle tourna à l'angle du couloir et s'avança vers le factionnaire qui sursauta. La vision de cette femme sans voiles lui fit écarquiller les yeux. Les hommes du désert, pudiques, n'avaient pas cette tranquille habitude de la nudité qui restait l'apanage des Égyptiens.

— Que fais-tu là ? lui souffla-t-il. Tu es Anouna, la parfumeuse… On te recherche, le *Malik* a donné l'ordre de t'arrêter.

— Je suis venue me rendre, dit la jeune femme en manœuvrant de manière à forcer la sentinelle à tourner le dos au couloir qu'il était censé surveiller.

Les yeux du *ghuzat* ne parvenaient pas à se détacher du ventre d'Anouna. Son souffle s'était précipité. Il hésitait visiblement à donner l'alarme. Azoumi passa à l'attaque avant que le garde n'ait eu le temps de reprendre ses esprits. En trois enjambées, il franchit la distance qui le séparait de sa victime, la bâillonna avec la paume de la main et lui trancha la gorge. Anouna eut le réflexe de rattraper la lance avant qu'elle ne s'abattît sur les dalles. La voie était libre, le massacre pouvait commencer. Les six autres garçons rejoignirent leur frère aîné au seuil du dortoir. Une petite veilleuse éclairait la salle. Les soldats de Malik-Idriss-Azhouf dormaient là, sur des nattes, au milieu des ronflements et des odeurs lourdes. Leurs corps formaient des masses sombres dans la pénombre. La parfumeuse en dénombra une dizaine. Azoumi et ses frères allaient les égorger comme des moutons. La nausée la submergea et elle eut un mouvement de recul.

« Allons ! se dit-elle. N'oublie pas que ces mêmes soldats ont massacré les chameliers de ta caravane. Ce ne sont pas des innocents mais des tueurs. »

Azoumi prit son souffle comme s'il se préparait à plonger au fond d'un bassin. La lame brandie, il entra dans le dortoir sur la pointe des pieds. D'un geste, il signifia à ses frères de s'occuper chacun d'un homme, et de frapper au moment où il en donnerait le signal.

À cause de la mauvaise lumière, Anouna ne vit pas ce qui se passa ensuite, mais les choses tournèrent mal. L'un des guerriers hurla au moment où on le poignardait. Le coup, sans doute mal ajusté, lui avait entaillé la clavicule au lieu de lui trancher la gorge. Dès lors, tout alla de travers. Les adolescents s'affolèrent et se mirent à frapper au hasard. Le cri avait réveillé les autres *ghuzats* qui roulèrent sur le flanc pour saisir leurs armes. Un combat confus s'ensuivit. Azoumi et ses frères étaient plus jeunes, c'est vrai, mais ils n'avaient ni la science de la lutte ni l'endurance des guerriers du désert. Tout était perdu. Les soldats s'étaient regroupés pour acculer leurs assaillants dans un coin du dortoir. Quatre adolescents gisaient sur le sol, morts ou gravement blessés. Azoumi haletait, adossé à la muraille, encadré de ses deux demi-frères. La tentative d'invasion se soldait par un échec. Dans un instant, les « envahisseurs » n'auraient plus le choix qu'entre deux solutions : se rendre ou se jeter sur les lames de leurs adversaires pour s'épargner les souffrances d'une lente mise à mort.

Anouna sentit qu'il lui restait peu de temps pour échapper aux soldats. Ramassant la cape de laine de la sentinelle abattue, elle s'en enveloppa et prit la fuite. Le harem était trop loin, elle n'aurait jamais le temps d'aller jusque-là. Et puis il y avait les chiens... Si elle ouvrait la porte, ils se jetteraient sur elle. Elle avait beaucoup transpiré en courant, la sueur avait à coup sûr délayé le parfum dont elle s'était aspergée. Dans ces conditions, entrer dans la salle de promenade pour gagner le hammam relevait du suicide.

Elle n'eut pas le loisir de s'interroger plus longtemps car un bruit de course lui signala que l'alarme avait été donnée et que les derniers soldats en faction à l'entrée de la ville se rabattaient vers le dortoir pour venir en aide à leurs camarades. Elle bifurqua au premier croisement, sans même savoir où elle allait. Des hurlements résonnaient derrière elle. Dans un instant, toutes les portes s'ouvriraient, les eunuques viendraient aux nouvelles. S'ils l'apercevaient, ils se saisiraient d'elle. Ils manquaient généralement de puissance musculaire, mais ils étaient lourds, gras, et savaient jouer de leur poids pour immobiliser les récalcitrantes.

La cité se remplissait de rumeurs, un peu partout on rallumait les lampes. Des serviteurs apparaissaient, ici et là, encore indécis. Anouna rabattit le capuchon du burnous sur sa tête et pressa le pas. Au détour d'un couloir, elle croisa Amrita, mais la maîtresse de cérémonie ne la reconnut pas.

Au bout d'un moment, elle réalisa qu'en empruntant un escalier elle se dirigerait vers le temple souterrain de l'Anubis rouge, l'ancien domaine de Dawud-Ayan. Les gens de la cité évitaient généralement cet endroit à cause de sa sinistre réputation ; en s'y dissimulant, elle avait peut-être une chance d'échapper aux rondes des soldats. De toute manière, elle ne pouvait pas s'éterniser dans les couloirs où quelqu'un finirait par la reconnaître.

Elle dégringola l'escalier, s'enfonçant dans l'univers obscur du temple hérétique.

Elle s'attendait à être accueillie par l'odeur de putréfaction du cadavre de Dawud, mais le corps ne gisait plus sur les dalles. Probablement son assassin avait-il jugé plus prudent de le tirer à l'écart ou de l'enfouir dans le sable. Les infiltrations de poussière rendaient possible ce type d'enterrement.

Elle s'accorda le temps de reprendre son souffle. Les veilleuses charbonnaient, proches de l'extinction ; il faudrait les ranimer avant qu'elles ne s'éteignent tout à fait. Quand son cœur eut retrouvé un rythme plus normal, elle s'occupa des lampes. Ses mains tremblaient. Elle n'avait aucune idée de ce qu'elle allait faire ensuite.

« Tu ne pourras pas te terrer là bien longtemps sans mourir de faim et de soif, se dit-elle. Il te faudra sortir... »

Elle se sentit sur le point de fondre en larmes et se raidit contre le découragement.

La lampe à la main, elle visita les salles réservées au culte de Kelb-el-Kebir. Tout était désert. Lorsqu'elle s'avança sur le seuil de la chambre des sacrifices, elle frissonna. L'énorme statue du Chien rouge la dominait, menaçante, et les reflets tremblants du lumignon animaient ses traits d'un semblant de vie plutôt inquiétant. Le coussin de cuir reposait toujours sur l'autel. Anouna hésita, assaillie d'une crainte superstitieuse. Elle dut se forcer à continuer. Traversant la chambre d'un pas rapide, elle explora la salle du trésor, là où Dawud gardait entassés les sacs de poudre d'or. Si elle parvenait à s'emparer de l'un d'entre eux et à quitter la ville, elle serait à l'abri de la pauvreté jusqu'à la fin de ses jours.

Lorsqu'elle se pencha sur le butin, elle déchanta aussitôt. Les sacs étaient remplis de sable. On s'était contenté de les saupoudrer superficiellement de poussière d'or pour faire croire à l'existence d'un trésor, mais il s'agissait d'un maquillage. Dès qu'on les perçait, on voyait s'écouler la poussière de silice la plus vulgaire. Du sable, rien que du sable.

« Pauvre Dawud, songea la jeune femme. Il s'était décrété gardien d'un trésor qui n'existait que dans son imagination. »

Elle se laissa tomber sur l'amoncellement de sacs, découragée. Elle mourait déjà de soif. Elle eut une pensée pour Azoumi et ses frères. Étaient-ils encore en vie ? Quel gâchis ! Et pourtant, l'invasion avait été bien proche de réussir. Il s'en était fallu de peu...

La soif la contraignit à reprendre son exploration. Elle finit par trouver ce qu'elle cherchait : les réserves de Dawud. Une outre d'eau, des galettes, une poignée de dattes séchées. Elle but. La peau de chèvre avait communiqué au liquide son goût désagréable.

« Et maintenant ? » pensa-t-elle.

Elle avait obtenu un sursis mais guère davantage. Si Azoumi ou l'un de ses frères mentionnaient son nom, les gardes se mettraient aussitôt à sa recherche... ils viendraient fatalement ici.

« S'ils ne me trahissent pas, se dit-elle, je disposerai d'un peu plus de temps. Le temps que l'outre se vide, que les galettes s'épuisent. Ensuite... »

Elle se redressa et rassembla au même endroit tout ce qui pourrait lui être utile au cours des heures à venir : nourriture, mais aussi combustible pour les lampes, couteaux, ustensiles divers.

Le silence des lieux l'oppressait. Ici, au cœur des fondations, on était coupé des bruits ordinaires de la cité. C'était une enclave hors du monde. Un univers étrange, le vestibule au seuil duquel daignaient parfois s'avancer les dieux pour commercer avec les hommes.

Elle se confectionna une niche au creux des sacs de sable et s'y pelotonna pour attendre le matin. Peu à peu, la fatigue eut raison de son énervement.

Elle dormit très mal, par à-coups, se réveillant en sursaut chaque fois qu'un cauchemar la faisait suffoquer. Elle crut plusieurs fois entendre des pas, comme si quelqu'un se déplaçait dans les ténèbres, à tâtons. Elle rêva que le fantôme de Dawud-Ayan s'approchait du monceau de sacs pour la regarder dormir. La tunique de lin du prêtre fou était couverte de sang. L'*ouâbou* tenait le coussin de cuir entre ses mains et se penchait vers Anouna en murmurant : « Laisse-toi faire, tu verras, ce n'est pas douloureux, et après tu seras enfin en paix. Plus personne ne pourra te faire de mal. Plus personne. »

Quand Anouna se réveilla, elle ne savait plus si c'était le soir ou le matin. Dans le temple souterrain, on ne disposait d'aucun moyen d'entrapercevoir un morceau de ciel.

Elle mangea quelques dattes, une galette, but une rasade d'eau croupie, et attendit en échafaudant des plans fantaisistes pour s'enfuir de la cité. Elle ne voulait pas admettre qu'elle était bel et bien prise au piège. Pourrait-elle suffisamment modifier son apparence pour se glisser impunément au milieu des travailleurs de la salle commune ? En se voilant, elle aurait peut-être une chance d'approcher de la fontaine

ou de se procurer un peu de nourriture... Mais non ! c'était
absurde ! Les gens qui vivaient sous le dôme se connaissaient
tous, l'arrivée d'une étrangère ne ferait qu'éveiller leur
méfiance. Il n'y avait pas de solution.

Elle en était là de ses réflexions quand elle entendit de
nouveau l'écho d'un pas ténu. Quelqu'un approchait, s'arrêtait pour sonder le silence, puis reprenait sa marche. On
venait...

Elle se redressa, affolée. Le temple était un cul-de-sac. Un
cul-de-sac hors du monde mais un cul-de-sac tout de même !
Elle devait se cacher... Mais où ?

S'enterrer sous les sacs de sable ? Non, elle n'en aurait pas
le temps. Ramassant la lampe de terre cuite, elle se déplaça
rapidement d'une pièce à l'autre jusqu'au moment où elle
passa devant la porte de la rotonde sacrée, là où la trace du
pied d'Anubis était imprimée dans le sable de l'oasis depuis
l'aube du monde. Cédant à une impulsion, elle entrebâilla le
battant et se glissa dans le sanctuaire. À peine entrée, l'absurdité de sa décision l'anéantit. Le lieu n'était sacré que pour
les prêtres de Kelb-el-Kebir, les soldats, eux, n'auraient aucun
scrupule à le violer.

Désemparée, elle fit quelques pas sur l'arène parfaitement
ratissée. Elle vit alors que l'empreinte millénaire du pied divin
avait disparu...

Interloquée, elle s'avança. Il ne restait rien de la trace
géante saupoudrée de paillettes d'or, quelque chose l'avait
effacée. La prédiction de l'*ouâbou* résonna dans sa mémoire :
« Si l'empreinte du pas d'Anubis disparaît, alors la cité tout
entière sera détruite, et il n'en restera pas pierre sur pierre. »

La main tendue, elle se pencha pour effleurer le sable. Ses
doigts s'enfoncèrent dans la poussière du désert et frôlèrent
les contours d'un visage. Elle sursauta. Elle n'eut qu'à creuser
légèrement pour dégager la tête de Dawud-Ayan. On l'avait
enterré au centre de la rotonde, à l'endroit qu'il avait vénéré
pendant tant d'années. Par mépris, ironie ou ignorance, son
assassin avait du même coup effacé la marque symbolique
autour de quoi s'était bâtie la cité.

On frappa à la porte. Un coup étouffé, mais qui fit se relever Anouna.

— Je sais que tu es là, dit la voix d'Amrita derrière le battant. Ça ne sert à rien de te cacher.

20

Anouna alla ouvrir la porte. La *Negafa* se tenait sur le seuil, une lampe à la main. Elle était seule.

— Je t'ai reconnue hier soir, quand tu fuyais, dit-elle. Je ne t'ai pas dénoncée... Je savais que tu viendrais te cacher ici, c'est le seul endroit que les gens de la cité évitent comme la peste.

Elle se glissa dans l'entrebâillement, s'approcha de la parfumeuse.

— Je ne suis pas ton ennemie, murmura-t-elle. Rappelle-toi, quand tu es arrivée au harem, je t'ai dit de te tenir à l'écart des complots ; tu ne m'as pas écoutée, tu as voulu n'en faire qu'à ta tête. Regarde où tu en es à présent...

— Que se passe-t-il là-haut ? interrogea sèchement Anouna. On me recherche ?

— Azoumi n'a pas prononcé ton nom, si c'est ce que tu veux savoir, répondit la *Negafa*. Il a été emprisonné avec ses deux frères. Idriss est entré dans une colère terrible quand ton prince charmant lui a révélé qui il était en réalité. Son fils... ou plutôt l'un de ses multiples fils !

— Ce n'est pas mon amant, riposta Anouna. Cette invasion était absurde, mais je n'avais pas le choix. Si je ne leur avais pas obéi, ils m'auraient tuée.

Elles chuchotaient toutes deux sans en avoir conscience, comme si quelque divinité invisible était en train de les épier, là, dans la crypte sacrée. L'odeur de la *Negafa* parvint jusqu'aux narines de la parfumeuse, une odeur de peur mêlée d'excitation.

— Toute la cité ne parle plus que de la nécropole et du passage secret noyé au fond du hammam, reprit Amrita. Ce matin même, le *Malik* a fait descendre des ouvriers dans les bains pour combler le *natatio* avec des pierres. Il veut que le passage soit définitivement fermé. Baba Saada et ses complices seront emmurées vives dans leurs appartements ; quant à Shaadi, le bourreau lui crèvera les yeux pour lui apprendre à n'avoir pas été assez vigilante. Baga deviendra surveillante du harem à sa place. Pourquoi pas ? On n'a jamais rien trouvé de mieux qu'une vierge folle pour faire régner la discipline dans un monde de femmes.

— Idriss va faire aveugler Shaadi, sa propre nourrice ?

— Oui, sa colère ne connaît plus de limites. Dans un premier temps, il voulait faire écorcher vives toutes les filles du harem, c'est Abou-Assim qui l'a ramené à de plus justes proportions. Il faut voir dans ces punitions un effet de la grande mansuétude du *Malik*.

— Et Azoumi ?

Amrita raconta comment le *Malik* s'était présenté devant les trois prisonniers, la figure couverte de son habituel masque de cérémonie. Comment, aussi, Azoumi avait aussitôt décliné son identité et celles de ses frères en criant : « Regarde ! Regarde tes fils revenus du royaume des ombres pour que s'accomplisse la prédiction qui pèse sur ta tête ! »

Idriss n'avait pu dissimuler un sursaut de stupeur et d'effroi.

— Il s'est jeté sur eux, chuchota Amrita. Il les a saisis par les cheveux pour leur tourner le visage en tous sens. On sentait qu'il cherchait à deviner une ressemblance. Puis il a pris conscience que nous étions tous là, à le regarder, et que nous pourrions bien, nous aussi, remarquer le lien de parenté existant entre ces garçons. Il a réalisé que cet air de famille nous donnerait peut-être une indication sur sa véritable identité, alors il nous a fait chasser par les gardes. Azoumi lui a craché à la face mais sa salive s'est écrasée sur le carton du masque de chien. Il lui a dit : « Tu n'as pas besoin de ce déguisement puisque tu es déjà, de toute manière, un chien ! » Idriss l'a giflé. J'ai cru qu'il allait l'étrangler. J'ai eu peur d'en voir un peu trop ; je me suis enfuie car il n'est pas bon d'être témoin des conflits qui opposent les grands de ce monde. Pendant que je m'éloignais, j'ai entendu Azoumi crier : « Tueur d'enfants ! Tu n'es qu'un tueur d'enfants ! »

Elle se tut, effrayée par ses propres paroles.

— Les a-t-il fait torturer ? demanda Anouna.

— Non, souffla la *Negafa*. Il a décidé qu'on les étoufferait demain, avec un coussin de cuir, dans la grande salle commune. Les autres sont déjà morts. Ceux qui n'ont pas été mis en pièces par les chiens ont été tués par les soldats. Quant à ceux qui se cachent dans la nécropole, de l'autre côté du grand mur, ils ne pourront plus jamais sortir de leur terrier. Comment est-ce, là-bas ?

Anouna, d'une voix lasse, dit à la maîtresse de cérémonie ce qu'elle voulait savoir. Les deux jeunes femmes sortirent du sanctuaire pour aller chercher refuge dans la chambre du « trésor ».

— Personne ne sait que tu es là, répéta Amrita. Je t'apporterai de l'eau, de la nourriture. Pour l'instant tu es en sécurité. Si tu ne te montres pas, il y a peu de chances pour qu'on t'aperçoive.

— Et pourquoi prends-tu autant de risques ? s'enquit la parfumeuse. Si tu es prise, tu mourras, comme moi, de la pire manière qui soit.

Amrita saisit Anouna par les cheveux, la força à renverser la tête en arrière.

— Il me plaît assez que tu dépendes entièrement de moi, souffla-t-elle, le regard soudain trouble. Maintenant tu ne peux plus me toiser de haut, n'est-ce pas, petite Négresse ?

Et elle plaqua sa bouche sur celle de la parfumeuse.

— Maintenant tu m'appartiens, souffla-t-elle. Ta vie est entre mes mains. Tu devras m'obéir, comme une servante. Il y a longtemps que j'attendais ce moment. Jusqu'à présent je n'étais rien pour toi. Je n'existais même pas ; aujourd'hui, je suis celle qui peut briser le fil de ta vie à n'importe quel moment. Tu le sais ? Dis-moi que tu le sais ?

Et elle tira plus violemment sur les cheveux d'Anouna.

— Je le sais, capitula celle-ci.

Que pouvait-elle dire d'autre ?

— Je trouverai bien un moyen de te faire sortir de la cité, murmura Amrita en se radoucissant. Nous nous enfuirons toutes les deux. Il suffira d'attendre la fin de la saison des tempêtes.

— Tu sais bien que c'est impossible, fit Anouna. On ne peut pas se lancer dans le désert comme ça, sans montures, sans vivres.

— Je m'arrangerai pour obtenir la complicité d'un chamelier, souffla la maîtresse de cérémonie. Les hommes sont faciles à manipuler. Il suffira d'attendre le bon moment.

Anouna savait qu'elle mentait ; Amrita disait cela pour lui faire prendre patience, pour attiser en elle un soupçon d'espoir.

« Elle n'aurait aucun intérêt à me rendre ma liberté, songea-t-elle. Une fois dehors, je n'aurais plus besoin d'elle, alors qu'ici... »

— Ça ne marchera jamais, soupira-t-elle. Tôt ou tard, quelqu'un s'étonnera de te voir prendre si souvent le chemin de l'ancien temple, on te suivra, on nous surprendra...

Amrita haussa les épaules avec forfanterie.

— Je me débrouillerai pour les berner, affirma-t-elle. Ce sont des imbéciles, ce ne sera pas difficile.

Mais la parfumeuse ne partageait pas son optimisme.

Elles se séparèrent car la *Negafa* devait reprendre son service. L'annonce des punitions avait plongé le harem dans la tourmente et les captives allaient de crises de larmes en convulsions nerveuses.

Anouna se retrouva seule. Ce fut une journée éprouvante. Quand le soir tomba, elle se sentait sur le point de devenir folle. La solitude, le désœuvrement et l'angoisse avaient usé sa résistance. À l'idée de rester ainsi cloîtrée pendant des semaines, voire des mois, elle avait envie de se cogner la tête contre les murs. Jamais elle ne tiendrait si longtemps. Elle s'en ouvrit à Amrita quand celle-ci vint lui rendre visite, une fois le petit peuple de la cité endormi.

— Ne te désespère pas par avance, souffla la maîtresse de cérémonie en l'attirant contre elle. Je t'apporterai du lotus bleu, du haschich. L'engourdissement de la drogue te fera oublier l'ennui. Tu dormiras le jour, je viendrai te tenir compagnie la nuit.

Elle avait couché Anouna sur les sacs de sable et la caressait fiévreusement. La parfumeuse savait qu'elle ne pouvait s'offrir le luxe de la repousser. Elle était devenue le jouet de la *Negafa*, un jouet vivant qui ne survivrait qu'à condition de ne pas lasser sa maîtresse. Elle s'abandonna, par calcul, sachant qu'Amrita n'avait qu'un mot à dire pour envoyer les soldats faire une ronde dans le temple désaffecté.

Le lendemain était le jour fixé pour l'exécution d'Azoumi et de ses frères. Anouna exigea d'y assister. Elle avait l'impression d'être en train de perdre la raison. La nuit passée dans les bras d'Amrita lui avait fait comprendre à quel point elle était désormais sans défense. Elle n'avait pas envie de continuer ainsi pendant des mois, de devoir satisfaire les caprices de la maîtresse de cérémonie, de subir ses crises d'autorité, de s'entendre rappeler à tout instant qu'on pouvait la livrer aux autorités si elle avait l'insolence de se montrer indocile.

— Je veux sortir ! hurla-t-elle dans le silence de la crypte. Je ne supporte plus d'être enfermée. Je deviens folle, tu entends ? Je deviens folle !

Elle s'enveloppa dans le manteau de laine volé à la sentinelle, posa un voile sur sa tête et l'utilisa pour dissimuler le bas de son visage.

— On ne me reconnaîtra pas, insista-t-elle. Et puis tous les regards seront tournés vers le lieu du supplice, personne ne fera attention à moi.

Amrita la fixait, les yeux brillants de colère.

— Pourquoi veux-tu le voir mourir ? lança-t-elle. C'était ton amant, c'est ça ?

La jalousie la défigurait. Anouna crut que la *Negafa* allait se jeter sur elle, les ongles en avant, pour lui lacérer les joues.

— Non, dit-elle. Je n'ai pas couché avec lui... Je veux sortir, c'est tout.

Elle ne mentait pas. Elle ne savait pas vraiment pourquoi elle voulait quitter sa cachette, mais si elle passait une minute de plus dans la crypte, elle étoufferait. Elle devinait obscurément qu'elle avait envie d'en finir, qu'un démon malin la poussait à se jeter dans la gueule du loup pour échapper à l'enfermement, à l'amour d'Amrita, à la perspective désespérante de vivre sous terre pendant des mois, des années...

— Si tu ne viens pas, j'irai toute seule, lança-t-elle à sa compagne. Fais comme tu veux, je ne t'oblige pas à me suivre. Jusqu'à présent, personne ne sait que tu es ma complice.

— Tu es folle, siffla la maîtresse de cérémonie. Tu vas nous faire tuer. Tout ça pour un homme...

Anouna traversa les salles désertes pour rejoindre l'escalier qui menait au rez-de-chaussée. Amrita courut pour la rattraper. Elle était pâle.

— Ils nous feront mourir dans des souffrances atroces, balbutia-t-elle. Ils aiment torturer les femmes, l'imagination des bourreaux s'embrase dès qu'il s'agit de nous malmener. Tu veux te venger, c'est ça ? Tu veux me punir pour ce que je t'ai obligée à faire ?

— Non, dit la parfumeuse en escaladant les marches. Je veux voir la lumière. En bas, j'ai l'impression de devenir aveugle. Je comprends maintenant pourquoi Dawud était fou. C'est un tombeau... un tombeau habité par des fantômes. Si l'on s'y attarde, on finit par perdre la raison.

À l'instant où elle prononçait ces mots, elle n'était pas loin d'y croire.

Les deux femmes émergèrent du sous-sol.

Il y avait un grand rassemblement dans la salle commune où campaient travailleurs et esclaves. Le dôme qui couvrait la ville résonnait de la rumeur des conversations.

Un échafaud avait été dressé, dominant la place. Le bourreau s'y tenait, les bras croisés, attendant qu'on amène les condamnés. Malik-Idriss-Azhouf et Abou-Assim observaient la scène d'une terrasse du palais. Anouna remonta instinctivement son voile ; elle redoutait tout à coup que le regard acéré du grand vizir ne se posât sur elle. Un court instant, elle regretta d'être venue jusque-là et se maudit d'avoir cédé à l'élan de ses nerfs. Amrita avait raison, elle était folle, cette escapade relevait du suicide.

On amena les trois prisonniers. Les garçons, soutenus par les gardes, étaient en piteux état, le visage marbré de coups. Azoumi essayait de se tenir droit et de toiser la foule, mais il était à bout de forces et ses fanfaronnades n'impressionnaient personne.

Le bourreau les fit allonger sur des bancs, les yeux tournés vers la voûte, et les attacha. Le plus jeune des trois garçons se mit à pleurer silencieusement. Il se mordait les lèvres pour étouffer ses sanglots mais tout son corps tremblait. L'exécuteur se tourna alors vers le palais et leva au-dessus de sa tête un coussin en cuir rouge semblable à celui qui trônait sur l'autel, dans la crypte des sacrifices où avait jadis officié Dawud-Ayan. La foule retint son souffle. Le *Malik* leva la main. Comme à l'accoutumée, il portait le masque du Grand Chien, *Celui-qui-est-couché-sur-son-ventre,* Anubis, maître du royaume des morts.

Le bourreau pivota. Sa corpulence faisait grincer les planches de la plate-forme d'exécution, et il prenait un plaisir manifeste à ralentir ses gestes. Il s'approcha du plus jeune des rebelles. Assurant sa prise sur le coussin, il le plaqua sur le visage du condamné et pesa de tout son poids. L'adolescent se cabra, mais les cordes le maintenaient plaqué sur le banc. Ses mains griffèrent le bois, y traçant des zébrures blanchâtres. Enfin son corps retomba tandis que son sexe laissait échapper un jet d'urine incontrôlé. C'était fini. Anouna avait elle aussi retenu son souffle tout le temps du supplice, elle commençait à suffoquer.

Le tourmenteur se redressa, constata la mort du condamné en lui enfonçant la pointe d'un couteau dans la plante du pied, puis se dirigea vers le deuxième des rebelles. Azoumi serait étouffé en dernier ; sans doute voulait-on lui laisser le temps d'apprécier ce qu'il allait subir ?

Malik-Idriss-Azhouf ignorait la pitié. Anouna était écrasée de stupeur ; jusqu'au bout, elle avait espéré que le père reviendrait sur sa décision et déciderait de gracier ses fils. Comme elle avait été sotte ! La terreur superstitieuse du *Malik* était plus forte que tout. La peur de la malédiction gouvernait chacun de ses actes.

Quand le deuxième des trois frères eut rendu le dernier souffle, le bourreau marqua un temps. Les deux cadavres gisaient, affaissés dans leurs liens, le visage violacé, la bouche grande ouverte. Azoumi ne disait rien. Ses mains serraient le bord du banc pour dissimuler leurs tremblements.

Anouna regarda en direction du palais, dans l'attente d'un geste qui aurait pu suspendre l'exécution. Rien ne vint.

Le bourreau leva une troisième fois le coussin rouge au-dessus de sa tête.

Il se produisit alors un mouvement dans la foule. Quelqu'un approchait en courant. C'était l'un des soldats préposés à la surveillance du désert et qui restaient tout le jour embusqués derrière une meurtrière, à scruter les rafales déferlant sur la cité.

À bout de souffle, il se prosterna sur la place, devant la façade du palais. Quand il releva la tête, ce fut pour crier :

— Seigneur, la tempête s'est arrêtée. Une armée approche... Dans quelques heures, elle passera sous nos murailles.

21

En une seconde, on oublia tout : le bourreau, les condamnés, l'horreur de la sentence. La foule se tourna vers la porte d'entrée, comme si les murs allaient soudain devenir transparents et lui permettre de voir ce qui se passait à l'extérieur. Un silence atterré fit place aux murmures. L'ennemi était là, cet ennemi qu'on attendait depuis si longtemps... Cette menace à laquelle on avait fini par ne plus croire. *Nazine.* Le sultan Nazine avait retrouvé la trace de son fils enfui, ce fils qu'il traquait depuis vingt-six ans.

Amrita avait blêmi. C'était la pire chose qui pût arriver. Jusqu'à présent, seuls des groupes isolés, des éclaireurs, avaient approché la cité, jamais on n'avait vu s'avancer une armée sur le pied de guerre.

« S'ils sont venus au grand complet, songea Anouna, c'est qu'ils savent que nous sommes là. Quelqu'un les a donc renseignés. »

Elle avait du mal à se persuader de la réalité de la situation. Avec le temps, elle s'était habituée — elle aussi ! — à considérer Nazine comme un personnage de conte oriental, un démon fabuleux mais sans épaisseur. Un de ces ogres que les mères évoquent pour effrayer les enfants désobéissants. Elle leva les yeux pour observer la réaction d'Idriss. Le *Malik* et son grand vizir semblaient des statues de bois peintes fichées au bord de la terrasse. Abou-Assim montrait une figure marquée. Le temps d'une respiration, plus rien ne bougea, et même le bourreau parut dérisoire, avec son coussin de cuir entre les mains. Puis Abou-Assim se reprit : saisissant son protégé par le bras, il l'entraîna à l'intérieur du palais. Idriss le suivit en titubant.

Alors la populace murmura, et bientôt les plaintes devinrent lamentations. Les femmes se frappèrent sur la tête avec les paumes des deux mains, à la manière des pleureuses égyptiennes ; les gosses, percevant la peur des adultes, se mirent à pleurnicher.

— Rien n'est encore perdu, haleta Amrita. La tempête est tombée, soit, mais elle a soufflé pendant des semaines sans discontinuer. À l'heure qu'il est, les remparts sont probablement ensevelis, et seul le grand dôme doit encore dépasser du sable, mais il a la couleur des dunes ; avec un peu de chance, Nazine et son armée le prendront pour un mamelon de pierre comme il en existe tant dans la région.

Elle parlait sans reprendre haleine, pour se rassurer. Anouna regarda autour d'elle. Idriss ne disposait que d'une douzaine de soldats. Les eunuques ne se battraient pas, les esclaves encore moins. Si les hommes de son père attaquaient la cité, il ne serait pas en mesure de s'y opposer. Al-Madina-Kamina tomberait au premier assaut.

Le chef des gardes grimpa sur l'estrade du bourreau pour distribuer ses consignes. Il fallait faire silence et laisser en place les volets de tempête. Tant que l'ennemi serait dans les parages, on ne ferait pas cuire de nourriture, on ne travaillerait pas.

— Le sable nous cachera, répétait-il. La porte des remparts et le chemin de ronde sont actuellement recouverts. Il faudrait s'en approcher de près pour comprendre qu'on ne se trouve pas en présence d'une montagne. Rien n'est perdu. Rappelez-vous, d'autres hommes sont venus, ils sont passés à côté de nous sans se douter de notre présence. Il en ira de même aujourd'hui si chacun observe les consignes. Pas de bruit, pas de feu.

Les maîtres d'œuvre, soucieux, firent rassembler les esclaves, car c'étaient là des créatures en qui on ne pouvait avoir aucune confiance.

Anouna et Amrita s'éloignèrent en direction de l'entrée du temple souterrain.

— Que se passera-t-il si Nazine nous trouve ? interrogea la parfumeuse.

— Personne ne peut le savoir, soupira sa compagne. Il est possible qu'il se contente de tuer Idriss, Abou-Assim, et qu'il nous laisse la vie sauve... Il peut également décider de tous nous passer au fil de l'épée.

La place se vidait. Deux guerriers aidèrent le bourreau à relever Azoumi. L'exécution du rebelle était remise à plus tard.

Alors la cité s'enveloppa de silence et l'on n'entendit plus que le bruit soyeux du sable coulant par les interstices des meurtrières ou les crevasses des murs. Tout le monde retenait son souffle. Les guetteurs transmettaient les nouvelles en chuchotant. On sut bientôt que l'armée du sultan s'était arrêtée pour bivouaquer sur la plaine de sable. Elle comptait une centaine d'hommes bien armés.

— Qu'attendent-ils ? murmura Amrita. Tu crois qu'ils se doutent de quelque chose ?

— On dirait qu'il ne leur manque plus qu'une dernière indication, dit Anouna. C'est comme si on leur avait indiqué la route à suivre, mais pas l'endroit exact où s'arrêter.

— Tu divagues ! s'emporta la *Negafa*. Qui aurait pu leur indiquer la route ? Personne ici ne tirerait le moindre avantage de l'arrivée du sultan. Si Nazine est aussi fou qu'on le prétend, il est bien possible qu'il voie en nous les complices de son fils, et qu'il décide de nous faire subir le même sort.

Anouna se leva, elle en avait assez.

— Où vas-tu ? interrogea sa compagne.

— Voir Abou-Assim, répondit-elle.

Amrita écarquilla les yeux.

— Tu es folle ! balbutia-t-elle. Tu oublies qu'on te recherche.

— Je n'oublie rien, fit Anouna. Mais je pense qu'il a d'autres chats à fouetter en ce moment. Je vais en profiter pour négocier mon pardon.

La maîtresse de cérémonie demeura figée par la stupeur, incapable de faire un geste. Anouna traversa la place silencieuse en direction du palais. Elle avait pris sa décision sur un coup de tête. Les choses ne pouvaient pas continuer ainsi, Abou-Assim devait l'aider. Après tout, c'était à cause de lui qu'elle s'était retrouvée dans le lit du *Malik*. Il fallait en finir. De toute manière, elle se sentait incapable de supporter l'existence clandestine qu'était en train de lui imposer Amrita. Devenir nuit après nuit le jouet de la *Negafa* lui serait vite odieux.

En arrivant à la hauteur des gardes, elle baissa son voile et se fit reconnaître.

— Conduisez-moi auprès du grand vizir, dit-elle simplement, il m'attend, il me recevra.

Les sentinelles hésitèrent, puis obéirent. La parfumeuse fut conduite dans les appartements d'Abou-Assim sous escorte, mais le vieillard fit signe aux soldats de rester hors de la pièce.

— Ainsi te voilà, soupira-t-il en examinant la jeune femme. Tu as causé bien du tumulte.

La parfumeuse s'inclina.

— J'ai mené jusqu'au bout l'enquête pour laquelle tu m'avais engagée, dit-elle en mêlant le mensonge à la vérité. J'ai découvert l'existence des fils cachés d'Idriss-Azhouf, j'ai mis au jour le complot de Baba Saada, et si le *Malik* n'avait pas stupidement essayé de me tuer, je t'aurais fait mon rapport.

Le vieil homme hocha la tête. Il avait les traits tirés. Anouna devina qu'il essayait de dissimuler son angoisse.

— Que s'est-il passé avec Idriss ? demanda-t-il. Il ne m'a donné aucun détail. Je sais seulement que tu l'as touché, contrairement à toutes les règles.

— J'ai eu peur, murmura la jeune femme en baissant les yeux. J'ai cru qu'il allait m'étrangler. Tu sais bien qu'il est fou.

Abou-Assim tressaillit mais ne protesta pas.

— J'ai découvert la chambre aux poupées de carton, ajouta Anouna. Je sais qu'en dépit des années, le *Malik* reste prisonnier de ce qu'il a vu la nuit où tu l'as sauvé des griffes de son père. Depuis, il ne cesse de revivre cette scène. Quand il m'a convoquée, j'ai été terrifiée, je l'avoue. Il m'a tenu des propos haineux te concernant. Il te déteste, il te soupçonne de mille méfaits. Il te tient pour responsable de ses malheurs, de son emprisonnement, il y voit même une machination dont tu serais l'auteur. Je voulais t'en avertir, mais les choses ont mal tourné. S'il n'avait pas stupidement lancé ses soldats à mes trousses, je t'aurais prévenu avant qu'Azoumi ne décide de mettre en pratique ses projets d'invasion. Tu aurais pu faire échouer le complot, cela t'aurait paré d'un certain prestige aux yeux du *Malik*. (Elle reprit son souffle avant d'ajouter, à voix basse :) Tu es en danger, bien plus que tu ne l'imagines. Idriss te déteste.

Abou-Assim leva la main.

— Je sais, fit-il. Mais l'arrivée de Nazine va remettre les choses en place. Au cours des années, la menace s'était affaiblie dans l'esprit d'Idriss, il ne voyait plus que les inconvénients de la fuite, il en oubliait le principal avantage qui consiste à le maintenir en vie. La présence de son père sous nos murs va le faire réfléchir. Si nous survivons à cette épreuve, je pense que notre collaboration repartira sur des bases plus saines.

En entendant ces mots, Anouna fut prise d'un doute effrayant.

Une théorie étrange s'échafauda en une minute dans son esprit. N'était-ce pas Abou-Assim *lui-même* qui s'était arrangé pour prévenir le sultan par des voies détournées ?

« Pourquoi pas ? songea-t-elle. En amenant Nazine ici, il ravive tous les cauchemars d'Idriss. D'un seul coup, de vieillard encombrant et gâteux, il redevient le sauveur suprême, celui dans les bras de qui le *Malik* tremblant va se jeter... »

Oui, se sachant menacé, Abou-Assim avait peut-être décidé de jouer le tout pour le tout, de se servir de son vieil ennemi, Nazine, pour reconquérir la faveur du prince. Sa survie était à ce prix, et, en bon politique, il en avait parfaitement conscience.

« C'est cela ! se dit Anouna. C'est cela même ! Il nous a tous manipulés. Il m'a utilisée pour démasquer le complot du harem, pour percer à jour la filière mise en place par Baba Saada, et il comptait utiliser les résultats de mon enquête pour se faire valoir auprès du *Malik*. Comme les choses n'ont pas suivi le cours attendu, il s'est rabattu sur la seconde solution, celle qu'il tenait en réserve depuis longtemps. Celle qu'il ne voulait utiliser qu'en toute dernière instance : la venue de Nazine. »

C'était là une manœuvre extrêmement périlleuse, et qui pouvait se solder par leur mort à tous ! Certes, Nazine représentait l'épouvantail idéal, celui qui ferait perdre sa superbe à Malik-Idriss-Azhouf, celui qui l'obligerait à rentrer sous terre, à ramper aux pieds du grand vizir... mais c'était aussi un tueur, un boucher qui pouvait raser la ville et faire décapiter tous ses habitants.

Anouna serra les mâchoires. Elle comprenait tout à présent. Abou-Assim s'était maintenu en place en enracinant son pouvoir sur les peurs infantiles de son protégé... et il avait commencé à perdre son ascendant lorsque ces mêmes peurs s'étaient affaiblies.

« Il va essayer de raviver les terreurs d'Idriss comme on ravive les couleurs d'une étoffe en la plongeant dans la teinture, pensa-t-elle. Nazine est cette teinture. »

Le vieillard s'était avancé sur la terrasse. Il regardait la muraille aux meurtrières obturées comme s'il était capable de contempler le désert à travers l'épaisseur des pierres.

« Il va tous nous faire tuer, se dit Anouna. Pour rester en place, pour demeurer le grand vizir d'Al-Madina-Kamina, la ville qui n'existe pas. »

Elle eut envie de le traiter de vieux fou, mais elle sentit qu'il avait peur, peur de la machine qu'il avait mise en branle sans être sûr de pouvoir la contrôler jusqu'au bout.

Il parut prendre conscience de la présence de la jeune femme, et daigna revenir sur terre.

— Ne t'inquiète pas, soupira-t-il. Si nous survivons à l'épreuve, je retrouverai mon pouvoir et je négocierai ta grâce auprès du *Malik*. Tu as fait du bon travail, tu seras récompensée comme tu le mérites.

— Où est Idriss ? s'enquit la jeune femme.

— Dans ses appartements, dit Abou-Assim en esquissant un geste évasif. Ses étouffements l'ont repris, il se cache.

« Il a de nouveau 6 ans, songea Anouna, et c'est exactement là où tu voulais en venir, vieille canaille ! »

— Va, dit le grand vizir, maintenant nous sommes dans les mains des dieux. Les heures qui viennent seront longues. Si la chance est avec nous, Nazine lèvera le camp et poursuivra son périple...

— Mais s'il sonde les dunes ? fit la parfumeuse.

— *Mektoub,* soupira Abou-Assim. Tout est possible. Le dôme est bien enterré, et seule sa partie supérieure domine encore la plaine, mais elle a été bâtie de manière à donner l'apparence d'un rocher nu, avec ses irrégularités de surface, ses aspérités. Même si les éclaireurs de Nazine l'escaladent, il n'est pas dit qu'ils découvrent la supercherie. Et puis le vent va peut-être se remettre à souffler. Dans ce cas, le sultan sera contraint de reprendre la route pour sortir du couloir des tempêtes s'il ne veut pas finir englouti par le sable. Il faut prier et prendre patience. Va maintenant, je vais donner des ordres pour qu'on cesse de te pourchasser.

Anouna s'inclina et sortit à reculons.

En quittant le palais, elle éprouva une curieuse impression d'étouffement, comme si l'air se raréfiait déjà sous le dôme couvrant la ville. Était-ce le cas ? On n'avait pas désensablé les ouvertures depuis longtemps, à cause de la tempête principalement, et il aurait été urgent de faire entrer un peu d'air frais sous la coupole. D'ordinaire, on guettait une accalmie du vent pour ouvrir au moins une meurtrière ; la présence de Nazine, campant sous les murs de la cité clandestine rendait désormais cette précaution impossible.

Anouna haussa les épaules, la suffocation n'était sûrement qu'un effet de l'angoisse qui lui nouait la poitrine. Il ne fallait pas s'y attarder.

— Il ne t'a pas tuée ? balbutia Amrita en se précipitant à sa rencontre.

— Non, répondit la parfumeuse, d'ailleurs il n'est pas exclu que les choses s'arrangent.

— Méfie-toi des promesses des Grands, siffla la *Negafa*. Je
continue à penser que tu as fait une erreur. Tant que
personne ne savait ce que tu étais devenue on pouvait s'imaginer que tu étais là-bas, de l'autre côté du mur, dans la nécropole.

Anouna n'avait pas envie d'en discuter. Il ne servait à rien
de discourir alors que l'armée de Nazine pouvait forcer les
portes de la cité d'un moment à l'autre.

Les deux femmes s'assirent au pied d'un édifice et demeurèrent silencieuses. Amrita chercha la main d'Anouna mais
celle-ci la lui refusa. La maîtresse de cérémonie se mit alors
à pleurer.

Sous le dôme ne résonnaient plus que les bêlements des
moutons dont on n'avait pas encore bâillonné le museau à
l'aide d'un chiffon.

Anouna essayait de conserver son calme, mais il lui déplai-
sait de devoir faire les frais de la stratégie hasardeuse d'Abou-
Assim. Comment le grand vizir s'était-il arrangé pour laisser
filtrer les renseignements susceptibles de décider le sultan à
se mettre en marche ?

« Lors de sa dernière descente dans le delta, décida-t-elle.
Juste avant qu'il n'attaque ma caravane. Il a dû se débrouiller
pour commettre une indiscrétion calculée, en sachant qu'elle
remonterait peu à peu jusqu'à son vieil ennemi. Ensuite, il a
attendu de récolter ce qu'il avait semé. »

Et c'était aujourd'hui le jour de la moisson.

« Une moisson de têtes... », songea la jeune femme.

Les heures coulaient au ralenti. Les gardes, qui se relayaient
pour lorgner la plaine de sable à travers un trou percé dans
l'un des volets, affirmaient que rien n'avait changé. Les
hommes du sultan s'installaient pour la nuit.

« Par les dieux ! se désespéra Anouna, pourvu qu'ils ne
restent pas plusieurs jours sous nos murs ! »

On passa une très mauvaise nuit. Pour la première fois
depuis que Malik-Idriss-Azhouf avait investi la cité perdue, on
n'alluma aucune lampe, aucun flambeau, de peur que l'éclat
des lumignons ne filtre au-dehors par une crevasse du dôme.

On ne pouvait courir aucun risque. Les ténèbres les plus absolues s'abattirent sur la ville. Il fallut se déplacer à tâtons, en aveugle, au risque de tomber du haut des terrasses, ou de trébucher dans les escaliers monumentaux. Cette nuit forcée donna le signal d'étranges débauches déclenchées par la peur. Hommes et femmes allaient au hasard, s'accouplant au premier partenaire qu'il leur était donné de heurter au cours de leur déambulation. Une fièvre sinistre commandait à ces jeux, la proximité du danger excitait les sens. Tous savaient que l'aube prochaine serait peut-être la dernière de leur existence. Ils voulaient jouir une ultime fois, se prouver qu'ils étaient vivants, pour quelques heures encore.

Amrita se blottit contre la parfumeuse et trembla toute la nuit.

Faute d'être renouvelé, l'air se raréfiait, s'alourdissant de pestilences organiques. Anouna s'endormit et se réveilla en sueur. Amrita lui dit que le jour était levé. L'attente reprit.

Enfin, une rumeur courut, murmurée de bouche en bouche : l'armée du sultan pliait son paquetage, démontait ses tentes. *Nazine s'en allait !* L'exultation muette s'empara des habitants de la cité qui commencèrent à s'embrasser, à s'étreindre. C'est alors qu'une odeur curieuse parvint aux narines d'Anouna, une odeur d'incendie.

— Il y a le feu, murmura-t-elle en saisissant le poignet d'Amrita. Tu ne sens pas ?

L'agitation s'empara de la populace rassemblée devant le palais. Une sentinelle dégringola de son perchoir pour donner l'alerte.

— Le feu ! balbutia-t-il en s'ouvrant un passage à coups de poing. Ça vient du harem... quelqu'un a repoussé les volets de tempête, la fumée sort par la meurtrière ! Le sultan va la voir...

Un gémissement de terreur monta sous le dôme. Anouna courut vers le palais. Il ne s'agissait pas d'un accident. Quelqu'un avait décidé d'utiliser ce moyen pour signaler sa présence au sultan, cela ne faisait aucun doute. Mais qui ?

« Baba Saada, bien sûr ! supposa-t-elle en bousculant les gardes. Elle se venge de la mort de ses fils. Elle a décidé de nous châtier comme nous le méritons. Elle va attirer l'attention sur le dôme en faisant des signaux de fumée. »

En haut de l'escalier, elle faillit heurter Abou-Assim qui se rendait aux nouvelles.

— C'est Baba Saada ? lui demanda-t-elle.

— Je ne sais pas, haleta le vieillard. Mais quelqu'un a mis le feu au harem, il faut éteindre l'incendie avant qu'il ne soit trop tard.

Il parlait avec difficulté. Éteindre l'incendie ne serait pas chose facile puisqu'il faudrait descendre puiser de l'eau au hammam. De plus, la fumée risquait d'asphyxier tous ceux qui commettraient l'erreur de s'attarder dans la salle de promenade.

— Je croyais qu'on avait emmuré Baba Saada et ses fidèles ? dit Anouna qui courait maintenant dans le sillage du grand vizir.

— C'était l'intention d'Idriss, répondit le vieil homme, mais je l'ai convaincu de surseoir à l'exécution à cause de l'arrivée du sultan.

Au fur et à mesure qu'ils se rapprochaient du harem, l'odeur de fumée devenait plus forte et leur piquait les yeux. Les eunuques vinrent à leur rencontre, affolés, s'arrachant les cheveux, poussant des lamentations aiguës.

— Elle s'est enfermée dans son appartement ! gémit Mamoudi. Elle a poussé tous les meubles contre la porte avant d'allumer un feu sous ses fenêtres. On ne s'en est pas rendu compte tout de suite, on croyait qu'elle dormait...

Anouna s'avança au seuil de la salle de promenade ; l'atmosphère était suffocante. Les eunuques avaient rassemblé les femmes et les petites filles le plus loin possible du foyer. Shaadi, Baga... et Baba Saada se tenaient là, un linge pressé contre la bouche pour se protéger des émanations irritantes produites par l'incendie. Anouna se figea. Si Baba Saada ne se trouvait pas à l'intérieur de l'appartement en feu, *qui donc s'y était barricadé ?*

Elle se tourna vers le chef des eunuques, qui pleurait à grosses larmes.

— Qui a mis le feu ? lui lança-t-elle. *Qui ?*

— Fazziza, répondit Mamoudi. La petite Fazziza... Elle s'est enfermée après avoir renvoyé sa servante. Je suppose qu'elle a enflammé sa paillasse. Elle doit être morte étouffée par la fumée, à l'heure qu'il est. Je crois qu'elle est devenue folle.

Anouna encaissa la nouvelle avec stupéfaction. Fazziza ? Ça n'avait aucun sens ! Quel intérêt aurait-elle eu à signaler sa présence aux troupes de Nazine ?

Abou-Assim demeurait sans réaction. Les soldats avaient saisi un banc et s'en servaient comme d'un bélier pour tenter d'enfoncer les portes d'ébène qui ployaient sans toutefois céder.

— Je crois qu'elle a fabriqué des coins de bois pour les glisser sous le battant, expliqua l'un d'eux, mais on va y arriver.

« Il est sans doute déjà trop tard, se dit Anouna. La fumée a dû jaillir en panache noir par les meurtrières. Les hommes du sultan l'ont forcément aperçue. »

La porte craqua enfin, mais les *ghuzats* durent reculer tant la fumée était épaisse. La paillasse brûlait, juste au-dessous de la principale fenêtre dont on avait ôté le volet de tempête. L'air frais avivait le feu, le conduit de pierre aspirait les volutes chargées de suie comme l'aurait fait une cheminée. Anouna trempa son voile dans la fontaine et se protégea la moitié inférieure du visage avant d'entrer dans la chambre. Elle s'attendait à trouver Fazziza étendue sur le sol, asphyxiée, mais il n'y avait personne. En revanche, le moucharabieh trouant la paroi — cette fenêtre à travers laquelle le *Malik* venait espionner ses femmes — avait été défoncé au moyen d'un lourd trépied de bronze. Fazziza s'était enfuie par là, empruntant le tunnel secret qui serpentait dans l'épaisseur de la muraille et qui conduisait dans les appartements du roi. Pourquoi avait-elle fait cela ?

Anouna fut poussée de côté par les eunuques qui arrivaient, chargés de seaux d'eau puisés au hammam. Il suffit de trois aspersions pour éteindre le feu, mais l'atmosphère devint encore plus irrespirable. La parfumeuse battit en retraite, persuadée que toute cette agitation ne servait plus à

rien. Comme pour confirmer ses craintes, un soldat se jeta
aux pieds du grand vizir, à bout de souffle.

— Seigneur, balbutia-t-il, les hommes de Nazine ont
commencé à pelleter sous nos murailles, ils cherchent la
porte d'entrée. Ils savent que nous sommes là !

22

Il n'y avait plus rien à faire. La cité engloutie, jadis refuge, s'était faite prison. Le piège venait de se refermer. On quitta le harem pour se précipiter sur l'une des terrasses du palais, d'où l'on pouvait voir la grande porte à deux battants défendant l'entrée de la ville close. La place s'était vidée. En prévision de l'affrontement qui allait suivre, les habitants d'Al-Madina-Kamina s'étaient terrés dans leur maison et priaient les dieux. Le premier coup de bélier résonna sous la coupole de pierre, sourd et terrible. L'écho lui donnait plus de force encore. La porte céderait tôt ou tard, et si elle résistait, les assaillants y mettraient le feu. Les quelques soldats du *Malik* prirent position, les armes à la main, rempart dérisoire contre l'invasion qui se préparait. Leur chef exhorta les ouvriers à les rejoindre, mais personne ne répondit à son appel. On pensait la bataille perdue d'avance et il aurait été fou de courir le risque de mourir pour rien ou de se faire prendre par l'ennemi les armes à la main.

— Si nous nous y mettons tous, nous serons plus nombreux qu'eux ! répétait le *ghuzat* en brandissant son sabre. Nous pouvons les repousser, il y a assez de glaives pour tout le monde.

Il avait sans doute raison. Si tous les hommes de la cité avaient accepté de prêter main forte aux guerriers, il aurait peut-être été possible de tenir les troupes du sultan en échec.

« Nous avons toute l'eau qu'il nous faut, se dit Anouna. Nous pouvons nous permettre d'attendre aussi longtemps

que nous le voulons, ce qui n'est pas le cas des soldats de
Nazine. Son armée a l'obligation de remporter très vite la
bataille, sous peine de mourir de soif à brève échéance, car
il n'y a aucune autre oasis dans les parages. »

Si l'on ajoutait à cela le fait que la tempête pouvait se
remettre à souffler d'ici quelques heures, il n'était pas
absurde de considérer que la ville avait une bonne chance de
ne pas tomber aux mains de ses assaillants. Les guerriers de
Nazine ne pourraient espérer s'engouffrer dans la place qu'en
empruntant la grande porte, ce qui faisait d'eux des cibles de
choix pour une vingtaine d'archers postés sur les terrasses
des alentours. Chaque nouvelle vague montant à l'assaut
aurait pu être arrêtée par une volée de traits tirée du haut
des toits.

« Après tout, ils ne sont qu'une centaine, songea la jeune
femme. Cent, c'est peu quand on doit se frayer un chemin
au milieu d'un essaim de flèches. »

Hélas, aucun volontaire ne daigna quitter sa cachette. Dans
l'esprit de ces gens, Nazine avait pris peu à peu les proportions d'un djinn, d'un *ghoul*. Il inspirait à chacun une terreur
superstitieuse que rien ne pouvait raisonner.

Bientôt, le chef des gardes dut renoncer à invectiver les
couards car le vacarme du bélier couvrait ses paroles. La
porte était vieille, desséchée par mille années d'ensoleille-
ment. Le mortier commençait à se desceller autour des gonds.

Anouna vit qu'elle était maintenant seule sur la terrasse
avec Abou-Assim. Les eunuques, les serviteurs avaient fui.
Idriss se cachait quelque part au fond de ses appartements.

« À moins, pensa la jeune femme, que juste avant l'arrivée
de son père, il ne se soit empressé de quitter ses vêtements
royaux pour se mêler aux travailleurs ? Après tout, c'est en
prévision de ce qui arrive aujourd'hui qu'il a toujours caché
sa véritable identité... On verra si cette ruse lui permet de
sauver sa tête. »

Oui, Idriss-Azhouf était peut-être là, blotti quelque part au
milieu des serviteurs, des maçons, des terrassiers, perdu dans
la foule des couards.

— Aide-moi, murmura soudain le grand vizir en se tournant vers la parfumeuse. Regarde, ils m'ont tous abandonné, il n'y a plus que toi qui puisses encore m'aider.

Il semblait près de défaillir et chercha l'appui d'un fauteuil d'ébène. Anouna le regarda sans comprendre ce qu'il attendait d'elle.

— Aide-moi à mourir, dit enfin le vieil homme en s'asseyant. Je n'en ai pas la force. Prends ce couteau et tue-moi.

D'un pan de son manteau de laine noire, il avait tiré un poignard de cuivre qu'il tendit à son interlocutrice.

— Ouvre-moi les veines des poignets ou tranche-moi la gorge, insista-t-il. Il ne faut pas que Nazine me prenne vivant. Si cela arrive, il me fera périr dans des souffrances abominables pour me punir d'avoir sauvé Idriss. Il y a vingt-six ans qu'il me poursuit de sa haine. C'est un dément. Je n'ose pas imaginer ce que je devrai subir si je commets la lâcheté de me rendre. Tiens... Prends cette arme. Tu as été embaumeuse, tu as l'habitude de tailler dans la chair des cadavres. Je suis si vieux que j'ai presque l'aspect d'une momie, c'est à peine si tu verras la différence.

Anouna prit le poignard. Abou-Assim avait relevé les manches de sa djellaba pour dénuder ses poignets décharnés.

— Attends, dit la jeune femme. Rien n'est encore perdu. La tempête va peut-être se réveiller et les chasser. Ils n'ont pas d'eau, ils devront lever le camp...

— Non, soupira Abou-Assim. Les dieux sont contre nous. On nous a trahis. Quelqu'un a fait parvenir à Nazine le plan de la route qui mène ici. Ce que je redoutais depuis longtemps s'est produit : le sultan a réussi à infiltrer une de ses espionnes dans le harem.

— Mais qui ? haleta la parfumeuse. Fazziza ?

— Oui, souffla le vieil homme. Cette gamine trop jolie. J'aurais dû m'en méfier. Qu'est-ce qu'une fille aussi belle faisait chez les embaumeurs ? Sa place n'était pas là. On l'a placée à tes côtés dès qu'on a su que je me préparais à t'enlever. Je n'ai pas été assez discret. Quelqu'un a bavardé. Et Nazine a compris qu'en faisant engager cette fille par Nefer-Hôpa, ta patronne, il avait toutes les chances de pouvoir enfin introduire un de ses agents dans le harem d'Idriss. Je suis tombé dans le piège. Quand j'ai attaqué la caravane, je n'ai pas eu le cœur de me séparer de cette superbe petite diablesse. Elle était trop jolie, je savais qu'Idriss en serait fou.

— Fazziza... répéta Anouna en retournant le poignard entre ses mains.

— Oui, renchérit Abou-Assim. Elle a soigneusement relevé l'itinéraire à suivre pour atteindre Al-Madina-Kamina. On l'a sans doute entraînée à cela. Puis elle a dessiné un plan précis et consigné par écrit tout ce qu'elle avait pu apprendre sur la cité.

— Mais comment l'a-t-elle fait parvenir au sultan ? fit observer la jeune femme. Elle était enfermée au harem, coupée du monde.

Abou-Assim eut un sourire désabusé.

— Non, fit-il, pas totalement. J'ai commis une autre erreur. *Les pigeons, les colombes...* Tu te souviens peut-être de ces oiseaux que j'ai fait apporter au harem après l'accouchement de Mawaada ? Je les avais achetés dans une ville du delta pour distraire les femmes. Le marchand m'avait expliqué qu'ils étaient dressés, apprivoisés... il a oublié de mentionner que c'étaient également des pigeons voyageurs.

— Oh, je vois... dit Anouna. Le marchand travaillait lui aussi pour le sultan. Les oiseaux connaissaient la route à suivre pour rejoindre Nazine.

Le grand vizir hocha la tête.

— Les pigeons étaient là pour Fazziza... Elle les a utilisés pour envoyer ses messages. Voilà pourquoi elle a allumé cet incendie dès qu'elle a su que les troupes du sultan se trouvaient sous nos murs. Elle ne voulait surtout pas que Nazine passe à côté de la ville sans la voir. Ç'aurait été trop bête.

Le vieillard se passa la main sur le visage.

— J'ai toujours su que cela arriverait un jour, dit-il dans un murmure. C'est pour ça que je t'ai fait enlever. Mais tu n'as pas su démasquer Fazziza.

« Non, faillit avouer la jeune femme. J'ai même cru que c'était toi qui avais prévenu Nazine. »

Les coups de bélier résonnaient sous la coupole, de plus en plus sourds, de plus en plus rapprochés. Abou-Assim leva encore une fois vers la parfumeuse ses poignets sillonnés de tendons.

— Assez parlé, dit-il d'une voix lasse. Finissons-en. Tue-moi. Je ne peux plus rien pour Idriss, j'espère qu'il pourra passer entre les mailles du filet, mais rien n'est moins sûr. S'il ne parvient pas à identifier son fils, Nazine fera probablement exécuter tous les hommes de la cité, sans distinction.

Anouna posa le fil de la lame sur les veines saillantes du poignet droit. Elle avait déjà tué, mais sous l'effet de la peur ou de la colère, jamais ainsi, à froid, et un homme à ce point vulnérable. Elle savait qu'elle avait tort d'hésiter, qu'en se dérobant elle le condamnerait à périr de manière plus horrible encore.

— Fais-le ! supplia Abou-Assim. Nazine est un boucher. Il s'arrangera pour me faire hurler pendant des heures. Je ne veux pas connaître ça. Je suis trop vieux. Dépêche-toi, il faut que je sois mort avant qu'il n'entre ici. Je t'en prie.

Anouna tailla dans la chair sombre, ridée, ouvrant une plaie profonde, à la mode romaine, qui remontait du poignet jusqu'à la saignée du coude. Le sang jaillit, éclaboussant la djellaba du vizir. Sans prendre le temps de réfléchir, elle lui taillada l'autre poignet. Le vieillard étouffa un gémissement sourd.

— Là... c'est bien, chuchota-t-il en posant les avant-bras sur les accoudoirs de son fauteuil, reste à côté de moi jusqu'à ce que je m'endorme. Cela ne devrait pas être très long. Ensuite sauve-toi, mêle-toi aux filles. Tu devrais pouvoir t'en sortir. Nazine a toujours été un grand amateur de femmes. Il ne touchera pas aux pensionnaires du harem. Il vous emmènera avec lui, pour augmenter son cheptel. Tu auras peut-être une chance de t'échapper pendant le voyage. Ne la laisse pas passer. Je te fais confiance. Tu es une survivante... tu trouveras toujours le moyen de t'en sortir.

Il se tut et tourna son regard vers la grande porte dont les gonds étaient maintenant presque détachés de la muraille. Les soldats installés sur le parvis du palais faisaient face, bien décidés à mourir les armes à la main. Anouna ne se faisait aucune illusion, ils seraient balayés par la première vague d'assaut.

— Vingt-six ans, chuchota Abou-Assim. Je n'aurais jamais pensé pouvoir échapper si longtemps à mes poursuivants.

Il avait du mal à garder la tête droite et son menton avait tendance à toucher sa poitrine. Le sang avait formé une grande flaque sous son siège, il collait aux pieds nus d'Anouna.

— Pars maintenant, souffla le moribond. Il ne faut pas qu'ils te trouvent à mes côtés... Pars, je m'endors. Merci... Merci de m'avoir aidé...

La jeune femme recula. Elle jeta le couteau sur le sol, dans la flaque de sang. Abou-Assim ressemblait à ces vieillards qui s'endorment entre les bras de leur fauteuil, au beau milieu d'une conversation.

Elle était en train de traverser la terrasse quand la grande porte de la cité s'effondra dans un vacarme effroyable. Des dizaines de guerriers s'engouffrèrent dans l'ouverture, lances en avant.

Les *ghuzats* de Malik-Idriss-Azhouf ne reculèrent pas d'un pouce. Submergés par le déferlement de leurs ennemis, ils moururent percés de toutes parts, hachés par les lames, cloués sur les marches du palais. Non contents de les avoir tués, les hommes du sultan les décapitèrent, puis les démembrèrent, comme si ces cadavres leur faisaient encore peur et qu'ils voulaient leur ôter toute chance, même infime, de se relever.

Anouna recula, dégoûtée. Le sentiment d'une présence, derrière elle, la fit pivoter sur ses talons. C'était Fazziza. Le visage et les mains noircis par la fumée, elle se tenait dans l'ombre, les doigts serrés sur le manche d'un poignard.

— Je ne te veux aucun mal, dit-elle en regardant Anouna droit dans les yeux. Mais tu as eu tort d'aider ce vieux fourbe à mourir. Mon maître sera déçu. Il aurait aimé le faire crier jusqu'à ce qu'il perde la voix.

Anouna fut tentée de se jeter sur la jeune fille pour lui arracher les yeux. Cela dut se voir, car Fazziza releva ostensiblement la pointe de son arme.

— Ne fais pas l'idiote, dit-elle d'un ton conciliant. Je t'aime bien. Tu ne m'as jamais regardée de haut comme les autres chiennes du harem. Je dirai au sultan de faire de toi ma servante, tu seras ma parfumeuse. Tu verras, je te traiterai bien. Tu n'auras pas à le regretter. Maintenant, je vais devenir une grande dame, je pourrai te protéger.

— Tu travaillais pour Nazine, soupira Anouna. Depuis le début.

— C'est vrai, confirma Fazziza. Abou-Assim a vu juste, pour les pigeons. Tout avait été prévu. Les oiseaux me connaissaient bien, j'avais participé à leur dressage. J'en ai perdu plusieurs à cause de la tempête, c'est pour ça que le sultan a mis si longtemps à venir. J'ai été forcée d'envoyer le message trois fois de suite. Heureusement, personne ne s'est rendu compte que le nombre des oiseaux diminuait !

— Pourquoi n'avoir pas essayé de tuer Idriss toi-même ? Tu l'as pourtant approché d'assez près, tu aurais pu...

— Non, le sultan ne me l'aurait jamais pardonné. Il veut tuer Idriss de ses propres mains, pour être certain qu'il est bien mort, cette fois. Et puis c'était trop risqué. Le *Malik* se méfiait de tout. Si encore j'avais pu emporter une aiguille empoisonnée, mais c'était impossible, les eunuques étaient trop vigilants.

Anouna hocha la tête.

— Où est Idriss en ce moment ? demanda-t-elle. Tu as emprunté le tunnel à l'intérieur des murs, tu as dû déboucher dans ses appartements...

Fazziza eut une moue de déception.

— Il était déjà parti, avoua-t-elle. Je n'ai trouvé que la tête de chien en carton rouge. Je crois qu'il s'est déguisé en serviteur pour se mêler à la foule. Mais c'est stupide, même si on ne connaît pas son visage, on le retrouvera facilement à cause des marques qu'il a sur le corps. Ces drôles de tatouages en relief. On fouillera la ville de fond en comble mais on le trouvera. (Elle rit méchamment et ajouta :) C'est amusant, pendant qu'il faisait combler le passage au fond du bassin, dans le hammam, je n'arrêtais pas de me répéter qu'il avait tort. C'est vrai, non ? Pour fuir les soldats, il aurait pu se glisser par là... chez ses fils ! Et leur demander protection !

Anouna regarda par-dessus son épaule. L'armée du sultan entrait dans la ville. Des groupes armés pénétraient dans les maisons, la pique en avant pour vérifier qu'aucun guerrier ne s'y cachait. On forçait les occupants à sortir, les bras levés. On séparait aussitôt les femmes et les hommes en deux groupes distincts. La traque commençait.

— Reste avec moi, dit Fazziza. Je dirai au sultan que tu es mon amie et que tu m'as aidée.

Anouna aurait aimé être en mesure de repousser cette proposition, mais elle ne pouvait s'offrir le luxe de refuser une telle alliance si elle voulait survivre. Lorsqu'une ville est mise à sac par des soudards, toute protection est bonne à prendre.

— Qui es-tu ? interrogea-t-elle. Qui es-tu vraiment ?

— Je suis l'une des filles du sultan, répondit Fazziza. Ma mère fait partie de son harem, mais elle n'est plus assez jeune à son goût. Elle y mène la vie d'une Baba Saada. Les filles nées de ses œuvres, Nazine ne s'y intéresse pas... Il ne leur fait pas de mal mais elles n'existent pas à ses yeux. Si je ne voulais pas rester invisible toute ma vie, il fallait que je tente quelque chose. Une action d'éclat. Un exploit qui me ferait sortir de la foule. Cette machination, c'est mon idée. J'ai tout conçu moi-même, et quand le plan a été bien dessiné dans mon esprit, je l'ai proposé au sultan. À mon père. Et il a dit oui.

— Mais alors, remarqua Anouna, Idriss est ton demi-frère !

— Oui, admit Fazziza. Mais je m'en fiche. Je ne le connais pas. Il n'est rien pour moi. Ce qui compte, c'est que je puisse devenir une grande dame et que ma mère échappe au harem. Je l'installerai dans mon palais. Tu vivras avec nous. Elle adore les parfums. Tu t'entendras bien avec elle.

Pendant qu'elle parlait, son regard s'était illuminé d'une joie presque enfantine. Elle semblait avoir complètement oublié le cadavre d'Abou-Assim qui achevait de se vider sur la terrasse, et les soldats démembrés gisant sur les marches du palais.

« Une gamine, pensa Anouna. Une gamine trop jolie, aux mains déjà rouges de sang. »

Des clameurs se firent entendre, humaines et animales, cris de souffrance et de colère, tumulte mêlant victoire et agonie. Anouna se pencha par-dessus la rambarde bordant la terrasse. Les soldats du sultan avaient été arrêtés dans leur avance par une meute de chiens et de babouins furieux qui s'étaient jetés sur eux sans tenir compte des armes brandies.

— Les animaux gardiens, souffla la parfumeuse. Idriss les a libérés !

Un combat confus et sanglant se déroulait à présent dans les rues de la cité. Singes et molosses, unis dans la même haine, s'opposaient farouchement à l'intrusion des étrangers. La terrible mâchoire des babouins n'avait rien à envier à celle des dogues, et les crocs des bêtes faisaient merveille. Ignorant la peur, ne cherchant nullement à éviter les coups, les sentinelles à fourrure se battaient jusqu'à la mort, fidèles à leur maître, ne s'arrêtant de mordre que lorsque les lances les avaient enfin clouées sur les dalles. Le pavé devint rouge, gluant, le sang des bêtes se mêlant à celui des hommes déchiquetés. On crut un moment que les babouins allaient remporter la bataille, faire reculer l'envahisseur, mais les soldats étaient trop nombreux. Le dernier singe transpercé, le calme revint.

Anouna scruta les visages des esclaves et des serviteurs rassemblés sur la place. Lequel d'entre eux était Idriss ? Elle vit Hammu, qu'on avait arraché à ses pinceaux de papyrus et qu'on poussait vers les autres.

« Et si c'était lui ? » se dit-elle. Elle se rappelait l'avoir plus d'une fois soupçonné de jouer double jeu. C'était un travailleur, mais un travailleur marginal, que ses occupations n'obligeaient pas à se mêler aux autres. Une sorte d'esclave privilégié sans autre patron que le *Malik*, ce qui était bien commode...

« Je ne l'ai jamais vu torse nu, songea Anouna. Chaque fois que j'ai pu l'approcher, il était enveloppé dans une djellaba puante couverte de taches de peinture. »

Était-ce lui le roi sans visage ? Qu'avait-il espéré en se mêlant à la foule ? Profiter d'un moment d'inattention des gardes pour s'enfuir hors de la ville ? Y avait-il, quelque part au cœur des dunes, une casemate abritant tout le matériel nécessaire à une traversée du désert ? Oui, sans doute, Abou-Assim avait dû prévoir cela.

Les hommes du sultan firent irruption sur la terrasse, la lance en avant, mais s'immobilisèrent en reconnaissant Fazziza.

La jeune fille désigna Anouna du menton et dit d'un ton de commandement :

— C'est la parfumeuse, elle m'a aidée, il ne faudra pas lui faire de mal.

Les soldats s'inclinèrent.

Alors Nazine fit son entrée. Jaillissant de la lumière du désert qui étirait son ombre sur les dalles. Son énorme turban le rapetissait, sa barbe et ses moustaches grises le vieillissaient. Quel âge avait-il ? Cinquante ans ? Moins peut-être. Anouna le jugea moins effrayant que sur les peintures de la fresque. Il avait l'air inquiet. Sur le qui-vive, il remonta lentement la travée séparant les hommes et les femmes parqués sur la place. S'il ne prêtait aucune attention aux captives, il scrutait en revanche avec férocité les visages des hommes alignés, s'intéressant plus particulièrement à ceux dont l'âge tournait autour d'une trentaine d'années.

— Il cherche Idriss, dit Fazziza. Il s'imagine qu'il va l'identifier au premier coup d'œil, mais c'est absurde, comment peut-on reconnaître quelqu'un qu'on n'a pas vu depuis vingt-six ans, et qui n'était alors qu'un enfant ?

Les prisonniers fuyaient le regard de Nazine. Certains tremblaient de tous leurs membres.

— Il faut descendre, annonça Fazziza. Je dois lui parler des scarifications, sinon nous serons encore là demain matin. Viens, j'en profiterai pour te présenter.

Anouna pâlit. De cette manière, elle allait passer aux yeux de tous les habitants de la cité pour une traîtresse, pour la complice de Fazziza...

Il était donc écrit quelque part qu'on lui ferait toujours jouer le mauvais rôle !

N'ayant pas le choix, elle suivit la jeune fille. Dès qu'elles furent dans la rue, Fazziza courut vers le sultan et se jeta à ses pieds. Nazine la releva et l'étreignit avec effusion. Les femmes du harem, qu'on avait fait sortir du palais, émirent des murmures de colère, et des insultes fusèrent. Les soldats durent lever leurs piques pour les faire reculer.

— Chiennes ! cria l'une des fidèles de Baba Saada. Que les démons vous pourrissent les entrailles !

Fazziza les toisa d'un air dédaigneux, puis elle fit s'avancer Anouna pour la présenter au sultan. La parfumeuse se prosterna, malade de honte. Fazziza expliqua à son père combien son amie l'avait aidée au cours de sa mission. Nazine approuva d'un hochement de tête, mais il était manifeste que ces détails l'intéressaient médiocrement. Il semblait éprouver le plus grand mal à détacher son regard des hommes alignés devant lui, sur toute la longueur de la rue principale. Sa fille perçut son trouble et lui expliqua comment il pourrait aisément identifier le *Malik*. Quand elle parla des scarifications, les yeux de Nazine étincelèrent.

— Qu'on les fasse mettre nus ! hurla-t-il. Tous !

Curieusement, sa voix ne portait pas, et c'est à peine si elle parvenait à faire naître un écho sous le grand dôme.

Les gardes frappèrent les prisonniers pour les inviter à se presser. Un à un, les hommes se dépouillèrent de leur djellaba. La peur avivait l'odeur de leur sueur ; Anouna en fut incommodée. Son premier réflexe fut de chercher Hammu au milieu des autres... mais elle fut déçue. Le peintre avait le torse lisse, aucun tatouage tribal ne déformait sa peau. Elle l'avait soupçonné à tort. Elle en fut décontenancée car elle aurait été prête à parier que le *Malik* et lui ne faisaient qu'une seule et même personne.

Nazine pressa le pas ; à présent il ne regardait plus les visages, seulement les poitrines. Anouna sentit qu'il se retenait de courir à grand-peine, pour ne pas perdre sa dignité. Il marchait de plus en plus vite, piétinant les djellabas entassées sur le sol. Il haletait presque et la sueur faisait briller son visage.

Les poitrines se succédaient, glabres ou velues, musculeuses ou décharnées.

— Là ! cria enfin l'un des soldats. Ici !

Il désignait du doigt un homme d'une trentaine d'années, bien bâti, au visage anodin. Anouna reconnut le dessin en relief décorant ses pectoraux, son ventre et ses flancs. C'était bien le motif qu'elle avait eu l'occasion de contempler le soir où Malik-Idriss-Azhouf l'avait fait convoquer dans ses appartements. Le visage, en revanche, était d'une banalité exemplaire, ni beau ni laid. Une figure ordinaire de serviteur.

Nazine s'immobilisa à une coudée du malheureux.

— Ainsi c'est toi, murmura-t-il d'une voix à peine audible. Il y a si longtemps que je te cherche... Tu croyais pouvoir m'échapper éternellement ? Aujourd'hui, mon calvaire prendra fin, dans une heure la malédiction deviendra inopérante. Je vais pouvoir dormir tranquille. Je ne me réveillerai plus au beau milieu de la nuit parce que je t'aurai vu en rêve t'approchant de ma couche, le poignard brandi.

Le prisonnier se laissa tomber aux pieds du sultan, les mains levées en signe de supplication.

— Seigneur ! gémit-il. Tu me prends pour quelqu'un d'autre... Je ne suis pas ton fils. Je ne suis qu'un serviteur du palais... Je ne t'ai jamais voulu le moindre mal !

Nazine le saisit par les cheveux. La colère lui déformait le visage de façon hideuse. Il avait l'air d'un dément. De grosses veines battaient à ses tempes.

— Menteur ! hurla-t-il. Et ces marques... Ces marques sur ta poitrine ? Tu oses prétendre que tu n'es pas Idriss, le fils maudit qui pourrit mon existence depuis vingt-six ans ?

— Non, seigneur, geignit le garçon. Pitié ! Je m'appelle Azoul. Ces marques... C'est le grand vizir qui m'a ordonné de les porter... Je n'ai jamais su pourquoi... C'est lui qui m'a fait tatouer par un féticheur, sans me demander mon avis. J'ai obéi... Je ne pouvais pas refuser... Je ne devais les montrer à personne. C'étaient ses ordres. Je n'ai pas cherché à comprendre, c'était lui le maître.

— Tu mens ! Tu mens pour sauver ta misérable vie ! cria le sultan en refermant les mains sur la gorge du malheureux. (Puis, se tournant vers Fazziza, il lui demanda :) Le dessin... est-ce le dessin que tu as touché ?

— Oui, père, confirma la jeune fille.

Le captif se débattait, son visage devenait violet.

— Seigneur ! cria l'un des soldats. Il y en a un autre ici... et encore un là-bas !

Nazine se redressa et lâcha sa victime qui s'abattit en toussant.

Anouna regarda dans la direction indiquée par le soldat. Un... deux... *trois* autres captifs arboraient des scarifications en relief analogues à celles du garçon effondré aux pieds du sultan. Le motif était exactement le même, le physique des prisonniers très voisins. Quand Nazine s'approcha d'eux, ils se prosternèrent et racontèrent en balbutiant une histoire semblable à celle de leur compagnon. Ils n'étaient que des serviteurs très ordinaires du palais ; un jour, le grand vizir les avait convoqués pour leur faire tatouer sur le torse un motif étrange. L'opération avait été longue et douloureuse, car elle impliquait qu'on glisse de minuscules cailloux magiques sous l'épiderme. Certains avaient même eu la fièvre, mais Abou-Assim, pour les dédommager, leur avait donné des cadeaux, du vin, et une femme.

« Le vieux renard ! songea Anouna. Il savait que, tôt ou tard, l'une des concubines finirait par toucher Idriss et qu'elle découvrirait les scarifications. Il avait prévu qu'elle en parlerait à ses compagnes... Il avait prévu également qu'en cas de malheur, ce signe particulier pourrait se retourner contre son protégé. »

Alors il avait fabriqué des doubles de Malik-Idriss-Azhouf, pour brouiller les pistes. Des leurres destinés à égarer le chasseur.

— Il y en a encore d'autres ! annonça le chef des gardes. On est en train de les amener.

En tout, on rassembla dix hommes présentant le même tatouage. Leur stature, leur âge montraient qu'on les avait choisis à dessein pour induire le sultan en erreur. L'un d'eux était Malik-Idriss-Azhouf. Un seul d'entre eux.

Nazine laissa exploser sa fureur, et, pendant un instant, Anouna crut qu'il allait s'en prendre à Fazziza elle-même. Il était congestionné et la sueur, dégoulinant de son visage, tachait sa tunique.

Anouna s'écarta, se préparant au pire.

« Moi je sais, se dit-elle. *Il n'y a que moi pour savoir...* Mais ils ne s'en doutent pas. »

Elle garderait son secret. Idriss était peut-être fou, comme son père, mais elle ne le livrerait pas.

L'identifier lui était cependant facile car la nuit où elle avait été conduite par Mamoudi, le chef des eunuques, dans les appartements royaux, elle se rappelait avoir griffé le *Malik* au flanc, arrachant l'une des protubérances qui saillait sur sa peau. Elle avait découvert ainsi que les fameux tatouages tribaux cachaient en réalité des pierres précieuses et non de simples cailloux. Depuis, la blessure n'avait pas eu le temps de cicatriser et demeurait visible sur le flanc de l'un des dix hommes. Oh ! Il fallait la chercher pour la voir... et pour la chercher, encore fallait-il savoir ce qu'elle représentait.

Anouna, elle, le savait.

Du coin de l'œil, elle examina le prisonnier en question. Sa physionomie n'avait rien d'exceptionnel, et il semblait aussi effrayé que ses camarades. C'était donc lui, le terrible *Malik*, l'homme qui pendant vingt ans avait fait régner la terreur dans la ville engloutie ?

« Si je ne l'avais pas griffé, se dit-elle, il m'aurait été impossible de le démasquer. Voilà donc pourquoi il interdisait qu'on le touche : il ne voulait pas qu'on puisse le "marquer" d'une manière ou d'une autre. »

Hélas ! l'astuce d'Abou-Assim n'avait pas fonctionné comme il l'espérait. Prisonnier du sultan au même titre que ses "leurres", Idriss-Azhouf se retrouvait en fâcheuse posture.

Nazine allait et venait, examinant les prisonniers, cherchant sur leur visage un air de parenté, une ressemblance révélatrice. Anouna avait eu le même réflexe, mais la barbe et les moustaches qui dissimulaient en partie les traits du sultan laissaient peu d'espoir de relever une quelconque similitude. Idriss lui ressemblait-il ? C'était difficile à dire, la différence d'âge, les ornements pileux brouillaient les pistes.

« Et puis, il est malaisé de retrouver ses propres traits sur ceux de quelqu'un d'autre », conclut la jeune femme. En faisant un effort, on pouvait toutefois repérer chez Idriss les lignes constitutives du visage d'Azoumi. Mais chez le *Malik*, la bonne chère, la vie douillette avaient gommé tout ce qui conférait à son fils aîné une physionomie de loup affamé. En réalité, si l'on avait mis le père et le fils côte à côte, il aurait fallu un certain temps pour déceler les liens de sang qui les unissaient secrètement.

— Chiens ! Bande de chiens ! hurla tout à coup le sultan. Vous vous imaginez sans doute pouvoir me mettre dans l'embarras ? Vous vous trompez... Comme je ne veux courir aucun risque et que je ne peux pas choisir, je vous ferai tous tuer. Tous !

Les prisonniers tombèrent à genoux en se lamentant, certains se frappaient la tête sur les dalles en signe de grande affliction. Idriss prenait soin de calquer son attitude sur celle des autres, ne laissant transparaître nulle morgue. À force de jouer les valets, il avait assimilé les attitudes des petites gens et il aurait été impossible de deviner qu'un prince se cachait sous l'identité de ce garçon assez quelconque qui gémissait avec ses compagnons d'infortune.

« Il est perdu, pensa Anouna. L'astuce des "leurres" n'aurait pu le sauver qu'à condition qu'il échappe à la razzia. Nazine, lui, n'hésitera pas à tuer neuf innocents pour ne pas courir le risque de laisser filer un coupable. »

— Vite, ordonna le sultan au chef des gardes. Fais planter dix poteaux dans le sable, à l'entrée de la cité. Je veux que le bourreau les étrangle devant moi, en pleine lumière. Je veux les voir mourir, pour être enfin débarrassé de mes cauchemars.

Les soldats se jetèrent sur les captifs et les entraînèrent vers la lumière. L'éclat du soleil entrant à flot par la porte défoncée aveuglait la population d'Al-Madina, habituée à vivre dans la pénombre.

— Vous tous, annonça Nazine en s'adressant aux femmes et aux esclaves rassemblés par ses gardes, je vous emmène avec moi. Je ne suis pas cruel, je sais que vous êtes là contre votre gré et que vous n'êtes pas complices des crimes de mon fils. Une nouvelle vie vous attend, vous verrez bientôt que je ne suis pas un mauvais maître. Chez moi, vous ne vivrez pas comme des rats enterrés dans une cave, mes jardins croissent sous le soleil, leurs arbres sont pleins d'oiseaux.

— Sais-tu pourquoi il emmène les femmes du harem ? souffla Fazziza à l'oreille de la parfumeuse. Parce qu'il redoute que certaines d'entre elles ne soient enceintes des œuvres d'Idriss. Si des garçons naissent dans quelques mois, il veut pouvoir les supprimer.

— Mais toi, releva perfidement Anouna. Tu as couché avec Idriss...

Les traits de Fazziza se durcirent.

— Je ne suis pas enceinte, dit-elle. Mais si je l'avais été, je me serais conformée aux volontés de mon père. Je sais trop quel calvaire il a vécu.

— Maintenant, vous allez tous sortir de la ville, reprit le sultan. Et dès que nous aurons fait provision d'eau, mes hommes mettront le feu à ce lieu d'hérésie. Je veux voir brûler cette cité. Je veux qu'elle se change en champ de ruines.

On sortit. La lumière du dehors parut insoutenable à Anouna. Ses yeux se mirent à pleurer. Elle s'en voulait de rester dans l'ombre de Fazziza mais elle avait peur d'être lapidée par les femmes du harem si elle commettait l'erreur de les rejoindre.

Dix poteaux avaient été plantés dans le sable, à cent coudées de la porte de la ville. Les dix hommes au torse scarifié s'y trouvaient attachés, une corde munie d'une poignée de bois passée autour de la gorge. Le bourreau allait tourner cette poignée jusqu'à ce que la corde, à force de s'enrouler sur elle-même en une longue torsade, finît par écraser le larynx des condamnés. C'était un supplice atroce car on avait cent fois le temps de se voir mourir. Nazine s'installa dans un fauteuil d'ébène de manière à pouvoir jouir du spectacle. Les garçons gémissaient de terreur, certains, même, s'étaient souillés. Sur un signe du sultan, le bourreau commença son ouvrage. Il ne se pressait pas et ne relâchait le touret qu'une fois le visage de sa victime devenu noir.

Fazziza s'agenouilla dans le sable à côté de son père. Anouna resta debout dans la brûlure du soleil. Elle chercha le regard d'Idriss, espérant que le garçon, à l'ultime seconde, se redresserait pour cracher une injure à la face de son père, mais il avait trop peur, et mourut comme les autres, sans plus de dignité, incapable d'affronter, même une fois, l'ogre de ses cauchemars.

« C'est fini, songea la jeune femme. Te voilà revenue à ton point de départ. Tu ne quittes le harem que pour prendre le chemin d'une autre prison. »

Et puis il y avait les femmes. Les concubines d'Idriss, jeunes ou vieilles, amies ou ennemies, elles s'entendraient bien pour se venger de la parfumeuse et lui faire tôt ou tard un mauvais sort.

Quand le dixième condamné eut rendu l'âme, Nazine se leva avec lenteur, s'approcha des corps, et les piqua l'un après l'autre avec sa dague pour s'assurer qu'ils étaient bien morts. Alors, seulement, il poussa un long soupir.

— La menace est éteinte, murmura-t-il comme s'il s'adressait à lui-même. Je peux enfin recommencer à vivre.

Se tournant vers le chef des gardes, il dit :

— Remplis les outres d'eau et mets le feu à la ville. J'ai hâte de lever le camp. Plus rien ne nous retient. Rentrons chez nous, la traque s'arrête ici.

Il fut fait selon son désir. On pilla la salle du trésor, la vidant des sacs de poussière d'or. Les volets de tempête furent arrachés pour que l'air puisse circuler à l'intérieur de la cité, puis, sitôt l'approvisionnement en eau effectué, les soldats coururent à travers les rues et les bâtiments, une torche à la main. On vit bientôt de la fumée s'échapper par les lézardes du dôme. Une fumée noire, funèbre. Al-Madina-Kamina était en feu. La coupole de pierre ronflait comme un four. Les archers du sultan s'étaient postés sur le périmètre du dôme pour flécher tous ceux qui auraient pu être tentés de rester cachés à l'intérieur de la ville, mais seuls des mules, des chiens et des chats jaillirent des crevasses de la maçonnerie pour échapper aux flammes.

Anouna pensa aux fils d'Idriss, au petit Assoud, à tous ceux qui vivaient de l'autre côté du mur coupant la cité en deux. Ils allaient brûler vifs. Nazine ignorait leur existence, et, le *Malik* ayant fait combler le bassin du hammam, aucun d'entre eux ne pourrait échapper à la fournaise.

« Ils sont perdus », murmura-t-elle sans même avoir conscience qu'elle parlait à voix haute.

Al-Madina-Kamina brûla jusqu'au soir. Alors que le soleil déclinait à l'horizon, le grand dôme se fragmenta et s'écroula, telle une immense coquille d'œuf s'effondrant sur elle-même. Tout ce qui se trouvait en dessous fut broyé. La pluie de débris étouffa l'incendie, le vent dispersa la fumée qui montait des ruines calcinées.

Devant les vestiges de l'ancienne porte, les dix poteaux demeuraient fichés, intacts, supportant chacun un cadavre au visage bleu.

23

Il avait été décidé qu'on partirait à l'aube. Le sultan et son armée passèrent donc la nuit devant les ruines fumantes de la cité. Anouna attendit vainement le sommeil, un goût de suie sur les lèvres.

Elle avait accepté de partager la tente de Fazziza pour éviter de se mêler aux femmes du harem qui, elle en était persuadée, essaieraient de la tuer dès que l'occasion leur en serait donnée. Elle pensait au trésor fabuleux caché sous la peau d'Idriss, et dont personne à part elle ne soupçonnait l'existence. Avec quelques-uns de ces diamants, elle aurait pu s'offrir une nouvelle vie, s'installer dans une ville accueillante, ouvrir un commerce, donner des fêtes...

Elle se tournait et se retournait sur sa couche, torturée par l'idée de cette fortune dissimulée à l'intérieur d'un cadavre. Elle rampa même jusqu'à l'entrée de la tente pour observer les dépouilles des condamnés attachées aux poteaux, à cent coudées des décombres d'Al-Madina-Kamina. Les sentinelles de Nazine allaient et venaient sur le périmètre du camp, rendant toute sortie impossible. Que se serait-il passé si les soldats avaient surpris la parfumeuse occupée à lacérer la peau du *Malik* pour en extraire des dizaines de pierres précieuses ?

Le lendemain, la caravane se mit en route. Anouna fut séparée de Fazziza qui voyageait sur un chameau à côté de son père. La parfumeuse se vit dans l'obligation de suivre les bêtes à pied, comme le reste des captifs. Nazine menait un train rapide car il voulait sortir au plus vite du couloir des tempêtes ; le vent de sable pouvait se remettre à souffler à tout moment.

Alors qu'on faisait une halte, Amrita s'approcha de son ancienne amante. Comme toutes les femmes du harem, elle avait les traits tirés par l'épuisement, et la poussière lui faisait un masque étrange où les gouttes de sueur traçaient des lignes sinueuses évoquant des peintures de guerre.

— Je suis venue te prévenir, haleta-t-elle en évitant le regard d'Anouna. Baba Saada et ses filles... elles ont décidé de te tuer cette nuit. Elles ne peuvent rien contre Fazziza, alors elles se vengeront sur toi. Ne reste pas avec nous... Va te mettre sous la protection du sultan, c'est le seul moyen pour toi d'échapper à ces furies. Je t'aime, je ne veux pas te voir morte. Pars.

Elle s'éloigna sitôt son message délivré. Anouna demeura à l'écart. Elle n'avait aucune envie de réclamer de l'aide à Fazziza, pas plus qu'elle n'envisageait de devenir sa demoiselle de compagnie. Elle n'avait rien d'une guenon apprivoisée. D'ailleurs, elle avait d'autres projets. Des projets qu'elle devait se décider à réaliser avant d'être trop éloignée des ruines d'Al-Madina-Kamina.

Depuis le matin, elle avait en effet pris de nombreux points de repère et elle était à peu près certaine de pouvoir revenir sur ses pas sans se tromper, mais elle ne devait pas tarder ; car plus la distance augmenterait, plus le risque de dérive serait grand. Elle décida de passer à l'action dès qu'on eut distribué à boire. Un léger vent s'était levé, créant un tourbillon de poussière dans lequel il était facile de disparaître. Les gardes avaient reçu l'ordre de laisser la parfumeuse aller librement, aussi ne prêtaient-ils aucune attention à ses déplacements. La jeune femme feignit de s'isoler pour satisfaire un besoin naturel et laissa tout simplement la caravane repartir sans elle. Les gifles de sable obligeaient chacun à se protéger les yeux, à baisser la tête ; c'était le moment idéal pour s'enfuir. Avec un peu de chance, on ne s'apercevrait de sa disparition qu'à la nuit, il serait alors trop tard pour revenir en arrière. On penserait qu'elle s'était égarée dans la tempête.

Quand le troupeau des captives eut disparu derrière les dunes, Anouna se redressa, sortit de sa cachette et partit en sens contraire. En marchant vite, elle espérait rejoindre Al-Madina-Kamina avant la tombée du jour. Le tout était de ne pas se perdre.

Les bourrasques de poussière jaune brouillaient sa vision, mais, comme elles soufflaient de manière sporadique, Anouna parvenait à ne pas trop s'éloigner de la route à suivre. Tant que le vent resterait modéré, elle pourrait se guider sur les traces de pas laissées par la caravane, c'était le meilleur moyen de revenir à son point de départ sans jamais s'écarter du chemin le plus court.

Elle avançait le plus vite possible, tremblant d'entendre soudain dans son dos le trot d'un méhariste lancé à sa recherche. Elle priait pour que Fazziza ne se soucie pas tout à coup de ce que devenait sa nouvelle amie !

Le soleil devenait rouge quand Anouna sentit le vent se charger d'une odeur de suie. Elle approchait des ruines. La cité incendiée devait se trouver derrière cette ligne de dunes...

Dans le désert, le paysage uniforme rendait le repérage très difficile, et si le vent avait le malheur de se lever, les signes qu'on avait relevés au sol — rochers, squelettes d'animaux — disparaissaient en quelques minutes sous une couche pulvérulente épaisse d'une bonne coudée.

Avec un réel soulagement, la jeune femme aperçut enfin les décombres de la ville. Elle s'en approcha le plus possible pour se mettre à l'abri de la bourrasque, et s'écroula au pied de la muraille, à bout de forces. La course éperdue qu'elle menait depuis l'aube l'avait brisée. La bouche sèche, elle se recroquevilla dans un trou empli de cendres chaudes, entre les pierres, et s'endormit.

Le vent tomba au cours de la nuit, et lorsque Anouna se réveilla, le lendemain matin, le calme était revenu. Les mouches bourdonnaient autour des poteaux d'exécution, formant un brouillard de points noirs. La jeune femme fit quelques pas dans les ruines, à la recherche d'un point d'eau. Elle finit par dénicher une fontaine brisée, mais dont le jet laissait fuir un mince filet de liquide. Elle s'y abreuva goulûment, s'humecta le visage. La ville n'était qu'un enchevêtrement de colonnes broyées, d'énormes pierres entassées au hasard. L'écroulement de la coupole avait écrasé la plupart des bâtiments. Le feu n'avait épargné que les objets métalliques, et Anouna rassembla ce qui pourrait lui être utile : un couteau tordu, une écuelle, un gobelet. Il lui fallait trouver à manger. Prenant de grands risques, elle se glissait dans les maisons, furetant de-ci de-là au milieu des gravats. Elle ne put s'avancer au centre de la cité, que l'effondrement du dôme avait laminé. Le palais n'existait plus. Les pierres détachées de la voûte l'avaient lapidé, crevant la toiture et les planchers. La structure disloquée s'était défaite, éparpillant ses cloisons. Quelques trépieds de bronze, des fauteuils tordus, émergeaient çà et là. Dans la maison d'un commerçant, Anouna fit main basse sur une dizaine de pains de semoule que le feu avait épargnés. C'était suffisant pour survivre. Elle se restaura, but l'eau de la fontaine, et aiguisa son couteau sur une pierre. Ce qui allait suivre serait moins plaisant.

Quand le fil de la lame fut suffisamment tranchant, la parfumeuse s'enveloppa le visage dans son voile, et sortit des ruines pour plonger au cœur du brouillard de mouches.

Elle s'approcha d'Idriss. À cause de la chaleur, la puanteur était déjà très forte. Les insectes entraient et sortaient de la bouche grande ouverte des cadavres. Anouna avait l'habitude des morts ; ce spectacle lui était assez familier pour lui permettre de ne pas céder à la nausée.

Évitant de regarder le visage gonflé du *Malik*, elle commença à inciser les scarifications pour récupérer les pierres précieuses qu'on avait glissées sous sa peau. Elle les laissait tomber dans l'écuelle dénichée au milieu des décombres, et chaque joyau émettait un son cristallin en heurtant le métal du réceptacle.

C'était là une besogne répugnante, toutefois Anouna ne pouvait se permettre de laisser un tel trésor derrière elle, offert en pâture aux charognards qui n'allaient pas tarder à s'abattre sur les cadavres. Pour le moment, seules les dernières fumées de l'incendie maintenaient encore les rapaces à l'écart, mais dès que les brandons auraient arrêté de rougeoyer, vautours et busards cesseraient de craindre la présence de l'homme. Ils tomberaient alors des nuages pour s'en donner à cœur joie, et il ne leur faudrait pas longtemps pour mettre Idriss-Azhouf en pièces. Avalant du même coup les diamants dont il était couvert.

— C'est bien, fit tout à coup la voix de Shaadi derrière elle. N'en oublie pas, il y en a cent soixante-trois. Mais sais-tu seulement compter ?

Anouna pivota sur elle-même. La grosse femme était là, assise dans le sable. Baga, sa fille muette, se tenait à ses côtés, un long poignard à la main.

— Vous m'avez suivie... murmura Anouna.

— Non, dit Shaadi. C'était dans notre intention de revenir. Nous sommes arrivées dans la nuit. Ce matin, en te voyant déjà à l'ouvrage, nous avons décidé de te laisser faire le travail à notre place.

— Tu veux ta part du trésor ? lança la parfumeuse.

— Je veux la totalité du trésor, grogna la nourrice. Il me revient de droit.

— Parce que tu l'as élevé ? dit Anouna en désignant le corps du *Malik* affaissé contre le poteau. Pourtant sa mort ne semble guère t'affliger.

Shaadi eut un sourire cruel.

— Je vois que tu n'as rien compris, dit-elle. Malik-Idriss-Azhouf, c'est moi, pas le pauvre bougre que tu es en train de triturer avec ton couteau. *Je suis le Malik.*

Anouna se figea.

— Mais... balbutia-t-elle, tu es une femme...

— Non, dit Shaadi de sa voix flûtée. Je suis un eunuque. C'est Abou-Assim qui a eu cette idée, lorsque j'étais encore petit garçon. Il m'a fait châtrer pour que mon corps se développe de manière féminine. C'était selon lui le meilleur des déguisements pour échapper à nos poursuivants : pas de pilosité, une voix de femme, des seins de femme... Les tatouages sur mon visage et mes mains empêchaient de déceler ce que mes traits pouvaient encore avoir de masculin ; de plus, en dessinant des rides artificielles, ils accentuaient mon âge. La graisse qui envahit tous les eunuques faisait le reste, elle me donnait l'allure d'une matrone... Tu comprends l'astuce ? Mon père, Nazine, continuait à traquer un fils alors qu'entretemps, j'étais devenu une femme. Je suis Idriss-Azhouf. Le seul, le vrai. Baga n'est pas ma fille mais une servante dévouée, prête à mourir pour moi. J'ai régné sur la cité depuis l'intérieur du harem, là où mon cher père n'aurait jamais pensé à me chercher.

Shaadi — Anouna ne pouvait se résoudre à l'appeler autrement ! — éclata d'un rire aigu. Baga n'avait pas bougé, elle tenait toujours l'extrémité de son poignard pointée vers la parfumeuse.

— Mais alors, dit Anouna en désignant le corps attaché au poteau, *lui*... qui est-ce ?

— Un leurre, un bouffon, répondit Shaadi. Un pantin destiné à attirer la foudre... C'est pour cette raison qu'on le payait si cher. Les pierres précieuses cousues sous sa peau, c'était son salaire. Le salaire du danger. Il devait tout faire pour attirer l'attention des espions infiltrés dans la cité.

— Un leurre ?

— Oui, et tu t'y es laissé prendre comme les autres. Cela aussi, c'était une idée d'Abou-Assim. Celui que tu prenais pour Idriss était en réalité un soldat à qui on a mis le marché en main : une vie de délice, un salaire de roi, mais la menace toujours possible d'être un jour exécuté par le sultan Nazine. Toutefois, un soldat ne vit-il pas avec cette obligation permanente : se sacrifier pour son seigneur ?

Anouna sortit du brouillard de mouches. D'un geste, Baga lui fit signe de ne pas faire un pas de plus.

— Il n'était pas fou, dit la parfumeuse. Le somnambulisme, le massacre des poupées de carton, le masque de chien, c'était de la comédie ?

— Bien sûr, approuva Shaadi. Il fallait fignoler le personnage du *Malik*, accréditer dans l'esprit de tous qu'il avait perdu la tête. Il feignait de marcher en dormant ; c'est d'ailleurs pour cette raison qu'il ne t'a pas tuée lorsque les filles de Baba Saada t'ont ligotée dans la chambre aux mannequins. Cette nuit-là, il a feint de rater son coup, comme il feignait de ne pas te voir lorsqu'il se retrouvait nez à nez avec toi au détour d'un couloir. De la comédie. Plus il devenait excentrique, plus il attirait l'attention. Tout a été arrangé pour qu'on ne parle plus que de lui, pour qu'il fascine la foule. Ses manies alimentaient les conversations : la tête de chien rouge, les fresques parfumées, l'obsession de l'anonymat... Autant de foutaises qui dissimulaient l'essentiel. Un rideau de fumée. Abou-Assim était très fort pour mettre en place ce genre de choses.

— Mais moi, là-dedans, siffla la parfumeuse, quel était mon rôle ?

— Démasquer les espions infiltrés, répondit l'eunuque. Nous savions que Nazine préparait quelque chose, et que le danger viendrait du harem, mais je pouvais difficilement enquêter parmi les femmes à cause des rivalités de clans. Je n'ai jamais réellement pu me mêler à elles à cause de mes particularités anatomiques. Jusqu'à la taille, j'ai l'air d'une femme, mais dès que je suis nu, mes mutilations deviennent évidentes. C'est pour cette raison que j'ai toujours fait bande à part, avec Baga. Aux bains, notamment. On nous a soupçonnées d'entretenir des relations contre nature, mais cela nous arrangeait. Je voulais également donner l'impression que j'avais honte de mon corps, de mon obésité. J'y suis parvenu.

Anouna regarda la grosse « femme » assise dans le sable. Elle comprenait pourquoi elle s'était laissé duper si aisément. Les tatouages faciaux ajoutaient à la méprise. De plus, les eunuques, même jeunes, avaient facilement l'air de vieilles femmes, cela à cause de leurs chairs flasques et de leur poitrine tombante.

— Je sais ce que tu te dis, maugréa Shaadi. Tu te demandes si j'ai souffert de mon état. Je te répondrai : non, car je n'ai jamais rien connu d'autre. J'étais trop petit quand on m'a coupé les organes de la génération. Je n'ai jamais connu ces échauffements des parties basses qui détraquent la cervelle des hommes les plus intelligents. J'ai toujours été serein... Seul comptait pour moi le fait de ne plus avoir peur. En vieille nourrice, j'étais à l'abri. La menace n'était plus suspendue au-dessus de ma tête. Je n'ai aucun reproche à formuler envers Abou-Assim. Il a fait pour le mieux. Il a cherché à assurer ma protection par tous les moyens, c'était son devoir, et il s'en est acquitté à merveille. La preuve, je suis toujours en vie.

— C'est pour cette raison qu'il s'est suicidé, n'est-ce pas ? Il avait peur de parler sous la torture. Il ne voulait pas te trahir.

— Je le pense. C'était un serviteur dévoué. Je lui dois tout. Il me manquera. Toi, tu ne m'as servi à rien. Tu n'as pas réussi à démasquer Fazziza et tu as griffé le bouffon, mon remplaçant, lui faisant perdre la tête. Il en bégayait, le pauvre, il s'imaginait que tu allais raconter à travers toute la cité qu'il était couvert de pierres précieuses. Il se voyait déjà dépouillé. L'imbécile. Tu as embrouillé les choses. Ce n'était pas prévu. Tu n'as pas cherché dans la direction qui nous intéressait. J'ai même eu peur, un moment, que tu ne te rapproches un peu trop de moi.

Les mouches bourdonnaient. Dans le ciel, les vautours commençaient à se rassembler.

— Mais les enfants... dit brusquement Anouna. Ceux qui naissaient au harem. Puisque c'étaient les fils d'un homme sans importance, il n'y avait aucune raison de les tuer !

— C'est vrai, mais la logique du plan mis en place nous y obligeait, dit calmement Shaadi. Si on les avait laissés vivre, les gens n'y auraient plus rien compris. Les supprimer contribuait à consolider le mythe. J'ai trouvé amusant de répandre cette rumeur tout en ayant l'air d'en nier le fondement. Te rappelles-tu quand je t'expliquais que les fils du *Malik* souffraient tous d'une malformation congénitale ? Ah ! La belle fable !

— Qui les étouffait ?

Shaadi désigna l'homme attaché au poteau.

— Lui, répondit-elle. Cela faisait partie de son travail. Le rôle ne pouvait pas comporter que des avantages, n'est-ce pas ? Il passait par le tunnel d'observation qui court à l'intérieur de la muraille. Les moucharabiehs s'ouvrent comme des fenêtres, cela lui permettait d'entrer dans les chambres. Lorsqu'une exécution devait avoir lieu, je m'arrangeais pour qu'on distribue de la nourriture droguée aux femmes du harem. De cette manière, même si elles tentaient de monter la garde, le sommeil finissait par les faucher.

— Tu as fait tuer tous ces bébés pour rien... gronda Anouna. Tu n'as même pas l'excuse de la superstition. Ce n'étaient pas les fils du vrai *Malik*, tu n'avais donc rien à craindre d'eux, même du point de vue de la malédiction.

— C'est vrai, mais il fallait être logique, insista Shaadi. Et je ne suis pas si monstrueux que tu l'imagines. J'étais parfaitement au courant des petits complots de Baba Saada. Les transports d'enfants de l'autre côté du mur, les intrigues amoureuses du hammam... Peux-tu imaginer un instant qu'elles auraient été en mesure d'organiser tout cela dans mon dos sans que je me doute de quelque chose ? Allons, ce n'est pas sérieux. Je savais tout mais j'avais décidé de fermer les yeux. C'était sans importance, et même, cela m'amusait. Il est toujours drôle de mystifier ceux qui croient vous rouler dans la farine ! Ces garçons ne constituaient pas une menace pour moi, ce n'étaient après tout que les fils d'un valet. La malédiction ne pouvait m'atteindre à travers eux.

— Ta... ta mutilation, hasarda Anouna, c'était également pour ça, n'est-ce pas ? Pour te préserver de la malédiction ?

— Oui, admit Shaadi. Je ne puis engendrer, donc je n'ai pas à craindre que l'un de mes fils vienne me tuer. Là encore, Abou-Assim a été d'une grande sagesse. C'était un ministre comme on en fait peu. Grâce lui soit rendue.

Baga semblait s'impatienter, elle désigna le ciel, comme pour signaler que la tempête pouvait se lever à tout moment.

— Elle a raison, approuva Shaadi. Baga est une auxiliaire précieuse, sans elle je n'aurais pas pu régner sur le harem. Il nous faut partir maintenant. Tu vas nous donner ces diamants.

— Et vous me tuerez, bien sûr ?

— Bien sûr. Le secret doit être protégé. Maintenant que mon père me croit mort, je vais pouvoir recommencer une nouvelle vie. Je n'ai que 32 ans ; j'irai m'installer dans le delta, au bord de la mer, j'en ai assez du désert. Mais pour cela, j'ai besoin des pierres précieuses, je n'ai rien d'autre...

— Mais le trésor royal ?

Shaadi désigna les ruines de la cité.

— Nazine l'a récupéré. D'ailleurs, il ne restait plus grand-chose. Vivre comme des rats finit par coûter très cher.

Anouna recula d'un pas car Baga venait vers elle, le poignard levé.

La parfumeuse sentit qu'elle devait dire quelque chose, n'importe quoi, pour gagner du temps.

— Abou-Assim disait que le *Malik* avait décidé de te faire crever les yeux, balbutia-t-elle. Je l'ai cru... J'ai même trouvé cela injuste et j'ai failli plaider ta cause.

Shaadi eut un sourire moqueur.

— Je t'en remercie, dit-elle. C'était une ruse, bien évidemment, destinée à me blanchir auprès des dames du harem. On m'aurait graciée au dernier moment. Comment le *Malik* aurait-il pu faire du mal à sa chère nourrice ? Maintenant, assez parlé, tu dois mourir.

— Comment comptes-tu gagner le delta ? siffla Anouna. À pied ?

Shaadi haussa les épaules.

— Bien sûr que non, lâcha-t-elle. Il y a un mastaba dissimulé à l'intérieur d'une dune, là-bas. Deux chameaux m'y attendent, ainsi que des vivres. C'est en quelque sorte un canot de sauvetage mis en place par Abou-Assim. Il a toujours su qu'arriverait le jour où ce détail me sauverait la vie. La litière des bêtes était changée tous les trois jours par mes soldats, les râteliers regarnis, l'eau des outres renouvelée. Si je pars maintenant, j'ai une bonne chance de sortir du couloir des tempêtes avant le retour de l'ouragan. Laisse-toi tuer sans faire d'histoires, Baga ne te fera pas mal, elle est habile à trancher le cou des agneaux.

Anouna leva le couteau qu'elle avait utilisé pour récupérer les diamants, mais cette menace ne réussit qu'à faire sourire Baga. Au même moment, la Muette détendit le bras, et la pointe du poignard passa à un cheveu du visage de la parfumeuse. Anouna devina qu'elle ne serait pas de taille à affronter la tueuse. Baga n'avait pas peur de mourir. Quand le poignard entailla superficiellement le ventre d'Anouna, celle-ci cramponna le poignet de son adversaire, l'éleva à la hauteur de sa bouche et y planta les dents. Les deux femmes roulèrent dans le sable. Baga semblait insensible à la douleur, tous ses efforts consistaient à rapprocher le tranchant de son arme de la gorge de son ennemie. Elle avait cette force étrange qui vient aux fous dans les moments de crise et leur permet d'accomplir des prodiges.

— Tue-la ! criait Idriss, de sa voix de vieille femme. Tue-la vite !

Alors qu'Anouna sentait ses forces la quitter et le fil du poignard lui entailler le cou, une silhouette masqua le soleil. Quelqu'un saisit Baga par les cheveux, la tira en arrière... et lui brisa la nuque.

Anouna se redressa sur un coude. Azoumi se tenait penché au-dessus d'elle, couvert de blessures, de sang et de cendre. Sans dire un mot, il arracha le poignard des doigts morts de Baga et marcha vers Shaadi.

— Attends ! cria Anouna. Ce n'est pas ton père...

— Je sais, dit le jeune homme, j'ai tout entendu. Ce n'est pas mon père, soit, mais il ne mérite pas davantage de rester en vie.

Et, d'un revers du poignet, il égorgea l'eunuque.

Malik-Idriss-Azhouf roula sur le flanc, le sable but son sang. Anouna se releva. Azoumi était en piteux état. De larges brûlures s'étendaient sur ses épaules et son dos.

— Je te croyais mort, murmura Anouna. Comment as-tu fait ?

— Ils m'avaient enfermé dans les caves du palais, dit le garçon. Quand le bâtiment s'est effondré, la voûte a tenu bon et m'a protégé du feu. Il m'a fallu toute la nuit pour trouver un passage et remonter à l'air libre.

Le vent de sable s'était levé, soufflant ses grains dans les yeux grands ouverts de Shaadi.

— Il faut partir, dit Anouna en ramassant les pierres précieuses pour les enfermer dans un morceau de chiffon. Il y a des chameaux, quelque part au creux des dunes, dans une casemate.

Azoumi ne réagissait pas, les yeux fixés sur le corps de l'homme attaché au poteau d'exécution, il paraissait perdu dans une sorte de rêve éveillé.

— Alors c'était lui, mon père, murmura-t-il. Un soldat... et qui n'hésitait pas à tuer ses propres enfants pour assurer le bon fonctionnement d'une mystification. Il n'avait même pas l'excuse de la malédiction...

Anouna le saisit par la main.

— Viens, dit-elle. Si nous ne partons pas maintenant, l'ouragan va nous ensevelir aux côtés de Baga, de Shaadi et des autres. Je ne veux pas mourir ici.

Azoumi se secoua.

Ils passèrent l'heure qui suivit à chercher le mastaba secret abritant les chameaux. Ce fut Anouna qui en localisa l'entrée. Les bêtes les accueillirent en blatérant. Elles étaient harnachées, équipées pour une fuite précipitée. Ils les enfourchèrent et s'éloignèrent le plus vite possible des ruines d'Al-Madina-Kamina.

La tempête se leva au coucher du soleil, mais, à ce moment, les deux jeunes gens étaient déjà sortis du couloir naturel où soufflaient les vents de sable.

Il leur fallut trois semaines pour rejoindre le delta par petites étapes. Quand ils atteignirent enfin la capitale, ils voulurent vendre quelques diamants, car ils manquaient de tout. Le diagnostic du joaillier tomba, sans appel : la majeure partie des pierres était fausse. Abou-Assim, poussant la ruse à l'extrême, avait payé son bouffon avec de la verroterie.

Sur les cent soixante-trois diamants extraits du cadavre, six seulement étaient vrais, mais sans grande valeur. C'étaient eux dont Anouna avait plusieurs fois flairé le parfum étrange sur la peau du *Malik*...

24

Anouna fit l'acquisition d'une petite maison sur les bords du Nil. C'était la première fois qu'elle possédait quelque chose et cette sensation la grisait. Elle s'y installa avec Azoumi. Le jeune homme était taciturne et mal à l'aise. Le monde qui l'entourait l'effrayait. Au début, ils firent l'amour et s'appliquèrent à recouvrer leurs forces, et ce temps fut heureux, mais, les semaines passant, Azoumi éprouva de plus en plus de difficultés à affronter l'univers du dehors. Tout lui semblait incompréhensible. Il souffrait d'avoir perdu son statut de chef absolu. La foule roulant tout le jour dans les rues de la ville lui donnait la nausée. Il refusa bientôt d'accompagner Anouna à l'extérieur et émigra dans la cave, car ce qu'il apercevait par les fenêtres le mettait au bord du vertige.

Quand la jeune femme lui descendait ses repas, elle le découvrait allongé sur une natte, fixant le plafond, dans la pénombre.

— Tu ne peux pas comprendre, chuchotait-il, c'est trop vaste... trop lumineux... Je me demande comment tu peux vivre ici sans devenir folle. Et puis il y a trop de bruit. Et tous ces gens... tous ces gens qui ne me ressemblent pas.

Anouna finit par comprendre que c'était cela qui le mettait le plus mal à l'aise, cette absence de parenté entre les gens du dehors et lui-même. Pendant toute sa vie, il avait eu l'habitude de retrouver sur le visage de ceux qui l'entouraient l'écho de ses propres traits. La disparité des morphologies du monde réel l'épouvantait.

— Mes frères me manquent, gémit-il un soir. Et aussi la nécropole... et ce petit diable d'Assoud. Et Baba Saada.

— Et le *Malik*, compléta la jeune femme.

— Et le *Malik*, avoua-t-il en détournant les yeux.

Un soir, alors qu'Anouna lui descendait son repas comme à l'accoutumée, elle découvrit la cave déserte. Azoumi était parti. Il avait abandonné sa part du « trésor » sur sa natte, dans un morceau de chiffon noué.

Plus tard, bien plus tard, Anouna apprit qu'il travaillait au fond des galeries, dans une mine de sel. Il était devenu presque aveugle mais ne s'en plaignait pas.

Elle ne chercha pas à le revoir.

Composition réalisée par
PARIS-PHOTOCOMPOSITION
36, avenue des Ternes, 75017 Paris

Impression réalisée sur CAMERON par
BRODARD ET TAUPIN
La Flèche
en février 1999

Imprimé en France
Dépôt édit. 3744 – 02/1999
Édition : 01
N° d'impression : 3330D
ISBN : 2-7024-7892-1